ГЕОРГИЙ
ВАЙНЕР

Умножающий
печаль

ИЗДАТЕЛЬСТВО
Москва
2000

УДК 882
ББК 84(2Рос-Рус)6
В 14

Серия основана в 2000 году

Вайнер Г.

В 14   Умножающий печаль: Роман. — М.: ООО «Фирма «Издательство АСТ», 2000. — 464 с.

ISBN 5-237-04769-6.

Георгий Вайнер — автор популярнейших романов «Я, следователь»,
«Город принял!..», «Эра милосердия», «Визит к Минотавру» и др.
Вниманию читателей предлагается новый роман писателя.

УДК 882
ББК 84(2Рос-Рус)6

ISBN 5-237-04769-6

Во многой мудрости
много печали;
и кто умножает познания,
умножает скорбь.

Екклесиаст

По законам нынешней жизни,
если в первом акте на стене висит
ружье, значит, до начала спектакля
из него уже кого-то застрелили.

Милицейский взгляд
на чеховский театр

СЕРГЕЙ ОРДЫНЦЕВ:

ЭКСТРАДИЦИЯ

— Ты очень хитрый парень, — сказал Пит Флэнаган, повернул руль налево, и мы покатили в сторону Трокадеро.

Спорить с ним бессмысленно, как забивать лбом гвозди. Да и вообще разговаривать неохота. Жестяной пузырь машины был заполнен щемящей золотой песней саксофона Птицы Чарли Паркера, протяжной, сладкой, плотной, как облако из сливочного мороженого.

Через окно я рассматривал скачущее отражение нашей машины в зеркальных витринах — черный юркий «ситроен» с проблесковым синим фонарем на крыше. Его тревожный пульсирующий свет был неуместен в этом мягком воскресном утре, еще не увядшем от подступающей жары, от потной людской суеты, не задушенном синеватым угаром автомобильного дыма.

— Я не хитрый, — ответил я Флэнагану, когда мы выскочили на набережную и погнали по правому берегу. — Я задумчивый. По-русски это называется «мудак»...

— Правда? — переспросил на всякий случай Пит, хотя ему было все равно.

— Абсолютно, — заверил я серьезно. — Так и запомни: захочешь русскому сказать приятное, смело говори: вы, мол, месье, мудак... Это русский эвфемизм понятия «доброжелательный задумчивый мудрец».

— Запомню, — пообещал Флэнаган и повторил вслух: — Мьюдэк...

— Во-во! Так и говори...

Слева над рекой торчала Эйфелева башня, на которой полыхало неживыми белыми сполохами электрическое табло — «До 2000 года осталось 534 дня».

И что? Что теперь делать?

Воздетый в безоблачное голубое небо, фигурно скрученный железный перст торжественно и грозно предупреждал ни о чем — если бы там, в туманном небытии, через 534 дня должно было что-то случиться, от нас бы это тщательно скрыли. Мы живем в замечательное время, когда никого ни о чем заранее не предупреждают. А раньше нешто предупреждали? Разве что пророки о чем-то жалобно просили народы. Да кто же их когда слушал? Интернета тогда на нашу голову не было.

— Пит, ты знаешь, что через 534 дня наступит новый век? — спросил я Флэнагана.

— А ты что, считал их? — усмехнулся Пит.

— Нет, я в управлении разведки подсмотрел секретный доклад — они предполагают, что это достоверная цифра. Ну, может быть, 536... Это ведь никогда до конца не ясно...

— Угу, — кивнул серьезно Флэнаган. — Скорее бы...

— А что случится?

— На пенсию можно будет уйти. Надоела мне наша собачья работа, — равнодушно сказал Пит.

— Да брось ты! Всякая работа — собачья. Не собачий только отдых, — глубокомысленно заметил я. — Но отдыхать все время нельзя.

— Это почему еще? — искренне удивился Пит.

— Отдых превратится в работу. Будешь мне жаловаться: надоел мне этот собачий отдых...

— Дурачок ты, — усмехнулся Пит. — Молодой еще...

Мы уже проехали Дефанс, миновали громаду Большого стадиона, сквозанули на оторут 9 — в сторону аэропорта Шарля де Голля. И от этой утренней воскресной пустоты, от желто-голубого света, окутывающего город золотистой дымкой, от печально-сладкой музыки Чарли Паркера, от никнущей малахитовой зелени бульваров охватывало меня чувство щемящей грусти, смутного ощущения прощания, разлуки надолго, может быть, навсегда.

— Что будешь на пенсии делать, Пит?

— Жена присмотрела домик в Провансе. Там и осядем, наверное...

— А домой, в Шотландию, не тянет?

Флэнаган пожал плечами:

— Там уже нет моего дома... Там — скромный риэл-эстейт. Старики умерли, ребята выросли, разъехались. Приятелей встречу на улице — не узнаю...

— Тогда покупай в Провансе, — разрешил я. — Буду к тебе наезжать, съездим в Грасс, там дом Бунина...

— Какой-нибудь новый русский?

— Нет, это очень старый русский...

— Богатый? — поинтересовался Пит.

— Умер в нищете.

— Странно, — покачал головой Пит. — Я не видел во Франции бедных русских.

— Оглянись вокруг. Вот я, например...

— Потому что ты — доброжелательный мудрец, задумчивый мьюдэк, — утешил Пит.

— Вот это ты очень правильно заметил, — охотно подтвердил я.

Город уплывал вместе с волшебной мелодией Паркера, которую почти совсем задушил, измял, стер тяжелый басовитый рык турбин взлетающих и садящихся самолетов. Индустриально-трущобная пустыня предместья, нахально рядящаяся под пригород Парижа.

— Я хочу рассказать тебе смешную историю, Пит...

Флэнаган, не отрывая взгляда от дороги, благодушно кивнул, наверное, сказал про себя по-английски: мол, валяй, мели, Емеля...

— Я в школе ненавидел учебу...

— Да, ты мало похож на мальчика-отличника, — сразу согласился Пит.

— На всех уроках я читал... Закладывал под крышку парты книгу — и насквозь с первого урока до последнего звонка. У меня не хватало времени даже хулиганить.

— Много упустил в жизни интересного, — заметил Флэнаган.

— Наверное. Я был заклятый позорный троечник — я никогда не делал домашних заданий и отвечал только то, что краем уха услышал на занятиях, читая под партой книгу. На родительских собраниях классная руководительница Ираида Никифоровна...

— Только у поляков такие же невыносимые имена, как у вас, — сказал Флэнаган.

— Не перебивай! Моя классная руководительница говорила маме: у вас мальчик неплохой, но очень тупой. Тупой он у вас! Тупой...

— Dumb? — переспросил Пит.

— Yes! Dumb, bone head — костяная голова, тупой! Флэнаган захохотал.

— Вот ты, дубина, смеешься, а мама, бедная, плакала. Спрашивала растерянно учительницу: почему? Почему вы говорите, что он такой тупой? А Ираида Никифоровна ей твердо отвечала: это у вас с мужем надо спрашивать, почему у вас сын такой тупой!

Флэнаган взял со щитка голубенькую пачку «Житан», ловко выщелкнул сигарету, прикурил. Прищурившись, выпустил тонкую, острую струю дыма, покачал головой и сказал решительно:

— Это невеселая история, она мне не нравится...

— У вас, шотландцев, ослаблено чувство юмора...

Машина начала с мягким рокотом взбираться на спиральный подъездной пандус аэропорта.

— Это веселая история, — упрямо сказал я.

— Наверное, у вас, русских, действительно усилено чувство юмора, — пожал плечами Флэнаган.

— Ага! Как рессоры на вездеходе. Иначе не доедешь...

— По-моему, доехали, — сказал Пит, притормаживая у служебного входа.

Я взял с заднего сиденья свою сумку и повернулся к Флэнагану:

— Я рассказал тебе веселую историю. И для меня важную...

— Почему?

— Одна знакомая встретила недавно эту учительницу — Ираиду Никифоровну. Двадцать лет прошло — она старая стала, сентиментальная, все расспрашивала о наших ребятах, у кого что получилось, как жизнь сложилась. И моя знакомая по дурости сказала, что самая яркая, неожиданная судьба вышла у меня. Классная руководительница послушала ее, послушала обо всех моих прыжках и ужимках, вздохнула и подвела итог: «Как все-таки несправедлива жизнь. Ведь такой тупой мальчик был!»

Флэнаган открыл бардачок, достал плоскую фляжку и протянул мне:

— Возьми... Может, пригодится, это хороший деревенский бренди.

— Спасибо, друг...

Я приспособил фляжку в кармане куртки, хлопнул Пита по плечу и вылез из машины. Он наклонился к двери, опустил стекло и сказал:

— Это была невеселая история...

— Нет, это была веселая история, Пит. Просто мы с тобой догадались, что старая карга была права... Пока, дружище! — махнул рукой и, не оборачиваясь, пошел в аэровокзал.

«Ситроен» с резиновым колесным визгом погнал прочь, беззвучно разъехались стеклянные двери передо мной, и я вошел внутрь праздника.

Удивительное гульбище, полное света, музыки, вкусных запахов, веселой и тревожной беготни, экзотических пассажиров — каких-то полуодетых ликующих негров и растерянных заблудившихся шикарных господ. Я вошел в атмосферу звонкого и чуть испуганного ожидания смены воздушной и земной стихий, мелькания реклам, внушительной зовущей неподвижности огромных биллбордов, восторженного удивления от нескончаемого путешествия в прозрачных трубах стеклянных эскалаторов. А закончился праздник у дверей полицейского офиса, где усатый жандарм в опереточной форме спросил меня вполне драматическим тоном:

— Что вам угодно, месье?

— Я — старший офицер Интерпола Сергей Ордынцев, — и протянул ему удостоверение. Жандарм долго внимательно рассматривал коричневую кожаную книжечку, перевел суровый взгляд с фотографии на меня, скромного предъявителя, снова посмотрел на фото и, к моему удивлению, все-таки возвратил ксиву.

— Да, месье Ординсефф, вас уже ждут...

В офисе было полно народу — полицейские в форме, детективы в цивильном, клерки из министерства юстиции, российский консул Коля Аверин и еще четверо русских. Трое из них, несмотря на вполне приличные недорогие костюмы тайваньского или турецкого производства, мгновенно опознавались. Как русские, во-первых, и как менты — во-вторых. С толстыми буграми подмышечных кобур под пиджаками.

Русские — в смысле бывшие советские. Дело, наверное, не в национальности. Русский или татарин, вотяк или еврей — мы не растворяемся в европейском людском месиве. Будто пятая человеческая раса, существуем от других наособицу и отличимы от всех иных так же явственно, как белые, черные, желтые и краснокожие народы. Вот будет для будущих антропологов и этнографов загадочка — почему? В чем генетическая разница? Настороженное выражение лица? Колющий взгляд, исподлобья, в сторону — испуганный и атакующий одновременно? Не знаю. Никто не понимает. Я узнаю земляков в толпе даже со спины. По походке? У нас особенная стать? Бомжи и миллионеры, профессора и воры, молодцы и дедушки несут в себе незримую, но отчетливую общность, которую ученые дураки из Гарварда назвали бы наследственной ментальностью зеков.

Мы все — выброшенная в мир мутация пожизненных арестантов. А, пустое! Не о чем и незачем думать. Все то, что не огонь — то прах...

А вот четвертый русский был красавцем — настоящий валет из карточной колоды. Изящным взмахом головы откидывая назад шикарную гриву волос, молодой русый валет в пиджаке нежно-сливочного цвета, шелковой светло-голубой рубашке, широковатых элегантных трузерах, башмаках «Балли» и скромно поблескивающих на запястьях наручниках, он доброжелательно и снисходительно улыбался всем нам, суетливой толпе стрюцких.

Консул с распаренным бабьим лицом бросился мне навстречу:

— Сергей Петрович, мы уже волновались...

— Зря, — усмехнулся я и небрежно-значительно наврал: — Я никогда и никуда не опаздываю...

Поздоровался с французами, и в затхлой атмосфере полицейского участка еще долго летали, легкие и стрекочущие, как стрекозы, — «бонжур»... «коман сова?»... «рьен»... «бьен»... пока я не разрушил эту обстановку общей приятности:

— Господа, протокол экстрадиции арестованного готов. Согласны ли вы провести процедуру идентификации арестанта для передачи его российскому конвою?

— Да, французские власти завершили свою работу, — торжественно сообщил Пимашу, старший советник министерства юстиции, любезный прохвост и сука невероятная. Ведро крови из меня выцедил.

Я повернулся к красавцу валету и попросил душевно:

— Встаньте, пожалуйста, и назовите внятно свое имя.

Роскошный валет, весь нарядно-ярко-красочный, будто только что сброшенный из новой хрусткой атласной колоды, встал и, так же любезно улыбаясь в элегантные блондинистые усики, сообщил:

— Меня зовут Смаглий Василий Никифорович, я гражданин России...

Пимашу, не понимающий по-русски и от этого особенно переживающий, что мы можем сговориться хоть и в его присутствии, но как бы в то же время за его спиной, перебил незамедлительно:

— Смаглий — это имя или фамилия?

Я постарался успокоить его:

— Смаглий — фамилия арестованного, его первое имя Василий. Это все есть в бумагах.

— Спасибо, — сказал Пимашу с озабоченным лицом, — у русских такие сложные имена.

— У поляков еще хуже, — патриотически заметил я.

11

А Смаглий учтиво кивнул и, глядя в упор наглыми синими глазами, молвил:

— Возвращаясь к тому месту, где этот козел меня бестактно перебил... — он кивнул в сторону старшего советника, — хочу подтвердить, что я являюсь гражданином России. Пользуясь присутствием здесь нашего консула, заявляю категорический протест в связи с моим незаконным задержанием грязной французской полицейщиной...

Смаглий сделал вдох, как певец на подъеме тона, и воздел над головой скованные наручниками длани.

— Я требую присутствия свободной прессы! Пусть она донесет из этих мрачных застенков мой гневный голос до сведения мировой прогрессивной общественности. И правозащитников из «Амнести интернэшнл»...

— Все понял, — согласился я. — Консул Российской Федерации господин Аверин сделает соответствующую запись в протоколе экстрадиции. А в прессе я вам должен отказать.

— А почему? Боитесь? — захохотал Смаглий, как моложавый упырь над ангелицей.

— Что он говорит? — сразу возник Пимашу. — Почему арестованный веселится?

— Арестованный не веселится. Он обсуждает со мной второстепенные процедурные вопросы, — заверил я советника юстиции и сказал арестанту: — Слушай, Смаглий, хватит дурочку по полу катать. Запомни, я ничего не боюсь. Я опасаюсь...

— Чего?

— Что тебе пресса навредит только. Для тебя сейчас — чем тише, тем спокойнее. А еще я опасаюсь, что ты меня держишь за дурака и тянешь резину. Надеешься опоздать на этот рейс?

— А чего спешить? — засмеялся Смаглий. — Я что, завтра в Бутырки опоздаю?

Тут очень уместно вмешался консул Аверин:

— Господин Смаглий, это рейс Аэрофлота, и пока мы вас торжественно не погрузим на борт, поверьте мне, самолет никуда не улетит.

Смаглий вздохнул и подергал свои никелированные оковы.

— Ладно, как говорили в старину — сходитесь, господа... Банкуйте, псы глоданые...

Я взял со стола протокол и стал громко, с выражением — чтобы доставить удовольствие Пимашу — читать по-французски. Коля Аверин быстро переводил на русский — для Смаглия и конвоя.

— По международному запросу Генеральной прокуратуры и Министерства внутренних дел Российской Федерации Интерполом был произведен в сотрудничестве с французской полицией оперативный розыск и арест российского гражданина Василия Смаглия, обвиняемого в незаконной деятельности на территории России, США, Греции, Германии и Израиля...

Смаглий перебил меня:

— Отец моего дружка Зиновия Каца с детства говорил ему: «Зямка, никогда не воруй! А станет невтерпеж — не попадайся!»

— Зря вы не послушались папашу Каца, — отвлекся я на мгновение и продолжил протокольное чтение: — ...По документам, представленным российскими властями, Смаглий обвиняется в участии в организованной преступной группировке, банковских аферах, позволивших ему вместе с соучастниками похитить восемьдесят шесть миллионов долларов США, в отмывании денег, уклонении от налогов и других преступлениях...

— Ребята, имейте совесть! — возник снова Смаглий. — Хоть чуточку, объедки какие-нибудь от Уголовного кодекса оставьте еще кому-то! А то — все мне!..

— Смаглий, не перебивай меня, добром прошу, — сказал ему негромко.

И конечно, Пимашу сразу же забухтел под руку:

— Что говорит арестованный?

— Господин Смаглий все время задает мне внепроцессуальные вопросы. Я полагаю, обсуждать их сейчас несвоевременно. Можно продолжать?

— О да, конечно!

13

— ...Французские власти, рассмотрев представленные документы, сочли возможным для дальнейшего детального и продуктивного следствия экстрадировать Василия Смаглия в Россию, где арестованный обвиняется в совершении наиболее значительных, базовых преступлений...

Я посмотрел в прозрачные глаза Смаглия и спросил официально:

— Вам содержание протокола понятно? Тогда поедем домой, на родину...

Смаглий кивнул, задумался и вдруг громко запел старую песню Игоря Шаферана:

— «О воздух родины — он особенный, не надышишься им...»

Я махнул на него рукой и повернулся к французам:

— Господа, арестованный Смаглий идентифицирован по имени, документам, внешности, соответствию возрасту, дактилоскопическим отпечаткам и описанию татуировок на теле. Ему объявлен состав инкриминируемых преступлений и сообщено о выдаче властям России. Прошу всех официальных лиц подписать протокол...

И пошла писать парижская губерния: сначала, естественно, французы — человек пять, потом консул Аверин, старший группы конвоя майор милиции Котов, а последним — я. И, словно дождавшись этого великого мига, радио объявило о завершении посадки на рейс «Париж — Москва».

Я спросил у старшего конвойного Котова:

— Наручники?

Милиционер достал из кармана и протянул мне наручники. Смаглий, с интересом следивший за нашими маневрами, удивился:

— Зачем? Этого мало? — Он поднял скованные руки.

Я взял у французского детектива ключ, снял со Смаглия наручники, а майор Котов ловко застегнул на запястьях Смаглия свои — наши нормальные, добротные, отечественные ручные хомуты. Я отдал французу его имущество, пояснив недоумевающему арестанту:

— Это служебный инвентарь. На его материальном учете. Надо вернуть, а то он с бухгалтерией не расплюется.

— Это ж надо! — Смаглий от души расхохотался. — Вот гандоны штопаные — мелочной народ!

Я легонько похлопал его по спине:

— Понимаю, все понимаю — в твоем прикиде надо щеголять во французских браслетах. Но ты уж терпи, привыкать надо. Клифт на зоне — это тоже не «Версаче»! — И аккуратно стряхнул несуществующую пыль с лацкана его шикарного пиджака.

— Не срамись, земляк, — снисходительно усмехнулся Смаглий. — «Версаче» не употребляю. Это — «Валентино»! Почувствуйте разницу...

— Ну-у, тогда совсем другой коленкор, — серьезно согласился я.

Бесконечный сводчатый туннель, по которому горизонтальный эскалатор — движущийся тротуар — неспешно вез нашу конвойную процессию от аэровокзала к терминалу посадки в самолет. В мягком полумраке вспыхивала и гасла нескончаемая череда реклам, предлагающих нам все радости мира. Я смотрел на своих спутников — их лица от этих вспышек то ярко озарялись, то глухо меркли, и от этого монотонного, как бы праздничного мерцания возникало ощущение тревоги и напряжения. Я закрыл глаза и пытался вспомнить, вновь озвучить золотую мелодию Чарли Паркера — и не мог.

Наверное, потому что не мог выгнать из памяти то телячье-счастливое чувство восторга, надежды, ожидания чуда, которое я испытывал на этом эскалаторе давным-давно, когда ехал на нем впервые. В обратном направлении — из самолета в аэропорт. В Париж.

А сейчас из всего этого пиршества чувств, оргии предлагаемых радостей, огромной карточной сдачи жизни остался у меня на руках нарядный валет в наручниках, самая младшая карта из разбросанной по столу судьбы крапленой колоды. Консул Аверин деликатно постучал меня пальцем по плечу:

— Сергей Петрович, а вы-то зачем летите?

15

— Понятия не имею. Замминистра телеграмму прислал — срочно прибыть...

— А вы разве подчинены Москве? — удивился Аверин.

— Нет, — ухмыльнулся я. — Но в министерстве этого не знают или не помнят. И строго приказывают.

— А вы?

— А я выполняю. Международный чиновник — работа временная...

В полупустом салоне первого класса я усадил Смаглия в предпоследнем ряду, к стенке, у иллюминатора, а сам уселся рядом, в кресле у прохода.

А тут и радиотрансляция включилась, стала рассказывать приятное:

— Уважаемые пассажиры! Наш самолет «Ил-86» совершает полет по маршруту Париж — Москва на высоте десять тысяч метров. Температура за бортом минус 56 градусов. Расчетное время прибытия в аэропорт Шереметьево — 20 часов 40 минут по московскому времени. Табло «не курить» погасло, вы можете отстегнуть привязные ремни и откинуть спинки в удобное вам положение. Сейчас бортпроводники предложат вам напитки и обед. Желаем вам приятного полета...

Смаглий толкнул меня плечом в плечо:

— Если не снимете браслеты, я не смогу отстегнуть привязные ремни...

— Ну и что будет?

— Как что? — удивился Смаглий. — Я ведь нарушу правила Аэрофлота. А для меня нарушать правила — боль сердечная, мука совести. Будь человеком, отомкни эту гадость, избавь от душевных страданий.

Я усмехнулся:

— Ага! Я тебя отстегну, а ты безобразничать начнешь...

— Господин криминальный начальник! Смеетесь над униженным и оскорбленным? Я что — с дуба екнулся? Под нами десять километров! Можно сказать, Марракотова бездна! Даю слово почетного потомственного миллионера! А оно, как золото, нетленно.

Я обернулся к сидящему позади нас майору Котову:

— Дай ключ...

Котов слышал наш разговор, неодобрительно покачал головой и, протягивая ключ, недовольно спросил:

— А если этот сраный миллионер станет выдуриваться здесь?

— Слушай, друг, долбанный по голове, мне что — жить надоело? — горячо вступил Смаглий. — Ты пойми — я жить ужасно люблю...

— Ну да! — хмыкает Котов — То-то подсчитали, срок жизни нового русского — тридцать четыре года.

— Может быть! — согласился Смаглий. — Значит, у меня еще три года в запасе. А потом на сверхсрочную останусь...

Я расстегнул наручники, и Смаглий с облегчением затряс затекшими кистями, потом наклонился ближе ко мне и громким театральным шепотом сообщил:

— Командир, ты расскажи своему цепному... Тот умник, что считал мне короткий срок, давно умер от голода.

Я откинулся на кресле, прикрыл глаза от слепящего солнечного света. Пассажиры в правой стороне салона уже дремали, нацепив на глаза черные тряпичные очки из сувенирного бортового пакета. Мне было жутковато смотреть на них — будто компания несчастных безглазых слепцов сняла для увеселительного путешествия первый класс. Черные наглазники на безвольных, расслабленных лицах спящих людей...

Когда-то, ужасно давно, у нас выступал в университете слепой поэт Эдуард Асадов. У него были на лице вот такие черные тряпочные очки-повязки. Читал он страстно, с выражением и жестикуляцией — о весне, о зеленых листьях, о любви. Черные диски вместо глаз были неподвижны, без дна, без надежды. Как мгла направленной на тебя двустволки. Я не мог собраться, вслушаться, понять — я только смотрел в ужасные черные диски на лице.

Мои попутчики надели черные наглазники и нырнули в темноту. Может быть, во сне они видели весну, листву, баб?

Я посмотрел на их лица и решил, что скорее всего им видятся в темноте бабки...

Из кармана на спинке переднего сиденья я достал несколько ярких цветных журналов. С обложки «Коммерсантъ—Деньги» мне улыбался, осторожно и насмешливо, Сашка. Хитрый Пес. Я слышал, что он стал очень крутым. Но не настолько? Поперек обложки размашистый заголовок: «Александр Серебровский: "Олигархи нужны России!"»

Молодой человек в стильных золотых очечках смотрел на меня с выражением «я вам всем цену знаю». В школьных учебниках в таких маленьких очках с тоненькой оправой щеголяли демократы-разночинцы — полоумный Чернышевский Николай Гаврилович и Добролюбов, уж не помню, как его там по батюшке, которых зачем-то разбудил Герцен.

Я стал листать журнал, чтобы узнать, зачем нужны России олигархи, — может, они тоже кого-то собираются будить, но Смаглий сказал мне:

— Давай расскажу анекдот...

— Можно, — согласился я. — Слушай, а ты чего так веселишься? Сидеть придется крепко.

— Не факт! — уверенно ответил Смаглий. — За деньги сел, за деньги выйду... Так вот, встречает еврей нового русского...

Но досказать анекдот ему не удалось, потому что около нас остановилась стюардесса с тележкой-баром:

— Что будут пить господа? Мы предлагаем вам водку, коньяк, виски, джин, вино, шампанское...

Смаглий мгновенно отозвался:

— Красавица! Обласкай джин-тоником. С «Бифитером»... Котов за нашей спиной от возмущения вздыбился:

— Отставить! Арестованным спиртное запрещено! Смаглий обернулся к нему, печально покачал головой:

— Эх, майор! Не бывать тебе генералом... Мыслишь мелко, конвойно...

— Это почему?

— По кочану! И по кочерыжке! Если бы ты не залупался, не портил жизнь людям, так бы мы и летели над миром — с девочками, с семгой, пьем, жрем, пока жопа не треснет. Это же первый класс! Но ты привык к «вагонзаку» — езжай не пивши...

— Ты, что ли, запретишь? — зло вперился в него майор и встал с места.

— Я? Упаси Господь! — Смаглий прижал руки к сердцу и огорченно поведал: — Устав. Устав конвойной и караульной службы. Там конвою допрежь арестантов запрещено спиртное. «Ваша служба и опасна и вредна» — помнишь такую песню?

— Трудна... — поправил Котов. — Трудна наша служба. С такими оболтусами...

— Это точно! Представь морду надзирающего прокурора, когда он узнает, что меня — особо опасного! — вдрызг пьяный конвой вез. Я ведь мог захватить самолет и угнать на Занзибар...

— На Магадан! — вмешался я. — На Занзибар не выйдет, а на Магадан можешь попробовать. — И, вздохнув, сказал стюардессе: — К сожалению, здесь до противного непьющая компания. Обойдемся кока-колой и минералкой...

Стюардесса расставила на столиках стаканы, бутылки, еще раз с улыбкой взглянула на нашу непьющую компанию, пожелала приятного аппетита и покатила свою зазывно звякающую телегу обратно в буфет, за кулисы.

Котов перегнулся через спинку моего кресла, потрогал за плечо:

— Зла не хватает с этой наглой харей разговаривать...

— А ты плюнь. Не разговаривай. Поспи... Он от меня никуда не денется. Только наглазники не надевай...

Котов решил, что я опасаюсь, как бы он не проглядел чего важного.

— Да нет, ничего... Я лучше похожу, разомнусь немного...

— Валяй...

Включился экран бортового телевизора — там беззвучно плясала и пела рок-группа. Я воткнул в гнездо штекер наушников — и потек печально-матовый голос Вячеслава Бутусова, «Наутилус-Помпилиус». Господи, песня какая старая! Ее уже, наверное, все забыли.

...Гудбай, Америка, о-о!
Где я не буду никогда.
Прощай навсегда.
Возьми банджо, сыграй мне на прощанье...

Я достал из внутреннего кармана плоскую фляжку с деревенским бренди, которым благословил меня в дорогу Пит

Флэнаган. Отвинтил неспешно пробку, налил в освободившиеся стаканы коньяк. Себе и Смаглию. Он с интересом смотрел на меня:

— Нарушаешь устав, командир?

— Я никогда не пью один. — Нюхнул пойло табачного цвета, пахнущее почему-то яблоками, и выпил.

— Замечательно! — восхитился Смаглий. — Один мой знакомый говорит, что кто пьет один — чокается с дьяволом.

— Не ври, это не твой знакомый. Это Шекспир говорил...

— Да хрен с ним! Какая разница? Не влияет. Для тебя важно, что, если не пьешь в одиночку, значит, умрешь не от пьянки.

— Наверное, — кивнул я. — Не успею...

Смаглий выпил, сморщился, затем блаженно ухмыльнулся:

— Хорошо! Ох, хорошо! Коньяк — дрянь, а парень ты интересный.

— Чем?

— Халявный марочный коньяк не пьешь. Только на свои бабульки?

— Я на халяву не падаю.

— А если друзья ставят?

— Это не халява. Это, дурак, обмен любовью... Моя подружка так говорит.

— Н-да? — удивляется Смаглий. — Наверное, впрочем... Слушай, я тебе с утра хотел сказать, да все эта хива конвойная под ногами мельтешит...

— У нас с тобой от них отдельных секретов нет, — спокойно заметил я.

— Ну, это как сказать... Если бы ты так не надрывался, отлавливая меня, я бы тебя сам сыскал.

— Оказывается! — Я искренне засмеялся. — Это зачем еще?

— «...Услышу ли песню, Которую запомню навсегда...» — пел Бутусов.

— Зачем! Зачем! Я ведь только сегодня понял, что ты — это ты! Что мне ТЕБЕ привет передать надо! Налей еще по стопарю, я с тобой хочу обменяться любовью.

— Интересное кино! — Я действительно удивился, но коньяк налил, закрутил пробку фляжки и убрал ее в карман. — «Я пришел к тебе с приветом, рассказать, что солнце встало...»

Смаглий одним глотком дернул коньяк, вытер рот рукавом своего великолепного пиджака, отхлебнул минералки. Потом ровно сказал:

— Тебе привет от Кости Бойко...

Я допил свой деревенский коньяк, посидел неподвижно. Наверное, мое лицо было непроницаемо слепо, как у спящих попутчиков в черных наглазниках.

И Бутусов в рябой голубоватой линзе телевизора пел, закрыв глаза — от страха? от боли?

> В терпком воздухе крикнет
> Последний мой бумажный пароход...
> Гудбай, Америка, о-о!..

Я медленно спросил:

— Вместе сидели?

— И сидели, — радостно подтвердил Смаглий, — и пили, и гуляли — жили, одним словом...

— Значит, ты — в Париже, а Кот — на зоне?

Смаглий грустно усмехнулся:

— Скорее наоборот. Я, считай, на зоне, а Кот — откинулся. На воле он.

— Откуда знаешь?

— Знаю, и все. — Смаглий взял с моего столика яркий журнал, показал портрет на обложке. «Александр Серебровский: "Олигархи нужны России!"». Молодой интеллигентный человек в добролюбовских очках насмешливо-осторожно улыбался мне. — Это ведь тоже твой дружбан? — уверенно сказал Смаглий. — Если ты Кота не прикроешь, этот милый паренек уроет его по самую маковку. И на тебе грех будет...

— Ты меня снова пугаешь?

— Нет. Правду говорю.

— А как я его прикрою? Меня через пару дней назад отправят... — И поймал себя на стыдной беспомощности в голосе.

— Не знаю. Ты подумай, — сказал Смаглий, и тон его был не шутовской-развеселый, а скребуще-жесткий, как напильник, и звенели в нем сила и властность, и сам он в этот миг был меньше всего похож на разнаряженного валета. — С коллегами не разговаривай — они на корню все куплены, в ломбард заложены, на рынке проданы. А вон твой конвойный уже назад прет. Запомни телефон для связи, нет-нет, не записывай, запомни, он простой —717—77—77.

АЛЕКСАНДР СЕРЕБРОВСКИЙ:

ОЛИГАРХИЯ

— Сколько времени?

Все повернулись ко мне. Вдруг захотелось — как тысячу лет назад в детстве, которое, наверное, отменено за давностью, — пропеть им дворовую считалочку-дразнилку:

> Сколько время?
> Два еврея!
> Третий — жид
> По веревочке бежит.
> Веревочка лопнула
> И жида прихлопнула...

Не стоит. Вениамин Яковлевич Палей и Окунев обидятся. Не обидятся даже, а испугаются — решат, что я им грожу. Пугаю.

А грозить мне им пока не за что. Вон как они — и Палей, и Окунев, и вся остальная команда — дружно сделали отмашку левой рукой, будто офицеры на строевом смотре: задрали обшлага дорогих пиджаков, вперились в увесисто лежащие на запястьях одинаковые золотые цилиндры «Картье-Паша». Это не случайное совпадение вкусов и не примета одновременно пришедшего нуворишеского достатка. Будем считать это знаком особой принадлежности — вроде шитых золотой канителью погон. Или боевого ордена. Хотя орденов по 26 тысяч баксов не бывает. В Нью-Йорке на Брайтоне орден Ленина стоит пять сотен — за золото и восемь граммов

22

платины уважают. А все остальные советские регалии — по двадцатке. Господи, если бы мой отец мог себе представить, что его героические цацки, которые он с гордостью надевал по праздникам на специальный — парадный, орденский — бостоновый синий костюм, будут стоить по двадцать долларов штука... Эх вы, бедная технологическая интеллигенция!

«Не надейтесь на князи, на сыне человеческие, — сказано в Псалтири. — И почести их, и гнев их — проходят».

— ...Без одной минуты десять, — быстрее всех сказал Палей, лысоватый пожилой ловчила с быстро шарящими глазами, похожий на антисемитские карикатуры в фашистских газетах.

— Двадцать один час пятьдесят девять минут, Александр Игнатьевич, — сообщил Коротков, брыластый мордоворот с красным затылком, мой самый надежный продолжатель дел и традиций советской партийно-государственной системы в нашей ненадежно-зыбкой рыночной жизни.

— Осталось ровно тридцать пять секунд, — дал справку Анкудинов, сухой беловзорый старикан, богатый до отвращения и оттого с неизгладимой печатью бухгалтерской нищенской участи на костистой роже.

— Уже пора, наверное, Сашенька, — проворковала моя хищная горлица Алябьева, пока еще броская, вроде бы интересная, но маленько перезревшая ягода. От нее наносит сладостью тлена.

Оганесян — утомленно-расслабленный джентльмен с тонкими руками профессионального игрока. Окунев и Костин, американизированные молодые парни в изящных золотых очечках, подмигивают друг другу, что-то щелкают на карманных компьютерах. Сафонов, надежа моя и защита, — жесткий крутой мужик, на котором костюм от Оскара дела Рента сидит как плохо подогнанный, еще не обмявшийся мундир, кивает:

— Время...

Моя команда. Зверинец. Коллекция. Гербарий ядовитых редких растений, который я заботливо и долго собирал. Я их, естественно, не люблю, но ценю. В этой крошечной стране, на одной шестой суши, найти других, получше — невозможно. Пускай будут эти.

Из мутной синевы телевизионной заставки вынырнула ведущая Татьяна Миткова и сказала мне своим обычным доверительно-неофициальным тоном:

— Главное событие дня — Президент Российской Федерации Борис Ельцин принял сегодня в Кремле крупнейших представителей российского частного капитала...

На экране в голубовато-бирюзовом интерьере Владимирского зала мы выстроились неровной шеренгой. Чудовищное зрелище! Пионервожатым на линейке магнатов — миленький, молоденький, маленький, пузырящийся от тщеты премьер-министр Кириенко.

А вот и президент наш явился, не запылился. Державный, могучий, почти самоходный. Гыкает, рыкает, ласково-хамски шутит, чинно ручкается. Ладонь толстая, неподвижная, вялая.

А Телетаня бойко щебечет:

— ...На встрече, посвященной обсуждению насущных вопросов российской экономики и социального положения в стране, присутствовали Председатель правления РАО «ЕЭС» Анатолий Чубайс, Председатель правления «Газпрома» Рем Вяхирев, руководитель «Онэксим-банка» Владимир Потанин, Президент «Менатепа» Михаил Ходорковский, Председатель правления холдинга «Росс и Я» Александр Серебровский, Президент холдинга «Мост» Владимир Гусинский, Президент «СБС-Агро» Александр Смоленский...

Я взял со стола пульт и выключил телевизор.

Все нормально. Бред. Миллиардеры не могут сбиваться в стаи. Это сюр. Толпа магнатов — штука противоестественная, разрушается идея элитарности личности властителя, единичности занятия. Ничего не поделаешь. Стадо. Бездна незапоминающихся имен.

А себя назову Мидасом. Моя родословная — Мидас, Гордиев сын, властитель Абдеры — страны дураков...

Тишина. Я ткнул пальцем в американистого Окунева:

— Следующий! Что с залоговым аукционом? Докладывайте...

КОТ БОЙКО:

ПОЛЕТЫ ВО ВРЕМЕНИ И НАЯВУ

Крутанулась стеклянная вертушка двери и с тихим шелестом вбросила меня в вестибюль. И сердце радостно и тоненько заныло.

Господи, Боженька ты мой родимый! Сколько же меня здесь не было! Как же все это шикарно-базарное великолепие могло здесь жить без меня? Я ведь, прошу учесть, по своему марксистско-материалистическому мировоззрению — упертый идеалист. Может быть, отчасти даже солипсист, в какой-то мере по большому счету — если как отдать. То есть все, что мой разум с помощью пяти или шести — точно не помню — чувств не воспринимает, того нет. Нет! Как бы не существует.

Да я нассу в глаза любому, кто попробует антинаучно и противоестественно доказать мне, что долгие годы — на все время моей вынужденной отлучки — существовал без меня этот вестибюль гостиницы «Интерконтиненталь», или, по западно-заграничному, — лобби.

Лобби! Долбанный по голове! Хорошо, что не сацив-ви! Кому-то, может быть, лобби, а по мне — волшебный мир, сказочная лоббковая цивилизация. Край грязных грез, быстрых денег, легких баб, шальной выпивки, неживых вечнозеленых берез, летящих в зенит лифтовых кабинок, переливающихся огоньками, как мыльные пузыри. И орущего на верхотуре золотого петуха в перемудренных курантах. Ах мой прекрасный, почти было потерянный, помоечный рай!

Данте Алигьери, старинный дурень, написал свой кошмарный путеводитель по кругам ада. Ему бы, межеумку, описать восходящие круги нашего рая — вот бестселлер бы отлудил, мир от этой «Божественной комедии» животики бы надорвал.

Приятный ветерок кондиционера здесь пахнет кофеем, миндальной горечью «амаретто», сигаретным дымом. И бабами! Их едким звериным духом, перешибающим любые запальные французские духи.

Я обонял — или придумывал себе — нежно-сладкий смрад их потаенных складок и булочный аромат грудей без лифчиков под кофточками, которые и не наряд вовсе, а прозрачный намек на одежду.

Девочки мои любимые! Три года меня здесь не было — и вы не существовали вовсе, а сейчас вы явились в моем воспаленном голодном мире как чудесные икебаны из длинных ножек, острых сисек, круглых попок, быстрых глазок и всего остального икебанистого.

Я хочу вместе с вами прожить всю жизнь в роскошных вестибюлях дорогих отелей — я, оголтелый лоббист пятизвездочного эдема. Мы будем сидеть за мраморным столиком, с сигарой «Партагос эминенте», под шелестящей пластмассовой листвой бутафорского сада, над шорохом хрустальных струй фонтана из местной канализации. Мы будем любить друг друга, сливаясь в судорогах оргазма, перетекающего в экстаз.

Вожделенные мои телки! Бросьте своих налакированных шнырей с их мобильниками и ноутбуками, бегите ко мне! Я покажу вам, хотите — потрогайте руками жуткие рубцы и шрамы на моем теле: через них вынимали мои ребра, чтобы сотворить вас, мои Евы, недорогие, но любимые мои девочки, дающие самое большое счастье за небольшую копеечку. Я счастлив отдать свои ребра — зачем мне, простодушному Адаму, эта костяная клетка, в которой страстно молотит мое сердце — могучее и горячее, как мотоцикл «харлей»?

О, неповторимое волшебство соития в сказочных чертогах этого туфтового рая, на выходе из которого светится маленькое красное табло — «Дорога в ад».

Они бы наверняка мигом словили мой посыл, затрепетали бы крылышками, бросились ко мне, трущобному ковбою, грозному погонщику своих злых сперматозоидов.

Но здоровенный долбол за спиной не дал нам оргаистического счастья соития, а грубо пихнул меня:

— Не стойте, идемте... Нас ждут...

Оказывается, нас ждут! Нас — это меня и его, мясного быка с цицками. Он — мой телохранитель. Или конвой. Одним словом, силовая обслуга.

Ладно, раз нас ждут — пойдем.

Посмотрел на себя в черной зеркальной панели на стене — грязный, мятый, небритый, занюханный, затруханный, с серым лицом и прической, как у медведя на жопе. А костюмец мой роскошный — как муар — в поганых разводах, полосах и суповых пятнах.

— Нет, не помчатся ко мне козочки мои вестибюльные, серны отельные, лани мои панельные... — произнес я со смиренной горечью.

— Что вы сказали? — нырнул ко мне детина.

— Я не с тобой разговариваю.

Нет, не постичь тебе, свиноморд долбаный, мудрость, с которой мы — возвышенные идеалисты — отираемся в этом прекрасном поганище.

Жизнь — это не то, что с нами происходит, а то, как мы к этому относимся.

Вот так!

И понеслись мы к небесам в прозрачной капсуле лифта, и пока брели по бесконечному гостиничному коридору к номеру люкс, я почувствовал, как сильно я устал за долгий день. Охранник костяшками пальцев постучал в дверь условным стуком. Точка-тире-тире-тире-точка. Этот козел стучал деликатно, он заранее извинялся.

— Можно, — послышалось из-за двери.

Сторожевой мерин собственным ключом отпер замок, пропустил меня вперед. Вот он, наш хозяин — воздымающаяся из кресла сорокалетняя толстая гиря с мордой, проштампованной несмываемой печатью сексотства. Радушный веселый злодей и опасный жизнелюб в легкомысленной рубахе-апаш.

— Добро пожаловать домой! Страна приветствует своих героев! — У него был непропорционально большой подбородок, тупой и серый, как подшитый валенок.

— Не преувеличивай, — усмехнулся я, пожал вялую, как грудь старухи, ладошку и сбросил на пол свой замечательный пиджак. Потом уселся в кресло и показал ему на бутылку виски: — Сдавай... Будем знакомиться...

А чтобы охранник не простаивал без дела, загрузил его работой:

— Ну-ка, возьми лед в холодильнике...

Хозяин налил в стаканы виски — на два пальца, силовая обслуга вылущила из ванночки несколько кубиков льда. Тогда гиря, лыбясь, как параша, свой стакан торжественно поднял для приветственного спича:

— Костя, я рад, искренне рад, что ты здесь, что усилия наши увенчались... Зовут меня Николай Иваныч... Надеюсь, что мы успешно поработаем вместе... За встречу на свободной земле!.. — От этой патетики его толстые брови вздымались на лоб и ползали там самостоятельно, как ржаво-серые мыши.

Сглотнул я свою янтарную кукурузную самогоночку, дух перехватило, взял из вазы яблоко, с удовольствием, с хрустом надкусил. Негромко бурчал телевизор, нарядный красавчик Леонид Парфенов, почему-то сидя на лестнице-стремянке, как маляр на перекуре, поведывал:

— «...Мы... показываем год 1982-й... Факты нашей истории... представить трудно... а еще труднее понять...» — И замелькали кадры старой кинохроники.

Николай Иваныч, кося глазом на телевизор, спросил:

— О чем задумался, Кот?

— Я? Да вот хочу представить, хоть это и трудно понять. — Я кивнул на Парфенова в телевизоре. — Почему во всей Конторе кумовьев зовут Николай Иванычами?

Тот расщерился еще шире:

— Ну, ты даешь! А как я должен называться — Борис Абрамычем? Хорошее имя у меня, Николай Иваныч — народное, памятное. Душевность и простота в нем...

— Не выдумывай, — махнул я рукой. — Это вам железный нарком Ежов Николай Иваныч имечко свое заповедовал.

— Хорошая мысль! — обрадовался, захохотал, руками замахал. — Буду теперь знакомиться: «Николай Иванович Ежов! Я — комиссар государственной безопасности...»

Я остановил его:

— Не преувеличивай. Ты не комиссар. Да и звания такого нет в нынешней службе.

— Звания нет, — согласился Николай Иванович. — Хотя служба-то, слава Богу, есть. Правда, я теперь не по этой части...

— А по какой? — искренне поинтересовался я.

— По гуманитарной...

— Слава те, Христос! — закричал я, вскочил с кресла и в пояс ему поклонился. — Есть на земле святые люди, которые постоят за сирых и убогих, за обиженных, униженных и опущенных. Ты наверняка в «Амнести интернэшл» служишь?..

— Нет, — усмехнулся Николай Иваныч. — Мы люди серьезные, глупостями не занимаемся — делом заняты. Поэтому постарались скостить тебе два года на зоне.

— Николай Иваныч, кормилец ты мой и поилец! — заорал я и быстро налил себе полный стакан вискаря, хлобыстнул, не задерживаясь, и продолжил свой благостный вопль: — Век за тебя буду Богу молиться! И детям, и внукам своим накажу. Вот как родятся дети, вырастят себе внуков, так я им всем сразу и накажу — молись, рвань сопливая!

— Накажи, Костя, накажи обязательно! — серьезно сказал Николай Иваныч.

Я отодвинул стакан, посмотрел грустно, спросил смирно:

— Зачем звал к себе, старче?

Этот черт по кличке «Николай Иваныч», глядя через мою голову на экран телевизора, сделал громче звук. Иронически-восклицательный голос Парфенова у меня за спиной сообщил:

— Этот год был отмечен триумфом советских спортсменов на зимней олимпиаде в Нагано...

Я обернулся и увидел себя на экране.

— ...Героем этих соревнований, символом физической мощи и моральной стойкости советской молодежи на фоне дряхлеющего руководства государства стал двадцатилетний студент Константин Бойко, выигравший две золотые олимпийские медали в биатлоне...

Эх ты! Сердечко-то как испуганно и стыдно-счастливо задергалось! Ти-ви-шные щелкоперы и упырь Николай Иваныч выдернули тебя — в один миг — из реального пространства-времени и швырнули в почти забытую волшебную небывальщину. Фантастический коктейль для матерого идеалиста — в мире живо лишь то, чем мы живем.

Истаявшие годы, забытые континенты, смешные ненужные подвиги, воскресшие персоналии, печальные реалии, сумасшествие всей нашей виртуалии.

А на экране — я, молодой, упругий, как тетива, злорадно-веселый, пылающий людоедским азартом, дымящийся паром, как жеребец в намете, — рву лыжный кросс, на бегу скидываю с плеч лямки карабина, нырком — как в море — падаю в снег на боевом рубеже. Глубокий вздох, я остановил дыхание, я замкнул накоротко указательный палец и страшную силу смертоносного вдохновения, я в каждый патрон вложил себя — и гремит серия, шестью выстрелами с огромной быстротой бью шесть мишеней. Мгновенно вскочил, закинул за спину карабин и — бешеный рывок к финишу...

Прыгают черно-белые кадры — вот он я, здоровенный, как обожженный кирпич, в спортивном свитере с гербом Советского Союза и надписью «СССР», еще тяжело дышащий, мокрый от пота, красный, растрепанный, счастливо-молодой, полный куража и уверенности в том, что жизнь прекрасна и вся принадлежит мне.

О чем и рассказываю в микрофон журналисту:

— Я счастлив, что мои медали тоже попадут в золотую копилку советской команды. Это наш общий успех на благо нашей замечательной родины, давшей нам все возможности в этой жизни...

Вот что правда, то правда! Родина действительно дала мне все возможности в этой жизни...

И в следующем кадре — распадающийся бровеносец Леня Брежнев прикрепляет мне на лацкан пиджака орден Октябрьской Революции.

Обнявшись, мы оба, как бесы в омуте, пропадаем в голубой пучине телевизора. Будто из жизни подсмотрели. А на экране уже снова Леня Парфенов, невероятный красовчук и мудрый всезнатец, Нестор-летописец с НТВ, полный писец! Качает головушкой:

— А в жизни все получилось иначе...

— Во даете! — восхищенно помотал я головой. — Это вы к моему прибытию передачу обеспечили?

Николай Иваныч вздохнул:

— Прости, передачу не обеспечили. Обеспечили, чтобы ты в летопись страны попал.

Он щелкнул клавишей видеомагнитофона, выползла кассета. У меня было пакостное ощущение, будто они подсмотрели мой сон. Они могли копаться в моих воспоминаниях. Значит, могут управлять моим будущим.

Я спросил:

— И чего хотите за это?

— Да ничего от тебя не хотят! На кой ты нам сдался? Просто подправили мы маленько ход событий, чтоб игра была по справедливости, по-честному...

— И в чем же наша игра будет? Чтоб все по-честному?

— Да у нас с тобой игры и не будет! — засмеялся Николай Иваныч. — Это как бы нас не касается... — Он обернулся к телохранителю: — Ты, Валерочка, сходи погуляй немного. Мы тут побалакаем немножко, и я поеду. Позову тебя погодя...

СЕРГЕЙ ОРДЫНЦЕВ:

ВОЗВРАЩЕНИЕ

На самом подлете к Москве, когда густую лиловую акварель горизонта уже размыло желтое электрическое зарево города, я задремал.

И во сне всплыло воспоминание — легко, неслышно, как теплый монгольфьер в этом вечернем сиреневом сумраке.

...Мы с Сашкой Серебровским прячемся за приоткрытой дверью учительской, где директор Марк Тимофеевич, которого мы для ясности называли Мрак Темнотеич, орет надсадным нутряным криком на шкодливо-смущенно раскаивающегося Кота Бойко:

— Ты — позор школы! Нет, нет, нет! Не выпустим мы из школы гражданина и патриота! Попомните все! Вырастет из тебя хулиган, фарцовщик, бандит!.. Убийца Кирова!..

Кот что-то забормотал по поводу Кирова — я не расслышал что именно, потому что его юродскую жалобно-

31

заунывную слезницу заглушил душераздирающий вопль Мрака Темнотеича:

— Вон! Вон отсюда!.. Чтоб твоей ноги больше в школе не было!..

— Вот дурак! — досадливо вздохнул Сашка Серебровский и чуть шире приоткрыл дверь.

— Кто именно? — шепотом поинтересовался я на всякий случай.

— Похоже, оба. Наш — хуже...

Учителя бессловесной подтанцовкой суетились на заднем плане, образуя вокруг директора Мрака Темнотеича фон горькой педагогической скорби. Между тем Кот плачущим фальцетом возгласил:

— Как скажете! Раз моей ноге в школе нет места...

И совершенно неожиданно подпрыгнул без разбега, сделал сальто и пришел на руки, выжал стойку, косолапо повернулся на ладонях и пошел на руках к двери, помахивая воздетыми в зенит лядащими ногами, обутыми в шикарные белые кроссовки «адидас».

...У Кота, у одного во всей школе, были кроссовки «Адидас». Кот — пионер борьбы с монополией государства на внешнеэкономические связи — отловил туриста около гостиницы «Москва». Пьяный финн снял с ног «адидасы», а Кот ему отдал кеды, похожие на парусиновые галоши, шикарный значок с барельефом первопроходца космоса Юрия Гагарина, бутылку смертельного пойла «Солнцедар» и металлический целковый «лысик» — юбилейный рубль с Лениным, на глаза которого был надвинут вместо шапки огромный лоб, как у Г.А. Зюганова.

Сашка Серебровский, который и двадцать лет назад знал массу вещей, недоступных нам, уличным придуркам, сказал тогда, корчась от зависти:

— Нормальная бартерно-клиринговая сделка с высоким профицитом...

Вот так, грациозно помахивая в воздухе этим самым профицитом, украшенным черными прописными буковками «Adidas», нашей недостижимой мечтой, воплощенной немецким сапожником Ади Дасслером в недорогие удобные спортивные туфли, которые для нас были вовсе не тапки, а символ невероятно прекрасной, ошеломляюще роскошной заграничной жизни, наш друг Кот, хулиган и двоечник, шествовал на руках по пыльному паркету учительской к двери, где мы уже изготовились ловить его, страхуя на обратном перевороте.

А в учительской тишина была сказочная — будто их там цементом залили.

Сашка распахнул дверную створку, и Кот степенно вышел на руках в коридор. Я хотел подхватить его за мускулистые копыта, но он сдавленным голосом остановил:

— Отчепись! Вертикаль держу...

— И далеко ты так собрался? — невозмутимо, как всегда, поинтересовался Серебровский.

— Прочь из Москвы! Сюда я больше не ездок...

Он шел по коридору, за ним скорбно шествовали мы с Сашкой, а за нами бежала толпа школяров, визжа от восторга, улюлюкая и гогоча.

Когда Кот, осторожно переставляя на ступеньках ладони, стал спускаться по лестнице, Сашка спросил:

— Слушай, Котяра, а может, ты теперь всегда будешь ходить на грабках?

— Я подумаю, — пообещал Кот. — Писать неудобно — ширинку ногой не расстегнешь...

— Поможем, — заверил я и попросил: — Кот, а не можешь на пуантах? Слабо встать на пальцы?..

...Сейчас бы, наверное, девчонки сказали про Кота — «прикольный парень». А в те времена у слова «прикол» был совсем другой смысл — «иждивенец», «прихлебатель», «стололаз».

Вот это я могу точно сказать: никогда Кот Бойко не был приколом...

Проснулся, будто сбросил с себя сон, как душное, тяжелое одеяло.

Проспал посадку. Самолет уже причалил к терминалу.

На Смаглия надели наручники. Майор Котов отсек остальных пассажиров, и мы потянулись по длинной складчатой кишке в здание аэропорта.

Из аэровокзала доносился мелодичный телебенькающий перезвон радиоинформации и вкрадчивый женский голос, будто сообщающий по секрету:

— Рейс 252 прибыл из Парижа...

На стеклянном портале красовался огромный рекламный биллборд — сусально-клюквенный силуэт Москвы с кремлевскими башнями и церковными маковками, перечеркнутыми размашистыми словами цвета мяса: «This is another World» — это иной мир!

Ну полно! Так-таки совсем иной?

Навстречу нам ленивой развалочкой шагал красивый франтоватый подполковник, шутовски отбивающий земные поклоны:

— Какие люди! Как там у вас привечают — ю ар велком?

— Фомин! — обрадовался я. — Тысячу лет!

— Это деноминированными! — обнял меня Фомин. — А если нынешними — года два верных будет.

— Как жив?

— Сказка! Волшебный страшный сон — боюсь проснуться, — засмеялся Фомин. — Я, Серега, живу как Вий — поднимите мне веки...

— Живи, Фомин, как я, — не бойся. Я точно знаю: все возможные неприятности однажды произойдут. Чего заранее бояться?

— Все правильно, Серега! Я вот подумал, может быть, махнемся? Я — туда, ты — сюда. Ты ничего не боишься здесь, а я там, в Лионе, в Интерполе боюсь только уронить престиж Родины.

— Заметано! — легко согласился я. — Мне еще года полтора осталось пыхтеть, и ты меня сразу меняешь. Годится?

— А чего время зря терять? — озаботился Фомин. — Ты там поговори у себя — есть, мол, замечательный парень, прекрасно носит за начальством портфели, уживчивый, хороший аппетит, без вредных привычек, холостой...

— Как холостой? — остановил я его. — Ты что — с Галкой развелся?

— Ни слова о страшном... — прижал руку к губам Фомин.

К нам подошел майор-пограничник со стопкой паспортов в руках.

— Ваши документы готовы. Паспорт арестованного...

— Мне! — протянул руку Фомин. — Его паспорт будет у меня.

— Хорошо, — согласился я. — Я еду с вами или в министерство?

— Нет, — покачал головой Фомин. — Не с нами и не в МВД. Ты едешь с этими роскошными господами...

Фомин показал рукой на двух стоящих у стены парней, неподвижных, как камни, с немыми, ничего не выражающими лицами. Типичные «шкафы».

— В МВД поедем мы, вершители благородного дела грязного криминального сыска, будем пахать, колоть, не покладая рук и ног трудиться, — стебал неутомимо Фомин. — А вы, избранники фортуны, любимчики судьбы, заграничные тонкие штучки, вы пойдете, как завещал Владимир Ильич, другим путем...

Он махнул рукой, подзывая «шкафов»:

— Передаю его вам, бойцы, с рук на руки. Берегите его, лелейте и ласкайте...

Те молча, дисциплинированно, серьезно кивнули.

— Подожди, — вмешался я. — Я получил телеграмму от замминистра, от Степанова...

— Знаю, все знаю, — перебил Фомин. — Оне, в смысле их превосходительство Анатолий Иваныч, мне и велели тебя встретить и перепоручить этим бойцам...

— Куда? Зачем? — обескураженно спросил я. — Ничего не понимаю!

— Слава Богу! С возвращеньицем! Мы здесь так и живем всю дорогу — ничего не понимаем...

На парадной площадке у входа в аэропорт бушевала нормальная вокзальная суета. Хотя, конечно, здесь ощущался завышенный, антуражно-приподнятый уровень жизни — дорогие иномарки, лимузины с синими «рогами» моргалок и правительственными номерами, импозантный багаж, нарядные дамы, многие с породистыми собаками, разнообразные оглоеды с сотовыми телефонами, цветы у встречающих.

Здоровенный гаишник лениво разгонял подъезжающий транспорт с площадки перед большими стеклянными дверями, оцепленной для милицейского конвоя. Я попрощался с мрачным Котовым, поручкался напоследок с его коллегами-розыскниками, моими парижскими спутниками и подошел к Смаглию:

— Ну что, Василий Никифорович? Хочу пожелать тебе здоровья, остальное — за судом и следствием...

— И тебе, земляк, не хворать! А вообще зря ты меня заловил, командир. Лучше мы бы с тобой в Париже сейчас гулеванили!

— Что поделаешь! Живем по понятиям — ты бежишь, я догоняю...

— Все по-честному! — согласился Смаглий. — Я тебе только один секрет открою: мы тут все по кругу бежим. И ты тоже. Неизвестно, кто кого догоняет...

— Так думаешь?

— Знаю! Как запыхаешься чуток — оглянись. У тебя уже на хвосте сидят.

— Обязательно оглянусь, — заверил я. — А за телефончик — спасибо...

Подошел ухмыляющийся Фомин, похлопал меня по спине:

— Все, все, все! В таких случаях в крематории говорят: пора-пора, прощайтесь, господа...

— Бывай, — засмеялся Смаглий и нырнул в «Волгу».

Фомин открыл передо мной дверцу джипа «чероки»:

— Давай поехали. Отправляю тебя — и мчим в Лефортово.

Один из «шкафов», которым меня перепоручили, покачал головой и коленом проворно застопорил переднюю дверцу:

— Простите, попрошу вас на заднее сиденье...

Второй «шкаф» уселся за руль. Я удивленно посмотрел на Фомина, а тот развел руками.

— Ничего не попишешь, Серега, это правила перевозки особо ценного контингента. Места впереди — для нас, расходного материала, саперов милиции, сменных мишеней...

Я влез в машину, а Фомин наклонился к окошку:

— Не бздюмо! Все будет о'кей! Думаю, кто-то сверху тебе впарил чрезвычайное по пакости и важности дело...

Мы хлопнули друг друга на лету ладонями, джип медленно покатился, «шкаф» на ходу прыгнул в машину, хлопнул передней дверцей.

Я оглянулся, и в заднем стекле было видно, как Фомин машет нам вслед рукой. Я еще слышал, как, подходя к «Волге», он крикнул:

— Сопровождение подано?

Водитель из милицейского «жигуленка» с мерцающей световой рампой на крыше дал Фомину отмашку, и тот уселся за руль «Волги»...

КОТ БОЙКО:

СГОВОР

Я слушал Николай Иваныча, смотрел с интересом, как ползают по его лицу жирные мыши бровей, и думал о том, что все-таки нет в мире справедливости.

Любой ссыкун, хромой или кривой, получает без проблем инвалидность. А Николай Иванычу — не дадут. А почему? Ведь запустили его в мир с таким фантастическим зарядом антипатичности, такой ползучей бытовой противности, что просто непонятно — как он прожил жизнь? Будь он косорылый, со стеклянным глазом, с горбом или грыжей — не взяли бы на боевую службу, а все остальное — нормально. А так он, бедняга, целую жизнь мается со своей отвратительностью. Бабы ему не дают, мужики не дружат, начальство не уважает и остерегается, подчиненные боятся и ненавидят. Жена, наверное, мечтает стать вдовой, дети — сиротами. Господь всемилостивый смотрит на него в смущении: «Не виноват я, ошибочка с тобой вышла — не люблю я тебя...»

Сейчас он мне напористо-ласково втолковывал:

— Известно, что это твой дружок тебя в клетку отгрузил...

— Не преувеличивай! — усмехнулся я. — Народный обычай, национальный аттракцион — спихнуть на крайнего.

От усердия выступали на бугристом лбу Николая Иваныча капли зеленого, наверное, вонючего пота.

— Ну да, это конечно! Все нормально! Только с этим крайним вся жизнь прожита, и все первые деньги и бизнес принес этот крайний, — пожал плечами Николай Иваныч. — Бабулечки эти неплохой урожай дали: сам-тысяча...

— На деньги плевать! — махнул я рукой. — Завтра новые, как плесень, вырастут...

— Не плюй на деньги, Костя, — серьезно задвигал своим валяным подбородком Николай Иваныч, и голос его зазвучал как-то зловеще, будто в опере: — На деньги, как на икону, плюнешь — больше не вырастут...

— Ну ты даешь! — засмеялся я вполне беспечно. — Деньги — как бабы: приходят, уходят... Кого-то просто так, без причины любят — сами липнут. А другой до обморока вздыхает, а они на него смотреть не будут. Пруха должна быть! Деньги везунчиков любят.

— А ты — везун? — с сомнением посмотрела на меня эта мерзкая глыба.

— А то? Я — профессор человеческого счастья, доцент удачи. Я — завкафедрой теории везения!

— То-то и видать! — покачал головой Николай Иваныч.

— Чего тебе видать? Ну не будь я везунчиком, стали бы твои хозяева чинить порушенную справедливость? Сижу здесь с тобой, вискарь лакаю. А не на шконках в лагере. Ладно, ты говори попросту — чего тебе надобно?

— А ничего! Ты теперь вольная птица, сам с дружком своим разобраться сможешь.

Я долго смотрел на него, а потом участливо заметил:

— Вижу, что и вас он достал крепко...

— Он человек шустрый, он всех достал, — горько сказал мне мой тягостный собутыльник. — Пока ты отлучался на время, он тут в большие забияки вышел. Поэтому коли понадобится тебе помощь — деньгами, нужными концами, инвентарем тебе привычным, — подсобят тебе.

Я налил в стакан шотландской ячменной самогоночки, медленно-протяжно отхлебнул, зажмурился от удовольствия, а потом поднял на него свой простодушно-доверчивый глаз:

— Ага, понятно! Ну и жить, само собой, под твоим надзором?

— Ну почему — под надзором? — обиделся Николай Иваныч. — Просто вместе будем жить, часто видеться. А вот Валерка, тот при тебе будет круглые сутки на побегушках. Всегда он при тебе будет...

— Выходит, моего согласия и не требуется? — спросил я на всякий случай.

— Да что ты такое говоришь, Костя? Кто ж тебя неволит? Вольному воля! Только воля эта тебе ни к чему. Без меня тебя через неделю угрохают... — На таранном его рыле проступила, как плесень, скорбь-печаль о моей горькой участи.

— Твои дружки, что ли? Которые за справедливость?..

— Нет. Мои друзья — люди смирные, добрые, безобидные. А угрохает тебя *твой* закадычный дружок...

— Зачем? — простовато спросил я. — Дружок мой в большой отрыв ушел. Он, можно сказать, везде, а я — нигде... За что?

— За длинный язык твой, Костя, за несдержанность. — Николай Иваныч сочувственно вздохнул, и рыжеватые мыши его съехались на переносице, слились, совокупились. — Я тебя понимаю: обидно было и крайним оказаться, и девочку любимую в залог дружку оставить. Вот ты и болтал не к месту, что рассчитаешься с ним по самому крутому счету...

— Все-то вы знаете, — помотал я головой.

— Знаем, Костя, знаем, — кивнул Николай Иваныч. — И дружок твой знает — у него служба безопасности не хуже нашей. И он тебе рекордный кросс со стрельбой не позволит. Теперь ваша дружба встречный бой называется. Вот ты и прикинь, что к чему...

Сейчас этот урод, выкидыш гнойный, захочет взаимных клятв на крови. Верности до гроба — дураки оба.

— Ладно, ужинать пора, — махнул я рукой. — Вопросы ты мне серьезные задал, тут думать надо. Пошли в кабак...

— Зачем ходить? — возбудился Николай Иваныч. — Мы сейчас в номер закажем, чего нам в ресторане зря светиться, рисоваться лишнего. А думать, конечно, будем. Тут не олимпиада, ошибиться нельзя. За второе место серебряную медаль на кладбище выдадут... — Он встал, открыл дверь, позвал охранника: — Валер! Подь сюды! Значит, спустись в ресторан, своим глазом убедись — ужин пусть по полной программе будет.

Он вернулся в комнату и протянул мне мобильный телефон:

— Вот возьми, пусть все время при тебе будет... Если что, я с тобой свяжусь. Номер мой простой: нажмешь 717—77—77 — и вот он я. Завтра я вас с Валеркой свезу отсюда в приятный коттеджик — отдохнешь, оглядишься, прикинем что и как... В старые адреса тебе не надо ходить, и по старым телефонам не звони — все мониторируется...

— Неужто все? — восхитился я.

— Надеюсь, — со спокойной гордостью сообщил Николай Иваныч. — И коль мы о них знаем, то и у другана твоего они под контролем...

— Во даете! Прям как у Штирлица с Мюллером...

КАК БЫЛО ДЕЛО

Конвойный ордер — милицейский «Жигуль» и черная «Волга» с проблесковым фонарем на крыше — уже прошел Ленинградское шоссе и по длинному плавному съезду стремительно выходит на Окружную кольцевую дорогу в сторону Дмитровки. В полукилометре за ними следует грязная «девятка», ведущая их от аэропорта. Наводящий из «девятки» — человек с неразличимым лицом потного призрака — переговаривается с кем-то по рации.

40

С площадки отдыха — много впереди подъезжающего конвоя — трогается несколько машин. Большой тяжелый грузовик, полуфургон «Газель», поношенный неприметный «опель». Они занимают крайний левый ряд и растягиваются по трассе. Конвой приближается и на большой скорости начинает обгонять их в правом ряду. Мчащийся впереди «опель» вдруг делает резкий рывок направо и ударяет первую машину конвоя — милицейский «Жигуль» — в левое заднее крыло. Это профессиональный удар недобросовестных гонщиков. От неожиданного бокового удара «Жигуль» на скорости вылетает с полотна дороги, падает в глубокий кювет и переворачивается через крышу.

Угрожающе и бессильно воет сирена, над разбитой машиной продолжает вспыхивать пульсирующими сполохами сигнальная рампа.

Фомин за рулем «Волги» пытается погасить скорость и выйти налево, чтобы обойти перекрывающий ему путь «опель». Но слева на них тяжело надвигается борт грузовика.

— Тревога! — кричит Фомин. — Оружие к бою!.. Нападение!..

Майор Котов ревет перепуганному Смаглию:

— На пол!.. На пол, мать твою!.. — выхватывает пистолет, заталкивает на пол кабины слабо сопротивляющегося Смаглия и ложится на него, прикрывая арестованного своим телом.

Офицеры сопровождения открывают стрельбу по грузовику. Поздно — им не хватило нескольких секунд. Грузовик всей своей чудовищной железной массой наваливается на «Волгу» и волочет ее по обочине навстречу уже остановившемуся «опелю», из которого выскакивают два человека с автоматами наперевес. «Волга» врезается в «опель», и сдвоенная автоматная очередь разрезает монотонный негромкий рокот автострады. Киллеры стреляют внутрь машины до последнего патрона в магазине, бросают автоматы на землю и на ходу прыгают в фургон «Газель». Туда же забирается водитель грузовика. Из притормозившей «девятки» невзрачный человек с рацией кричит:

— Пошли! Пошли!..

Машины быстро набирают скорость, сворачивают на Ал-туфьевское шоссе, влетают в город, за первым перекрестком киллеры пересаживаются в две иномарки, и машины разъез-жаются в разных направлениях.

На месте побоища немо вспыхивает сигнальная рампа на крыше исковерканного «Жигуля», курится дымок над расстре-лянной «Волгой», в кабине — кровавое месиво. Мертвый майор Котов прикрывает собой Смаглия, во лбу у которого круглая пулевая дырочка.

СЕРГЕЙ ОРДЫНЦЕВ:

ВСТРЕЧА

Наш джип с мягким утробным рокотом вспорол сумрак городских окраин и будто рубильником включил для меня разноцветные переливающиеся огни празднично-нарядной Москвы. Ярко иллюминированные здания, томная подсветка зелени, огромный тускло-золотой кулич храма Христа Спа-сителя, загадочный свет в окнах незнамо откуда возникших небоскребов, прыгающие вспышки рекламы, зовущие пятна биллбордов, дорогие витрины и подъезды ресторанов, сладкий запах жареного поп-корна, ватажащиеся в стаи раз-веселые мужички и панельные девки — шикарная ярмарка жизни. Все продают. Кто покупает?

Красиво! Мне нравится. Мне нравится быть гостем в моем родном городе.

Володька Фомин предлагает подсменить меня в штаб-квар-тире во Франции. Он не знает, что разница между гостевани-ем в Париже и постоянной жизнью там приблизительно такая же, как между посещением театральной премьеры и работой в этом театре осветителем.

Из автомобильного приемника доносилась залихватская киркоровская песня «Ой, мама, шикодама...». Интересно, что такое «шикодама»? Водитель нажал клавишу на панели приемника — в кабину рванул развязно-агрессивный голос радиообозревателя:

— ...Безусловно, решение Александра Серебровского баллотироваться в губернаторы Восточно-Сибирского края внесет известное разнообразие в наш унылый политический ландшафт. Во всяком случае, это недвусмысленно означает, что большие деньги хотят большой власти... Андрей Черкизов, радио «Эхо Москвы»...

Въехали во внутренний двор огромного делового билдинга. Мои молчаливые сопровождающие ввели меня в высокий мраморный вестибюль: рамы металлоискателей, контрольные кордоны — бойцы службы безопасности в серой униформе, трехкратная проверка документов. У растворенных дверей отдельного лифта охранник сказал любезно, не допускающим обсуждения тоном:

— Я вас провожу...

В просторной кабине полированного красного дерева, с фацетованными зеркалами в бронзовых рамках, похожей на ампирный платяной шкаф, мы поехали, воздев очи вверх, как на молитве в храме, и на лицах моих спутников было такое ожидание, будто на световом табло-счетчике этажей сейчас проступит чудотворный лик Одигитрии-путеводительницы.

Разъехались створки дверей, и мы выкатились в просторный, заделанный под старину холл. А навстречу из-за бюро уже топает еще один стерегущий, приветливо улыбается, кланяется и быстро, как писали раньше в театральных ремарках — «в сторону», говорит лифтовому сопровождающему:

— Свободен...

И тот сразу же провалился обратно в кабину, будто откуковавшая кукушка в ходики.

Мне было видно, что вмонтированный в бюро пакет TV-мониторов просматривает и контролирует весь наш путь от самой входной двери. Этажный стерегущий проводил в приемную — незатейливое сооружение, размером и дизайном напоминающее католический собор. Сбоку у приставного столика сидели двое мужиков — не то референты, не то посетители, а может быть, снова охрана. Из-за большого секретарского стола, уставленного бесчисленными телефонами, поднялась немолодая, элегантно одетая женщина:

— Добро пожаловать, Сергей Петрович! Вас ждут...

Она открыла дверь в кабинет, а вся моя охранная свита, слава Богу, будто натолкнувшись на незримый барьер, осталась у входа в приемную.

Я вошел в какое-то неярко освещенное пространство и увидел в перспективе зала, далеко-далеко, как в воротах на футбольном поле, своего дружка Сашку Серебровского. Он полусидел, полулежал в кресле и разговаривал по телефону:

— ...Слушай, не забивай мне баки! С этим траншем еврооблигаций вопрос очень простой. Если у них есть лицензии, если они готовы дать перформенс-бонд на сто миллионов, я буду разговаривать...

Он помахал мне рукой — иди сюда, мол.

— Хорошо-хорошо! Сейчас мне не до этого. Ты завтра позвони Кузнецову, объясни ситуацию. А он мне доложит. Пока... А почему министр? Хорошо, я его послезавтра увижу... Скажу... Пока...

Он нажал кнопку — трубка испуганно пискнула, упав на стол. Сашка смотрел на меня с явным удовольствием, но его ехидные змеистые губы складывались в привычную ироническую улыбку. Потом он гибко и резко вскочил навстречу:

— Ну что? Прибыл, Верный Конь?

Мгновение мы молча стояли друг перед другом, внимательно всматриваясь, потом крепко обнялись, и я увидел, как саркастическая улыбка Серебровского блекнет, и он горячо, негромко, на выдохе сказал:

— Господи, как я тебя ждал, Серега!

Я только сейчас заметил, что я почти на голову выше субтильного маленького Серебровского. Я смотрел на него с нежностью.

— Сашка, Хитрый Пес, ты зачем сюда вскарабкался?

— Кто знает? Тайный ход карт... Или призыв судьбы...

— Доволен?

— Врагу не пожелаю.

— Тогда зачем?

— От меня это не зависит...

— Как это? — удивился я.

Он усмехается, и в его усмешке вновь проскользнуло снисходительное высокомерие.

— Серега, это на бегу не объяснишь... Это сложно... Во всяком случае, альпинист на траверсе не может сказать:

притомился я маленько, надоело, пойду домой... Надо переть вверх. Или...

— Или?..

— Или — внизу кучка мясного фарша с обломками костей...

Серебровский возвратился к столу, нажал кнопку переговорника:

— Надя, сделай малый созыв. Нам — аперитивы.

КОТ БОЙКО:

ВИД, УДОБНЫЙ ДЛЯ ЛОГАРИФМИРОВАНИЯ

Я вышел из ванной и увидел, что мой страж Валера, развалясь в кресле, тупо глядит в телевизор. Я предложил:

— Может, в ресторан спустимся?

— Да сейчас сюда принесут!

— Не выдумывай... Не уважают они тебя — забыли.

— Не забыли... Сейчас в кабаке самый крутеж. Придут, денег всем хочется.

Я с сочувствием посмотрел на охранника — тугого, мускулистого, остро пахнущего потом. Здоровенный ком жесткого мяса.

— Глупо так торчать, — попробовал я его уговорить. — Пошли вниз — девочек подснимем, гормональную нагрузку снизим. А?

— Нельзя! — горестно-твердо отказал мне конвоир. — Николай Иваныч запретил из номера выходить.

— Смотри, как у вас с дисциплиной хорошо поставлено! — восхитился я.

— Да, это верно, — с идиотской серьезностью подтвердил Валера. — У нас дважды не повторяют.

— Замечательно! Раз так — будем сидеть по краям унитаза, как пара орлов на вершине Кавказа.

И тут постучали в дверь.

— Кто? — дернулся на стук охранник.

— Ужин из ресторана заказывали?

Валера приоткрыл дверь, внимательно рассмотрел в щель официанта, только потом скинул цепочку и впустил неспешного посланца кухни — официант вкатил в номер тележку с выпивкой и яствами. Валера, пропустив его в номер, на всякий случай выглянул за дверь — пусто ли в коридоре. Молодец, бдит.

Я с удовольствием наблюдал, как официант снимал с телеги и расставлял на столе многочисленные тарелки, судки, бутылки. Потирая от радостного нетерпения руки, я объяснял моему дисциплинированному сторожевому животному:

— У меня, как у всякого художника, в жизни есть три желания, три задачи, три высоких цели — завтрак, обед и ужин. Мимо завтрака и обеда я сегодня пролетел. Значит, сейчас пожуем втройне... Але, ты как там?

Валера, шевеля губами, тщательно читал счет, потом подписал его, дал официанту чаевые:

— Посуду заберешь завтра, — закрыл за ним дверь, не забыв придирчиво проверить цепочку и замок.

В номере было жарко. Я скинул с себя рубаху и брюки, оставшись в одних трусах, — в полуголом виде человек выглядит беззащитно-беспомощно.

— Рассупонься, сынок, — предложил я своему оборموту. — Сейчас будем пировать, как древние римляне, — долго и в кайфе... Ты суп-то заказал? Я без супа не могу!

— Предусмотрено, — снисходительно улыбнулся Валера.

— Молодец! Мыслишь стратегически — далеко пойдешь. Я тебе расскажу один секрет: на зоне у людей странные представления. Без устриц или там черной икры живут спокойно, а без баланды — полная чума!

Валера засмеялся:

— Устриц не брал, а черной икры — навалом... Уха из стерляди с расстегаями подойдет?

Он снял и аккуратно развесил на спинке стула свой нарядный пиджак. Под мышкой в кобуре — «макаров», к брючному ремню прицеплены наручники. Бой-парень, жопа — колесом!

— Давай-давай! — поторопил я его. — Ночь на дворе, приличные люди давно уже в пыль пьяные, а мы — не синь пороху! Сдавай!

Валера повернулся к столу, взял в руки бутылку «смирновки» и начал разливать по рюмкам.

Его бритый тяжелый затылок был отделен от накачанной мощной шеи жирной складкой, такой глубокой и красной, будто кто-то уже рубанул его по загривку топором.

Ну вот и мой черед пришел.

Я неслышно нагнулся, взял с пола свои брюки, растянул штанины на полный размах рук и в быстром плавном броске накинул их охраннику на шею. За неимением другого и это вполне может сойти за удавку. Резкий рывок в разные стороны с одновременной подсечкой — полный абзац!

Валера обрушился на пол с грохотом упавшего в обморок буфета. Собственно, весь вопрос и состоял в том, чтобы пистолет из его кобуры перекочевал ко мне. Всех делов!

Из опрокинувшейся бутылки тихо журчала на пол водка. Я отпрыгнул назад, естественно, попутно нагнулся и поднял бутылку, недовольно заметив ему:

— Экий ты, Валерка, нескладень! Сколько добра зря перевел... — Я уселся в кресло, ни на миг не отводя взгляда от лежащего на паркете охранника, с удовольствием выпил стоящую на столе рюмку водки. Ласково спросил, кивнув на экран телевизора: — Ты видел, как я стреляю?

Валера вяло пошевелил пересохшими губами:

— Не убивайте... пожалуйста...

Я пожал плечами:

— Направление мысли правильное. Но не преувеличивай... От тебя зависит! Николай Иваныч — кто?

— Он из службы безопасности «Бетимпекса»...

— О-о-о! — восхитился я. — Неслабая контора заботится обо мне. Настоящие гуманитарии! Ты сам-то — в штате?

Одновременно я обшаривал карманы его висящего на стуле пиджака, достал портмоне, связку ключей, запасную обойму, платок, разнообразную мусорную мелочь, вытряхнул на стол содержимое бумажника — довольно много денег. Их я отложил в сторону.

— Никто из нас не в штате... Мы в охранном агентстве «Конус». А к «Бетимпексу» как бы не имеем отношения. И связи с Николай Иванычем у меня нет...

— Понятно, — кивнул я. — То есть если я тебя сейчас стрельну или завтра мы вдвоем шмальнем кого-нибудь, а потом ты угрохаешь меня, все эти страсти для «Бетимпекса» — бим-бом? Концов нет?

— Выходит, так... — обреченно сказал Валера и сделал неуверенную попытку приподняться.

— Ну-ну-ну! — Я поднял ствол. — Ты, сынок, лежи, где тебя уронили. У тебя был трудный долгий день, тебе нужен покой. Брюки только мои отдай...

Под прицелом охранник стащил с шеи брюки и бросил мне через комнату. Натягивая портки, я перекидывал из руки в руку пистолет, чтобы не выпустить этого остолопа из поля стрельбы ни на долю секунды.

— Ты уж извини, друг, я понимаю, что ты с моими портками сжился, как с родными. Но они мне пока нужны: тут такой дурацкий обычай, можно сказать, народная традиция — на людях ходить в штанах...

Поднял с пола свой муаровый пиджак и разложил по карманам со стола все нужное, пересчитал пачку денег.

— Деньги, надеюсь, не твои. Казенные?

Валера молча кивнул.

— Ну, слава Богу! «Бетимпекс» — организация зажиточная, спишут на представительские расходы. Тебе моя расписка не понадобится, они тебе на слово поверят. Вставай! — скомандовал я и показал на здоровенную сумку-баул в углу номера. — Ну-ка, собери все добро со стола...

Валера, испуганный и злой, с угрюмым сопением собирал и аккуратно укладывал в сумку деликатесы и выпивку. А я пока внимательно рассматривал сотовый телефон, который оставил мне Николай Иваныч. Включил, послушал долгий протяжный гудок, засветился зеленоватый экран на электронном табло, но звонить отсюда не стал, выключил телефон и опустил в карман.

В этот момент охранник, взбесившийся шестипудовый зельц, бросился на меня.

Вот, Господи, напасть какая!

Здоровенный мясной дурак, обученный приемам рукопашного боя с мирными безоружными фраерами, попросту не представляет скорость реакции олимпийского чемпиона. А может быть, глядя на меня, он не мог поверить, что этот замурзанный, худой, обросший щетиной лагерный чмырь и есть тот самый знаменитый чемпион? Или страх перед улыбчивым Николай Иванычем в нем сильнее угрозы пистолета в руках беглого оборванца?

Охранник не преодолел половины разделявшей нас дистанции, пока я дважды нажал спусковой крючок — выстрелы ударили коротко, негромко. Валера падал долго, мягко. Будто ватную куклу подхватил я его на руки и тихо опустил на пол.

Вот дурачье! Свинопасы серые! Ничего не умеют...

Пистолет положил в карман, салфеткой обмотал ладонь, плеснул на нее водки, быстро протер подлокотники своего кресла, стол, ручки на двери в ванную. Стакан и рюмку, из которых пил, бросил в сумку, огляделся, подхватил баул, выключил свет и вышел в коридор. Притворил дверь, повесил на ручку гостиничную табличку «Прошу не беспокоить». И ушел.

АЛЕКСАНДР СЕРЕБРОВСКИЙ:

РУКОПОЛОЖЕНИЕ

— Все равно не понимаю! — помотал головой Ордынцев.

— А чего тут понимать? — усмехнулся я. — Ты там, у себя, наверное, читаешь «Пари-матч», а надо читать Гете...

— Бу-сделано, — отрапортовал Серега и отдал мне честь. На правом запястье мотнулся его браслет-амулет — шесть пулек в кованой золотой цепочке. — Сегодня перед сном сразу же подчитаю маленько Гете. Только скажи, с какого места, чтоб врубиться поскорее. Спиши слова, как говорится...

— «Я — часть той силы, что вечно хочет зла и вечно совершает благо», — со значением сказал я.

— Ага! Понял! — кивнул Сергей и участливо спросил: — Не наоборот?

— Как случается... Иногда получается наоборот, — пожал я плечами.

Серега посмотрел сквозь бокал на пляшущий в камине огонь и совершенно твердо разочаровал меня:

— Не стану я, пожалуй, читать на ночь твоего заплесневелого дедушку Гете...

— Что так?

— Он ведь, помимо баловства стишатами, был, кажется, премьер-министром в какой-то там Вюртембургской Швамбрании. А из поэзии заведующих мне больше по душе творчество нашего бывшего премьера Виктора Степаныча. Есть у него душераздирающее место, когда Мефистофель предлагает ему душу в обмен на «Газпром», а Черномырдин говорит: «Я — часть той силы, что вечно хочет блага и вечно совершает как всегда!..»

Я захохотал:

— Дурак ты, Сережка! Правильно про вас, ментов, говорят: ничего святого, кроме зарплаты.

Серега истово перекрестил пупок:

— Только от испуга, господин президент! Мне с непривычки показалось, что жизнь страшноватая.

— Ну, это ты не прав! Жизнь замечательная! В России сейчас самый шумный карнавал за всю историю. Удивительная, похожая на сон шикарная оргия! Людям при комуняках было невыносимо скучно. Жизнь была серая, как солдатское исподнее...

— А сейчас?

— А сейчас — невероятно интересно! Люди громадные деньги крутят, все суетятся и торгуют, ловчат и развлекаются! Тучи «мерседесов», ночные клубы, бардаки, наркота и пьянь, стрельба и взрывы — бандиты кого-то все время мочат, — невозмутимо пояснил я. — Всегда война — не слишком опасная, не очень кровавая, но жутко прибыльная...

— Любопытно, — покачал головой Сергей и серьезно спросил: — Шахтеры, учителя, врачи, которым не платят зарплату, тоже веселятся на этом карнавале?

— Вряд ли. Но они присутствуют на этом празднике. И видимо, одобряют...

— С чего бы это?

— Если бы не нравилось — они бы прекратили эту гулянку. Они все — избиратели в свободной стране. Но все избегают резких движений — всем есть что терять. И вообще, не радей ты, Христа ради, за народ — это выглядит смешно...

Сережка хмыкнул, потряс льдинки в бокале, и пульки в его браслете глухо стукнулись. Так же серьезно он спросил:

— Санек, а что в этом смешного?

— В любой придури есть нечто смешное, — сказал я. — Ты свое сострадание народу отправляешь шифровками из Парижа — это придурь...

— Из Лиона, — поправил Серега. — Моя контора в Лионе. Улица Шарля де Голля, дом 200.

— Тем более, — заверил я его. — Вот давай выйдем с тобой на улицу и побредем, как калики перехожие, и весь встречно-поперечный народ российский будем спрашивать: ой вы, гой еси, добры молодцы, сограждане наши дорогие, компатриоты любимые! Не хотите ли вы с завтрева стать лицами швейцарской национальности? Али любезнее вам быть датчанами? Судьба вам будет сладкая — сытая, спокойная, тихая. Как думаешь, согласятся?

— Не знаю...

— А я знаю. Пошлют они нас с тобой — дальше не бывает. Потому что знают: богоносничать там — ни Боже мой! Воровать — ужасно невозможно. Пьянствовать — только попробуй! За Ампиловым по улице бегать — только на карнавале. Вот и ответь по совести: так жить можно?

Серега заметил:

— Вообще-то говоря, я и живу в этих обстоятельствах. И жизнь эта бывает часто мучительна...

В кабинете было очень тихо. Только дрова потрескивали в камине. Сполохи пламени перебегали по дубовым панелям стен, жарко мерцали отблески на ковре винно-красного цвета, вспыхивали на золоте старых картинных рам. Я люблю эти полотна. Старая русская школа — Боровиковский,

Венецианов, Тропинин. Я держу их не из-за цены. Пусть они будут у меня.

Мы молчали долго, а потом Серега, механически покручивая на руке свой заговоренный браслет, тихо спросил:

— Слушай, Хитрый Пес, а где брат твой — Бойко?

Вот он и наступил, этот тягостный и отвратительный момент — время разговоров, откровений, воспоминаний — все, что я так ненавижу и к чему приговорен неотвратимо, ибо имя мне — безвинно проклятый Мидас.

И сказал я как только мог просто и ровно:

— Не брат я больше сторожу моему... Не знаю. Пока не знаю...

— А узнаешь? — напористо спросил Серега.

— Конечно. Я это должен знать...

— Почему? Вы же больше не братья?.. — И спрашивал он меня не как друг, а как мент.

— Потому что он хочет убить меня, — уверенно сказал я.

Долгая пауза повисла в сумеречно освещенном кабинете. Такие паузы умеют строить только Станиславский и наш президент Борис Николаевич — эмоциональная дыра, когда конец прошлой фразы забыт, а новая еще не придумалась.

— Ты боишься? — спросил Сергей.

— Нет, — покачал я головой.

Как это можно объяснить? Я ведь действительно не испытываю страха. Какое-то совсем другое, противное чувство, ощущение опасности, животной тревоги...

— Вообще-то меня несколько раз пытались убить. Да руки коротки, — сказал я.

— А почему ты думаешь, что Кот хочет убить тебя? — Серега пристально всматривался в меня, словно психиатр, принимающий решение: симулянт или полный чайник?

— Я знаю.

— Но вы же были как братья?! Мы же друзья были! — почти крикнул Ордынцев, и я услыхал тоску и боль.

Я неопределенно хмыкнул:

— Выражаясь научно, бизнес и дружба — явления разнохарактерные. Как соленое и квадратное... К сожалению, у богатых не бывает друзей.

— Из-за этого ты меня вызвал в Москву? — Серега помолчал, подумал и ответил себе на собственный вопрос: — Да.

Он сделал большой глоток коньяка, откусил кусочек меренги, простодушно спросил:

— Посоветоваться со мной не хотел?

— Нет.

— Ну там, знаешь, как бывает — спросить моего согласия?

— Нет, Серега, времени нет советоваться. Я не сомневался, что ты согласишься.

А он смотрел на меня с искренним удивлением:

— Но почему? Почему ты так уверен?.. Ведь дело это...

Я перебил его:

— Потому что так будет правильно! Серега, ты уж поверь мне! Я — системный математик, а по профессии — бизнесмен. Я оцениваю ситуацию проверенными формулами, где вместо непредсказуемых человеческих чувств подставлены цифры реальных фактов...

— И в какую формулу ты подставил мое неполученное согласие? — спросил он без подначки, без вызова. С каким-то грустным любопытством.

Я катал по столу стакан, раздумывая, как объяснить внятно невероятную сложность происходящего, и, понимая невозможность растолковать что-либо даже близкому и любящему человеку, медленно и жестко сказал:

— Это очень длинная формула. Если ее записать на бумаге, получится занимательный роман...

— А если коротко?

— Коротко не получится, — вздохнул я. — Но решение любой проблемы — это поиск разумного равновесия включенных в нее интересов. Серьезный бизнесмен способен разрушить глупый парадокс, будто овцы не бывают целы, если волки сыты...

— А еще проще? — досадливо переспросил Серега. — Излагай на моем, на ментовском уровне.

— Не придуривайся! — поморщился я. — Будет ужасно, если моя ретивая служба безопасности пристрелит Кота...

— Это будет ужасно, — согласился Ордынцев, глотнул коньяка и сочувственно вздохнул. — Я думаю, что твоя служба безопасности не пристрелит Кота. Промахнутся...

— Мне кажется, ты их недооцениваешь.

— Возможно, — развел руками Серега. — Я ведь их не знаю. Но насколько я знаю Кота, он не даст им прицелиться.

— Хочешь сказать, что скорее Кот пристрелит меня? — спросил я его с интересом.

— Я это допускаю, — мотнул башкой Сергей.

— Это будет еще хуже, — сказал я, а Серега откровенно заухмылялся. — Что ты смеешься, дурачок! Я кормлю около миллиона человек. Умру, и вмиг разрушится все, что я построил. Нельзя мне умирать, нельзя...

— Это я понимаю! — засмеялся снова Сергей. — Совершенно нельзя и абсолютно неохота! Но я-то тебе зачем сдался?

— Встать между Котом и мной.

— Заманчивое предложение, ничего не скажешь! И как ты это себе представляешь?

— Я возьму на жесткую сворку свою службу безопасности, а ты найдешь Кота и прикроешь меня, — твердо сказал я.

— А что обо всем этом скажет мое начальство? — поинтересовался Серега.

— В подробности мы их посвящать не станем, а в принципе они охотно поддержат твои усилия. Я говорил с твоим министром.

Ордынцев растерянно смотрел на меня.

— Знаешь, Сань, я, наверное, маленько зажился за рубежами. Что-то я не врубаюсь во многие вещи...

— А что тут врубаться? Одним звонком я могу поднять сто лучших сыскарей страны. Завтра могу вызвать охрану из агентства Пинкертона. Но мне нужен ты...

— Лучше всех, что ли? Тоже мне — комиссара Мегрэ сыскал!

— Не знаю, может быть, ты и не лучший. Но ты — единственный, кому я доверяю. И единственный, кому поверит Кот Бойко...

КОТ БОЙКО:

ПРИЯТНАЯ НЕОБЯЗАТЕЛЬНОСТЬ НОЧНЫХ РАЗГОВОРОВ

До тошноты мне хотелось добраться до места и бросить якорь, а все равно не поддавался себе и монотонно командовал водиле:

— ...теперь направо, ага, возьми налево, еще квартал вперед, вот этот дом объедем и чуток направо...

Водила оборачивался ко мне и озабоченно спрашивал:

— Так мы же здесь уже были никак?

— Нет, тут мы не были... Обман зрения — тут ведь все дома и кварталы одинаковые.

И поношенная, серая, как крыса, «шестерка» продолжала петлять в лабиринте жилых коробок спального района Теплый Стан. Ночь, неуверенные огни желтых фонарей, пусто и тихо на улицах, сонно шелестит тополиная листва в скверах, редкие освещенные окна в домах — в спальном районе спят.

Решив, что теперь водила и на Страшном суде не сможет показать, где я вылез, скомандовал остановку:

— Эй, земеля, тормози лаптем! Приехали... Тут, на уголке, прижмись.

Протянул деньги, водила быстро пересчитал, восторженно заблекотал:

— Ну-у, побаловали, господин хороший! Спасибо!

— На здоровье! — Я выбрался из тесной машинки со своим здоровенным баулом. — Рад помочь развитию малого бизнеса столицы.

— Да какой там бизнес! — усмехнулся водитель. — Я, вообще-то говоря, инженер. Смех сказать — сплошная вялотекущая бедность... Вот эта лошадка только и кормит!

— Не грусти, мы еще увидим небо в алмазах. Якутских... — пообещал я ему уверенно и попер свою неподъемную сумку к дому. Водитель, до глубины инженерной души растроганный «бетимпексовскими» деньгами, высунувшись из окна, крикнул:

— Вы хоть номер корпуса знаете, подъезд? А то давайте помогу...

— Да вон он, тут он, родимый... — показал я рукой и открыл дверь подъезда.

«Шестерка» завизжала своим раздолбанным сцеплением, сорвалась с места и помчалась по длинному пустому проезду с такой скоростью, будто ночной инженер-извозчик опасался, что я могу вернуться и отобрать деньги безвременно усопшего сторожевого мерина Валеры.

А я долго глядел ему вслед через стекло входной двери, дождался, пока габаритные огни машины исчезли из виду, и вышел из парадного снова на улицу. Огляделся, прислушался — было тихо и пусто. Тогда пошел через дорогу в другую сторону — к домам напротив.

В непроницаемо черной тени большого мусорного контейнера я остановился, достал из кармана сотовый телефон. Замечательная игрушечка! Включил, нажал светящиеся кнопочки цифр. В маленьком пластмассовом тельце бушевала тайная, удивительная жизнь — он тихонько попискивал и шуршал, он испускал невидимые трассирующие очереди сигналов, которые неощутимыми, но очень прочными нитями должны были меня с кем-то связать, мне что-то навязать и как-то круто повязать. Потом на зеленоватом подсвеченном экране всплыли четкие цифры: 717—77—77.

Гудок, еще гудок, и как через треснувший картон — приволокли ко мне электронные ниточки хрипловатый голос:

— Слушаю...

— Николай Иваныч, прости, это тебя Кот Бойко беспокоит... Ты велел звонить, если что...

— Что-нибудь случилось? — В его голосе полыхнула тревога.

— Как тебе сказать... Парню твоему, Валерке, плохо стало...

— В каком смысле?

— В прямом. Мне кажется, он умер...

— Что-о? — Электрончики в трубке возбухли в алый, кипящий гневом и испугом шар.

— Что слышал. Сначала был очень здоровый, а потом стал совсем мертвый...

Николай Иваныч помолчал несколько минут, в телефоне, как в трубочке стетоскопа, было слышно его тяжелое сдавленное дыхание, потом грозно спросил:

— Ты понимаешь, что ты натворил? — И говорил он так сердито и так страшно, что я испугался, как бы телефончик от такой страсти не разлетелся мелкими дребезгами.

— Нет. Не понимаю.

— Вот и мне кажется, что ты этого не соображаешь. Ты где? Надо срочно встретиться!

— Прекрасная мысль! Я уже соскучился по тебе, — засмеялся я вполне доброжелательно. — Мне вообще нравится, что ты такой умный. Жаль, меня за полного козла держишь...

— Да ты послушай меня!.. — крикнул он.

— Остановись! — сказал я быстро, как плюнул. — И не продавай мне больше ситро за шампанское. Ты меня с кемто спутал. Слушай внимательно: ты пошли чистильщиков в гостиницу, пусть номер приберут, намарафетят все это поганище. «Бетимпексу» и тебе лично такая вонь без надобности. А меня ты не отлавливай — произойдет большая бяка...

— Ты черный, страшный человек, — жалобно-зло сказал Николай Иваныч. — Плохо кончишь...

— Не преувеличивай! — усмехнулся я. — Мы все кончим более-менее одинаково... А засим, как говорят на автоответчике, абонент временно недоступен...

Он что-то там разорялся еще, телефончик прыгал в моей руке. Он был живой. Он брызгал в меня электронными слюнями. Маленький, а злой какой! С размаху бросил я его на асфальт, для верности топнул по трубочке каблуком, поднял расплющенный корпус и швырнул в мусорный контейнер.

И с легким сердцем пошел я в непроницаемый сумрак бесконечных, соединяющихся друг с другом дворов.

МИНИСТРУ ВНУТРЕННИХ ДЕЛ
РОССИЙСКОЙ ФЕДЕРАЦИИ
СРОЧНОЕ СПЕЦСООБЩЕНИЕ

От оперативного дежурного ГУВД г. Москвы

Около двадцати одного часа на Московской кольцевой автомобильной дороге в районе сорок шестого километра совер-

шено нападение на милицейский конвой, этапирующий из аэропорта «Шереметьево-2» экстрадированного из Франции преступника, гражданина России Василия Смаглия. По имеющейся неподтвержденной информации с места происшествия, начальник конвоя подполковник Фомин и три сопровождавших Смаглия офицера погибли. Арестованный Василий Смаглий скончался в машине «скорой помощи». По показаниям очевидца на месте происшествия, нападение было осуществлено тремя машинами: «опелем-астра», полуфургоном «Газель» и неустановленной марки большим тяжелогрузным грузовиком. Государственные номерные знаки автомобилей не установлены. Экипаж автомобиля сопровождения ГИБДД — старшие лейтенанты Жуков и Орешкин — тяжело ранены и доставлены вертолетом санитарной авиации в госпиталь Министерства внутренних дел.

Вся поступающая информация будет незамедлительно передаваться в министерство.

Ответственный оперативный
дежурный по г. Москве
полковник Н. Сорокин
Москва, 21 час 27 минут
15 июля 1998 г.

СЕРГЕЙ ОРДЫНЦЕВ:

КОРПОРАТИВНЫЙ КОНТЕКСТ

Когда мы шли по коридору офиса, один охранник топал перед нами, а двое — в нескольких метрах за спиной. Я спросил Сашку:

— Скажи на милость, тут-то они зачем? На этот этаж посторонних не пускают.

— Понятия не имею, — пожал плечами Серебровский. — Я не могу перепроверять действия всех моих служб, я обязан доверяться профессионалам. У режимщиков наверняка есть какие-то соображения...

Сашка без стука открыл какую-то дверь — просторный, в строгой офисной красоте кабинет. Непрерывно дышит, тихонько пощелкивает компьютер, стрекочет-выщелкивает распечатанные странички принтер, радиоприемник на милицейской волне хриплой скороговоркой, отрывистыми позывными создает постоянный **негромкий** бурчащий шум.

И во весь этот деловой интерьер был очень точно вписан крепкий, военно-выправленный мужик в партикулярном темно-сером костюме с очень знакомым лицом. Ба-а! Не может быть!..

— Привет, Кузьмич! Привел к тебе своего старого дружка. — Серебровский сделал шаг влево, пропустил меня вперед, и я в некоторой растерянности остановился посреди кабинета, неуверенно прикидывая — поручкаться, откозырять, заключить в объятия?

— Здравия желаю, товарищ генерал-лейтенант, — сказал я вяло.

Цивильный генерал подошел, обнял за плечи, с ласковой усмешкой сказал нараспев:

— Запаса, Сережа, генерал-лейтенант запаса. Пенсионерить скучно и неуютно. Вот я здесь у Александра Игнатьевича и пребываю на покое...

Этот ласково-мягкий тон напряг меня — генерал Сафонов похож на закончившего с отличием церковное училище матерого бульдога.

— Ну-ну, не прибедняйся, Алексей Кузьмич! — со смешком заметил Серебровский. — На покой только архиереи безгрешные уходят. А ты у нас, как бронепоезд, — на запасном пути...

— Как я погляжу, — сказал я ему, — у вас тут черт не разберет, где пути магистральные, а где — запасные...

— Фу, Серега, не говори, как иностранец, — «у вас», «у нас»! — все так же мягко, но очень уверенно поправил меня Алексей Кузьмич. — У нас! Только «у нас»! Здесь все радости и горести — все наши...

— И не вздумай спорить, Верный Конь! — хлопнул меня по плечу Сашка. — Кузьмич — вице-президент и шеф службы безопасности. Он, как бывший замминистра, знает столько, что и мне не все сообщает... А, Кузьмич, правильно говорю?

Серебровский пронзительно вперился в генерала, смотрел без улыбки, и нельзя понять было, шутит он шутки или всерьез предупреждает его.

— Обижаешь, Александр Игнатьич! — притворно возмутился генерал. — Мусором, пустяками стараюсь тебе голову не засорять, зря нервы не трепать.

— Ага, я так и понимаю это, — процедил Серебровский. — Я схожу в дилинговый зал, а вы тут пока пошепчитесь...

— Сердится, — мотнул головой Кузьмич в сторону закрывшейся двери и тяжело вздохнул. — Конечно, прав он, крупный кикс мы сделали...

— В чем? — поинтересовался я.

— Проблема у нас, — озабоченно забурчал Кузьмич. — Недоглядели мы Кота Бойко.

— То есть?

— Ему еще два года сидеть было. Год, десять месяцев, двенадцать дней. Там он у нас был под приглядом, — вздохнул Сафонов. — Не отследили мы ситуацию...

— Не пришибли, что ли? — поинтересовался я.

— Нет, так вопрос вообще не ставился. Но Гвоздев, хозяин «Бетимпекса», сумел ему провернуть помилование. Ну, мол, с учетом личности осужденного, выдающихся прошлых заслуг и примерного поведения. Через комиссию по помиловке и Администрацию Президента продвинули мгновенно и бесшумно...

— А что, у Кота действительно было примерное поведение?

— Ага, как же! — зло крякнул генерал — Примерное поведение! Бойко с первого дня — вождь лагерной отрицаловки! А мы ушами хлопали, пока Гвоздев шустрил под ковром... Срам!..

— А зачем это «Бетимпексу»?

— Как зачем? — удивился вопросу Кузьмич. — Тебе Серебровский еще не объяснял?

Я покачал головой — не объяснял.

— Гвоздев — это наш Гитлер, — сообщил Кузьмич с чувством. — Гвоздев — акула империализма, коммунист, враг народа, политическая проститутка, наймит сионизма, фашист, уголовник, миллиардер и бессовестная гадина...

— Понятно, — засмеялся я. — Одним словом, ваш основной конкурент и враг. Зачем ему Кот?

— Не «ваш», а «наш»! Наш враг! — напомнил напористо Кузьмич и взял со стола потрепанную папку. — Это копия лагерного дела Бойко. Опустим детали... По донесениям лагерной агентуры, Бойко неоднократно грозился убить Серебровского, как только окажется на свободе. Я думаю, что в устах Бойко это не пустые угрозы. Наверняка Гвоздев потратил сумасшедшие деньги, чтобы выпустить Кота на боевую тропу.

— Как вы, Алексей Кузьмич, представляете себе развитие событий?

— А чего тут представлять? Как доска просто... Они будут держать Бойко на коротком поводке — ему нужны укрытие, деньги, транспорт, оружие. Реальной связи с «Бетимпексом» они ему никогда не дадут, он вообще может не знать, кто его наниматели. Им важно вывести его на покушение, тогда дело, можно сказать, сделано...

— Для этого покушение должно быть успешным, — осторожно заметил я.

— Совсем необязательно, — отрезал Кузьмич. — Удачное покушение — это для них запредельный успех. Если оно удалось, в тот же день Бойко угрохают — шандец котенку, больше никаких концов нет. При этом надо помнить, что в любом случае во время покушения наши бойцы набьют Кота свинцом, как водолазный башмак. Допрашивать некого будет, следов, поверь, тоже не останется...

— Не понимаю, Алексей Кузьмич! Им же Серебровский нужен, а не Кот!

Генерал помолчал, задумчиво побарабанил пальцами по столу, потом негромко спросил:

— Тебя самого никогда охотники за флажками не гнали? Облаву на себя представить можешь?

— Только в общих чертах...

— Тогда и я в общих чертах постараюсь объяснить тебе кое-что. Серебровский — отечественного розлива финансово-промышленный магнат, их у нас еще олигархами кличут — для убедительности. Ежедневно ему приходится принимать решения ценой в десятки или сотни миллионов, и от их правильности зависит жизнь невероятного количества людей.

— Вот как раз эту часть мне Серебровский объяснил, — признался я.

— Но он тебе, наверное, не объяснил, каково принимать эти решения, когда в затылок тебе наведен карабин... Вот для этого Гвоздев выволок из клетки вашего боевого Кота.

— И что, вся ваша грозная контора не может обеспечить безопасность Серебровскому?

— Раньше — могла.

— А теперь?

— Теперь — не знаю. Два новых обстоятельства возникли. Первое — Бойко. Там, у Гвоздева, сидят ребята не пальцем деланные, вызволить Бойко на оперативный простор — это они гениально удумали...

— В чем гениальность-то?

— В том, что Бойко — не вонючий наемный киллер. Сейчас киллеров в Москве толчется, как раньше лимитчиков... Вопрос цены. Но как бы магнаты ни воевали между собой, никто из них не станет нанимать на конкурента киллера — риск катастрофического скандала слишком велик. А Бойко — самонаводящееся оружие. Наши психологи сделали анализ — психодинамическая модель называется...

— Кот бы умер от хохота, кабы знал...

— Может быть. От хохота приятней, чем от пули. Правда, хорошо смеется тот, кто смеется без последствий, — мрачно сообщил генерал.

— И что эта самая модель показала?

— Максимальную степень опасности. Установить какую-то связь Бойко с «Бетимпексом» будет практически невозможно. Бойко — стрелок высочайшего класса, оптимально подготовлен физически, он спортсмен мирового уровня. Двадцать пять лет дружил с Серебровским и знает его, как самого себя. И самое главное — он не корыстный наемник. Он упертый двужилистый чемпион, и цена победы ему безразлична. Ему важно это сделать, доказать, победить! Сейчас он живет одной сверхценной идеей — показать всем, что он

воду, так вдыхают чистый воздух в удушье, так смотрят в забытьи сладкий сон.

Черт его знает! А может быть, я ее люблю?

Потеряв дыхание, весь трясясь, я сильно прижимал ее к себе левой рукой, забыв, что в правой у меня по-прежнему баул. Она оторвалась от меня только на миг, быстро приказав:

— Да брось ты свой дерьмовый рюкзак!

Ишь ты какая! Брось! Я осторожно опустил свою суму переметную, а ее подхватил на руки, внес в комнату, освещенную зеленой настольной лампой и нервно мерцающим экраном компьютера.

Шикарный однокомнатный «Шератон» в многоквартирной трущобе в Теплом Стане — нежданно-негаданная прибыль на безумный поступок. Это когда я дал ей несколько лет назад — беспомощной, беззащитно-одинокой, бездомной, загнанной, да и мне почти незнакомой, — денег на покупку этой хибары. И мысли тогда не допускал, что станет она стартом и финишем моей кругосветки, а теперь — единственным для меня укрывищем, лежбищем и охотничьей засидкой...

Мы двигались по комнате в недостоверном танце, будто плыли под крик Любы Успенской, которая все грозилась пропасть, и глаза мои были закрыты, а она быстро и счастливо бормотала:

— Господи... на часок... на денек... Придурок ненормальный! Зачем ты на мою голову навязался? Счастье ты мое горькое... На всю голову трахнутый... Тюремная морда... Любимый мой...

Я опустил ее на тахту и стал стягивать эту смешную мини-майку, из-под которой вырвались на волю острые, нежно-смуглые сиськи, похожие на спелую хурму. А она, не отпуская меня, расстегивала пуговицы на моей рубахе, дергала брючный ремень, наткнулась на заткнутый за пояс пистолет.

— Это что? Зачем? — встревожилась на миг.

Я целовал ее и смеялся:

— Будильник. Мой телохранитель дал поносить. На память. Не урони, смотри, на пол — еще стрельнет нам в беззащитные места...

Швырнул через всю комнату башмаки, стоптал с себя брюки, и упали мы в небывалое, невероятное, всегда повторяющееся и каждый раз все более неповторимое счастье самой сладкой, таинственной и взволнованной человеческой игры, превращающей нас в единого зверя о двух спинах.

РАДИОПЕРЕХВАТ
Запись телефонного разговора.
Связь: охранное агентство «Конус» —
неустановленный абонент.
Разговор состоялся 15 июля 1998 г.
в 21 час 46 минут.
Перехват осуществлен Управлением
внутренней безопасности.
Оператор — Ю. Коментов.
Пленка записи изготовлена в 1 экземпляре.

— ...Нет, не бери это в голову, мы к Смаглию не имеем отношения. Это с ним братва разобралась... Не твое это дело. Ты сейчас гони в гостиницу — нашим занимайся... Я там буду... И ищите Кота, найди, хоть из-под земли отрой! Нет, ментов не трогай... Пусть твои ребята говорят с таксистами, со шлюхами тамошними, со всеми швейцарами, прихватите нескольких мелких торговцев наркотой — взгляни, кто там по учетам проходит. Дворники, шофера ночных мусорников... Запомни — он не мог оттуда улететь, он уехал на машине. Это может быть случайный проезжий частник, а может, он колымит там регулярно... Кто-нибудь видел, как Кот садился в кар. Найдите его — как из пушки...

СЕРГЕЙ ОРДЫНЦЕВ:

ЧУЖДЕНЕЦ

В сопровождении охраны мы вышли из подъезда во внутренний двор билдинга «РОСС и Я».

Честно говоря, меня уже сильно раздражала эта орава сытых дармоедов. Из-за опереточной свирепости на розовых ряшках они были похожи на крепостных крестьян, подавшихся в лесные разбойники. Но здесь, наверное, считается по-другому. Ничего не поделаешь — this is another World.

Мы нырнули в салон «Мерседеса-600», просторный, чернокожий, уютный, похожий на приемную модного стоматолога. Тяжело чмокнула — пушечным затвором — бронированная дверца. Начальник охраны махнул рукой крепостным, сидящим в головном джипе «форд-экспедишен», прыгнул на переднее сиденье «мерседеса», оглянулся назад — проверил место замыкающего тяжелого джипа, спросил глазами команды Серебровского, дождался разрешающего кивка и сказал в портативную рацию:

— Я — первый! Поехали... Маршрут — четвертый, скорость — штатная, режим готовности — второй, дистанция — два метра.

Из динамиков на передней панели эхом откликнулось:

— Я — третий. Вас понял... Радиорежим — закрытый...

— Я — четвертый. Вас понял ясно...

Просто Колумбия какая-то! Демократия плюс колумбизация всей страны.

На крышах автомобилей сопровождения одновременно вспыхнули синие проблесковые фонари, и кортеж, плавно набирая скорость, выехал из закрытого двора. Створки электрических ворот за нами тяжело, как шлюзы, закрылись. Мощные машины с утробным ревом, глухим жующим рокотом баллонов, звенящим коротким подвизгом сирен лихо погнали по ночной Москве.

...Участок Московской кольцевой дороги, где произошло нападение на милицейский конвой, был забит автомобилями ГАИ, «скорой помощи», стояла пожарная машина, «вольво» телевизионной бригады «Дорожного патруля», автобус дежурной опергруппы с Петровки — множество машин и людей на месте уже завершившейся драмы.

Полотно дороги в восточном направлении было перекрыто, сполошно плясали синие и красные огни, свет фар сотен сбившихся в пробку автомобилей заливал мертвенным сиянием следы разразившегося здесь недавно побоища. Белые халаты пронесли накрытый простыней труп в санитарную машину.

Наш кортеж подъехал по встречной, внешней полосе кольцевой дороги, замедлил ход.

Начальник охраны повернулся к нам:

— Вот здесь это все и произошло...

Я тронул его за плечо:

— Слушай...

— Нет-нет-нет, Сергей Петрович, мы останавливаться не можем. Это без обсуждения! — непреклонно-твердо сообщил охранник.

Серебровский с невозмутимым выражением лица смотрел прямо перед собой, не вмешиваясь в наш разговор. Я подергал несколько раз ручку дверцы — бесполезно, замки заблокированы.

— Сергей Петрович, там уже все кончено, — мягко сказал охранник, он меня успокаивал. — Вы там сейчас ничем и никому не поможете. Там — финиш...

— Не финиш! — зло выкрикнул я. — Это меня касается, я должен был ехать с ними! Останови, я тебе говорю!

— Нельзя! — твердо резанул мой страж.

Я поманил его пальцем, а он готовно наклонил ко мне голову. Я ухватисто взял в пригоршню его ухо и сжал вполсилы. Повернулся к Серебровскому и попросил:

— Саша, вели остановиться, или я оторву ему ухо!

Серебровский усмехнулся, помотал головой:

— Однако! — Помолчал, будто прикидывал для себя ценность охранного уха, и решил по-хорошему: — Изволь...

Я отпустил ухо не столько напуганного, сколько удивленного охранника, и Серебровский мягко сказал ему:

— Миша, не обращай внимания. В Болгарии иностранцев называют чужденец... Этот у нас тоже пока чужденец. Сходи с ним туда, а мы вас подождем.

Мы вылезли из машины, а Серебровский, приспустив бронированное стекло, сказал охраннику:

— Ты проследи там, чтоб кто-нибудь не подснял нашего шустряка-чужденца...

70

КОТ БОЙКО:

ПРОДАВЕЦ СНОВ

Мы с подругой лежали обнявшись на тахте, и этот жалобный матрас летел сейчас над миром, как ковер-самолет.

Его несла над этой заплеванной, обиженной землей, над облаками легкой дремы и сладкого полузабытья острая тугая сила моего вожделения и ее уже уходящая нежная агония: «О мой родной, лучший мой, единственный...»

Потом Лора оттолкнула меня, взяла с тумбочки очки, надела, и лицо ее сразу построжало, как у училки, проверяющей мою контрольную — грамотно ли все сделал, есть ли в моем сочинении искреннее чувство или только чужие цитаты с ошибками? Долго смотрела она в мое лицо и решила, наверное, что я на этот раз ничего не списывал, не подглядывал, подсказками не пользовался.

— Ты мне снился, урод несчастный.

— И ты мне снилась... Лежишь, бывало, ночью на шконках, вокруг сто двадцать мордоворотов храпят, как танковая колонна. Безнадега, вонь и мгла... А я лежу и о тебе, единственной, сладкой, как эскимо, мечтаю...

— Ну что ты врешь, Кот позорный! — засмеялась она. — Мечтал бы — хоть раз открыточку прислал, я бы к тебе приехала...

— Лора, цветочек мой душистый! Декабристка моя хрупкая! Тебе на свиданку в зону нельзя, туда только законных супружниц пускают. А мы с тобой, слава Богу, в сплошном грехе сожительствуем.

— К сожалению...

— Не жалей. Представь себе — вот это наше сладкое хряпание называется супружеский долг! Долг! Как трояк до получки! Полный отпад!

— Угомонись, тротуарный мустанг! Мне это не кажется таким ужасным наказанием, — недовольно заметила Лора. — Просто тебя бабы разбаловали. От этого тебе нормальная жизнь кажется стойлом.

Я закурил сигарету, потянулся, закинул руки за голову и сказал ей совершенно честно:

— Ошибаешься, подруга, это не разбалованность. Я очень **люблю** женщин. Понимаешь, не просто факаться люблю, я каждую женщину люблю, как волшебный подарок... Подарок, которым дали поиграть один раз. У меня до сих пор трясется душа, когда я впервые прикасаюсь к женщине. Я люблю первые слова знакомства, я люблю ваши капризы, вашу терпеливость. Вашу верность, память ваших тел, их запах — у каждой свой. Когда я с тобой, я люблю тебя, как часть самого себя... Когда я в тебе — ты для меня, как два кубика дури, как сорванный мной впервые миллион, как рекордный выстрел на олимпиаде... Понимаешь?

— Я люблю тебя, безмозглого вруна. Умираю по тебе! И ничему никогда не верю...

— Зря. Я никогда не вру женщинам. Я их всех любил в момент знакомства так сильно, что хотел на них жениться. Честное слово!.. Но по разным причинам передумывал.

— Больной человек, чистая клиника, — неискренне посочувствовала Лора. — Лечиться надо вам, пожилой юноша!

Я поднялся со своего медленно планирующего на землю ковра-самолета:

— Можно попробовать. Хорошими продуктами. Помогает...

— Ужас! — Лора закрыла лицо руками. — У меня в холодильнике только мед и орехи.

— Одну минуточку! Тебе же доставили ужин из ресторана!

— Послушай, продавец снов! Последний раз мы ужинали в ресторане, когда я решила по дурости, что ты хочешь на мне жениться. А ты уже передумал... Или думать не собирался...

— Пока не знаю, но, может быть, я снова передумаю, — сказал я и направился в прихожую за своим баулом.

АЛЕКСАНДР СЕРЕБРОВСКИЙ:

КАРНАВАЛ САМОЗВАНЦЕВ

Гаишники перекрыли для нас встречное движение, пока машины переползали на внешнюю полосу кольцевой дороги — все, поехали домой!

Серега заткнулся в угол салона, подавленно и сердито молчал.

— Жаль, что ты мент, полицейский. А не японский поэт. Мог бы написать стихотворение, элегантное танку в стиле дзен, — сообщил я Сереге. — Такого типа: «Ночью я проехал мимо своей могилы. Из тьмы в никуда...»

Ордынцев подозрительно посмотрел на меня:

— Але, а ты почему велел забрать меня прямо из аэропорта? Ты что-то знал?

Меня стал разбирать смех — до чего же люди ни черта не понимают в происходящем вокруг, с ними самими. Но строго и уверенно судят!

— Ты знал? — приступал ко мне Серега.

— Ну даешь! У тебя мания величия! По наивности тебе кажется, что ты к этому имеешь отношение. Все это, — я показал пальцем себе за спину, туда, где медленно исчезало мерцающее зарево, — имеет отношение только к 86 миллионам баксов. Должен тебе сказать, что это о-очень серьезная сумма, и те, кто растырил ее по оффшорным банкам, не хотят, чтобы веселый босяк Смаглий тут начал болтать глупости на следствии! Просто ему не надо было попадаться тебе в руки. Вот и все...

— Выходит, если бы я его не отловил... — задумчиво сказал Серега.

— Конечно! — заверил я его. — Смаглий нарушил правила игры — он попался. Проиграл — плати...

— В той игре, что я играю, у меня есть роль. Я — сыщик. А получается, что я еще и судья. И отчасти — палач...

— Не морочь голову! Никакой у тебя отдельной игры нет. И быть не может! — твердо остановил я его. — Мы все играем одну громадную, очень интересную игру, и никого не спрашивают о согласии. Играем все! Постарайся ни к чему всерьез не относиться — мы все на сумасшедшем карнавале самозванцев. Это бал воров с непрерывным переодеванием, все в нелепых масках и чужих костюмах. Гримасы, ужимки, комичные кошмары...

— Там был кошмар настоящий. Там убили моих товарищей, — просто сказал Сергей.

Я перебил его:

— Знаю! Сделай выбор: или глубокая скорбь по этому печальному поводу, или безмерная радость, что тебя там не было. Слава Богу, жив. Жив! Радуйся!

— Эта формула не из человеческой жизни, а из мира твоих рвотных цифр...

— Не ври, не ври, не ври! Себе самому не ври. Это и есть человеческая жизнь! Тебе и поскорбеть охота, и ребят очень жалко, и порадоваться за избавление от погибели нужно, а делать это прилюдно неловко...

— А почему неловко? — всерьез спросил Сергей.

— А потому что мир, в котором мы живем, не требует чувств, а требует только знаков, одни рисунки чувств...

— И что он требует от меня сейчас?

— О, мир гримас и ужимок требует знаков сердечной скорби и страшной клятвы гнева и отмщения! Ты клятву дай и плюнь на все это! Тебе пора взрослеть. Лучше позаботься о себе. И обо мне...

— Сань!

— А?

— Ты стал ужасной сволочью.

— Глупости! С годами люди не меняются... Чуток количественно. Ты, я, Кот Бойко — такие же, как мы были в детстве. Просто выросли...

ЧЕРТИ

У бокового входа в гостиницу «Интерконтиненталь» стоит реанимобиль — мерседесовский автобус в раскраске «скорой помощи». Несколько поздних зевак, скучающий милиционер. Из дверей отеля санитары выносят носилки, на которых лежит укрытый до подбородка простыней мертвый охранник Валера. Николай Иваныч возникает в изголовье носилок, отгораживая их от досужих прохожих. Распахивает заднюю дверцу, носилки вкатывают в кузов, фельдшер говорит громко:

— Инфаркт... Скорее всего — задней стенки...

Николай Иваныч захлопывает дверцу. Коротко вскрикнула сирена, реанимобиль помчал мертвого пациента на неведомый погост.

КОТ БОЙКО:

КРОШКА МОЯ

С ума можно сойти — как душевно кормят в «Бетимпексе»! Лора сновала по кухне, расставляя на столе яства, угощения и выпивку, которые мы добыли из бездонного баула. Они не помещались на столешнице, и Лора их пристраивала в беспорядке на буфете, плите и подоконнике.

В тесном неудобном пространстве она двигалась сноровисто, ловко, я смотрел на нее — сказочное, нездешнее, неотсюдное животное, гибкое, быстрое, тонкое, с гривой золотисто-рыжих, будто дымящихся волос, — и каждый раз, как она пробегала мимо, я быстро целовал ее — в круглую поджаристую попку, в грудь, в упругий и нежный живот, в плечи, в затылок. Она тихонько, будто испуганно, взвизгивала, как струнка на гитаре, и вроде бы сердито говорила:

— Ну перестань!.. Сейчас все уроню!.. Не мешай!..

Но любой маршрут прокладывала ближе к табуреточке, на которой я восседал, как давеча Леонид Парфенов, рассказывающий о моих былых подвигах.

А может быть, плюнуть на все и замуроваться в этой фатере навсегда? Лора будет мой бочонок Амантильядо. Никогда и никуда больше не соваться...

— Все! Готово! Прошу за стол!

Икра, осетрина, семга, крабы, ростбиф, салаты, овощи, расстегаи к супу и мясо в блестящих ресторанных судках и на подносах. Я вспомнил, что, как наркоман в ломке, второй день во рту маковой соломки не держал, проглотил кусок осетрины и заорал:

— Господи! Наслаждение, близкое к половому!

— Сколько же ты заплатил за это? — усаживаясь за стол, простодушно восхитилась Лора. — Состояние!

— Не преувеличивай... Одного черта пришлось обмануть, а его помощника-балду пришибить. И пожалуйста — кушать подано!

— Ну что ты выдумываешь всегда! — засмеялась Лора. — Наверное, все свои тюремные деньги потратил...

— О да! Я там круто заработал! — серьезно согласился я. — Но за ужин я рассчитывался не деньгами, а безналичными. Можно сказать — опытом.

— Это как?

— Понимаешь, ты не в курсе, есть мировая система финансовых операций — продажа опыта, — глотая огромные куски, просвещал я подругу. — Тюремный опыт — это высоколиквидный капитал для безналичных расчетов. Вроде пластиковых кредит-кард. Если нет налички, платишь из этого капитала. Коли счет невелик — получаешь сдачу...

— Ну объясни мне, Кот, почему ты такой врун?

— Не веришь? Мне — пламенному бойцу за правду? — тяжело огорчился я. — Меня всю жизнь называют Господин Правда. Мистер Тру. Месье Лаверите. Геноссе Вархайт. Коммунисты для своей газеты мое имя скрали, «Правдой» назвались...

Я достал из кармана пиджака пачку Валеркиных денег, показал Лоре:

— Вот сдача за ужин. А ты мне не веришь, крошка моя...

И тут на меня напал приступ неудержимого хохота. Я давился едой, слезы выступили, а я все хохотал неостановимо.

— Ты чего? — испуганно спросила Лора.

— Как раз в тот момент, когда меня упрятали в зверинец, во всех кабаках горланили песню «Крошка моя, хорошо с тобой нам вместе...».

Я вскочил со своей колченогой табуреточки, обнял Лору и стал кружиться с ней по кухне, распевая «Крошка моя, хорошо с тобой нам вместе».

Маленькая моя, несмышленая, бессмысленная, сладкая, глупая совсем. Крошка моя! Кто здесь тебя ласкал и пользовал, кто пел с тобой и танцевал на непроходимой кухне, кто летал на продавленном ковре-самолете? Пока меня не было?

Пока меня отгрузили в клетку? Тысячу дней, тысячу ночей! Неужто ждала меня? Это, конечно, вряд ли. Не бывает.

Да и не важно. Я ведь идеалист и знаю наверняка: тысячу дней здесь не было жизни, раз здесь не было меня. И не могла ты здесь хряпаться тысячу ночей — тебя не было. Я верю в это несокрушимо. Хотя бы потому, чтоб не думать, что делали в эти тысячу ночей мой дружок Александр Серебровский и самая вожделенная женщина на земле — Марина.

Марина, моя несбыточная мечта о прошлом. Моя окаянная память о неслучившемся. Моя истекающая жизнь, никчемушная и бестолковая.

Марина, любимая моя, проклятая.

Нет, нет, нет! И знать ничего не хочу! Жизнь — это не то, что с нами происходит, а то, как мы к этому относимся.

Поцеловал Лору и сказал ласково:

— Девушка, дай я тебя покиссаю! Ты и есть та самая беда, с которой надо ночь переспать. Утром все будет замечательно. Мы будем петь и смеяться, как дети...

СЕРГЕЙ ОРДЫНЦЕВ:

СЛАДКОЕ ОБОЛЬЩЕНИЕ БОГАТСТВА

Галогеновый фонарь вырубал в ночи огромную голубую прорубь — прямо над воротами загородной резиденции Серебровского в Барвихе.

Обзорная телекамера поползла хищным хоботком объектива вслед въехавшим машинам, откозыряли привратники, еще один — внутри караульной будки — быстро шлепал пальцами на электронном пульте.

Подъездная дорожка плавно закруглилась к входу в трехэтажный дом-усадьбу. Охранник у дверей держал на поводке белого питбуля, похожего на озверелую свинью. Телохранители выскочили из машин, начальник охраны открыл дверцу «мерседеса» и протянул руку Серебровскому. Мне не протянул руку помощи — или мне по рангу еще не полагается, или боялся, что я его снова за ухо ухвачу.

Питбуля спустили со сворки, страшный пес с радостным рыком бросился к Саньку, подпрыгнул, положил на миг ему лапы на плечи, лизнул в лицо. Я боялся, что он свалит Сашку с ног, сделал шаг к ним, и тотчас же собака повернула ко мне морду сухопутной акулы и злобно рыкнула, обнажив страшные клыки-клинки.

— Жуткое сооружение, а? — засмеялся Серебровский. — Я его обожаю!

Он гладил собаку по огромной противной морде, ласково трепал по холке, и в движениях его и в голосе была настоящая нежность:

— Ну, успокойся, Мракобес, успокойся! Все свои...

— Песик, прямо скажем, малосимпатичный, — бестактно заметил я. — В цивилизованные страны их запрещено ввозить. Так и называют — дог-киллер. Мокрушник...

— За это и ценим, — сказал Серебровский со своей обычной зыбкой интонацией — нельзя понять, шутит он или всерьез, потом взял меня под руку: — Пошли в дом...

Начальник охраны Миша Красное Ухо — за спиной — мягко напомнил:

— Указания?

— Как обычно, в шесть... — уронил Сашка, не оборачиваясь, не прощаясь. А пес-дракон строго «держал место» — у правой ноги хозяина.

Я вернулся на пару шагов, протянул руку Мише:

— До завтра. Прости, пожалуйста! Не сердись...

Он улыбнулся, и ладонь его была как улыбка — широкая, мягкая.

— Да не берите в голову. Все на нервах. Я вас понимаю...

Я хлопнул его товарищески по спине, Миша наклонился ко мне ближе и тихо сказал:

— При подчиненных больше меня за уши не хватайте. А то для поддержания авторитета придется вам руку сломать.

Я ему поверил.

Догнал дожидающегося меня в дверях Серебровского, который сообщил:

— Мне кажется, он — единственный — любит меня.

— Кто — охранник? — удивился я.

— Мракобес, — серьезно сказал Сашка.

Я испуганно посмотрел на него.

— Не боится потерять работу!.. — хмыкнул Сашка, и его тон снова был неуловимо зыбок.

А в мраморном холле нас встречала Марина, сильно смахивающая сейчас на американскую статую Свободы — в широком малахитовом, до пола длинном платье, но не с факелом, а с запотевшим бокалом в поднятой руке. Посмотрела на меня ласково, засмеялась негромко, светя своими удивительными разноцветными глазами — темно-медовым правым, орехово-зеленым левым, — лживыми, будто обещающими всегда необычное приключение, радостно протянула мне руки навстречу.

Вот баба-бес, чертовская сила!

Она сразу внесла с собой волнение, удивительную атмосферу легкого, чуть пьяного безумия, шального праздника чувств, когда каждый мужчина начинает изнемогать от непереносимого желания стать выше, остроумнее, значительнее — в эфемерной надежде, что именно он может вдруг, ни с того ни с сего стать ее избранником хоть на миг, потому что любой полоумный ощущает невозможность обладать этой женщиной всегда, с мечтой и отчаянием предчувствуя, что такая женщина — переходящий кубок за победу в незримом соревновании, где талант, случай, характер вяжут прихотливый узор судьбы в этом сумасшедшем побоище под названием жизнь.

— Ну, Серега, как сказал поэт? — спросила Марина. — «Воспоминанья нежной грустью...»

— «...меня в чело, как сон, целуют», — закончил я строку и обнял ее, легко приподнял и закружил вокруг себя.

Питбуль Мракобес утробно зарычал, глядя на нас подслеповатым красным глазом рентгенолога. Сашка гладил его по загривку, успокаивая, приговаривал:

— Свои... свои. Умный... умный, хороший пес... Это свои...

Отпустил собаку, подошел к Марине, вполне нежно поцеловал ее в щеку, откинув голову, посмотрел на нее внимательно, как бы между прочим заметил:

— Подруга, не рановато ли стартовала? — и кивнул на бокал.

— Не обращай внимания... До клинического алкоголизма я не доживу, — усмехнулась Марина и взяла нас обоих под руки. — И вообще, Санечка, не становись патетической занудой, это не твой стиль.

Столовая, конечно, — полный отпад. Зал, декорированный под средневековую рыцарскую трапезную. Дубовые балки, темные панели, стальной проблеск старинных доспехов и оружия, кованая бронза, высокая резная мебель, цветы в литых оловянных сосудах, сумрачные красные вспышки камина. Все-таки, как ни крути, а обаяние буржуазии в старинном макияже — оно еще скромнее, еще неотразимее.

— Скажи на милость, — спросил я Марину, — а какой стиль должен быть у нашего выдающегося магната?

— Что значит — какой? — поразилась Марина очевидной глупости вопроса. — Он, как египетский фараон, повелитель всего, что есть и чего нет! Санечка наш — над мелочами, над глупостями, над людьми, над жизнью...

Она схватила меня за ухо, как я недавно начальника охраны Мишу, ну, может быть, понежнее, конечно, и сказала громким театральным шепотом:

— Александр Серебровский — фигура надмирного порядка, гиперборейская личность, можно сказать, персонаж астральный...

Сашка невозмутимо заметил:

— Шутка... — Он со вздохом посмотрел на Марину, потом обернулся ко мне: — За годы, что ты не видел Марину, у нее бешено развилось чувство юмора. Имею в семье как бы собственного Жванецкого.

Марина обняла за плечи Серебровского и поцеловала его в намечающуюся лысинку.

— Прекрасная мысль, Санечка! Почему бы тебе не купить в дом настоящего Жванецкого? Представляешь, какой кайф — приходишь домой, а тут уже все мы: Михал Михалыч со своими шутками, я с моей нечеловеческой красотой, Мракобес, мечтающий загрызть кого-нибудь насмерть, вокруг — прекрасный неодушевленный мир обслуги. Просто сказка, волшебный сон! Купи, пожалуйста! Ну что тебе стоит?

— Хорошо, я подумаю об этом, — серьезно ответил Серебровский. — Ты же знаешь, что твоя просьба для меня — закон...

В этом роскошно навороченном буржуазно-антикварном новоделе должна была бы звучать пленительная музыка Игоря Крутого в аранжировке какого-нибудь Вивальди. А я слышал тонкий, приглушенный, задавленный подвизг истерии. Они не хотели гармонии. По-моему, им обоим нравился звук аккуратно скребущего по стеклу ножа.

Я серьезно сказал ей:

— Знаешь, Маринка, если ты будешь так доставать мужа, жизнь ему подскажет парочку крутых решений семейных проблем.

— Не выдумывай, Верный Конь! — махнула рукой Марина. — Нет у нас никаких проблем. Наша жизнь — это романтическая повесть о бедных влюбленных. Или не очень бедных. Даже совсем не бедных. Скорее богатых. Наверное, очень богатых. Но наверняка — чрезвычайно влюбленных. Так я говорю, мой романтический рыцарь?

Она обняла Сашку и легонько потрясла его — так выколачивают монету из перевернутой копилки.

— Абсолютно! Тем более что современному рыцарю достаточно не обкакать шпоры, — невесело усмехнулся Сашка. — Все-все-все, садимся за стол...

Серебровский уселся во главе стола, и в ногах его сразу разлегся с негромким рычанием Мракобес. Мгновенно возникли неизвестно откуда — будто из небытия — два официанта в смокингах, предводительствуемые маленьким шустрым вьетнамцем, который нес в растопыренных пальцах развернутую веером полудюжину бутылок.

— Цто коспода будут пить? — любезно осведомился вьет, наклонив прилизанный пробор. — Оцень хорошо сан-сир, легкое шато-марго, монтрашо зевеносто третьего года, к рибе мозно сотерн... К утиной пецени «фуа гра» нузно взять молодой бозоле от Зорз де Бёфф...

— Подай ему, Вонг, божоле от Жоржа де Бёффа, — захохотала Марина. — А то он там у себя во Франции всех этих понтов не ловит!

— Приятно обслузить гостя, понимаюсего вкус настоясего вина, — с достоинством сказал Вонг.

— А мне приятно, что в доме моего старого друга служит настоящий сомелье — хранитель вин, — учтиво, стараясь не улыбаться, ответил я.

— Сомелье! Наш сомелье Вонг Фам Трах! — продолжала смеяться Марина, и в ее смехе просверкивали уже заметные искры скандала. — Я помню, как вы с Сашкой бегали ночью покупать водку у таксистов...

Вонг направился к боковому столику, чтобы раскупорить бутылки, но Серебровский мгновенно остановил:

— Я тебе уже говорил, чтобы ты открывал бутылки при мне...

Марина углом глаза смотрела на мужа, потом положила мне руку на плечо:

— Сумасшедшая жизнь!

— Твой муж мне объяснил — нормальный карнавал, — пожал я плечами.

— Ненормальный карнавал, — покачала головой Марина. — Во всей Москве Санек не сыскал дворецкого-японца, пришлось взять вьетнамца, которого мы продаем за японца. Но шутка в том, что те свиные рыла, для которых гоняют эти понты, не отличают японца от вьетнамца, они все на их взгляд — косоглазо-узкопленочные. А Вонг, я думаю, только нас ненавидит больше японцев.

— Многовато разговариваешь при обслуге, — отметил Серебровский и поднял бокал: — За встречу... За прошедшую вместе жизнь... За нашу молодость...

Все чокнулись, по-птичьи тонко звякнул хрусталь, мы с Сашкой как-то неуверенно пригубили, а Марина выпила вино одним долгим глотком.

Она не закусывала, а сидела, опершись подбородком на ладонь, и внимательно, пьяно рассматривала меня.

Все-таки она обалденно красивая баба. Божий промысел, дьявольская шутка, слепая игра мычащих от страсти генов, еле заметные мазки мэйк-апа — не знаю, что там еще, да и предполагать не собираюсь, а вот поди ж ты — чудо! Присутствует в ней какая-то кощунственная, невероятно волнующая смесь иконы и порнографической модели из глянцевого журнала, и действует она как алхимический субстрат — достаточно одного взгляда на нее, и вместо вялой маринованной сливы простаты вспыхивает в мужских чреслах солнечный протуберанец, а яйца становятся больше головы.

К сожалению, все это добром не кончается. Не дело это, когда с одной бабой хотели бы переспать три миллиарда мужиков. Ну, минус гомики, конечно, зато — плюс лесбиянки. Я считаю и всех тех, которые не слышали о ее существовании, но, несомненно, стоило бы им взглянуть разок, они — как тот грузин из анекдота — сказали бы: «Конэчно, хочу!»

Ну а ты, Верный Конь?

Не буду отвечать. Имею право. Никого не касается. Мне мои дружки, суки этакие, Кот Бойко и Хитрый Пес, придумали на целую жизнь жуткое амплуа — Верный Конь. Не друг я ей, не любовник, не муж, даже не воздыхатель. Мне досталась ужасная роль — быть свидетелем, как два моих друга, два брата приспособили самую красивую на земле женщину в нашу популярную национальную забаву — перетягивание каната...

Марина положила руку на мою ладонь и спросила:

— Серега, ты счастлив?

Я поднял на нее взгляд:

— Ничего не скажешь — простенький вопрос! Наверное, «нет счастья на земле. Но есть покой и воля...»

— И ответ простенький, — кивнула Марина. — Обманул поэт — нет покоя, и воли нет поэтому...

Серебровский дожевал кусок и спокойно сказал:

— Я думаю, Мариночка права. У нее нормальная точка зрения умного человека, бесконечно утомленного непрерывным отдыхом. А Марина — невероятно умный человек. Пугающе умна моя любимая. И ничем не занята.

Марина хмыкнула:

— Видишь, Серега, — жалким куском рябчика попрекает, горьким глотком монтрашо девяносто третьего года укоряет. Страна в разрухе, мы на пороге голода и нищеты, а я гроша живого в дом не приношу. Нет, Серега, нет счастья на земле...

— Счастья наверняка нет, — согласился Сашка. — Во всяком случае, в твоем понимании. А что есть вместо счастья, Марина?

Марина повернулась к нему и произнесла медленно, со страхом, болью, неприязнью:

— Не знаю. Христос сказал: сладкое обольщение богатства...

И снова в благостной тишине семейно-дружеского ужина я услышал визг тревоги, опасности, стоящей на пороге ненависти.

Я, медленно постукивая пальцами по столу, неуверенно сказал:

— Иногда в жизни счастье заменяет долгое везение. Фарт. Это я от профессиональных игроков знаю.

— Тогда все в порядке! — захлопала в ладоши Марина. — Мой муж Санечка и счастливый, и везучий! У нас, Серега, есть своя ферма — Санек купил какой-то племенной совхоз. Серега, ты знаешь что-нибудь омерзительнее теплого парного молока? Но это не важно. Я тебе, Серега, расскажу по секрету, ты смотри, никому не проболтайся, — у нас там куры яйцами Фаберже несутся. Вот какие мы везуны!

— По-моему, приехали, — вздохнул устало Серебровский.

KAK ОНИ ЭТО ДЕЛАЮТ

*В Центре радиотелеперехвата «Бетимпекс» два инжене-
ра-оператора перед огромным монитором с картой Москвы
что-то объясняют Николаю Иванычу.*

*— Радиомаяк, вмонтированный в трубку, по-видимому,
частично поврежден. Сигнал нестабильный. Наши пеленгато-
ры не берут его во всем диапазоне, — говорит один из них,
скорее всего старший.*

*— Из-за этого мы не можем точно локализовать источ-
ник... Радиус допускаемого приближения — два-три километра, — уточняет второй.*

*— Ни хрена себе — допускаемое приближение! — сердито
мотает головой Николай Иваныч. — Ты-то сам понимаешь,
что такое в Москве два-три километра? Десятки улиц и пе-
реулков! Тысячи домов...*

*Он смотрит на карту города, где в юго-западной части
пульсирующим очажком гаснет-вспыхивает затухающий, потом набирающий снова силу мерцания огонек.*

*— Ну, вы, Маркони глоданые, какие мне даете позиции? —
с досадой спрашивает Николай Иваныч.*

*— Четыре машины с пеленгаторами уже вышли в радио-
зону. Если в телефончике батарею не замкнет совсем, мы за
сутки-двое дадим точную дислокацию объекта, — заверяет
старший.*

КОТ БОЙКО:

РАЙСКОЕ ЯБЛОЧКО

Я перевернулся с боку на бок и мгновенно проснулся, услышав, что Лора тихонько всхлипывает. Комната серебристо-
серо освещена экраном невыключенного компьютера.

— Что? Что случилось?

— Ничего-ничего, — быстро вытерла Лора слезы краем
простыни. — Спи, спи! Тебе показалось...

— Ни фига себе! Показалось! — Я сел на постели, притянул ее к себе. — Девушка с побледневшим лицом, вся в

рыдальческих слезах уже бежит к пруду, а мне, видите ли, показалось! Ну-ка, давай колись! Разоружись перед партией!

— Не обращай внимания! — Она уткнулась мне в грудь и, по-детски сдерживая слезы, сопли, слюни, сопела. — Это от радости! Чисто нервное! Знаешь, бабы не потому дуры, что дуры, а дуры потому, что бабы...

Я поцеловал ее, прижал к себе теснее, тихонько сказал:

— Все понял! А теперь говори — в чем дело?

— В шляпе! — оттолкнула меня Лора. — Подумала о том, как ты сбежишь завтра, — так стало себя жалко! Жди тебя снова три года...

— А ты собираешься ждать? — строго спросил я.

— Не знаю... Наверное... А чего делать?

— Вообще-то лучше не жди. Плюнь...

Вот смешная девка. Полная дурочка. Как я могу ей объяснить, что ни с одной женщиной я не способен прожить целую жизнь вместе, не про меня такая судьба. Вообще-то существовала одна женщина, с которой я мог, наверное, вместе состариться и умереть в один день. Но так вышло, что она меня бросила. Стариться будем теперь врозь. Остается вместе умереть.

Как раз вот в тот черный период в моей жизни мы и сыскались с Лорой. Забавно все получилось. Приехал я к приятелю Толику Куранде на дачу. Когда-то мы с ним вместе за сборную страны выступали, почти в одно время вылетели. Парень он был замечательный — шестипудовый кусок доброго, веселого и пьяного красавца мудака. На гражданке себя искать не стал, не напрягался, сильно выпивал и все время врал и хвастал. Подобрала его крутая баба — директорша промтоварной оптовой базы, лихая дамочка со звеняще-визжащим именем Зина Зиброва. Взяла его на полное содержание, от всех обязанностей освободила, а знакомым говорила, что держит для женского здоровья собственного чемпиона.

На мой вкус, бабенка она была вполне противная — нежная, жеманная, мелкая, а ряшка у нее размером была, как у актера Депардье. Для своего женского здоровья и, навер-

86

ное, чтобы Толик, шальной Куранда, ее не бросил, свое личико величиной с коровью морду Зина держала в холе и ласке, будто любимое животное выхаживала и растила.

Сроду бы, конечно, не поехал я на их долбаный день рождения, если бы Толик раз пять не позвонил. Неудобно, да и на душе такая мерзкая желтая гадость, как на зассанной кошками черной лестнице. Черт с ним, поеду! Вручу подарок, выпью по-быстрому и отвалю. Как говорит мой друг карточный шулер Иоська Кацап, пришел на поминки, быстро всех поздравил — и сразу же за зеленый стол!

Пора была осенняя, ноябрь, предзимок. Пока доехал до Опалихи, продрог сильно — сломалась в машине к едренефене печка. Потом разыскивал их дачу, огромное каменное сооружение, будто построенное из остатков сталинского метро, — совсем стемнело. Продрог как бобик. Дождь со снегом хлещет, это называется осадки — холодная грязь с неба, тьма и ужас. Вошел в дом, озверелый от холода и досады, что приехал сюда, от злобы на себя, на бросившую меня Марину, на Толика и хрупкую его подругу с крупнорогатой молочной рожей — хочу всех убить!

А там гулянье дымит коромысленно.

Елки-палки! Кого там только нет — Ноев ковчег, на который зажуковали посадочные билеты для чистых, а потом по блату и за взятки продали их только нечистым. Стойбище индейцев-делаваров еврейской и кавказской национальностей. Блатные, деловые, жуковатые, нужники, начальники, фирмачи, славянские бандиты, платные телки — «зондерши», эмигранты, прибывшие из Штатов за контрибуцией... Сказочный зверинец! Спектакль Ануя «Бал воров»!

Поднесли мне с порога штрафную, потом вторую, третью — загудело, зашумело весело, ну, расправил орелик крылья — понесло меня. Огляделся я с высоты птичьего полета — вон она, у стены стоит — Лора! Смотрит на меня во все глаза, и такое на лице ее восхищение и такой восторг встречи написаны, что я даже засмеялся. По-моему, на меня никто никогда не смотрел вот так. Шагнул я к ней, а она рванулась навстречу, будто я на танец ее приглашал. Спросила быстро:

— Вам что-нибудь нужно? Я с удовольствием вам подам...

Мне стало смешно. Я ее взял за руки и сказал:

— Дай один кисс! Поцелуй, значит, меня... Пожалуйста.

Она вспыхнула, засмеялась и говорит:

— Вообще я бы с удовольствием, но неприлично это как-то.

— А чего ж тут неприличного? — удивился я. — Мы ведь нравимся друг другу!

Она сказала:

— Да, вы мне очень нравитесь!

— И ты мне нравишься... Давай поцелуемся!

Я притянул ее, и она, умирая от восторга и смущения, прильнула ко мне, а вокруг бушевали гоморроидальный содом, галдеж и безобразие. Но я уже летел, подхватив ее на руки, и все вокруг отодвинулось, приглохло, размылось в очертаниях. Не отпуская от себя, спросил ее:

— Тебя как зовут?

— Лора Теслимовка.

Я засмеялся:

— Это не фамилия, а сорт райских яблок.

И в поцелуе ее был вкус яблок — упругий, нежный, дикий, вкус простой и вечный.

— А ты что здесь делаешь?

— Я племянница Зинаиды Васильевны, хозяйки.

— У-у, значит, ты человек важный!

Тут Зиночка Зиброва, хозяечка наша, промтоварно-продовольственно-торговая дама, возникла из гостевой толпы, похожей на кипящую помойку, и строго сказала:

— Ну-ка, Лора, займись делом! Принеси студень из подвала. А ты, Кот, иди к гостям, все заждались...

Я сам видел, честное слово, как в Америке таким племенным молочно-товарным коровам ставят на морду тавро-клеймо-пробу — как там это называется? Зиночка, зараза моя звонко-заливисто-звенящая. На твою морду пробы негде ставить. Отстань.

Лора высвободилась из моих рук, пошла в подвал. У дверей обернулась и спросила хозяйку:

— Зинаида Васильевна, а где фонарь? Там свет не горит.

— У меня есть фонарь, — сказал я, обернулся к Зиночке Зибровой и посоветовал: — Ты лучше к Толику иди. А то он соскучится и уедет вместе со мной.

А сам догнал Лору, схватил за руку и потащил по лестнице вниз.

— А фонарь? — испуганно спрашивала Лора.

— Да есть фонарь, есть, — уверил я ее. — Свет зачем тебе? Я тебе все покажу...

Спустились в подвал, а там — густая осязаемая чернота, как в бочке с варом.

— Темно, — неуверенно сказала Лора.

Я прижал ее к себе и целовал ее долго и радостно.

— Нехорошо, Зинаида Васильевна очень рассердится. Давайте найдем студень и пойдем наверх.

— А где студень? — со смехом спрашивал я, потому что меня как-то очень смешило, что мы будем носить студень. Я уже был пьяный. Я ходил по темному подвалу, и куда бы я ни ступил, передо мной оказывалась Лора.

— Фонарь нужен, — сказала она робко.

Я достал зажигалку и стал чиркать. Студня нигде не было видно.

— Студень! Холодец из Зинкиной морды! Ты куда девался? — орал я.

Зажигалка выпала из руки, погасла. Тогда я притянул к себе Лору и стал ее быстро раздевать. Она вяло сопротивлялась:

— Сейчас придет Зинаида Васильевна... Такой скандал будет!..

Я прислонил ее к чему-то твердому и запустил свои хищные цепкие грабки под юбку. Я всю ее видел в черноте, я обонял ее и осязал, как разобранное пополам яблоко. Я был весь — в ней, как счастливый, беззаботный червячок в сердцевине райского яблока.

Лора блаженно вскрикивала и бормотала:

— Ой, нехорошо, нас там все ждут!

А я, корыстный червяк-подселенец, блаженно сопел и деловито успокаивал:

— Ничего, дождутся... Дождутся они своего студня...

Не было тьмы, подвального запаха пыли, духоты, а только свежий нежный запах зеленых лесных яблок. Что-то гремело под ногами, чавкало и хлюпало, мы топтались на чем-то податливо-мягком.

А потом я отпал от нее, и в подвале вдруг вспыхнул электрический свет — это, видимо, Зинулька, зловещая зануда, решила меня выкурить-высветить из подвала. Я огляделся и увидел, что стою в огромном жестяном блюде — противне со студнем. Весь этот студень от страсти я истоптал в тяжелый бульон, и брызги его вперемешку с лохмотьями мяса заплескали и облепили мои шикарные брюки до пояса. Наверное, слон, кончив соитие, заливает себя и подругу таким количеством густой комковатой мясистой спермы с ломтиками лимона.

Я озабоченно спросил:

— Лора, ты не знаешь — студень был говяжий или свиной?

— Говяжий. А что?

— Слава Богу! Я боялся, чтобы ты не забеременела от меня свиньей.

Лора стала нервно смеяться:

— Ты им хочешь подать студень на своих штанах?

— Убьют! Они, гости наверху, — люди страшные. Нам с этим деликатесом появляться там нельзя. Пошли отсюда через боковую дверь.

Она испугалась, удивилась, обрадовалась:

— Куда?

— Ко мне. Будем жить в моей машине. Хуже, чем с теткой Зиной, тебе не будет...

Я встал, пошел на кухню, достал из холодильника водку, нацедил добрый стаканчик, хлопнул, закусил огурцом и вернулся к огорченной подруге с важным заявлением:

— Слушай, Лора! Раньше в моей жизни было много ошибок и заблуждений...

Она с надеждой и интересом взглянула на меня.

— И самая горькая в том, — торжественно возвестил я, — что я, как всякий видный коммунист — а я был очень видный, отовсюду видный коммунист, — был вне лона церкви...

В глазах Лоры возникло опасливое подозрение, но я не дал окрепнуть ему, а бросился на колени и страстно сообщил:

— А ведь нас когда еще Владимир Ильич Ленин учил: жизнь есть объективная реальность, данная нам в ощущение Богом...

Лора осторожно сказала:

— Ну, если уж Ильич пошел в ход — не к добру, наверное, исповедь...

— И не права ты! — строго остановил я ее. — Потому что как только мы, демократы, победили тоталитарный режим, так сразу же мы, видные коммунисты, первыми вернулись в это самое лоно. Так сказать, вкусили наконец благодать полной грудью.

Лора со вздохом махнула рукой:

— Раньше на железнодорожных станциях стояли таблички в конце платформы — «закрой поддувало»...

— Твоя душевная черствость, Лора, и твоя грубость, Лора, не помешают мне сказать тебе, Лора, все, что накипело в моей страждущей религиозной душе, Лора!

— Трепач, проходимец и уголовник, — забыв о недавних слезах, улыбнулась Лора.

— Неверие — мука и смертный грех темных духом. Это мне поп, мой сокамерник отец Владимир, сказал. Святой человек, за веру пострадал — пьяный въехал в храм на мотороллере, старосту задавил. Итак, подбивая бабки в моей сердечной исповеди, торжественно обещаю... Как истинно верующий пионер...

— Обещаешь, как будто грозишься, — засмеялась Лора.

Я выдержал страшную паузу, потом отчаянным шепотом возгласил:

— Вот тебе святой истинный крест — никуда не убегу! — Я тяжело вздохнул и смирно завершил: — В смысле — пока не убегу...

— В каком смысле — пока? — заинтересовалась Лора.

От громадности данного обещания я неуверенно поерзал и рассудительно предположил:

— Кто его знает? Может, пока ты меня не выгонишь... Впрочем, и выгонишь — не уйду. Мне все равно идти некуда. Буду тут с тобой мучиться, с наслаждением...

91

АЛЕКСАНДР СЕРЕБРОВСКИЙ:

МУЧЕНИЕ

Марина извивалась, кричала и плакала от сладкой муки, раскачивалась и падала мне на грудь, взвивалась и с хриплым стоном счастья впечатывала меня в себя, и в судороге наслаждения впивалась мне в шею зубами, и боль становилась все острее — я чувствовал, что она прокусит мне горло, я захлебнусь собственной кровью, я не мог этого больше терпеть — физическая мука стерла удовольствие...

Закричал, оттолкнул ее — руки повисли в пустоте. Потрогал осторожно горло — золотой крестик сбился на цепочке и уткнулся в ямку на шее, давил резко и больно, как острый гвоздь...

Поправил крест на цепи, поцеловал его, разжал пальцы, и упал он мне на грудь — тяжелый, теплый, — как ангельская слеза сострадания.

Повернулся на бок — пусто рядом со мной. У Марины своя спальня. Мы не спим вместе. Довольно давно.

Я не могу. Не получается больше. Дикость какая-то! Все врачи мира не могут уговорить или заставить моего маленького дружка. Он, послушник подсознания, молча и неумолимо воюет с моей волей, с моими желаниями, с моей личностью.

Врачи долдонят одно и то же: вы совершенно здоровы, вы молоды, у вас нет никаких органических поражений или отклонений. Просто у вас стойкое хроническое нервное перенапряжение, вы живете в режиме непрерывного дистресса, вам нужен покой, разрядка и отвлечение.

Мое гнусное подсознание сильнее всех их знаний, исследований, препаратов и процедур.

Когда я смотрю в бегающие глаза сексопатолога, когда слушаю утешающую буркотящую скороговорку психотерапевта — весь этот жалобный, нищенский, побирушечий бред профессорской обслуги, я понимаю с горечью и гордостью: не руководители, не управители, не помощники они моему маленькому дружку, живущему в монашеской черной аскезе и отшельничестве. Мое могучее, отвратительное подсознание оказалось сильнее меня самого и наказало меня по-страшному.

Импотенция? Ха-ха! Бессилие? Лом вам в горло!

А может быть, это не наказание? В том смысле, что не задумывалось как возмездие, а просто — баланс сил? Может быть, изначально задумано, что римский папа не должен трахать баб?

Но Кароль Войтыла, когда стал Иоанном Павлом, был уже старым хреном. А мне тридцать шесть лет. И я не могу уйти в отпуск, чтобы отдохнуть, — никогда, ни на один день. Я разряжаюсь, только переключив свое внимание с одной кошмарной проблемы на другую — еще более невыносимую. Я отвлекаюсь от своих забот только затем, чтобы положить в свой карман чужие.

Я — Мидас, строящий золотой свод мира.

Большая тягота, большая власть, большой кайф.

Интересно, обрадовались бы или огорчились легионы людей, зависящих от меня, если бы им довелось узнать, что не я им хозяин и распорядитель их судеб, а мой маленький дружок, одинокий и бессильный, отдавший меня самого во власть могучей черной тьмы бушующих во мне ураганных стрессов и ужасных страстей.

Наверное, обрадовались: они — рабы.

И я — раб. Мидас — царь, который знает о своем рабстве. Никто не догадывается об этом. Врачи не в счет, они не игроки, а интерьер, часть декорации жизни, неживая природа. Они верят, что это болезнь чрезмерного душевного утомления.

А я знаю, что это не состояние надпочечников, простаты, яичек и всей остальной мочеполовой требухи — это свойство моей души, которую ученые дураки называют подсознанием.

Бедные живут в счастливом заблуждении, что за деньги покупается власть. Деньги платят за небольшую власть. За настоящую власть принимается только одна плата — душой.

Об этом знаю я. И Марина, без которой я не могу жить, которую я люблю мучительной **острой** ненавистью, ибо по кошмарной прихоти судьбы она и есть неумолимо-жестокий мытарь, взимающий с меня безмерно тяжелую плату душой за ту власть, что я имею, за ту жизнь, которую я веду.

Я могу в этом мире все — не могу только заставить ее кричать от наслаждения. Со мной.

Все! Все! Все!

Я проснулся. Конец пытке ночного отдыха — обморока, липкого кошмара, бессилия перед провокациями моей души, заполняющей темноту и безволие страшными снами об ушедшем навсегда счастье, которое, может быть, и было смыслом радостного животного существования меня — молодого, бедного, алчного, полного никогда не сбывающимися мечтами.

Все! Все!

Встаю. День начался. Сейчас — в гимнастический зал, и гон по электрическому бесконечному тротуару беговой дорожки, силовые машины, неподъемные блоки — до горячего истового пота, до сильной, глубокой задышки, пока не придет Серега, невыспавшийся, помятый, и недовольно спросит:

— Ну что ты так рвешься наверх? Что ты так напрягаешься?

— Времени нет, — тяжело отдуваясь, отвечу я.

— О чем ты говоришь? Ты же молодой еще!

— Уф-ф! — брошу я гири. — В нашей сонной отчизне молодость — всегда или льгота для лентяев, или стыдный порок для достигателей...

— Ты думаешь, в мире по-другому?

— Мир, Серега, это не только пространство. Это — время... Царь Александр Филиппыч Македонский к тридцати трем годам завоевал полмира и умер. Иисус Христос в этом возрасте создал Новый Завет, был распят и вознесся. А наш былинный герой Илья Муромец только слез с печи и пошел опохмеляться. А мне уже больше годков натикало...

— Ты хоть не опохмеляешься...

— Бог миловал... Все, пошли мыться.

...Мы медленно плыли в голубой прохладной воде бассейна, и я говорю Сергею, а доказываю себе:

— Все, что человек способен сделать, он совершает в молодости. У нас с тобой сейчас — полдень жизни. Еще чуть-чуть, и незаметно начнет подползать старость, противная, больная, стыдно-беспомощная... Серега, с годами человек становится хуже — мозги киснут и душа съеживается.

Серега бросился на меня, пытаясь слегка притопить, и орал дурашливо:

— Хуже старости, Хитрый Пес, человека разрушают власть и деньги. Он становится злым и агрессивно-подозрительным...

Я вынырнул, со смехом отмахнулся:

— У тебя нормальная идеология бедного человека...

— Может быть! — смеется Серега. — Нам не понять друг друга. Ты-то миллиардер, а я уже давным-давно пока еще нет...

КОТ БОЙКО:

УЕВИЩЕ

— Але, подруга! — Я поцеловал Лору в шею. — Ты работу не проспишь?

— Что я, с ума сошла, сегодня на работу переть? — Лора вылезла из-под простыни, взяла с тумбочки свои фасонистые очки. — А сколько времени?

— Семь-двадцать. А что скажешь на работе?

— Ничего. Шефу своему позвоню, отговорюсь. Он у меня с понятием. Если бы не приставал с глупостями — цены бы ему не было...

— Секс-обслуживание в контракт не входит?

— Ты бы взглянул на шефа — по нему курс эндокринологии учить можно. — Лора встала с тахты и сообщила, как вердикт вынесла: — Сейчас из тебя человека буду делать.

— Уточните, мадам? — насторожился я.

— Отпарю тебя, как старые брюки, отглажу, отмою, подстригу — станешь лучше нового! — Лора смотрела на меня с улыбкой, но говорила твердо: — Такой причесон забацаем — полный улет! Как у Зверева, только забесплатно...

— Сказка! — восхитился я. — Волшебный сон!

— У тебя денег, ловчила, наверняка нет? — спросила утвердительным тоном Лора.

Я показал на смятую пачку на столе.

— Чепуха! — махнула рукой Лора и с энтузиазмом сообщила: — А у меня есть тысяча шестьсот «у.е.».

— Это что такое? — удивился я.

— Баксы официально называют «условные единицы»...

— По-моему, доллар — это не условная, а очень конкретная единица, — возразил я. — Совсем с ума посходили — полное уевище...

— Ну, не важно! Условные, безусловные! Когда их нет, они, наверное, условные. А так — важно, что есть! Значит, приводим тебя в божеский вид, я звоню на службу — быстро отбиваюсь, мы завтракаем... — Лора замолкла и мечтательно закрыла глаза.

— И что дальше? — опасливо спросил я.

— Едем в город и одеваем тебя с ног до головы! Чего ты смеешься, обормот? Не веришь, что за кило-шестьсот можно фирмовый прикид собрать? Я такие места знаю! Не веришь? Давай собирайся, берем деньги и едем...

Я обнял ее, прижал голову Лоры к своему плечу, чтобы она не видела моего лица. У меня было сейчас наверняка плохое, слабое лицо, морда утешаемого слабака, сентиментальная патока заливала мой разбойный фэйс. Мой приятель Фотокакис наверняка сказал бы, что у меня влажно заблестели глаза. Просто срам!

Как странно возвращаются к нам наши поступки!

Как давно мы сбежали с дачи Толика Туранды, который, оказывается, доводится Лоре приемным дядей. В машине не только жить, в ней ехать было невыносимо из-за жуткого холода — мы, крепко обнявшись, грели друг друга.

Марины уже не было со мной, перегрелись и напряглись отношения с Хитрым Псом, и Верный Конь Серега отбыл на службу в Интерпол. А дела мои были на таком стремительном и опасном взлете, что я не хотел на всякий случай ночевать дома.

— Поехали в Питер, — предложил я тогда Лоре.

— Поехали, — сразу согласилась она. — А зачем?

— Поспим в гостинице, согреемся. Одежонку купим. А?

— Хорошо. Но ко мне — согреться — ближе...

— А ты где живешь?

— Снимаю квартиру в Теплом Стане.

— Отдельную?

— Отдельную, — кивнула Лора. — Там не «Шератон», конечно, небогато, но тепло.

— Ну да, наверное, — поверил я. — Стан-то, говорят, Теплый...

— Поехали-поехали! — настойчиво звала Лора. — Вот скоро меня хозяйка выгонит, тогда поедем греться в Питер. Если до этого я тебе не надоем...

— А почему выгонит?

— Она квартиру продавать надумала, ей сдавать невыгодно. Ей, мол, двадцать штук предлагают...

— Ладно, поехали к тебе. Питерских ментов жалко.

— При чем здесь менты?

— Ну представь, завтра на заре ловят они на Московской заставе нашу тачку, в которой едут два давно заледенелых трупа. Ну скажи на милость, выдерживают такое человеческие нервы? Даже если ты человек-мент?

— Не выдерживают, никогда, — согласилась Лора. — Поворачивай на Кольцевую, поедем ко мне.

— Поедем. А ты с утра вызывай хозяйку и вели по-быстрому оформлять на тебя документы...

С трудом шевеля синими от холода губами, Лора сказала:

— Какие документы? А деньги?

— Деньги — прах! Фарт нужен!

— Сумасшедший! — вздохнула Лора. — И врун. Все равно — поехали! Едем?..

— ...Ну, ты что? Берем бабки и едем! — нетерпеливо дергала меня Лора.

— У меня дружок был, фарцовщик, — по-прежнему не глядя ей в лицо, вспомнил я. — У него кличка была Беремедем.

— И что?

— Нет, ничего... Застрелили его отморозки в Сочах.

— Царствие ему небесное! — торопливо посочувствовала Лора, обуянная грандиозными планами. — Приступаем к помыву и причесону?

— Обязательно! Все сделаем, как ты сказала. Только совсем по-другому...

СЕРГЕЙ ОРДЫНЦЕВ:

ПОЧЕМ В МОСКВЕ СРЕБРЕНИКИ

Питбуль Мракобес кровяным оком следил за каждым моим движением, неохотно, на миг, отрываясь, когда Серебровский кидал ему время от времени кусочки сыра и ветчины. Пес глотал с металлическим чавком, обязательно облизывал руку хозяина, но и в этот момент не спускал с меня настороженного взгляда.

На открытой террасе, где мы завтракали, посреди благостного барвихинского ландшафта, у сервировочного стола замерли неподвижно и беззвучно два официанта — молодые крепкие парни в белоснежных крахмальных рубашках и черных, тщательно отглаженных брюках с блестящим шелковым лампасом. Вообще-то формой и выправкой они больше смахивали на вахтенных лейтенантов океанского корабля.

Кофейный сервиз здесь был лиможского фарфора, салфетки — будто из пиленого рафинада, ложки тяжелые, с монограммами — на всем печать роскоши, шика, дороговизны, и меня удивляла собственная плебейская неприязнь ко всему этому. Я боялся, что это — изнанка зависти. Но ведь видит Бог — не завидую я этому ничему!

— Так что, я подотчетен твоему шефу безопасности? Сафонову? — спросил я.

— Никогда, — мягко ответил Серебровский. — Ты подотчетен только мне. С Кузьмичом вы оперативно взаимодействуете. В рамках твоей задачи ты ему мягко и деликатно предписываешь все необходимые действия.

— А если он не согласится?

— Придет ко мне и спросит об указаниях. Я скорее всего велю выполнять.

— Обидится, наверное? — предположил я.

— Это его проблемы, никого не интересует. С сегодняшнего дня тебе выделят кабинет, где-нибудь рядом со мной. Тебе понадобятся секретарша и водитель.

— Водитель не нужен.

— Как знаешь... Телохранитель?

— Ага! И медсестру — лет девятнадцати, блондинку, килограммов на шестьдесят! — захохотал я.

— Если надо — обеспечим, — пожал плечами Серебровский. — И еще один важный вопрос — твоя зарплата...

— Для меня это не важный вопрос — я зарплату получаю.

— Эти совковые заскоки забудь! Со вчера тебе потекла зарплата — настоящая. Ты будешь получать сто двадцать тысяч в год. Баксов, разумеется...

Я внимательно смотрел в лицо Серебровского, эпически спокойное, чуть затуманенное подступающими заботами. Забавно, зарплата моего самого большого начальника, генерального секретаря Интерпола — главного полицейского мира — составляет 127 тысяч баксов.

— Сань, хочу пояснить тебе одну вещь — я у тебя год работать не собираюсь. Меня кисло-сладкая жизнь прикола у богатенького Буратино не интересует...

Серебровский нахмурился, хотел что-то сказать, уже пробежала мгновенная судорога гнева на лице, но я упредил его:

— Во-во-во! И сурово брови он насупил!.. Саня, запомни: это ты для своей челяди — магнат, олигарх, тайкун, великий могул и завтрашний генерал-губернатор! А мы с тобой двадцать пять лет назад пипками мерились — у кого длиннее выросла. Когда-то ты, Кот и я были как братья. И служащим на зарплате у тебя я не буду...

— Ты согласился решить эту проблему, — недовольно сказал Серебровский.

— Да. Но ты обговорил только одну сторону вопроса — прикрыть тебя от Кота. И я буду стараться это сделать.

— А вторая сторона? — подозрительно спросил Серебровский.

— Не допустить, чтобы твои ломовики ненароком убили Бойко...

— Буду счастлив, если это удастся тебе, — сухо обронил Серебровский. — Но не получать за все это нормальной зарплаты — идиотизм...

— Ты уверен, что я отказываюсь от таких деньжищ из выродочного советского целомудрия?

— От непонимания ситуации в целом, — спокойно ответил магнат.

— Это как раз ты не понимаешь ситуацию в целом! Я всю жизнь зарабатываю деньги тем, что служу обществу или государству, или не знаю там как...

— Сережа, не возбухай! Подумай, не спеши, не горячись. Когда ты работаешь сейчас на меня — ты служишь державе под названием Россия...

— Россия или «РОСС и Я»? — резко подался я вперед. Серебровский усмехнулся, устало помотал головой:

— Сегодня это одно и то же... Нераздельные это вещи... Попробуй понять — я не хапошник, грабящий беззащитную мамку-родину! Россия — это мир, который я строю. Я служу ему восемнадцать часов в сутки. Поэтому я владею им. И от тебя хочу одного — устрой так, чтобы Кот Бойко не мешал мне это делать!

— Я попробую. Я очень постараюсь. Но не за деньги... Ты это можешь понять?

— Нет! — отрезал Серебровский.

— Саня, да что с тобой? Неужели ты не сечешь? Ты просто назначил свою котировку тридцати сребреникам! Четыре тысячи баксов за один сребреник! Все нормально! Курс московской валютной биржи!

— Я не прошу тебя убить Кота...

— Не просишь. Ты разрешаешь его убить! Сто двадцать штук — моя плата за эту милую работенку!

— А если ты не берешь эти деньги? Вполне, кстати говоря, скромные.

— Тогда я найду Кота и рассчитаюсь с ним из капитала нашей прошлой жизни!

— Надежный источник финансирования, ничего не скажешь, — своим зыбким, недостоверным тоном заметил Серебровский.

Я злобно засмеялся:

— Не знаю, берет ли твой банк в обеспечение залог дружбы, любви, верности... Памяти прожитой вместе жизни...

— Берет, — серьезно кивнул Серебровский. — Но под выданный кредит обязательно требует разумный и надежный бизнес-план.

— Он прост и очевиден...

— Уточни.

— Найду Кота, встану перед ним на колени или изобью его как собаку...

— И то и другое сомнительно, — хмыкнул Серебровский. — Кот дерется гораздо лучше тебя, а ты и в церкви на колени не станешь...

— Не твоя забота! Объясню, уговорю, заболтаю! Слово свое, честь офицера в заклад ему отдам! А все равно решу!

КОТ БОЙКО:

МЕМОРАНДУМ

Уже в прихожей, открывая входную дверь, я еще раз напомнил:

— Подруга, все поняла? Все запомнила?

— Поняла-поняла! Запомнила! — мотнула Лора своей золотисто-рыжей копной.

— Я без тебя — никуда ни ногой. Сижу, как гвоздь в стене. Мне сейчас болтаться по улицам не полезно...

— За-ме-ча-тель-но! — сказала Лора. — Железная маска!

— Точняк! — обнял я ее на дорожку. — Московский боевик — «Резиновая морда в Железной маске».

— Ладно. Я поехала?

— Давай. Люблю и помню...

— Хорошо, я поехала. Поцелуй еще разок. Покиссай меня, пожалуйста...

Лора уже вышла, потом снова засунула в дверь голову и быстро сказала:

— А еще говорят — тюрьма не учит. Без меня не грусти, не пей, не плачь...

— Не буду, — пообещал я. — А вообще-то я последний раз плакал в детстве. Нам книжку читали — мелкие серые мыши убили слона. Выгрызли ему ночью мягкие подушечки на ногах...

Лора вернулась обратно в прихожую, поцеловала меня, шепнула:

— Я люблю тебя...

Выскочила на площадку и захлопнула за собой дверь.

А я еще долго медленно разгуливал по комнате, подходил к окну — глазел на улицу, раздумывая хаотически обо всем сразу и ни о чем в отдельности, — бывает такое состояние, когда размышления похожи на грязевой сток. Потом возвратился за стол, удобно устроился перед компьютером, с удовольствием смотрел в экран монитора с пляшущей эмблемой программы «майкрософт», лениво покуривал, вспоминал людей и обстоятельства, злорадствовал и горевал. Пока не выстучал одним пальцем заголовок: «МЕМОРАНДУМ».

ТЕ, КТО ИЩЕТ

В Радиоцентре «Бетимпекса» инженеры рассматривают экран с участком города, захватывающим Теплый Стан. Источник радиосигнала попадает наконец в перекрестье двух поперечных локаторных лучей. Старший хватает телефон и торопливо набирает номер:

— Николай Иваныч, есть! Сигнал локализован и взят! Теплый Стан, улица Огурцова... Нет, дом пока не могу сказать... Хорошо, поисковые группы будут на месте... Я с ними на связи... Нет-нет, предпринимать ничего не будут до вашего приезда...

АЛЕКСАНДР СЕРЕБРОВСКИЙ:

ОБМЕН РИСКАМИ

Миша, начальник охраны, захлопнул за нами дверцу лимузина, прыгнул на свое место рядом с водителем, включил рацию:

— Я — первый! Эскортный ордер в работе. Тронулись помаленьку... Маршрут — семь... Скорость — штатная, лимит — плюс двадцать в режиме, дистанция — два метра...

Я поймал себя на том, что краем уха, закраиной внимания я контролирую этот конвойный вздор. Это ужасно. Глупо, неправильно, очень вредно — нельзя фильтровать такой поток информации, невозможно взаимодействовать со всеми вызовами мира.

Охранники в джипах сопровождения откликнулись, кортеж с места взял в намет, миновал ворота, с приглушенным подвизгом сирен, с фиолетово-синим просверком мигалок на крыше помчался по плавным загогулинам Рублевки через величаво дремлющий, прекрасно неподвижный подмосковный пейзаж.

Сергей спросил нейтрально:

— Ты с Людой видишься?

— Очень редко. Практически — нет. Я их с Ванькой хорошо обеспечиваю, а видеться с бывшими женами — пустое. Это как собачке из жалости рубить хвост по частям. Да ты ей сам позвони...

— Ага! Я обожаю такие звонки: «Ваш друг здесь больше не живет! Он — подлец, укравший мою молодость! И вообще, больше не смейте звонить сюда!»

— Перестань! — засмеялся магнат. — Люда — вполне цивилизованная женщина, почти все понимает. Нет, у нас вполне благопристойные отношения. А к тебе она всегда хорошо относилась...

Мы помолчали, и я добавил:

— Она всегда считала тебя противовесом дурному влиянию Кота. Предполагалось, что ты являешь фактор сдерживания и здравомыслия. Все чепуха...

Серега тихо засмеялся.

— Ты чего? — поинтересовался я.

— Вспомнил, как Люда нас обоих с Котом вышибла...

— Почему? — удивился я.

— Да мы пришли к ней деньги занимать, а она нам перчит мозги какой-то невыносимой патетикой. А про тебя, ну и про себя, естественно, она сказала с тяжелым вздохом: «За спиной каждого преуспевающего мужчины стоит очень усталая любящая женщина». Я, конечно, в расчете на деньги промолчал, а Кот, конечно, ответил: «Точно! Голая, очень костистая и с косой в руках!» Ну, Люда и сказала нам ласково: «Пошли вон отсюда! Оба!»

Мы засмеялись.

— Давно было, — сказал Серега. — Ванька еще был пацанчик. Кот для него был фигурой культовой...

— Ну да! — усмехнулся я. — Если учесть, что, собираясь к нам, Кот отбирал у тебя офицерские погоны, кобуру, кокарды и дарил Ваньке...

— Погоны были старые, кобура пустая, — вздохнул Серега. — А вот золотую медаль чемпиона он подарил Ваньке настоящую, собственную...

Интересно, Верный Конь забыл? Или, наоборот, мне намекает?

— Да, Серега, я помню это. Я помню, как на мой тридцатник Кот на банкете вручил мне свой орден Октябрьской Революции.

Серега кивнул:

— Это был знаменитый праздник, и подарочек Кота ничего выглядел — эффектно... Ты ему через пару месяцев отдарил «БМВ». Помню...

— Ну, на этой «боевой машине вымогателей» Кот недолго наездил — расколотил ее вдребезги, расшиб на мелкий металлолом...

— Это не важно, — усмехнулся Серега. — Ты ведь тоже дареный орден не носишь. Смешно сказать, я тогда очень переживал — мне-то вы таких подарков не дарили...

Я искренне удивился:

— Верный Конь, неужто ревновал? Завидовал?

— Нет, не завидовал, — помотал Серега головой. — Никогда. Ценность самого подарка — чепуха, ничего не значит. Важно душевложение в подарок, на твоем языке выражаясь — инвестиция чувства.

— А! Чего там сейчас вспоминать! Нет давно этих подарков, и чувств не осталось...

— А сами мы, как шары по бильярду раскатились, над лузами повисли, друг друга боимся, приглядываемся — у кого кладка лучше. — Серега махнул рукой и спросил: — А сколько Ваньке сейчас?

— Тринадцать. Через пару лет пошлю в Англию...

— Что-то ты задержался, — усмехнулся Сергей. — Я смотрю, дома учиться стало неприлично.

— Нормальная мечта нищих дураков. Ни один из студентов, отправленных Петром в Европу, не вернулся домой.

— А Ванька вернется?

— А куда ж ему деваться? — засмеялся я и показал рукой за окно: — Вот всем этим ему предстоит владеть и управлять лет через двадцать.

Кортеж резал автомобильную толчею на запруженных улицах Москвы, выскакивая на резервную полосу и встречное полотно движения в затеснениях и пробках. Серега нажал кнопку на панели — звуконепроницаемое стекло плавно поднялось, отъединив нас в салоне от телохранителя и шофера.

— Ты не хочешь рассказать обстоятельства вашего боя с Котом? — спросил Сергей.

— Нет! — отрезал я и, помолчав, добавил: — Это никакой не секрет. Но если я тебе начну объяснять все с самого начала, получится глупая длинная сплетня — «ты сам виноват!», «а ты меня не слушался!», «а ты меня предал в беде!». И конца этим взаимным препирательствам не будет никогда. Эти разговоры не объясняют ничего по существу.

— А что объясняет?

— Дремучая и вечно свеженькая сказка о двух медведях в одной берлоге... Кот не понимал, как быстро и решительно меняются времена. Он думал, что этот развеселый разбойный бизнес, когда вся страна стала огромным беспризорным Эльдорадо, когда миллионы просто валялись на земле — нагнись и подбери или силой отними, — вот он и думал, что это будет всегда...

— А ты?

— А я знал, что так не будет, и пытался заставить его делать то, что я говорю. А он плевал на меня и беспредельничал как хотел. Конец известен, — неожиданно для самого себя сказал я с досадой и горечью.

— Кот считает, что это ты его сплавил в зону, — заметил Сергей.

— Вольному воля, — развел я руками. — В нем бушует чудовищная энергия заблуждения. И она заведет его далеко...

— Мне все равно надо знать подробности. Без этого не оценить степень и направление опасности.

Я махнул рукой:

— Надо оценивать ситуацию в целом, подробности тебе не помогут. У тебя, к сожалению, неверный настрой...

— В смысле?

— Ты, разыскав Кота, ни в чем его не разубедишь и не уговоришь. Рассчитаться со мной — главная и единственная сверхценная идея его жизни. Глупо, конечно, но это так...

— Сделай милость, не ряди Кота Бойко в графы Монте-Кристо, — усмехнулся Ордынцев.

Я устал. Откинулся, прикрыв глаза, на подушку лимузина. Никто ничего не понимает. Сказал терпеливо:

— К сожалению, жизнь проще и страшнее беллетристики. Сейчас Кот опаснее Монте-Кристо...

— Але-але, только без паранойи! — замахал руками Серега.

— Нищий юноша Эдмон Дантес, до того как его кинули на нары в замок Иф, прожил ничтожную убогую жизнь мелкого обывателя, — терпеливо объяснял я. — Только став графом Монте-Кристо, он наконец зажил яркой, пряной,

106

увлекательной жизнью героя, любовника, интригана, мстителя, вершителя чужих судеб. С этого момента, по существу, только и началась его жизнь. А у Кота Бойко, независимо от того, убьет он меня или пристрелят его самого, на этом все кончится...

— Уточните мысль, банкир Данглар, — смирно попросил Сергей.

— У Кота нет потенциала развития в жизни, у него все в прошлом.

— При всем уважении к возможностям вашего системного мышления, мой почитаемый учитель, наставник и гуру, — ехидно сказал Сергей, — хочу заметить, что из всех известных мне людей Кот Бойко меньше всего похож на поношенного дедушку-ветерана, у которого все в прошлом. Извините, пожалуйста, если что не так сказал...

— Пожалуйста, пожалуйста, — снисходительно кивнул я. — Вся мировая финансовая игра — от Нью-Йоркской биржи до торговли пирожками — это обмен финансовыми рисками. Выигрывает тот, кто сумел снизить свои риски до минимума. Понимаешь?

— Я думаю, что вся жизнь — это обмен рисками, — серьезно сказал Ордынцев. — Длинная цепь решений — человек оценивает свои интересы и степень риска.

— Точно. И каждый день, принимая эти решения, я должен понять, какое у этого человека вчера и что его может ждать завтра. Это стало для меня привычкой и необходимым условием. Мы должны произвести с Котом обмен рисками.

— И что?

— Жуть, полная чума! За спиной Кота, в его вчера — азарт молодости, слава чемпиона, сумасшедшая любовь к Марине, лихо сорванные, бессмысленно потраченные и более невосстановимые деньги — времена ушли. Деньги больше под ногами не валяются, надо уныло каторжанить за них — а этого Кот не любит и не умеет. Ничто из прекрасного прошлого не повторится, все позади. Впереди у него нет ничего интересного. Только главный чемпионский выстрел...

Мы помолчали, равнодушно разглядывая и не замечая суетливую городскую жизнь за окном. Потом Ордынцев сказал:

— С будущим Кота ты мне обстановочку прояснил. А как насчет твоего завтра? Как там с оценкой рисков?

Как мог искренне, я засмеялся:

— Я не люблю глазеть в бездну!

У НИХ КОНТАКТ УТРАЧЕН

Грузовик-мусоровоз маневрирует на улице Огурцова в Теплом Стане вокруг контейнера, куда Кот забросил свой сотовый телефон. Это место — в двухстах метрах от подъезда Лоры. Двое здоровенных парней-мусорщиков, невероятно грязных, даже на вид издающих сильный запах, доброжелательно матеря друг друга, цепляют такелаж к контейнеру.

— Давай, вира помалу! — кричит парень водителю. — Да выбирай полегоньку, едрить твою мать!

Контейнер вздымается вверх, медленно ползет к своему месту на грузовой платформе.

— Майнай полегонечку! — командует мусорщик. — Давай, давай...

Контейнер встал на место в кузове. На замен ему грузчики устанавливают на тротуаре пустой, усаживаются в кабину, один сразу же начинает жевать здоровенный бутерброд. Грузовик трогается по улице, сворачивает за угол, исчезает из виду.

В тот же момент на улицу въезжают машины радиоразведки. Они движутся медленно, будто обнюхивают квартал. Штурман-поисковик хватает рацию:

— Центр, внимание! На связи — шестой... Внимание!.. Объект вышел из пеленг-зоны. Объект смещается на северо-запад... Прямой контакт утрачен...

СЕРГЕЙ ОРДЫНЦЕВ:

ЛИЧНЫЙ СЕКРЕТАРЬ

Я уселся за стол своего нового кабинета — не очень большого, но продуманно организованного в стиле делового уюта.

А деловой уют — это черно-белый металлопластиковый аскетизм, который должен — по замыслу создателей — полностью отбивать охоту и возможность отвлекаться на что-либо вообще, кроме порученной тебе работы.

Но меня с самого начала рабочего дня отвлекли сильно.

Хорошенькая барышня, неброско, классно экипированная. Высокая, ухоженная, технологический класс «хай-фай», диапазон приятного применения, на мой взгляд, необъятный.

— Добро пожаловать, Сергей Петрович! Я ваш личный секретарь Лена Остроумова. Мое досье у вас на столе, там все необходимые сведения обо мне. Мой рабочий день с девяти до пяти. Но в случае необходимости я всегда могу прийти раньше или задержаться, сколько нужно.

— Замечательно, Лена, — усмехнулся я.

Девушка протянула мне пластиковую коробку и конверт:

— Здесь ваш сотовый телефон, а в конверте ключи и документы на ваш служебный автомобиль. Джип «блейзер» — во внутреннем дворе. Мне сказали, что водитель вам не нужен?

— Не нужен, — помотал я головой.

— Вот это — ваша кредитная корпоративная карточка «Мастер-кард» для текущих производственных расходов. Здесь распишитесь, пожалуйста, и постарайтесь ее не потерять — она безлимитная. Вроде волшебного слова «сим-сим».

— Сказка! — восхитился я.

— Пропуск с режимом «проход всюду» вам чуть позже принесет директор Департамента персонала. Кажется, у меня все...

— Мир сладких грез. Как говорил мой погибший друг — поднимите мне веки...

Я взял в руки папку с ее личным делом, раскрыл обложку, быстро пролистал несколько страниц, закрыл картонные корочки, подержал несколько секунд и бросил на стол.

— А что вы умеете делать?

— Я знаю английский хорошо, по-французски бегло читаю, работаю с компьютером, не очень быстро стенографирую. С осени пойду на курсы бизнеса и менеджмента. Прилично вожу автомобиль...

— Конечно, имеете «черный пояс» карате? — осведомился я вежливо.

— Ну уж нет — увольте! — не принимая моей иронии, ответила Лена. — Я считаю, что вместо этого мордобойного балета дамский браунинг гораздо надежнее.

— Резонно, — согласился я. — В общем, Лена, оказывается, что вы — американская «корпорейт-герл» отечественной сборки. Давно работаете в холдинге?

— Год, — спокойно сказала она, глядя на меня чуть насмешливо большущими серыми глазами отвязанной неваляшки.

— Угу, — кивнул я. — Представляю, как долго вы мыкались по улицам Москвы в поисках места. Усталая, иззябшая постучалась в ворота холдинга и робко спросила: вам не нужно для офисных нужд сокровище? А они хором заорали: добро пожаловать!

— Издеваетесь? — усмехнулась Лена. — У нас полгода спецпроверка. Директор персонала — генерал госбезопасности...

— Ну, вас-то полгода не проверяли!

— Почему вы так думаете? — подняла тонкие брови Лена.

— Во-первых, по молодости вы не накопили биографии на полгода проверки. А потом, папа у вас — замминистра топлива и энергетики. Чего там проверять, слепому ясно — очень ценный кадр. Перспективный...

— Вы хотите унизить меня, Сергей Петрович? — лениво спросила Лена.

— Помилуй Бог! — замахал я руками. — Просто у меня никогда не было личного секретаря. Наверное, поэтому я думал, что личных секретарей столоначальники подбирают себе сами...

— У нас это не принято, — покачала головой Лена. — Департамент персонала предлагает кандидатов, а Александр Игнатьевич утверждает. Только он...

— А отказаться можно? — спросил я осторожно.

— Вам? Или мне? Я не поняла...

— Ну вам, например... Или мне, — пожал я плечами.

110

— Не знаю, у нас так никогда не бывало, — растерялась Лена. — А вы хотите отказаться от меня?

— Что я, с ума сошел? Да никогда!

АЛЕКСАНДР СЕРЕБРОВСКИЙ:

ВИРТУАЛИИ

Телевизор — машина времени фирмы «Сони» — нас аккуратно нашинковал и разделил пополам. Здесь, по эту сторону экрана, в осязаемой плотности окружающих предметов, в аромате свежезаваренного кофе «хейзлнат», чуть слышном сиплом дыхании кондиционера — жили мы. Я и мой помощник Кузнецов.

Мы молчали и слушали, как из вчерашнего зазеркалья тринитрона, оттуда, из виртуального прошлого говорил я — в ипостаси Александра Игнатьевича Серебровского. Я проповедовал, учил, все объяснял телевизионному ведущему «Итогов» Евгению Киселеву.

Разложенный на телевизионные строки и снова собранный в кадр Серебровский был мне противен. И одновременно я испытывал родительскую гордость за него, за себя. Такой вроде бы неказистый, незамысловатый паренек — а на самом-то деле, оказывается, ого-го-го!

Конечно, постоянное мелькание на телевизоре — занятие одновременно отвратительное и противоестественно-приятное, вроде выдавливания прыщей. Но от этого нельзя и неохота отказываться. Справа за моей спиной вздохнул и пошевелился Кузнецов. В кадре — это было вчера — я отвечал на его сомнения:

— ...Резервы монетаристской политики исчерпаны! Денег попросту больше взять негде — сколько бы мы ни латали тришкин кафтан бюджета. Нужен принципиально другой подход.

— А в чем вы видите другой подход? — спрашивает величавый красавец Киселев.

— В новой налоговой политике как составной части новой финансовой стратегии. У нас ведь самые мудрые в мире налоги — всего сто четыре копейки платежей на каждый заработанный рубль. Это абсурд — с барана российской экономики седьмая шкура уже спущена...

Киселев, пошевеливая английскими усами, спрашивает строго:

— В случае победы на выборах вы намерены оказать давление с регионального уровня на всю федеральную политику?

— Влияние, — усмехаюсь я мягко, но с большим значением. — Не давление, а влияние, назовем это так. И влияние это будет исключительной силы. Я не сомневаюсь, что меня поддержит вся региональная властная и финансовая элита. Все настоящие бизнесмены — не перекупщики и спекулянты, а создатели реальных ценностей. Все те, кому надоело кормить жулье и дармоедов...

— А государственная бюрократия и оппозиция?

— Государственная бюрократия существует вечно, и вечно она борется с любой инициативой, которая ограничивает ее власть. Бюрократию надо воспринимать как дурной климат. Ей надо противостоять, как плохой погоде. Ну а оппозиция... А что она может? Она бесплодна. Она не способна предложить народу реальной альтернативы. Прошли времена, когда люди верили, будто наши любимые пищевые жиры — пушечное сало и ружейное масло. Люди выросли, поумнели, они плевали на лозунги, а хотят они нормальной сытой благополучной жизни. И я готов им помочь в этом...

Я вывел пультом звук, повернулся к Кузнецову:

— Что у нас сегодня?

— Совещание по состоянию биржи, — взглянул помощник в ноутбук. — В десять — деловой завтрак с президентом Би-би-би, «Бостон бизнес бэнк». Просится к вам на встречу Гаглоев — надо определить нашу позицию с еврооблигациями, он уже говорил с вами.

— Экспертное заключение есть?

— В вашей рабочей папке.

— Я посмотрю, к вечеру сообщу решение. Что с «Макрокомп глобал электроникс»?

— Билл Хейнс выставил банковские гарантийные письма и аффидевит* о готовности подписать договор. На этой неделе у вас встреча с вице-премьером Завалишиным — все финансовые и технические документы готовы. Нужно решение правительства...

— Собери рабочую группу, девять миллиардов — не шутка, надо будет еще раз прогнать доклад. Я обязательно буду, все должно быть отполировано, как котовьи яйца!

— Я думаю, что там все в порядке — ребята очень серьезно поработали, — сказал Кузнецов.

— Может быть, — кивнул я. — Правда, я знаю, что если тебе кажется, будто все в порядке, — значит, ты просто плохо информирован...

Сказал и задумался, забыл о Кузнецове. Какое ужасное внутреннее напряжение, щемящий звон тревоги в душе, торопливый, испуганный колотун сердца! Как хочется — хоть бы на день — животного пейзанского покоя. Как избавиться от этого вечного нервного тремора?

Пустое! Это невозможно. Физиология. Адреналиновые бури в злой азартной крови.

Пустое! Тряхнул головой, услышал, как Кузнецов что-то говорит мне. Я спросил:

— Что там еще?

— Заседание правления, отчет ревизоров о работе Воронежского металлургического — похоже, там у нас воруют.

— Оторвите голову, остальное — в прокуратуру... Решите без меня.

— Балясный хочет вам доложиться. Предлагает купить бывший санаторий ЦК в Сочи, перестроить в пятизвездный отель. Очень высокая рентабельность...

— На фиг! Сейчас на Кипре и в Турции отдыхать дешевле. И пусть Балясный подсчитает, сколько мне будет стоить выкурить оттуда мафию! Нет, это мимо кассы...

— Кстати, Александр Игнатьич... Шеф службы безопасности Алексей Кузьмич хотел переговорить по деликатному вопросу.

— В четыре. Дай ему десять минут. Все?

---

* Письменные показания под присягой в присутствии нотариуса (*англ.*).

113

— Вам должна быть представлена команда имиджмейкеров — это люди Краснова, игроки профессиональные.

— Завтра в десять. Еще?

— Приглашения на праздник песни, оргкомитет кинофестиваля, презентации, юбилейные банкеты, премьеры, открытие выставок, концерт Патрисии Каас, личная просьба Маслякова вручить призы победителям КВН. Общим числом двадцать семь...

— Прекрасно. Всем разослать письма, поздравления и пожелания. Праздных — поблагодарить. Нужных — обнадежить моей уверенностью в нашем сотрудничестве. В будущем...

КОТ БОЙКО:

ЖИВОЙ ТРУС

У Лоры на лице было выражение чувственного наслаждения. Восклицательная гримаса счастья! Она сидела посреди комнаты на нашей колченогой табуреточке и смотрела, как я примеряю купленные ею тряпки развеселого молодежно-отвязного стиля. А я перед зеркалом старательно пристраивал длинноволосый блондинистый парик.

Лора хохотала, светя своими белоснежными зубами, такими неправдоподобно ровными, что наводили на пакостную мысль о металлокерамике, но все-таки настоящими, костяными, собственными. У нее были всегда приятно прохладные зубы...

— Ну скажи, пожалуйста, зачем тебе парик?

— Хочу быть похожим на настоящего артиста. На Филиппенко. Или Говорухина.

— Да перестань ты дурака валять! Серьезно!..

— Серьезно? — корчил я рожи. — Если серьезно... Если серьезно...

В разных ракурсах я рассматривает себя в зеркале, гримасничая и кривляясь.

— Если серьезно, то я хочу немного уклониться от своей бешеной популярности на улице. Я просто боюсь толп поклонниц и почитателей моего таланта. Ты не представляешь, как пугают меня эти женщины, падающие передо мной публично на колени! Толпы девственниц, плачущих от вожделения! Педики, прячущиеся в засаде. Говорю тебе совершенно откровенно — я боюсь. Я попросту трус...

— И это ты врешь, жучила несчастный! — вздохнула Лора. — Я бы предпочла, чтобы ты был сильно потрусливее. Мне твое гусарство — во где стоит! — Она провела ладонью по шее.

— Подруга! Волшебная Теслимовка! Все бу, как ты ска! Я ведь не успел тебе сообщить, что я сейчас снимаюсь в кино по пьесе Толстого. Называется «Живой труп». Я уже все придумал! У нас это с покойником Львом Николаевичем просто отпадно получилось. Хит сезона!

— И что ты мелешь!

— Правду говорю! Тебе понравится. Основная мысль — любой бабе больше по душе живой трус, чем мертвый герой. Увидишь — культовый фильмец отгрохаем...

— Что ты несешь, ненормальный?

— Арию живого труса. Сатрап, парализованный страхом...

— Слушай, живой труп, ты лучше скажи — тебе шмотки нравятся?

— Подруга! Кормилица, поилица и одевалица! Спасибо тебе! Я в этом паричке и новом прикиде красив нечеловечески! Так шикарно выглядел только мой приятель аферист Харлампий Спиридонович Фотокакис. Жаль, репатриировался, фраер этакий, к себе на родину — в древнюю Элладу. Сейчас бы умер от зависти.

— Кот!

— Чего? — остановился я.

— Мне все равно — трус ты или герой. Чемпион или подзаборник...

Я решительно направился к Лоре:

— Докажите поступком! Слово...

— ...и дело, — тихо сказала Лора. — Я тебя очень люблю.

— Дай покиссаю!.. — заорал я.

Она обняла меня и целовала долго, будто в забытьи. Судорожно вздохнула:

— Собаки не понимают, что хозяин уходит из дома ненадолго — на работу или в магазин. Они каждый раз умирают от горя, потому что думают — навсегда.

— О чем ты, яблочко мое Теслимовка?

— Когда мы расстаемся, я прощаюсь с тобой навсегда...

СЕРГЕЙ ОРДЫНЦЕВ:

ЗВОНОК

Дикий невоспитанный народ — американцы — замечательно придумали отдыхать, положив ноги на стол. Это удобно — кровь отливает от головы и от копыт, ноги не гудят от беготни, черепушка от мыслей. И, развалясь в кресле, попивая холодный боржом, смотришь по телевизору вчерашнее интервью моего финансового гуру Серебровского невероятно серьезному, крайне обстоятельному Евгению Киселеву. Вообще они забавно выглядят вдвоем — Киселев гораздо больше похож на Магната Олигарховича, чем мой мальчишески худощавый и несильно богатырский друган.

— Ваше решение баллотироваться на выборах в губернаторы вызвало самые противоречивые отклики в политических и журналистских кругах. Как бы вы сами охарактеризовали свой поступок? — спрашивает Киселев.

— Мое решение продиктовано давно назревшей необходимостью прихода во власть реальных политиков. Ведь у нас сложилось парадоксальное положение, что политические решения принимают, в принципе, абсолютно безответственные люди. Во всей государственной вертикали занимают места те, кто распоряжается миллиардами государственной и гражданской собственности, не имея за душой ни копейки. Они ничем и никогда не рискуют в случае любых провалов и ошибок. Более того, они не страшатся даже краха политической карьеры как расплаты за свою корыстность и некомпетентность. Максимум, что им грозит, — почетная отставка. Возникает возможность во всех интервью ссылаться на свой государственный опыт министра, губернатора или депутата при заходе на новый виток жизненных успехов. Так дальше продолжаться не может. Политику должны делать реально ответственные люди...

Я выключил телевизор, взял трубку сотового телефона и осторожно стал нажимать кнопочки, пока на экране не всплыли цифры: 717—77—77.

Гудок, другой, затем возник хрипловато-сытый голос:

— Слушаю...

— Я бы хотел поговорить с Костей Бойко, — быстро сказал я, как можно проще сказал, как бы между прочим решил звякнуть.

На том конце не сразу, с раздумчивой запинкой ответили:

— Эт-то можно... Кто спрашивает его?

— Товарищ, старый товарищ.

Мой абонент уже сориентировался, собрался, увереннее, тверже спросил:

— А как зовут-то тебя, товарищ?

— Сергей. Моя фамилия Ордынцев.

— Ага-а, — тянул время, размышлял на ходу собеседник-ответчик, видимо, судорожно искал правильный ход. Думаю, что, прикрыв микрофон ладонью, скомандовал своим помощникам: «Попробуйте просканировать номер». Потом бодрым голосом сообщил: — Это можно! Можно связаться с ним.

— Каким образом? — спросил я.

— А давай увидимся, покалякаем. Посмотрю я на тебя. Если ты нормальный хороший человек, почему же не связаться? Свяжемся! Я у него как бы секретарь — звонки принимаю...

— А чего нам с тобой связываться? Ты ему передай, что я искал его, он мне сам и перезвонит.

— Нет, так не водится, — рассудительно остановил меня секретарь-ответчик. — Мы с тобой встретимся, поговорим, после чего поедем к Косте. Или позвоним ему...

У меня все равно не было другого выхода, я согласился:

— Хорошо. Давай встретимся. Назначай.

— Так-так-так, — слышно из телефонной трубки. — Сейчас прикину — где, когда... Ну, давай с тобой встретимся в скверике против Большого театра. В пять часов. Устраивает?

— Устраивает, — согласился я и уточнил: — А опознаемся как?

— Да я тебя узнаю, не беспокойся... Я к тебе сам подойду.

КОТ БОЙКО:

ДЕЛОВИТЫЕ ЛЮДИ

— И куда же это ты, весь из себя невероятно прекрасный, намылился? — спросила Лора.

— Как куда? Я ведь тот самый современный мужик из анекдота: раз ты поставила меня на ноги — значит, сразу к бабам!

— Сходи, Кот, к бабам, сходи, — благожелательно согласилась Лора, только глазками за линзами полыхнула. — Погуляй, пошустрись, погарцуй. Себя покажи, девчушек посмотри. Гляди только, чтоб не обидели они тебя, здоровье мочеполовое не сорвали, по карманам не перешарили...

— Не пугай, злыдня! — сурово сказал я. — Весь кураж сломала. Пойду тогда по делам.

— Иди-иди, деловитый ты мой! — Она захохотала. — Ты взгляни на себя, Кот, — какие у тебя могут быть дела?

Я искренне удивился:

— Подруга моя, сладкий яблочный сок из Теслимовки! Это почему же у меня не может быть дел?

— Дела у людей деловых — серьезных, солидных, основательных, — уверенно сказала Лора. — А ты парнишка с праздника и боя — какие такие дела у тебя? Гулянка, драка, пьянка, враки — вот там без тебя морг, конец мероприятию. А дела — это в другой, следующей жизни.

— Обижаешь, подруга. Нагнула до пола...

— Нет, Кот, я правду говорю. Ну скажи на милость — есть на свете хоть один деловой человек, который даст незнакомой, пустой, чужой девке двадцать штук? Представляешь, Джордж Сорос отловил меня в блюде студня и подарил квартиру. Или Березовский...

— А кто знает — может, Сорос приехал бы к Туранде Толику на именины вперед меня...

— Ага! — оживилась Лора. — И пошел бы со мной в подвал студень искать. Только я бы Соросу не дала...

— А вот Харлампий Спиридоныч Фотокакис, тот бы...

Лора прикрыла мне ладонью рот, подтолкнула к двери:

— Иди-иди! Скорее уйдешь, может, скорее вернешься. Только возвращайся...

Я поцеловал ее, шепнул:

— Я буду поздно. Не тревожься. Я буду... Не прощайся навсегда...

Пешком поднялся я на девятый этаж, за лифтовой шахтой остановился перед деревянной крашеной дверью. Это — вход в технический коридор, соединяющий по чердачному переходу подъезды длинного многоквартирного дома. Я достал из кармана плоскогубцы и сорвал хилую петельку, на которой висит замок. Петлю потом аккуратно приладил на место и тихо притворил за собой дверь.

Долгое путешествие по коридору — вдоль всего длинного дома, похожего на упавший на бок небоскреб. Тут — пыль, запустение, ясно, что люди здесь бывают редко, нечего им тут делать... Дошел я до двери в конце туннеля, осторожно попробовал ее на прочность, потом резким толчком сшиб с запора и вышел на лестничную клетку в самом последнем подъезде дома. А вот теперь можно вызвать лифт и спуститься на третий этаж. Здесь мы лениться не будем, пройдем пешком по лестнице, которая обязательно упрется в нижний полуэтаж — это камера мусоросборника, за ней должна быть дверь во двор. Отсюда забирают контейнеры с мусором.

Дверь не заперта — а я уже во дворе с другой стороны улицы, по существу, в противоположном месте от того, где я вчера вошел в подъезд Лоры.

Осмотрелся не спеша по сторонам, перешел улицу, встал на мостовую, как витязь на распутье. А вот и он — проезжающий левачок мчится ко мне, притормаживает.

Сел я в машину и уехал.

СОВЕЩАЮТСЯ

Николай Иванович в автомобиле проводит совещание со своей командой неподалеку от того места, где стоял мусорный контейнер с телефоном. Рядом с его машиной припаркованы два автомобиля радиоразведки. Один из поисковиков докладывает шефу:

— Пока сигнал движется, мы не можем его локализовать. Нам нужно, чтобы он где-то остановился, тогда мы переместим свои силы, чтобы взять его в квадрат...

— А почему вы не можете ехать в направлении сигнала? — *спрашивает Николай Иваныч.*

— Это бессмысленно. Источник радиосигнала может в любой момент изменить направление движения. Он может зайти в магазин, спуститься в метро... Это будет просто бесплодная суета.

Николай Иваныч машет на них рукой.

— Старайтесь удержать в зоне радиопоиска источник сигнала. Место зафиксируете — сразу же сообщаете мне и в Центр.

Поисковики вылезают из машины, и Николай Иваныч поворачивается к своему помощнику:

— Это место ни в коем случае не бросать! Здесь где-то поблизости у него гнездо. Почти сутки сигнал шел отсюда. Он должен вернуться. Поэтому подтяните все силы и ищите — по портрету, по агентурным связям, пешим патрулированием, постарайтесь выяснить все возможное о его лежбище. Оно где-то здесь неподалеку. Что слышно о машине, на который он уехал от гостиницы?

Помощник разводит руками:

— Ищем. Пока ничего. Как только что-то появится, сразу сообщим.

— Ищите быстрее. У меня нет времени, — *говорит Николай Иваныч.*

СЕРГЕЙ ОРДЫНЦЕВ:

ЛОВУШКА

— Что слышно о вчерашнем нападении на конвой? — спросил я у шефа безопасности Алексея Кузьмича Сафонова.

— Глухое дело! — Генерал махнул рукой. — Во всяком случае, не скорое. Ты-то как?

— Что мне сделается? У меня, Алексей Кузьмич, к вам вопрос...

— Слушаю, — с интересом взглянул Сафонов.

— Есть у меня один телефончик, мне его дал Смаглий. По этому телефону, он сказал, можно связаться с Котом Бойко. Смаглия вчера убили. Я случайно не оказался в этой же машине. Или не случайно...

Я сделал резкую паузу, лицо Сафонова — толстое, коричневое, в глубоких трещинах морщин — было непроницаемым. Он просто слушал.

— Я позвонил по этому телефону...

— И что? — спокойно спросил генерал. В разговоре с ним возникало тягостное ощущение, что он знает твои реплики наперед. Или делает вид, что знает.

— Кто-то морочит голову... Предложил встречу. Мне чутье подсказывает — что-то тут не так... По-моему, он был не готов к моему звонку. На встречу обязательно пойду.

— Это без вопроса, — кивнул Кузьмич. — А в чем проблема?

— Тут сошлось много непонятных обстоятельств. Думаю, что на встрече мы останемся в нулях. Но я бы хотел, чтобы вы организовали сильную и квалифицированную наружку. Надо выяснить, кто этот человек на связи. По крайней мере сможем определиться...

— Сделаем, — уверенно пообещал Алексей Кузьмич. — Сейчас первейшая задача — известить Кота, что ты в Москве. Дать ему канал связи с тобой. Тогда он появится в поле зрения.

Я с сомнением заметил:

— Не знаю, не уверен. Кот очень умный, хитрый и реактивный парень. Он никуда не побежит сломя голову. Мне надо не только известить его о том, что я здесь, но и заверить его в безопасности встречи.

— Не сомневаюсь, — согласился Алексей Кузьмич. — Я думаю об этом все время... Ладно, давай «пропишем» тебя...

Сафонов встал, в стенном шкафу раскрыл дверцу встроенного холодильника, достал заиндевелую бутылку водки, буханку ржаного хлеба и шмат свиного сала.

Разложил снедь на столе, вынул из кармана нож-выкидушку, цыкнуло наружу бритвенно острое лезвие. Сафонов нарезал пористый хлеб, мягко дышащий, толстыми ломтями, секанул по куску мраморного бело-розового шпика, разлил в тонкие чайные стаканы водку. От сала головокружаще пахло специями.

— У тебя там, в Европах, с утра не квасят, наверное?

— И не закусывают так, — засмеялся я.

— Ну давай! Как говорится, с почином тебя. Сегодня первую борозду на поле положишь...

Выпили. Водка, от холода густая, как глицерин, текла по горлу вязкой струйкой. Я с наслаждением впился зубами в свой бутерброд. Сафонов показал на сало:

— Настоящее, хохляцкое, домашнего засола... Это мне мой дружок Варфоломеев, бывший украинский министр, привез из Киева. Времени теперь много, сам солит... Ты Варфоломеева помнишь?

— Помню, — кивнул я. — Он когда-то в союзном министерстве главком УБХСС командовал.

— Сильный был работник, — вздохнул Сафонов. Задумчиво глядя на сало, сказал: — Он мне про это сало забавную историю рассказал. На даче у него жила старая крыса, огромный рыжий пасюк. Ума и хитрости невероятной. Варфоломеев с ней воевал всю дорогу. Не брала она приманок. Разбойничала по дому как хотела, а заманить ее в крысоловку — никогда! Озверел Варфоломеев, взял кусок свежего сала и засолил его по всем правилам. С лавровым листом, чуток перчика, чеснока, сам чуешь — запах с ног валит. Нарезал ломтиками и раскладывал в разных местах, и пасюк этот не смог устоять — стал его жрать помаленьку. Вот тогда Варфоломеев поставил лисий капкан и зарядил большим куском сала. Тут-то и сломался пасюк — пришел в ловушку...

Я с грустью смотрел на Сафонова, потом отодвинул свое прекрасное ностальгически-опасное угощение, такое традиционное, соблазнительно простое хлеб-сало.

— Кажись, Алексей Кузьмич, вы по рецепту Варфоломеева из меня капкан для Кота заряжаете...

КОТ БОЙКО:

КАРАБАС

Водитель положил деньги в карман и спросил:

— Приехать попозже? Забирать вас не надо?

— Спасибо, земляк. Обойдусь...

— А как же вы отсюда в город доберетесь?

— Я тут останусь, жить тут буду, — пообещал я.

— Вольному — воля, — развел руками шоферюга и покатил на поиски своей неверной попутно-дорожной удачки.

А я, гуляючи, фланируя и созерцая, отправился в путь по «Моторленду» — уже никем не охраняемому, заброшенному, забытому прежними хозяевами автодрому на дальней развилке между Рогачевским и Дмитровским шоссе. Когда-то здесь была мощная спортивная автомототехническая база, пришедшая явно в упадок из-за отсутствия государственного финансирования. А состоятельных новых владельцев пока, видно, не нашлось.

Поэтому еще не кончилась здесь привольная, хоть и бедная, житуха байкерско-рокерской вольницы. Гром, рокот и треск мотоциклетных моторов, гул тяжелого «металлического» рока, пелена синего выхлопного дыма стелилась над гоночными трассами, выгоревшей желтой травой центрального поля, порывы ветра хлопали линялыми вымпелами и старыми флагами. Рокеры — в традиционном кожаном прикиде с блестящими заклепками и бляхами — выписывали вензеля по полю со своими отчаянными подружками.

Так, праздно разгуливая посреди желто-лимонного и нежно-голубого июльского дня, ленивым туристом дошел я до красно-кирпичного ангара. Перед ангаром был водружен полосатый зонт-тент, под зонтом — пластиковый стол и алюминиевые складные стулья. На столе разложены детали мотоцикла, инструменты, жестянки с бензином и смазкой, бутылка виски «Джим Бим» и пластиковые красные стаканы. Над всем этим железным мусором воздымался двухметровый человек — огромный, толстый, бородатый, с пегими лохмами, заплетенными в косу, в черной шевровой жилетке, с сигарой в зубах и в золотом пенсне. С непривычки это сооружение вызывало чувство шизофренического разрыва — глядя на него, невыносимо хотелось смеяться, а с другой стороны — очень боязно.

Я подошел к столу, уселся на стул, положил ногу на ногу и, покачивая мыском элегантного полусапожка, приветливо молвил:

— Бог в помощь, Карабас Барабасыч...

Человек-гора оторвался от своего ценного мотобарахла, неспешно допил свой красный стакан, наклонив голову, долго смотрел на меня поверх щегольского пенсне, лениво спросил:

— Ну, хрен с горы, откуда ты такой красавец сыскался?

— С хреновой горы, Карабас Барабасыч, — невозмутимо ответил я, снял свои шикарные крупноформатные темные очки, стянул парик и бросил этот постыдный реквизит на стол.

Карабас мгновение оцепенело смотрел на меня, потом стал подниматься из-за столика, как кожаная туча с заклепками и детским великом-пенсне, сделал шаг ко мне и поднял вверх вместе со стулом.

— Кот! Кот Бойко! — заревел Карабас нутряным басом. — Долбаный в голову!.. Это ж надо!.. Котяра собственной персоной! Дружбан ты мой дорогой!.. Кот, с ума сойти! Уже не надеялся... Кот, йог твою мать!

— Не преувеличивай, — ввернул я словечко. — Может, поставишь на землю, Карабас? А то не поймут нас...

Карабас опустил на землю стул, на котором я изо всех сил старался сохранить невозмутимость, сокрушительно хлопнул меня по спине.

— Ох, какую мы сейчас с тобой пьянь учиним! — вымолвил он мечтательно-нежно.

— Мне нельзя, — усмехнулся я. — Режим...

— А у меня? — возмутился Карабас. — Ему, видите ли, нельзя! А мне можно? Режим! И у нас режим — напьемся и лежим. Ты, Кот, не тревожься, мы для начала пьянку аккуратную покатим, вполсилы...

— Я тебя знаю — вполсилы, — усомнился я. — Не забудь, я почти три года не тренировался...

— А ты, Котяра, не напрягайся, береги себя, пей лежа...

— Лежа, говоришь? Ладно! Сердце — не камень, душа — не деревяшка! Уговорил! — согласился я.

— Я и не сомневался в тебе никогда, — уверенно заметил Карабас. — Щас вспрыснем, как инжектором на форсированном движке...

Он обернулся в сторону ангара и зычно крикнул:

— Эй, Ксана! Вари пельмени, ко мне дружбан дорогой прибыл! Ты, Кот, пельмени любишь?

— Уважаю. Это наши предки хорошо придумали.

— Наши предки! — захохотал страшно Карабас. — Сибирские пельмени — наша национальная китайская гордость!

— Почему китайская? — удивился я.

— Потому что китайцы соорудили четыре угловых камня цивилизации — порох, компас, колесо и пельмени, — витийствовал Карабас. — То, что китайцы изобрели порох и компас, — мне плевать. А вот за микояновские пельмешки в пачках — большое им наше русское спасибо! — Одновременно Карабас быстро раскладывал по картонкам и ящичкам мотоциклетные детали, инструменты, тряпки, крепеж.

Я ехидно засвидетельствовал:

— Карабас, ты такой грамотей, мне с тобой толковать стыдно...

— Это ты зря! — успокоил меня великан, наплевав на мое ехидство. — Новые времена — новые песни о главном. Сейчас ничего не стыдно — стыдно только денег не иметь.

— Смотри, Карабас, как бы нам с этими песнями не помереть со стыда, — заметил я, внимательно вглядываясь в лицо приятеля. — Денег, похоже, не предвидится...

— Не бойся, Кот, мы на этом гульбище барышников и конокрадов себя не потеряем, — успокоил Карабас. — Денег здесь и сейчас больше грязи, а людей приличных — как эритроцитов в моче, два-три в поле зрения...

— Дело говоришь, Карабас! Все будет замечательно — мы же с тобой везуны! Жили как люди, придет час — умрем как святые...

Карабас разлил по стаканам выпивку, пододвинул ко мне стакан.

— Сейчас мы с тобой, Котяра, глотнем аперитивчику — Акымя Варкын зовется...

— Это еще что такое? — опасливо спросил я, зная склонность Карабаса к питейным экспериментам.

— Не бойсь, это по-чукотски значит — Огненная Вода.

— Карабас, а ты на Чукотке был?

— А то! В чуме жил, рыбу сырую жрал да клык моржовый сосал, Акымя Варкын пил, с чукотскими бабами спал...

— Во даешь! — восхитился я. — И как?

Карабас снял с носа свое фантастическое пенсне, протер стеклышки, кинул обратно на переносицу и снисходительно сообщил:

— Что — как? Как у всех! Только дух у них — как от морского зверя. И волосы на всех причинных местах ликвидированы как класс.

— Страшное дело, Карабас! Ты у нас настоящий землепроходимец...

— Н-да, золотишка в тот раз я оттуда привез, — поделился Карабас. — Ну что, дружок, дернем по первой? За тебя, за твой фарт, чтобы глаз не погас, чтоб рука не дрогнула! За все прошлое, Кот, тебе — спасибо...

СЕРГЕЙ ОРДЫНЦЕВ:

БИЛЛИОНЕР

Журнал американских толстосумов «Форбс» был занят любимым делом дураков и бездельников — считал чужие деньги. И делился этими сплетнями с нами — завистливыми безденежными ротозеями.

В мировом рейтинг-листе наиболее зажиточных ребят планеты обитали две совсем нескудных тетечки — английская и голландская королевы, и, как любят говорить наши журналюги, «получили прописку» пятеро русских.

Форбс полагал, что в России сильно продвинулись по части личных заработков Борис Березовский, Владимир Потанин, Александр Серебровский, Михаил Ходорковский и Геннадий Гвоздев.

Мой бывший одноклассник, может быть, вчера еще друг, но не наверняка, потому что с сегодня он мой наниматель, патрон, босс, хозяин, начальник, не знаю, кто там он мне еще, — Александр Серебровский в рейтинге смотрелся неплохо. Хотя, конечно, Хитрый Пес со своими скромными 2,7 миллиарда USD выглядел рядом с Биллом Хейнсом, владельцем «Макрокомп глобал электроникс», просто удачно подкалымившим любителем — Хейнс пришкаливал к сотне миллиардов.

Но, вообще-то говоря, 2,7 миллиарда — это тоже неплохо. Такие бы бабки да Коту Бойко в руки! Он бы сразу обналичил все активы и поставил себе невыполнимую задачу — ежедневно прогуливать по миллиону долларов в день. Правда, Кот никогда не боялся трудностей, он бы придумал, как справиться с такой сложной, но увлекательной задачей.

Итак, мой товарищ Хитрый Пес — пока еще он никак не показал, что товарищем меня не считает, — так вот, Хитрый Пес является владельцем таких заводов, газет, пароходов, по сравнению с которыми пресловутый мистер Твистер — просто расистски настроенный, политически некорректный бомж.

Ибо Санек Серебровский, страдай он, не приведи Господь, дурацкими предрассудками Твистера и столкнувшись с невыносимым расовым присутствием в отеле, попросту купил бы себе пятизвездный «Мариотт» или «Холидей инн». А после этого черных, желтых и других разноцветных гостей не выгнал взашей, а быстро разузнал, что у них можно выгодно купить или им что-то такое ловко впарить.

Наверное, поэтому он и красуется в списке «Форбса» среди мировой финансовой элиты — магнатов, могулов, олигархов, тайкунов, планетарных мироедов. Все правильно, все справедливо.

Одно слово — толстосумы. Интересно, какой толщины должна быть сума, в которую влазит миллиард?

Американцы обычно не используют слово «миллиард». Поэтому «Форбс» называл эту теплую компанию «биллионеры». Елки-моталки, Сашка Хитрый Пес — биллионер! Не понарошке, всерьез!

Але, Кот! Где ты, дурак набитый? Мы тут с Хитрым Псом уже биллионеры!

Лена Остроумова, сидящая за компьютером, деликатно кашлянула. Я оторвался от своего увлекательного чтения и спросил:

— Лена, а вы знаете, что наш шеф Александр Игнатьевич Серебровский — биллионер?

— Естественно, — спокойно уронила Лена. — А что?

— Нет, ничего. Просто забавно. Вы эти публикации передаете ему? — показал я на разворот «Форбса».

— Это не входит в мои обязанности — я ведь не состою в секретариате президента. — Мне показалось, что она еле заметно улыбнулась над моей нехитрой подставой. — Вообще-то этим занимаются Пи Ар и аналитический отдел. Уверена, что они это тщательно отслеживают.

— Замечательно! А то я заволновался — вдруг он об этом не знает?

— О публикации в «Форбсе»? — переспросила осторожно Лена.

— Нет, о том, что он уже миллиардер...

Она смотрела на меня иронически.

— Вы, оказывается, шутник и весельчак, Сергей Петрович. Кстати, я думаю, что наш шеф эти публикации читает как развлечение.

— Почему? Дело-то как бы серьезное...

Лена пожала острыми плечиками:

— Мне кажется, что все цифры в рейтинге — псевдеж и чепуха. У этих людей может быть денег гораздо больше или значительно меньше, но наверняка не столько, как указано в списке. Такие средства — слишком серьезная вещь, чтобы информировать о них досужих зевак и налоговые команды. Реальные цифры — не для посторонних, это интимно-конфиденциальная информация.

Понял, Серега? Ощутите разницу, Верный Конь — вот что такое настоящий личный секретарь, скромная, сдер жанная корпорейт-герл с этикеткой-лейблом на попке — «Made in new Russia».

— Все понял, Лена. Последний вопрос: вам как больше нравится — биллионер или миллиардер?

Она откровенно засмеялась:

— Если можно в единой валюте, то лучше — миллиардер!

— Отчего так?

— Не знаю, звучит красиво. Кажется, Феллини говорил: слово «миллиард» заполняет весь рот.

— Замечательно! Усладив свой рот вкусом чужих миллиардов, приступим к нашим сиротским делам. Готовы?

— Как штык! — сообщила Лена.

— Пишите: «Режиссер-постановщик детского приключенческого сериала «Верный Конь, Хитрый Пес и Бойкий Кот» Сергей Ордынцев проводит в воскресенье кинопробы...»

Лена подняла на меня удивленно-недоумевающий взгляд.

— Пишите-пишите, Лена, — все правильно. Итак, «...кинопробы на роли главных героев фильма. Желающие принять участие в конкурсе должны прислать конверты со своими реквизитами и фотографией по адресу...» Какой у нас абонементный ящик?

— А/я № 9648/1-Р.

— Пишите номер. Затем: «...Получив письмо с приглашением на пробы, вы можете справиться о подробностях по телефону...» Дайте, Лена, мой номер... 920—24—24.

— Они нам головы разбомбят своими звонками. Вы тут работать не сможете, — рассудительно заметила Лена.

— А я тут и не собираюсь работать, — искренне признался я. — Отныне, Лена, это ваш кабинет. Будете сидеть здесь и фиксировать амбиции будущих кинозвезд.

— Нехорошо обманывать детей, — заметила Лена. — А у вас дети есть, Сергей Петрович?

— Есть. И жена у меня есть. И собака — черный коккер. И всех их я всегда обманываю. Живу в грехе...

— Не мучитесь?

— Никогда! Какой-то досужий болт подсчитал, что человек за год врет так или иначе тысячу раз. У меня получается много больше.

— Не совестно?

— Нет. Моя ложь не корыстная, а ситуативная. Вот, например, выдаю себя за режиссера. Или делаю вид, что доверяю вам...

— А вы мне не доверяете?

— Я — полицейский. Народ мы противный, подозрительный. Почти как финансисты. Всегда возникает масса неуместных вопросов. Вот, например, хочется знать: вы меня расспрашиваете просто так? Или зачем-то? — осведомился я.

Лена смотрела на меня в упор, даже не скрывая улыбку.

— Зачем-то просто так... Личный секретарь по возможности должен знать о своем боссе все.

— Может быть. Правда, босс по крайней мере должен быть уверен, что это знание не просачивается никуда. В том числе к более боссистым боссам...

— Пока я могу просочить наверх только одно знание — вы занятный и очень закрытый человек, — уверенно сказала Лена.

Улавливаешь, Серега, что личный секретарь — это тебе не какая-нибудь задрипанная отдельская секретарша, измызганная жизнью секретутка, с продуктовыми авоськами под столом, раздолбанная сотрудниками, вобравшая в себя всю жизненную стужу казенных дерматиновых диванов, с судьбой тусклой, как сумеречный свет, сочащийся по вечерам в окна кабинетов, где вы празднуете после работы свой служебный усталый оргазм...

Я потряс головой, включился:

— Вот и отлично! Значит, это объявление — у вас на контроле. Возьмите за глотку ваш отдел общественных связей, пусть не спят, не едят, камни грызут, обеспечат сегодня предоплату — завтра объявление должно выйти на всех коммерческих радиостанциях города, во всех многотиражных развлекательных газетенках. По радио пусть крутят, как рекламу, каждые полчаса... Сбросьте обязательно это объявление в Интернет. Внимательно слушайте все ответные звонки, один из них обязательно привлечет внимание...

КОТ БОЙКО:

ЦВЕТ «ЗЕЛЕНИ»

Эх, хорошо мы пировали с Карабасом! Солнце укатило к закату, вялые жаркие порывы ветра швыряли в нас гул моторов на поле, а когда они стихали понемногу в отдалении, кузнечики своим металлическим цокотом не подпускали тишину.

Карабас, видимо, соскучившийся по хорошему, понимающему слушателю, летал над миром:

— ...От скудости все мечты уперлись в Индию! Только бы сыскать — там ангелы золотыми какашками гадят! Колумб, хитрец, еврей, наверное, всем мозги перчил: я вам Индию открою, а сам в Америку намылился. А наш-то Афанасий Никитин, дурачина-сложнофиля, через три моря пошел, до Индии все-таки допер. Вот придурок!

— Окстись, Карабас! Чем он тебе не угодил?

— Невезуха историческая! Ну представь себе, не повезло бы Колумбу — открыл он нас, Россию. А Никитин Афанасий ошибся и, наоборот, вместо заветной, нищей и вшивой Индии откупорил бы для нас Америку. Мы в результате здесь все катаемся на «кадиллаках», а в Америке Жириновский с Зюгановым в их конгрессе, Государственной Думе, значит, безобразничают...

Меня потряс размах геополитических конструкций Карабаса. Я подложил себе в тарелку из большой глиняной миски пельменей, полил соевым соусом, взял стакан в руку и спросил:

— Как житуху обеспечиваешь?

— По-разному, — проглотил пельмень Карабас. — В кино трюками подрабатываем. Не разживешься с этого... Ну и поручения кой-какие рисковые выполняем... Стремно, конечно, но моим ребятам не привыкать. А иначе сейчас не выжить.

— Н-да, не весело...

— Перестань, Кот! Вольная жизнь — ничего слаще не бывает. Я тебе что скажу — многие за деньгами погнались, потому что верили: деньги — это и есть свобода. Кто мошну не словил, так и живет в этом блазне...

— А кто словил?

— Тот ярмо себе на шею соорудил! И чем деньга больше, тем хомут теснее. Ты посмотри — все с этими баксами как с ума посходили...

— Это-то мне как раз понятно, «зелень» — штука хорошая!

— А что — «зелень»? — возбух Карабас. — Это даже цвет не самостоятельный — спроси у любого художника. Смесь желтого с синим...

— Наверное, — согласился я и, чтобы завести его сильнее, понес: — Ты, Карабас, денежный дальтоник. Не различаешь цветов, не понимаешь, что желтое с синим — это цвет солнца с небом. Или с морем. Это цвета удовольствия, отдыха. Счастливой жизни. Зелень — это цвет покоя.

— Ага! — заорал Карабас. — Их из-за этого покоя бьют, как уток на утренней тяге!

— Не преувеличивай, Карабас! Нам бы с тобой сейчас пара «лимонов» не помешала, — веселился я.

— Кот, глупости все это! Зачем мне «лимон» — жопой есть? Что я, на бирже с ним играть буду? Мне нужно две штуки в месяц без налогов, долгов и обязательств. Из-за того и рисковать приходится, за волю плата. Кстати, если интересуешься — добро пожаловать в наш сумасшедший дом!

— Спасибо, друг! Мне сначала по старым долгам рассчитаться надо. Большие обязательства повесил...

— Святое дело. Помочь могу? — Карабас кивнул на мою опереточную сбрую — парик и темные очки, сброшенные на свободный стул. — Как понимаю, и ты в рисках сейчас?

Я кивнул, и в этот момент хмель отхлынул, был я сейчас совершенно трезв и сказал:

— Риски большие... Да не привыкать, всю жизнь в погоне и в побеге!

— Кто не рискует, тот не пьет самогонку, — невозмутимо ответил Карабас, тряхнул бутылкой виски и налил в стаканы.

Старенький переносной телевизор вдруг мигнул бельмом своего черно-белого экрана, закашлял — в нем прорезался звук:

— ...операция «Перехват» не дала результатов. Поиски преступников продолжаются. Как мы уже сообщали, вчера на Московской кольцевой дороге группой бандитов было совершено вооруженное нападение на милицейский конвой, перевозивший из аэропорта «Шереметьево» Василия Смаглия, которого Франция выдала по запросу российских властей. Вместе со Смаглием погибли три офицера милиции...

Пропал снова звук. И Васька пропал. И жизнь пропала.

— Ты чего засуромился? — спросил Карабас.

— Дружка убили...

— Н-да, Кот, здесь круто прихватывают. Давай выпьем за помин души новопреставленного...

— Давай... Ни за что пропал парень... Вот гадство!

Карабас бурчал, рокотал, успокаивал.

— Ты мой чемоданчик не посеял случайно? — спросил я небрежно, и сам услышал, как дребезжит в моем голосе напряжение.

— Обижаешь! — хмыкнул Карабас.

Я облегченно вздохнул. Чокнулись мы, выпили.

Карабас, вылавливая из тарелки пельмень, бубнил:

— Жрать, пожалуй, надо меньше. С сегодняшнего дня ограничиваю питание. Решил. Что думаешь?

— Присоединяюсь. Давай после ужина?

— Заметано! — Карабас сглотил пельмень, как пузатый Пацюк галушку. — Ждал я тебя очень. Про себя решил — если ты не возникнешь до нового года, до двухтысячного, значит, открою чемодан и распоряжусь по усмотрению. А ты явился, слава Богу...

СЕРГЕЙ ОРДЫНЦЕВ:

КАК УЛЕТЕТЬ В КОСМОС

— Сегодня ребят хоронят — Фомина, Котова, — сказал я Серебровскому, пока мы шли в зал заседаний.

— Знаю, — кивнул он коротко.

— Через час я поеду на панихиду...

Сашка посмотрел на меня и решительно мотнул головой.

— Ни в коем случае! Я сказал — венок от тебя уже послали. А ты будь тут...

— Почему? — Одномоментно я удивился и разозлился.

Серебровский резко остановился — идущие сзади охранники чуть не налетели на нас.

— Во-первых, ты мне нужен на месте. А во-вторых, тебе там лишнего светиться не стоит...

— Не понимаю! Почему?

Сашка вздохнул, поправил пальчиком дужку очков, и смотрел он на меня, как на пацана-несмышленыша.

— Серега! Я понимаю и разделяю твои чувства. С этими же горькими чувствами придут другие твои товарищи и коллеги. Кто-то из них, из этих твоих товарищей, передал убийцам маршрут и время следования конвоя из аэропорта. Хочешь — примажем: он меньше всех похож на предателя, а выглядит самым товаристым из остальных скорбящих товарищей. Я не хочу, чтобы ты с кем-либо из них общался...

— Сань, у тебя крыша совсем съехала? — обескураженно спросил я.

— Не надейся — не съехала! — хмыкнул Серебровский и совершенно серьезно обронил: — Более того, у меня к тебе настоятельная просьба...

— Сань, твои просьбы все более выглядят приказами, — заметил я.

— В рабочее время — конечно, — без тени юмора заметил мой друг-магнат.

— Ну да, конечно! — согласился я. — А если учесть, что у меня ненормированный рабочий день, то в сухом остатке мы получаем радостный результат — ты мне теперь босс всегда...

Серебровский обнял меня за плечи:

— Серега! Не заводись! Закончим дело — будешь мной командовать сколько захочешь. Кстати, я говорил сегодня с твоим замминистра — Степанов, кажется...

— О чем?

— Он договорился в Интерполе, с твоими командирами там, что тебя командируют в Москву на четыре недели.

— Здорово! Сань, скажи, пожалуйста, а ты не можешь сделать меня генералом?

Сашка удивленно воззрился на меня:

— А ты кто по звездочкам?

— Подполковник...

— Наверное, могу, — пожал он плечами и, глядя на меня своими пронзительными острыми зыркалами, засмеялся, чувствуя, что шутка попыхивает синими огоньками злости. И перетянул на себя одеяло смешков: — Тебе генералом милиции быть нельзя. Их вон окрест — сотни, как раньше участковых. Тебе надо пробить звание особенное — допустим, адмирала милиции! Представляешь, Серега, ты — контр-адмирал милиции? С таким званием и в Интерпол возвращаться не зазорно! А, Серега?

— Как скажете, Ваше Финансовое Превосходительство!

Занятно, что я, ненавидевший и презиравший наше генеральское сословие, вдруг обиделся. Не за них, конечно. Даже не за себя — не состоявшегося пока генерала. За исчезнувшую иллюзию каждого военного человека о вступлении в особую касту людей — генералитет!

Это одинаковые во всем мире, отдельные, своеобразные люди, чей статус власти отмечают не только нелепой золочено-красной петушиной формой, не только особой почтительной формой титулования, но и стойким мифом о том, что каждый из этих тысяченачальников на пути восхождения к власти совершает бездну подвигов и выдающихся поступков, требующих целой героической жизни.

Девальвация. Всех, всего. Нынешний генерал — это вроде прежнего крепкого, уже обстрелянного лейтенанта. Ведь Сашка не врет и не хвастает, когда ясно дает мне понять, что со своего барского плеча финансового фельдмаршала может запросто сбросить мне шитые золотой канителью генеральские погоны. Эх, канитель!

Отчего я грущу? За что обижаюсь? Стыдно признаться: за пятнадцать лет стремной жизни честного дурака — полицейского опера.

И на Хитрого Пса глупо дуться, он ведь не чувствует оскорбительности своих шуток, зачеркивающих мою прошлую жизнь — как глупое пустое заблуждение.

Он живет в постоянном сладостно-нервном кайфе своей игры, он в непрерывном легком опьянении собственным могуществом, в нем бушует никогда не утихающий почти гормональный азарт борьбы, сумасшедшей свалки в чистом виде, почти бессознательном стремлении упрессовать соперников, конкурентов, врагов, стать — как выжить — их всех сильней, больше и властней.

Совершенное безумие!

— Ты сказал, что у тебя есть просьба, — напомнил я.

— Да-да! Мы говорили о твоих товарищах и коллегах, — вернулся Сашка к нашему разговору. — Кроме руководства, почти никто из них не знает, что ты вернулся. Естественно, не должны догадываться, чем ты будешь заниматься. Ты это понимаешь, да?

— Я это приму к сведению.

— Отлично! Поэтому я бы предпочел, чтобы ты жил или в моей резиденции, или — если это тебе не очень удобно — в одной из наших квартир. Это во-первых...

Любезное товарищеское приглашение Сашки меньше всего было похоже на просьбу. Нормальный служебный приказ. Моего согласия не требовалось.

— А во-вторых, если кто-то из коллег вдруг разыщет тебя здесь по телефону, предложит встретиться-поболтать-выпить, с ответом не торопись, а сразу же сообщи Сафонову.

— Зачем? — дураковато спросил я.

— Чтобы Кузьмич выяснил, откуда объявившийся друг узнал о твоем прибытии, зачем звонил, грубо говоря — чего он хочет? Я считаю, что перебитого на дороге конвоя нам пока хватит...

Мы все шли, и шли, и шли по этому загоризонтному коридору, и я думал о том, что пока еще у меня есть возможность послать Хитрого Пса к черту и слинять с этого долбаного парохода.

А Кот? Чем закончится эта история для Кота?

При всей его звериной хитрости, невероятной ловкости, нахальстве и пронзительном уме отчаянного уличного проходимца, его шансы выжить — у абсолютного нуля. Минус 273.

Я воочию убеждался, какую огромную власть, какие необозримые возможности держит в своих тонких худеньких ладошках Сашка.

И хватит дурака валять с этими отмирающими играми в неразлучных друзей, в геройски-романтических ремарковских товарищей, из которых двое прицелились убить друг друга. Все! Серебровский тебе начальник, не забывайся и смотри, что можно будет сделать.

— ...Ты меня слушаешь? — толкнул меня в бок Серебровский.

— Да, конечно, — откликнулся я, пропустив какую-то связку в его рассказе.

— Кто владеет информацией и средствами распространения — тот хозяйничает в политике, тот владеет миром, — говорил Сашка. — Сейчас я тебе покажу, на что брошены все мои силы. К сожалению, я в трудном положении догоняющего...

— Я этим занимаюсь всю жизнь.

— Ты гоняешься за жуликами, а я — за ушедшим временем. Я опоздал к разделу телевизионного пирога — сказочной машины для промывания мозгов.

— Как телезритель я бы ее назвал машиной для засерания мозгов...

— Одно и то же... Я его зову «ящик Пандоры для идиотов». Вообще-то я и раньше догадывался о возможностях телевидения. Да только слаб в коленках был тогда. А теперь мне придется воевать не против какого-то одного канала, а против всех сразу... Как нам с тобой Суворов наказывал бить врага?

— Мне он, слава Богу, ничего не наказывал, и без него хватает наказчиков, — отмахнулся я. — А тебе, наверное, наказывал их как-нибудь деньгами отметелить...

— Не опошляй святое! Деньгами! У моих конкурентов денег за компанию побольше, чем у меня. Будем их душить умением...

Охранник отворил перед нами дверь с массивной бронзовой табличкой «Правление» — огромный, поднебесно высокий ампирный зал заседаний, отделанный темно-золотым багетом, ляпис-лазурью, зеленоватым мрамором.

Нет, что ни говори, а субординация у них не хуже, чем у строевиков, — при появлении Серебровского все присутствующие встали и смирно дожидались, пока он займет свое место во главе бесконечного овала стола.

— Прошу садиться! — Серебровский взглянул на часы: — Приступаем, господа... — Повернувшись к молодому, хлыщевато-американского вида человеку, Сашка ткнул в его сторону указующий перст: — Петр Петрович, прошу помнить, что на доклад в правительстве мне отпущено семь минут. Должны уложиться — полно, ясно, убедительно. Никакой лирики!

Петр Петрович мгновенно поднялся, сделал знак технику, сидящему в стороне с переносным пультом управления. И сразу же на большом электронном экране вспыхнуло изображение карты России с пульсирующими на ней точками-огоньками.

— На карте изображена система базирования российских межконтинентальных ракет СС-20, — пояснял Петр Петрович. — Согласно обязательствам нашей страны по договору ОСВ-2, ядерные боеголовки с них должны быть демонтированы, а сами ракеты уничтожены...

На карте огоньки одновременно вспыхнули и протяжно замигали маленькими взрывами.

— ...Общее количество ракет превышает тысячу боевых единиц, — пугал нас Петр Петрович. — Стоимость уничтожения одной ракеты составляет около одного миллиона долларов США. Этих денег в бюджете нет и не предвидится.

Взрывы на карте исчезли — огоньки стали гореть ровным светом.

— ...Компания «РОСС и Я» разработала проект федерального масштаба, обеспеченный научно-технически, финансово и организационно. Реализация этого проекта позволит России не только избежать невыносимых для нашей экономики миллиардных затрат, но и выдвинуть страну на самые передовые рубежи мировой технологии, политики и финансовых прибылей. — Петр Петрович сделал технику знак, и на экране возникла схема — земной шар, окруженный густой сетью вращающихся по концентрическим орбитам спутников.

— Нами достигнута договоренность с господином Биллом Хейнсом, главой крупнейшей в мире компьютерной компании «Макрокомп глобал электроникс», о создании совместной глобальной информационной сети.

На экране всплыла знакомая всем эмблема «Макрокомпа», крупная фотография Билла Хейнса, справка об экономических показателях этой мировой компании.

— Тысяча российских баллистических ракет, с которых будут демонтированы боеголовки и установлены спутники-трансляторы «Макрокомп глобал», вынесут на околоземную орбиту небывалую в человеческой истории международную коммуникационную сеть...

— Ты понимаешь, что это такое? — тихо спросил Серебровский у меня.

— Картина впечатляет, — пробормотал я. — Демон, фраер, хвастался, что он, мол, вольный сын эфира. А ты собираешься стать паханом эфира...

Эксперт Петр Петрович ликовал-заливался:

— Сметная стоимость проекта составляет около девяти миллиардов долларов и будет солидарно проинвестирована нашей компанией и «Макрокомп глобал».

Серебровский наклонился ко мне, шепнул:

— Не обижайся, Верный Конь. Становиться генералом глупо...

— Наверное, — пожал я плечами. — Если генерал — просто ряженый в лампасах...

— Да! — жестко вымолвил он. — Разница между ливрейным швейцаром в «Трамп Плазе» и нашим Кузьмичом — только количественная. Один принимает мое пальто, а другой — мои указания.

— Жуть! Лишаешь последних карьерных стимулов...

— Это не стимул! — проронил Хитрый Пес. — Мне Сафонов показал распечатку — только к последнему празднику президент пожаловал сорок семь званий генералов милиции. Тебе это надо? Быть сорок восьмым? Или сто сорок восьмым? Стимул — быть первым. Уже второй не получает ничего. Чем бы ты ни занимался — быть надо первым...

КОТ БОЙКО:

МЕЧ НА БОКУ СЛЕВА

Летом напиваться днем нельзя. День — долгий, и пьянка становится изнурительно-бесконечной, как это масляно-желтое незаходящее вечернее солнце. Зимой выпил, потом повторил, снова добавил, еще закрепил — глядь, и сам ты плавно затухаешь вместе с меркнущим днем. А летом — жуткое дело! Светло еще, жизнь полным ходом идет, все только намыливаются на застольные подвиги, а ты уже домой вяло подплываешь с бултыхающимся в трюме литром жесткой выпивки.

В сон клонит, дремота качает меня на заднем сиденье карабасовского старого ржавого японского вездехода. А сам Карабас, совсем уже бусой, ватный, складной, сидит впереди рядом с молодым парнем-водителем, рассуждает о жизни. В зеркале заднего вида я рассматривал себя одним глазом, второй приоткрыть нет сил. Ксана, подруга Карабаса, перед отъездом снова напялила на меня парик, расчесала длинные блондинистые пряди — прямо не человек обычный, а певец Игорь Николаев какой-то. Темные очки на носу, рубаха до пупа расстегнута, а сам вцепился руками, как клешнями, врос суставами в небольшой коричнево-кожаный чемодан. О дорогой мой!

— Нет, Кот, я город не люблю, — настырно гундел Карабас. — Меня в город калачом не заманишь. Боязно тут у вас... Вот недавно шел я от приятеля. Отдохнули мы с ним, конечно, крепко... Ищу я, значит, свою машину — забыл, где я ее поставил.

У Карабаса и машина не как у всех людей — руль справа для японского левостороннего движения.

— А тут навстречу двое, в прах пьяные, орут как оглашенные — всех бить будем! Я спрашиваю — и меня? А они — тебя, толстуна лохматого, особенно! Тут я, конечно, с перепуга как в торец одному шмякнул — рухнул он костью в асфальт, думаю — беда, забил! Нет, шевелится, и второй уже возникает. Ну, наковырял я им ряшки на память — и домой поскорей, от греха подальше...

Мне стало смешно — я представил себе, как громадный Карабас, похожий в пустынном ночном городе на сбежавшего из зоопарка носорога, сиротливо рыщется по темным улицам в поисках забытой где-то машины.

— Не боишься пьяный за рулем ездить? — спросил я нравоучительски.

— А я пьяный не езжу, — уверил Карабас. — Сажусь за руль, смотрю вперед — если край капота вижу, значит, порядок. Можно двигать. А если край не различаю, то все, конец, туши свет...

— Слава богу, что машину разыскал.

— А как же! Мне без моей лохматки — жизнь невпротык...

— Слушай, Карабас, ты ведь все знаешь — почему у японцев левое движение? Неудобно ведь!

— О великая мудрость старых традиций! — обрадовался старый болтун. — Два века назад без малого император Мэйдзи предписал: ходить слева, чтобы на узких дорогах самураи не цеплялись друг за друга мечами и не дрались на дуэлях из-за этой глупости, окаянные. Ходить-то можешь как хочешь, без разницы, а оружие надобно всегда иметь слева — в руку должно ложиться удобно... Усек?

— Это ты к чему? — спросил я.

— К тому, что коли уж ты со своим Чрезвычайным и Полномочным Другом не разъехался, пусть рука будет наготове...

Я прижал к себе свой чемодан крепче.

— Карабас, знаешь, в чем наша беда?

— Валяй...

— Нам с тобой давно пора на завалинку, языком чесать, кости греть старые, а мы все в драку норовим.

— Вот придурок! Это наше счастье, а не беда!

Я ухмыльнулся довольно — может быть, он прав?

— Приехали, Карабас! Зарули во двор.

Машина притормозила у дальнего конца дома — против двери рядом с камерой мусоросборника. Я открыл дверцу:

— Спасибо, старче...

— Перестань! Жду звонка. Как только — так сразу...

АЛЕКСАНДР СЕРЕБРОВСКИЙ:

КАПИЩЕ

Я вошел в диллинговый зал, и все, что так тревожило меня, волновало и заботило с самого утра, — ушло. Нет, не перестало существовать, конечно, не обесценилось и не стало малозначительным. Просто в этом денежном космосе начинали работать другие законы бытия, совсем иные понятия о времени, пространстве и о тебе самом — вершителе мира и его ничтожной пылинке.

Здесь, на торцевой стене вокзального размера зала, размещены пять огромных часовых циферблатов с надписями: «Токио», «Москва», «Лондон», «Нью-Йорк», «Лос-Анджелес» — символом пугающего предупреждения о том, что деньги не спят никогда. Десятки брокеров — аккуратных, шустрых молодых людей с лунатически отрешенными лицами, — оседлав все мыслимые коммуникационные системы, ведут по компьютерам и телефонам ни на миг не затихающую битву за деньги.

Они продают, закладывают, покупают, меняются пакетами акций, торгуют, скандалят и улещивают, снова продают, предлагают, пугают и уговаривают — гонят мощный денежный кровоток, в котором перемешаны рубли, франки, доллары, марки, — неутомимо и незримо пульсирует он в виртуальных артериях мира.

Громадное большинство людей на Земле считают, что 100 долларов — это хорошие бабки. По-своему они правы, потому что и 1 доллар тоже очень хорошая бабка!

Но если заговорить с ними о миллионах, они сразу утрачивают интерес, поскольку разговор сместился в жанр какой-то скучной небывальщины, вроде вечного блаженства или геенны огненной.

Цифры, выскакивающие на электронных табло, им ничего не говорят. Им и в голову не приходит, что их кусок хлеба, кров над головой, учеба детей и сама их жизнь зависят от деловых индексов нью-йоркского «доу-джонса», лондонского «футси» или сингапурского «стретс». Они и слов-то этих никогда не слыхали. Может быть, это и хорошо...

Поэтому здесь напряженно и неслышно молотит сердце моей империи, здесь — центр возводимого мной мироздания. Здесь мой Родос, где я должен прыгать каждый день. Рубикон, который я перехожу ежечасно. Здесь поле моей ежеминутной битвы.

Вот оно — Бородинское поле, и небо Аустерлица, и окопы Сталинграда, и взятие Берлина, и никогда не утихающая буря в пустыне.

Огромные деньги, непрерывно двигающиеся в компьютерных каналах, излучают здесь гигантскую энергию и создают фантастическую атмосферу азарта, надежды, алчного восторга, страха. В этом огромном неуютном зале никогда не исчезает ощущение волнующего кровь флирта со смертельной опасностью.

Здесь — алтарь нашего презренного Храма Денег. Здесь — святая святых нашего прекрасного волшебного капища...

— Святая святых? — удивился мой финансовый директор Палей. — Евреи могли бы назвать это трефная трефных...

На стойке перед его столом — телевизор, всегда включенный, но звука нет, и комментатор на экране немо и страстно гримасничает.

— Итак, я продолжаю — рынок перегрет до предела! — говорил со страстью Палей. — Этот абсурд с краткосрочными облигациями доведет всех до большой беды... Вы меня не слушаете, Александр Игнатьич?

— Слушаю-слушаю, мудрый Вениамин, — положил я ему руку на плечо. — Думаю...

— Поделитесь, — смирно предложил Палей.

— Обязательно, — пообещал я. — В надлежащее время. Что там западные инвесторы?

— Мелко суетят. Тихо, вполне корректно выводят свои деньги... Малыми дозами.

Нет, что ни говори, а это мое счастье — не пришли еще сюда большие, настоящие игроки. Мелкие шкуродеры, барышники.

— Ага! Значит, так... — Я взял со стола телевизионный пульт, включил звук, и оживший комментатор со страстью науськанного пса яростно заорал мне в лицо:

— ...Приход в большую политику таких фигур, как Серебровский, не может не настораживать. Скорее всего он привнесет в политическую жизнь те же методы, которыми пользуется в бизнесе. А как сказал один остроумно-злой аналитик, Серебровский способен систему бандитского капитализма превратить в механизм капитального бандитизма...

Ах ты, дерьмо этакое! Тварь! Я со злобой выключил телевизор, а Палей заметил снисходительно:

— Не обращайте внимания, обычные штучки наемников... Мелкие корыстные насекомые из отряда кровососущих.

Да, к сожалению, ситуация не располагает к моцартовскому изяществу и легкости финансовых операций.

Я обернулся к Палею:

— Что нам известно о запасах ГКОшек у «Бетимпекса»? Сколько может быть их сейчас на руках у Гвоздева?

— Тьма! — уверенно сказал Палей. — Сначала они от кулацкой жадности их сами гребли без счета. А потом им правительство силком набило за пазуху бумажек на миллиард. Я это по своим источникам знаю точно...

Я глубоко вздохнул, как перед прыжком в воду:

— Значит, так, Вениамин Яковлевич... Завтра, за десять минут до закрытия торгов, сбросьте все наши ГКОшки.

— Все-е? — с испугом переспросил Палей.

— Все краткосрочные облигации. Мы к этому отношения не имеем, они переданы в трастовое управление «Вест-Дойче акционер банк». Передайте Фогелю и Кирхгофу по закрытой линии мое распоряжение. Устно, конечно...

— Вы не боитесь убить рынок?

— Как говорил один мой старый приятель — не преувеличивайте! Мы его не убьем. Немного уроним. А потом — поднимем... Сбросят немцы бумаги — докладывайте мне состояние биржи каждый час.

КОТ БОЙКО:

КЛАДЕНЕЦ

Я стоял посреди комнаты, весь из себя гулкий и облачно-пустой от хмеля, прижимая к груди свой шикарный чемодан. Лора, оторвавшись от работы на компьютере, смотрела на меня опасливо-подозрительно.

— Ну, ненаглядный мой гусар, какие совершил подвиги? — спросила она вполне незлобиво.

— Лора, подруга дней моих суровых, я сделал страшное открытие...

— Напугай и меня — за компанию.

— Я узнал, что выбитый из седла гусар — это кривоногий солдат в пешем строю. Представляешь, ужас? — возгласил я патетически.

— Страшно подумать, — кивнула Лора и показала на чемодан: — У кого-то в пешем строю отбил?

Я прижал чемодан к груди еще теснее:

— Нет, подруга, это мое... Законное! Исконное! Мой меч-кладенец... Я с ним и в пешем строю гусар!

— Одним глазком!.. Умоляю! — заверещала Лора.

Я положил чемодан на стол, нагнулся, всматриваясь в цифирь наборного замка.

— Номер забыл? — напугалась Лора.

Я схватился за голову:

— Забыл! Е-к-л-м-н! Забыл! Что теперь делать?

— Я знаю мастерскую, это тут, недалеко...

Я обрадовался:

— Ага! Давай лучше прямо в ментовку заглянем, попросим пособить наших защитников-лимитчиков!

— А что там? — тыкала Лора пальцем в чемодан.

— Я ж тебе сказал — меч волшебный, называется кладенец — в смысле ма-а-аленький такой клад, как бы игрушечный... Можно сказать, кладюнечка...

— Кот, противный живой трус, перестань мучить! Вспоминай лучше номер, балда ты этакая!

— Подожди, давай подумаем... Может, ты мне поможешь... Что-то я запамятовал — когда у меня день рождения?

— Экий ты садист, Котяра! Код — 25—04—62! 25 апреля 1962 года!

— Отпираем! — Я быстро закрутил колесиками-шестеренками замкового кода, и это было сказочное удоволь-

145

ствие — будто пальцами влез в волшебные часы, махонь-
кую машинку времени. Щелчок!

Поднял крышку и увидел, что у Лоры вытянулось лицо.

Ах, какой же роскошный чемоданчик мне впарили когда-то за несусветную цену в магазине «Хэрродс»! Откинув-
шаяся крышка отделена дополнительной перегородкой на
молнии. В днище чемодана, в глубоких покойных нишах,
обитых светлой замшей, лежит бельгийский автоматичес-
кий карабин «зауэр». Отдельно ствол, отдельно приклад,
затвор, оптический прицел, четыре переливающиеся ярой
медью гильз обоймы с патронами. Красавец ты мой! Не-
описанный! Таможней!

— Кот, ты что, сдурел? Зачем это?

— Привет из прошлого, — доброжелательно улыбнулся
я. — Забыла, что ли? Это ж мой рабочий инструмент...

— Кот, у тебя же пистолет есть уже... Зачем тебе? —
Лицо ее дурнело от натекающего тона тревоги.

Ласково оглаживая полированную ореховую поверхность
приклада, я поделился:

— По сравнению с этой машинкой пистолет — просто
уличная рогатка!

— Кот, что ты придумал? Я тебя спрашиваю — зачем?

— Сезон скоро открывается — на охоту пойду, — невозмутимо сообщил я. — В этом году разрешена охота на бронтозавров...

— Кот, хочешь — на колени встану?

— Никогда, любимая! — подхватил я ее на руки. — Мы
же кладенец-то не осмотрели полностью... Кладик-кладю-
нечку нашего...

Рывком разодрал я молнию на крышечном отсеке чемодана, и оттуда посыпались на карабин обандероленные пачки
долларов. Потом несколько паспортов, кредитные карточ-
ки «Виза» и «Мастер-кард», и уж конечно, мы без этого
никак не можем, — мое большое цветное фото. Тут я еще
совсем молодой, орел, красавец и кавалергард, в чемпионской ленте, усыпанной бесчисленными спортивными медалями, жетонами и почетными знаками.

Я сорвал с пачки бандерольку, потом с другой, с третьей — деньги зеленой вьюгой полетели по комнате, я

хватал их пригоршнями и сыпал на Лору с диким развеселым криком:

— Смотри, подруга, сколько у тебя «у.е.»! Вот это и есть уевище! Гуляем!..

А Лора, улыбаясь, слабо держала меня холодными ладошками, и две круглые росяные капельки медленно ползли к ее подбородку.

СЕРГЕЙ ОРДЫНЦЕВ:

РАЗВЕДДОПРОС

На Театральной площади бушевал водоворот бесплодной и бессмысленной суеты. В уже привычной неопрятной стройке колготели и толкались люди с плакатами, призывавшими обратиться к Богу, к коммунистическим идеалам, к йоговской медитации, быстро разбогатеть и подать на пропитание беженцам.

Мы рассматривали их с Сафоновым из машины, припарковавшейся перед Малым театром.

— Вот эту штучку спрячь под рубаху, — протянул мне Сафонов маленькую черную коробочку, похожую на бипер. — Радиомаяк...

— Опасаетесь, что они меня киднапнут?

— Нет, похищать они тебя скорее всего не станут. Но все-таки... Береженого Бог бережет, — рассудительно-неспешно сказал Сафонов. — А вот эту булавку воткни за лацкан куртки. Это мощный микрофон-транслятор — мне весь ваш разговор будет слышно. Чуть что — мы тебя так прикроем, что им мало не покажется...

— Спасибо!

— Не за что. Ты не дергайся, головой не крути — мы тебя ни на миг из поля зрения не выпустим.

— Алексей Кузьмич!

— А?

— Вы Интерпол чем-то вроде детсада представляете?

— Нет, серьезная контора. Бывал я там. Однако разница с нами имеется. — Когда Сафонов ухмылялся, его каленая бурая морда покрывалась трещинами, как старая глина.

— Какая?

— То, что наши бандюки здесь на улице вытворяют, на Западе в кино показывают. А ты не обижайся, Серега. Я — старый, хочу потише, поспокойнее. Без прыжков, стрельбы и других шумных фокусов... Ну все, иди, иди, сынок... Не дергайся — я держу территорию.

Я прошел не спеша через сквер и остановился у грязного пустого фонтана. Где-то, пока не различаемые мной, в разных позициях группировались патрули наблюдения — пешие прохожие и оперативники в машинах, готовые принять меня под опеку в любой точке по всей окрестности.

И хотя я знал, что человек, к которому я пришел, уже наверняка пасется здесь давно — взглядом щупает меня, опознает, оценивает, — а все равно я дернулся маленько, когда коренастый здоровяк средних лет крепко взял меня под руку.

— Здравствуй, Сережа, здравствуй, друг!

Я отодвинулся на шаг, высвободил руку и лениво ответил:

— Здорово, мой дорогой, старинный, безымянный, неизвестный мне дружбан...

Мой новый корешок — шестипудовый комод со стенобитным рылом — добродушно засмеялся:

— Все смешалось в доме Обломовых! Без пол-литра не понять — кто друг, кто враг...

— Это точно! Упаси Господь от друзей, а от врагов сами отмахнемся...

А друган мой новый тянул меня за руку:

— Идем, пройдемся маленько! Чего стоять без толку?

— Пойдем, — согласился я, понимая, что он хочет проверить мои хвосты в движении. Сейчас наше сопровождение — его и мое — превратится в слоеный пирог.

Мы вразвалку прошли переход к станции метро «Охотный ряд», миновали ее, пересекли Дмитровку и лениво шествовали мимо Государственной Думы — в сторону Тверской.

— Расскажи, как дела... Что слыхать? — доброжелательно предложил этот гусь и улыбнулся неосторожно — растянул сухие пленки губ и обнажил две желтоватых костяных пилы.

— А не твое это дело, не касаются тебя мои дела, — ответил я ему тоже доброжелательно, с улыбкой. — Я жене и начальству про свои дела не докладываю, а уж тебе-то...

— Так это ж ты мне звонил, а не я тебе! — обиделся этот брутальный кабан.

— Я не тебе звонил, а Коту Бойко. Ты предложил встретиться, посмотреть на меня. Посмотрел?

— Посмотрел!

— Доволен?

— Не сильно как...

— Это твои проблемы. Можешь связать с Котом?

— Зависит от обстоятельств... — неопределенно сказал он.

— Например?

— Хочу знать, например, зачем Кота ищешь. Ты ведь от Серебровского притопал?

— Так! В общем, с тобой понятно, боле-мене. Ты Коту сказал, что я его ищу?

— Сказал, — не моргнув ответил диспетчер. — Просил выяснить обстановку...

— Что ты мне лечишь мозг этой чепухой? Что ты мне пар продаешь?

— Как просил Кот — проясняю ситуацию.

— Ты меня за кого принимаешь? Ты со мной не боишься играть в такие игры? — спросил я по возможности внушительнее.

— Не боюсь, — усмехнулся нахально мой приятный спутник.

— Зря...

— Коли ты такой грозный, что же ты такой нервный?

— Оттого, что не могу пока сообразить — что у Кота с тобой общего?

А он печально сказал:

— Кот вчера по глупости человека замочил. Я ему сейчас помочь стараюсь...

В этот момент у него в кармане раздался звонок сотового телефона, он вынул трубку и нажал кнопку.

— Слушаю... Да... Ага, понял... Повтори это снова, — и протянул к моему уху трубку, из которой внятно раздавался быстрый сиплый голосок:

— ...Повторяю... За вами идет наружное наблюдение...

Мой обормот проговорил в микрофон:

— Понял тебя, понял... Продолжай работу... — выключил телефон, убрал в карман и сказал огорченно: — Неискренний ты человек, Сергей! Я к тебе с сердечной просьбой от друга, а ты наружку за собой тянешь.

— Ну да, это ты меня ловко ущучил! — захохотал я. — Ты ко мне на свидание с цветами, а я с охраной. Просто срам...

— Нехорошо, Сережа, — удрученно покачал он головой. — Эх, беда нам с нами, трудный мы народец...

Я похлопал его по плечу:

— Слушай, новоявленный друг, до того как тебя вышибли из Конторы, ты наверняка в идеологическом управлении служил. Там полно было вот таких мокрушников-моралистов... Значит, хочешь помочь Коту?

— Хочу, — кивнул сентиментальный хмырь. — С твоей помощью. Надо, чтобы Кот тебе поверил... Надеюсь, не сдашь друга за сдобные коврижки серебровские?

— Не сдам, — пообещал я. Потом нагнулся и стал мерить по асфальту раздвинутыми пальцами — вершками — длину башмака этого урода.

Он отодвинулся и настороженно спросил:

— Ты чего?

— Размер белых тапочек прикидываю. У нас — по предварительному заказу... А связи с Котом у тебя нет, ты его сам ищешь.

АЛЕКСАНДР СЕРЕБРОВСКИЙ:

РЕКЛАМНЫЙ БРЕНТ

В переговорный офис мой помощник Кузнецов привел ко мне на встречу избирательную команду имиджмейкеров — толпу разношерстных людей неопределенных возрастов, полов и внешностей. Их руководитель Краснов, молодой, длинный, лысый парень в небрежно дорогой одежде, ласковый нахал и въедливый шут, комментировал задачу:

— Я надеюсь, Александр Игнатьич, вы представляете объем затрат на такую кампанию...

Он смотрел на меня с жадным взволнованным вниманием, он ловил флюиды моей реакции, пытаясь точно определить денежную щель, через которую надо юркнуть, — не продешевить, но и не разозлить меня дороговизной своего дурного товара — ассорти из говна с запахом весенних фиалок.

Я кивнул наконец, и он бросился:

— Сейчас эта сумма превышает 10 миллионов долларов. Она включает расходы на связь, транспорт, гостиницы, избирательные офисы, вознаграждения полезным людям и оплату медиа-звезд, сценаристов и режиссеров массовых действ, гонорары журналистам и главным редакторам, оплату газетных полос и телевизионного времени, зарплату и бонусы создателям основного рекламного мифа — брента...

— Я вас понял, — перебил я Краснова. — Проект сметы представьте финансовому директору Палею. Курировать вашу деятельность будет Павел Сергеевич Кузнецов. Вы подчиняетесь ему безоговорочно...

Вдохновленный Краснов ощутил точку опоры и запел:

— В рамках продуманного нами брента — мифологической программы вашей жизни и деятельности — аналитики, социологи, имиджмейкеры и спичрайтеры предложат вам беспроигрышную модель поведения. Вы будете говорить, выглядеть, поступать как политик следующего тысячелетия, но знающий и болеющий о сегодняшних нуждах народа...

Команда алчных проходимцев возбужденно-восхищенно гудела, как привлеченный сладким ароматом рой. Они уже обоняли запах денег.

Мой будущий брент — выдуманная чепуха, пустое колебание воздуха, гнилой пар истертых слов — явился для каждого из них сотворением своей маленькой, но совершенно реальной мечты. Жратва в ресторане «Царская охота», автомобиль «ссаньё», длинноногая лярва из топ-модельной фирмы, отпуск на Канарах. Что там еще их занимает? Что еще они мечтают получить за эти копеечки? Ах, эти соблазнительные копеечки!

Конечно, деньжата — очень нужная штука и чертовски приятная! Это вкусная еда и красивая одежда, нормальная лечеба для родителей и разумная учеба для детей. Это развлечения, увлечения, удовольствия.

Им невдомек, что это не деньги, а потребительские средства. Нечто совсем иное.

Они пока не знают, что такое настоящие деньги.

Они не ведают, что деньги — величайший дар Господен, который он дал нам в утешение за то, что смешал языки на Вавилонской стройке и разобщил нас навсегда. Это был дар-утешение, которое должно было соединить одним интересом разных людей.

Те, кому судьба вручила настоящие большие деньги, сделав их жрецами вечного служения, удивительными художниками — творцами денег, вот они-то знают, повседневно чувствуют величие, неповторимость этого магического дара, следующего сразу после выпавшего счастья родиться на свет.

Они — мудрецы и дураки, великие и ничтожные, прекрасные и отвратительные — окружили деньги легендами, предрассудками, жгучим презрением и страстным вожделением. Для тех, у кого нет денег, они наняли нищих гениев — ученых и поэтов, которым поручили воспеть и разоблачить мистическую власть денег. Деньгами — как архангеловской дланью — они разжигают войны и создают миры, возводят города и стирают государства.

Деньги — это сладость власти.

Острое счастье любви.

Сумасшедший полет творчества.

Злой азарт боя.

Чудотворная, опасная кисть.

Мы рисуем ею будущее мира на пустом холсте жизни.

Вообще, иметь деньги — это как обладать прекрасной женщиной. Только это ощущение больше и острее, чем факанье.

К сожалению, у денег есть одно опасное свойство — как женщина, они в любой момент могут почему-то разлюбить тебя. И уйти к другому.

Я придвинулся к Кузнецову и тихо сказал ему:

— Паша, подумай и вечером ответь мне...

Кузнецов сразу же раскрыл блокнот, взял со стола ручку, приступил к своему жизненному призванию — исполнению моих указаний.

— Они действительно такие умные и умелые? — спросил я.

— Так считается, — развел он руками. — Говорят, они — лучшие. Их называют конструкторами успеха.

— Тогда почему богатый — я?

КОТ БОЙКО:

БОМБА

Мы с Лорой сумерничали, тихо гасили вечер, как настоящие приличные люди: она что-то быстро стучала на киборде своего компьютера, а я лежал на тахте и с интересом листал очень содержательную газету «СПИД-инфекция». Замечательное издание! Только за него имело смысл разрушить Империю зла! Слава Богу, духовный подвиг оппозиции не пропал зря — читаем совершенно свободно, отвязанно, без страха и упрека. А по радио, постепенно затухая, орала что-то свое сексуально-бессмысленное Маша Распутина. Ди-джей на остатках ее эротических воплей оповестил мир:

— Вы слушаете радио «На семи холмах»! В Москве — девятнадцать часов. В новостях этого часа... Один из крупнейших российских бизнесменов, Александр Серебровский, объявивший недавно о своем решении баллотироваться в губернаторы, подготовил грандиозный проект создания глобальной коммуникационной сети...

— Ага! Сети на ловца! — рассмеялся я неодобрительно.

Лора оторвалась от компьютера, пристально посмотрела на меня, неуверенно спросила:

— Кот, ты от кого скрываешься?

— Я? Скрываюсь? — удивился я. — Лора, вспомни — есть время раскрывать объятия, а есть время уклоняться от объятий! Я уклоняюсь...

— А почему ты уклоняешься от их объятий?

— Подозреваю в неискренности! Сначала — объятия, потом обиды, претензии, и почти сразу станут долго и больно портить мне лицо. Они захотят менять его цвет, форму и выражение. Зачем?! Взгляни на него — вроде бы неказистое, но такое родное, привычно-близкое! Мы с тобой сжились с моим лицом, пускай будет как есть...

— А за что они хотят портить твой неказистый, но родной нам фейс? — настойчиво расспрашивала Лора.

— От глупого стремления идти в ногу со временем. Я тебе не успел рассказать — пишу сейчас философский роман «Идиотина». Знаешь, так — взгляд на демократический процесс в стране. За эти годы приятно упростились нравы и сблизились люди...

— Ты думаешь?

— И не сомневаюсь! — жарко заверил я. — Естественно, как это водится среди близких людей — бурный рост числа набитых рож. По сравнению с 1913 годом, когда отчуждение в народе было еще громадно, оно выросло в 946 раз — я точно подсчитал...

— Кот, тебе не надоело?

— Да нисколечко! Поэтому и живу тихой жизнью обывателя-домоседа. Я, с моей мягкой смиренностью и смиренной мягкостью, выйду на улицу — там, как пить дать, набьют мне баки. Представь, возвращаюсь и приношу тебе деликатес — баки отбивные! Ты такого сроду не пробовала!..

По радио какой-то кретин завопил, будто ему в турникете метро яйца защемили: «...и Леонид Агутин!» Все-таки правильно коммуняки назвали какое-то свое постановление «Какофония вместо музыки». В этом вопросе я их поддерживаю. Не помню только, про кого было постановление — не то про Агутина, не то про Шостаковича...

Лора подперла голову ладонью, долго смотрела на меня, потом сказала мягко:

— Кот, мне боязно... Я люблю тебя...

Я бросил на пол этот самый «СПИД» — хрен его знает, может, им заражаются внеполовым путем, слез с тахты, подошел к ней, обнял, нежно поцеловал.

— Я не боюсь, что тебе набьют баки, — шепнула Лора. — Ты сам кого хошь исколотишь. Я боюсь, тебя убьют...

— Типун тебе на язык! Я, как праведный Иов, проживу век и умру, насыщенный днями. В твоих объятиях...

— Кот, давай уедем! Столько денег есть, ничего не держит — поехали? А?

Я отрицательно помотал головой:

— Не могу. Вообще-то мы уедем. Обязательно! Только не сейчас... В рай на Кипре грехи не пускают. Подожди, яблочко мое Теслимовка. С долгами рассчитаюсь, и уедем...

— Давай отдадим все деньги — неужто не хватит?

Я засмеялся:

— Всех денег мира не хватит! Послушай меня, подруга, это я говорю серьезно. — Я протянул ей компьютерную дискету. — В этой дискеточке — энергия атомной бомбы. На земле нет человека, которого бы не заинтересовало ее содержание.

— Что это?

— Здесь отчет о возникновении огромной финансовой структуры, ее криминальных истоках, о старых и нынешних связях, номера счетов в оффшорных банках, указатель зарубежного движения капиталов, перечень вмазанных правительственных чиновников, имена и должности стрюцких генералов, которые были крышей. Все — трехлетней давности, но если это станет известно — всю страну содрогнет...

Лора с испугом посмотрела на меня:

— Ты хочешь это обнародовать?

— Что я, с ума сошел? Тоже мне, нашла Робин Гуда среди этих уродов! Вурдалаки, молозивом вспоены, беленой вскормлены! Это мой страховой полис... Гарантия относительной безопасности...

— А что ты с этим собираешься сделать?

— Не я, а ты. Ты!

Я уселся на стул напротив Лоры и не отрываясь смотрел ей в глаза. Я держал ее за руки, я хотел перелить в нее свою уверенность. Я понимал, что ей страшно. И я сейчас не похож на того веселого прикольно-отвязного фартового мэна, каким привыкла меня видеть Лора.

— Ты введешь информацию с дискеты на анонимный компьютерный адрес в Интернет и подвесишь этот файл на стопоре — раз в неделю будешь подтверждать режим ожидания. Если, не приведи Господь, с нами что-нибудь случится, через неделю стопор снимается автоматически, бомба вылетает в Интернет и становится достоянием мира... Поняла?

— Поняла, — дрожащими губами сказала Лора.

— Введи дискету и забудь об этом навсегда...

СЕРГЕЙ ОРДЫНЦЕВ:

ПИР В ЛЕТНЮЮ НОЧЬ

— Нет, Серега, тут и спорить нечего — у сыщика, как у балерины, короткий век. Тридцать шесть — порог! Или иди в начальники, или — в жопу, туши свет, меняй работу, — говорил Сафонов.

Мы сидели с Кузьмичом за столиком уличного кафе на Тверской, прямо под зеленым бронзовым хвостом мерина по имени Юрий Долгорукий, пили из высоких запотевших стаканов ледяное пиво «Бек'с» и трепались о жизни, дожидаясь, пока вернутся люди Сафонова с информацией.

Мимо нас текла по тротуару вечерняя праздная толпа, я с интересом глазел на прохожих и вдруг понял, чего мне не хватает в этом многолюдном потоке.

Красивых девок!

Странное дело, шастала тьма баб — молодые, стильные, примакияженные, модные, в мини-юбочках и джинсах, в обтягивающих блузках или с сиськами наголо, толстоватые и тощие, — а красивых не было!

Как же так?

Раньше я нигде, никогда, ни в одном городе мира не видел на улицах столько красивых женщин — красоток, симпатяг, прелестных мордочек, замечательных рожиц, восхитительных личиков! Куда же вы подевались? Или, может, дело во мне? Вдруг это я резко, рывком постарел? Не могли же вас, мои любимые, как рубли, деноминировать? Или

156

разобрать замуж в Америку? Или развезти по бардакам всего мира?

Слева, у дверей ресторана «Арагви», полыхнули гортанные крики, плюхнули тяжелые шлепки ударов, донеслось до нас громкое злое сопение, булыжный мат, звон стекла, и почти сразу все стихло. Там еще толпились какие-то люди, но драка уже была задушена. Кузьмич и головы не повернул.

А я вспомнил, как множество лет назад мы все гуляли в этом кабаке — Кот впервые пришел с Мариной. Они опоздали немного, вошли в зал, разыскали стол, за которым мы с Хитрым Псом и девками уже пировали, на миг остановились — явились нам. Мы смотрели на них в некотором оцепенении. Ей-богу, было на что посмотреть — на них народ оглядывался!

У Кота был вид космонавта, спасшегося при взрыве посадочного модуля. Жесткий, героический мэн, оглушенный и приглупленный безмерным счастьем второго рождения. Не знаю, как это объяснить, не понимаю даже, из чего это складывается, но Кот тогда смотрелся так, что все бабы, наверное, хотели ему отпустить немедленно.

Одного взгляда было достаточно, чтобы объяснить счастливую ошибку природы при конструировании Кота — в нем были минералы, белки, может, капля углеводов и ни одной граммулечки жира. Сажень гибких канатов, пластично скрученных в стройную прямоходящую композицию — подставку, приспособление, ложемент для нахально-горделиво сидящей головы с загорелым лицом шкодливого ангела-проходимца.

Ну и экипирован он был соответственно, с ума можно было сойти от его прикида — светло-коричневые туфли «Кеннет Коул», фланелевые серые брюки и фантазменный белый пиджак в очень крупную синюю клетку с шелковым платочком в верхнем кармане.

Нет, ни одна баба не смогла бы отказать ему. А Марина и не собиралась. Она держала его за руку, пока они шли к нам между столиками, смеялась — будто зубную пасту рекламировала, светила своими забавно-разными глазами, и, когда она смотрела на Кота, ее губы с чувственно-нежным разрезом были как бы всегда приоткрыты для поцелуя.

А в руках держала свежую, только распустившуюся чайную розу.

Они стояли около нашего стола — наверное, это длилось миг, — Кот бессмысленно-счастливо ухмылялся, и Марина молча прислонила голову к его умопомрачительному пиджаку, а мы дураковато-обескураженно глазели на них, обуянные восторгом и завистью. Потому что наши девушки — очень пригожие барышни, вполне секси — показались нам с Хитрым Псом совсем линялыми и жалковатыми рядом с Мариной. У меня это постыдное чувство прошло минут через десять, а Хитрый Пес заболел им навсегда.

А тогда Марина засмеялась, разрушила эту мгновенную паузу — никто ведь не мог предположить, что этот миг молчания, секундная остановка, как аритмичный перебой в сердце, изменит всю нашу жизнь. Засмеялась она, вспыхнули ее удивительные глаза, и сказала, еле заметно дробя во рту букву «р», словно серебряный шарик языком катала:

— Привет, девочки! Здравствуйте, ребята! Мне ваш милый лжец всю дорогу рассказывал, какие вы гении!..

Оторвалась от Кота и неожиданно поцеловала нас — Хитрого Пса в макушку, а меня в щеку. Нашим подругам — не замечая — сунула руку. А мы с Санькой от ее поцелуя просто скукожились в своей ревности, потому что означал он только подачку со стола их шикарного любовного пиршества с Котом.

— Вы послушайте только, послушайте! — ликовала и веселилась Марина. — Про себя он наврал, что он олимпийский чемпион и заслуженный мастер спорта. А ты, Саша, — академик математики и без пяти минут миллионер. А ты, Сережа, — старший следователь уголовного розыска по делам ОБХСС при 17-м отделении милиции. Да! И есть секретное постановление о том, чтобы сделать тебя полковником!

Когда она целовала меня, я уловил еле заметный запах хмеля. Видно, они уже где-то лакировались шампанским.

Сашка рассаживал их, Кот разливал по бокалам выпивку и орал:

— Выпьем! Выпьем! Тост! За нас! За любовь! За жизнь! За жизнь — всегда!

Мы пили, как водится, из фужеров, а Кот, естественно, демонстрировал свой рекордный трюк: не отрываясь выцедил из горла полную бутылку шампанского — я никогда не видел, чтобы этот номер мог кто-нибудь повторить. Бутыляку водки из горла — это сколько угодно, а шампанского — никто. Дыхалки не хватает.

Слизнул Кот с горлышка последнюю каплю и обнял Марину:

— За жизнь!

— За жизнь! — сказала она. — Никакой нет смерти, мой замечательный прохвост! Мы не умираем...

И он ответил:

— Мы просто перевоплотимся... Мы будем с тобой всегда!

— Мы будем странствовать из рождения в рождение, — сказала она ему, и я видел, как Сашка Серебровский смотрит на ее пухлые, чувственно-нежные губы, всегда приоткрытые для поцелуя, и я боялся, что у него сейчас остановится сердце.

А я? Под страхом смерти я не смогу сейчас вспомнить лицо девочки, которая была со мной в тот вечер.

Может быть, это была моя нынешняя жена?

Во всяком случае, я не много уделил ей внимания, той девушке.

Я глазел с завистью на Марину — уже душно пьяную, а все равно свежую, как утренний ветер. Была в ней неестественная смесь распутства и целомудрия, ей было все можно.

Из-за грохота музыки я не слышал, о чем они с Котом говорили, но они общались, как незрячие — руками, пальцами, они ничего не видели вокруг и были соединены так неразрывно, будто они уже здесь, прямо у всех на глазах, самозабвенно, упоенно, оголтело трахались. Марина скользила своими длинными породистыми перстами по плечам Кота, по сильной загорелой шее, а его кисть лежала у нее на боку, в том самом волнующем сгибе между спиной и бедром, где попка Марины начинала круглиться, как обвод виолончели. Господи, я никогда, наверное, не испытывал такого эротического возбуждения!

Невероятное происходило тогда гуляние — пьяное, азартное, веселое, нелепое — это Марина чародействовала, колдовала, всех сумасшедшила.

На хорах над нашей головой неистовствовали музыканты — кавказский ансамбль под предводительством аккордеониста в алой черкеске и с глубокой дыркой во лбу — видимо, кто-то из благодарных клиентов бутылкой вмазал.

Мерцали сполохи на чудовищных стенных панно, курились синими дымами подносы с шашлыками и цыплятами, непрерывная глухая перестрелка шампанских пробок, какие-то командированные танцевали на скользком мраморном полу танго под рулады «Тбилиссо».

Нас палила жажда разрывающих страстей, и пили мы, как ненормальные.

Недалеко от нас сидел приблатненный богатый человек Джансуг с какими-то двумя недорогими джансучками. Он непрерывно пялился на Марину и вожделенно шевелил усами. Потом почему-то он оказался за нашим столом, с ним пьяно братался Хитрый Пес, и в какой-то момент Джансуг вдруг возник рядом с Мариной и, держа ее руку, страстно пел под аккомпанемент музыкального джигита с дыркой во лбу:

> ...В дюше моей печал,
> Тоска мине вижгла очи...

Потом он что-то стал шептать ей, а Марина своим ломким рокочущим голосом громко, на весь стол сказала:

— Горец! Не тяни руки! Я не для тебя. Твоя женщина в туалете пол моет...

Как вепрь заревел раненый в сердце Джансуг, схватил со стола нож, замахнулся, отпрянул в сторону с заячьим криком джигит-аккомпаниатор с дыркой во лбу. Смертоубийства не случилось. Кот, видимо, давно присматривался к маневрам Джансуга и в этот патетический момент метнул ему в голову здоровенную вазу с сациви.

Это было леденящее душу зрелище — Джансуг, залитый потоками крови и желтой детской дрисней орехового соуса, распростерт на полу, прямо под фреской «Витязь в тигровой шкуре душит тигра». Джансучки с причитаниями обтирали мужика салфетками. Марина, раскачиваясь, хохотала до икоты. Наши девушки куда-то исчезли. Хитрый Пес торопливо метал деньги набежавшим официантам. Кот, деловито спокойный, сообщил:

— Сейчас, как в празднике святого Йоргена, надо вовремя смыться. Пора делать ноги отсюда. Менты набегут — Серегу обратно в лейтенанты разжалуют...

Уже на улице, стоя как раз на том месте, где мы сейчас пили с Сафоновым пиво, Кот обнял меня за плечи.

— Серега, это такое ощущение...

Я подумал, что он говорит о Марине, и неопределенно хмыкнул, а Кот махнул рукой на гуляющую вечернюю толпу:

— Я могу любого из них отметелить...

— Да, я это точно знаю — или в начальники, или на волю, ищи другую работу, — напористо сердито повторил Сафонов.

Я очнулся, вынырнул из далеких воспоминаний и осторожно сказал:

— Ну, не все попадают в начальники. А некоторые — и не хотят. Я знаю прекрасных сыскарей-пенсионеров...

Сафонов насмешливо улыбнулся — на его тяжелом лице грамотного бульдога проступило снисходительное сочувствие.

— Сережа, ты как думаешь, сколько у генерала Деникина было народу в Добровольческой армии?

— Не знаю! — удивился я вопросу. — Много, наверное... Армия!

— Три тысячи бойцов. И под моим началом была армия офицеров. Сто тысяч в сапогах. Повидал я и героев, прохвостов, умниц, садистов, идиотов, звонких карьеристов и тихих трудяг...

— И что?

— А то, что ты разных и всяких знаешь, а я — всех. Я ведь выруливаю на финиш жизненной гонки — с ярмарки на погост. Оттого знаю смысл, закон и цель службы...

— Алексей Кузьмич, больно уж круто вы меня умыли!

— Нет, Сережа, я дело говорю. Сыщицкая работа — дело молодое. Только молодой человек делает ее по-настоящему.

— Почему?

— Для настоящего сыщика нет грани между этим смертельным делом и детской игрой в казаки-разбойники. Вся эта беготня, прыжки, стрельба, засады, агентурные прокрутки, азарт ловли живых людей. И все это за нищенские деньги...

— Ну, с деньгами милиция явочно решила вопрос — всё взятки берут!

— А что поделаешь? — развел руками Сафонов. — Берут. Они ведь не ангелы. Люди. И часто не самые лучшие. Страха нет, стыд не мучает, бедность замудохала. Берут...

— Все правильно, Алексей Кузьмич. Я за эти годы полмира объехал. Везде полно нищих полицейских, живут в нужде. Но есть менты, которые берут, а есть — которые не возьмут никогда!

Я смотрел на мчащийся по улице бешеный табун фыркающих машин, сполохи разноцветных огней, нарядных прохожих с хмурыми лицами, вечернюю жизнь, изо всех сил старающуюся выглядеть беззаботно праздничной, и думал с испугом — что-то непоправимо сломалось.

— Чертовщина какая-то! Времена настали — стыдно вслух сказать, что я взяток не беру! Звучишь, как врун или пафосный дурак... — сказал я растерянно.

Сафонов долго внимательно смотрел на меня, наклонился вплотную и задушевно спросил:

— Тебе когда-нибудь миллион баксов предлагали?

— Нет, Господь избавил.

Сафонов с удовольствием отпил холодного пива и заметил:

— Вот как предложат, тогда потолкуем...

Помолчали. Я поставил на стол свой бокал.

— Алексей Кузьмич!

— А?

— А вам предлагали?

Сафонов показал официанту два пальца — еще пива! — и невозмутимо сообщил:

— Было дело...

— А вы?

162

— Так тебе все сразу и расскажи! Тем более при посторонних... — И показал глазами на идущего к нам оперативника из их службы безопасности: — Садись, орел, докладывай!

Запыхавшийся парень присел за стол, я подвинул ему свежий бокал пива. Он сделал огромный жадный глоток, благодарно приложил руку к сердцу и приступил к докладу:

— Наружное наблюдение осуществлялось ими из трех машин, и мы засекли пять патрулирующих наблюдателей. Нами осуществлены качественная видеозапись, аудиомониторинг и фотосъемка с помощью объективов-телевиков. Вышедший на встречу человек идентифицирован нами как Юрий Николаевич Павлюченко — шеф охранно-сыскного агентства «Конус», подполковник запаса КГБ, сорок семь лет, женат, двое детей, проживает... Уже начали выяснить характер связей с «Бетимпексом».

— Ну что? — повернулся Сафонов ко мне.

— Потрясем эти деревья, глянем — какие с них падают фрукты...

КОТ БОЙКО:

КОНТАКТ ЕСТЬ!

Я набрал этот так памятный мне телефонный номер — когда-то я звонил сюда тысячи раз. Терпеливо ждал, пока гулкие звонки бродили где-то там, далеко, по старой квартире, в которой я провел столько времени, узнал так много, а теперь ушел оттуда навсегда. А может быть, оттуда уже ушли все, кого я когда-то любил. Наверное, там пусто. Тишина перед открытием мемориального музея.

Собрался положить трубку, но в ней раздался щелчок, и знакомый надтреснутый голос сказал:

— Слушаю вас...

Жива моя дорогая бабка! Молодец! Ты сделала мне так много хорошего! Сослужи дружбу — сделай еще одно дело, не подведи, пожалуйста!

— Мне нужна Нина Степановна Серебровская.

— Это я, я вас слушаю.

— Вот как хорошо! Это из районного отдела социального обеспечения. Моя фамилия Пронин... Инспектор Пронин. Извините, что так поздно, я вам днем звонил, но никого не застал.

— Ничего страшного, я поздно ложусь, Но я сегодня была дома — никто не звонил...

— Ну вы же знаете, как работают сейчас телефоны. Я вот по какому поводу... У вас ведь полный преподавательский стаж?

— Я проработала педагогом тридцать восемь лет и семь месяцев, — как всегда обстоятельно, спокойно и достойно сказала бабка.

— Ага, тридцать восемь с половиной лет... У меня на руках ваше дело, я так себе это и представлял. Значит, вышло постановление Лужкова о доплате к пенсии учителям со стажем больше двадцати пяти лет...

— Вот удивительный человек! — вздохнула бабка. — Сколько доброго он делает для людей.

— Да, дай ему Бог здоровья. Но есть проблема... Чтобы успеть оформить вам доплату с 1-го числа, нужно, чтобы вы завтра утром подошли в собес к десяти часам. Мне надо получить от вас некоторые сведения, я их сразу внесу в ваше пенсионное дело и завтра же отправлю в финотдел на оплату. Вам ведь пенсию на сбербанк перечисляют?

— Да, конечно. Я вам так признательна за внимание, сейчас так редко встречаешься с этим...

— Да не стоит благодарности. Я вас завтра жду в десять утра. Пронин моя фамилия, шестая комната, не забудьте...

— Спасибо, господин Пронин, я в десять буду у вас.

— Очень хорошо... Всего доброго. До свидания, я вас жду.

Я облегченно вздохнул и положил трубку. Лора с интересом спросила меня:

— Поделись, мой бойкий Кот, — зачем тебе понадобилась мать Серебровского?

— О чем ты спрашиваешь, птичка моя певчая? Как это — зачем? Забота о социально незащищенных — стариках и детях — моя первейшая обязанность теперь! Можно сказать, гуманитарный долг! Проживу остаток дней добрым самаритянином!

— А где ты взял ее телефон, добрый самаритянин с ружьем? — спросила Лора с напором.

— Где взял, где взял! Помню, — пожал я плечами. — Они прожили в этой вонючей квартире всю жизнь.

Лора восхищенно поразилась:

— И что, ты помнишь все телефоны из записной книжки?

— У меня никогда не было записных книжек, — рассмеялся я. — Все, что нужно, я и так помню. А что забыл — значит, судьба, не пригодилось. Кстати, у меня к тебе просьба. Завтра купи мне в городе два сотовых телефона. Один — системы «Би-лайн», второй — «МТС». Не забудешь?

— Не забуду, — кивнула Лора. — А зачем тебе два телефона?

— Для надежности. Представь — я лежу в койке с «Би-лайном», а ты, на кухне, с «МТСом». Надумал я чаю попить или факинг учинить — сразу звоню тебе, через горы, через расстояния. Ты чего это так смотришь на меня?

Лора недоверчиво-задумчиво качала головой:

— Мне пугающе везет. Ты — человек-событие! Мужчина-праздник! Не мужик, а фестиваль искусств! Снимает кино, пишет философские романы, устраивает сафари на бронтозавров!.. Сам с собой по двум телефонам разговаривает. А теперь еще, оказывается, самаритянин — друг стариков и детей...

— Лора, жизнь заставляет! Обеспечу сытую старость старушке Серебровской — и все дела! Ты не представляешь, какая это радость — творить добро! Вот уже сейчас ощущаю — стихла к ночи моя гражданская боль, оставили наконец муки сострадания! Можно ужинать, отдыхать и факаться!

Лора засмеялась и простодушно спросила:

— А что, учителям действительно увеличивают пенсии?

— Откуда я знаю? — искренне удивился я. — Скорее всего вряд ли, а точнее говоря — нет.

Лора отправилась на кухню, в дверях обернулась и спросила:

165

— А зачем матери миллионера Серебровского нужна грошовая добавка?

— Ну, наверное, лишний припас спину не сломит, — предположил я. — Все хотят словить довесок. А может быть, бабка тоже грезит о независимости...

СЕРГЕЙ ОРДЫНЦЕВ:

АЗБУКА ЦИФИРИ

Я сидел у себя в кабинете, читал газету и дожидался звонка от Пита Флэнагана. Газета тошнотворная — кажется, журналюги забыли все части речи, кроме числительных. За ненадобностью отказались от букв, слова рассыпались, и вся газета состояла из цифр — количество убитых, сколько взяли заложников в Чечне, сколько украли чиновники, сколько голосов в Думе будет теперь у Жириновского, сколько денег у красноярца Быкова и сколько шансов у Лебедя, сколько кредитов вырвет премьер Кириенко у МВФ, курс доллара к рублю, счет на футбольном матче и температура на завтра. Все.

Я не улавливал смысла этого цифирного водопада, потому что думал о нашем разговоре с Сафоновым. О том, что в моем возрасте сыщику — шандец. Или — в начальство, или — в жопу. Кромешный дед меня дурачил. Он прощупывал меня. Он хотел поточнее знать, о чем таком мы шепчемся с Хитрым Псом.

Елки-палки, как это мне раньше не пришло в голову! Он боится меня! Он опасается, что я подсижу его на должности. Кузьмич проводил разведку боем — он пытался выяснить, пришлись ли мне по вкусу барские пироги. Не захочу ли я устроиться на сытное местечко под крылом могучего другана! Вот беда — не смогу я доказать ему, что не участвую в этих крысячьих гонках. Что-то случилось в мире — стало опасно не предавать, не воровать, говорить правду. Пошло звучит — стало опасно быть честным человеком.

Зазвонил телефон, я нажал кнопку спикерфона и услышал густой голос:

— This is Flanegan.

— Hi, buddy, — закричал я, обрадовавшись ему, его надежности, спокойному вескому немногословию. — Sergey Ordintsev speaking. Yes, I am in Moscow... Pete, do me a favor. Do you remember Bazil Smagliy? We arrested him together. He was murdered yesterday... Yes, in Moscow, on his way from the airport...

— I am very sorry! Are you o'kay?

— Yes, yes. I am fine. Please, do me a favor... I will use your secure line to send a detailed request. Could you look-up in our computer database and also in the records of the Intelligence... I need to know if there is any connection between the Russian security company «Konus» and an «Betimpex» international holding corporation. Please, look up their subsidiaries, partners, etc. Smagliy had four companies registered in his name. Check out any financial and business links between all of these companies... I need this information right away. Thanks. I know you will do everything perfectly. I am waiting for your answer. See you soon... No, I will be staying here for a little longer. Bye*...

Постучав в дверь, вошла Лена с пачкой бумаг:

— Все, что вы, Сергей Петрович, продиктовали мне, я перепечатала.

---

* — Пит, у меня к тебе просьба. Помнишь Базиля Смаглия, которого мы задерживали вместе с тобой? Его вчера убили бандиты... Уже в Москве, по дороге из аэропорта...

— Очень жалко... Ты в порядке?

— Да-да, со мной все в порядке У меня просьба... Я вышлю тебе сейчас по твоей закрытой линии подробный запрос. Посмотри в наших компьютерах и свяжись с отделом криминальной разведки... Я должен знать, есть ли связь между русским охранным агентством «Конус» и транснациональным холдингом «Бетимпекс». Посмотри его компаньонов, дочерние предприятия... Я разыскал четыре зарегистрированных компании Смаглия. Проверь, какие финансовые и деловые связи объединяют все эти фирмы... Прошу тебя — не откладывай. Мне это нужно очень срочно. Спасибо! Я знаю, что ты сделаешь все отлично. Жду от тебя ответа. До скорой встречи... Нет, я еще здесь пробуду какое-то время. Пока... (англ.)

— Отлично, отправьте все по этому компьютерному адресу. И не забудьте, Лена, — информация совершенно секретная...

— Через час все будет исполнено, — кивнула Лена, делая пометки в блокноте, потом подняла взгляд: — Что касается секретности, я хочу пояснить — все, о чем вы со мной говорите, я упоминаю в разговоре с третьими лицами, только если вы меня просите что-либо передать им.

Н-да, непростая девулька — в наше время таких не было. Мой друг Питер Флэнаган сказал бы: «вери компликейтед» — очень мудреная.

— Сделайте милость, Лена, уточните, — попросил я. — Эта замечательная установка связана как-то со мной лично или это ваш служебный принцип?

Она улыбнулась, а глаза у нее были прозрачные, наглые.

— Разве это имеет значение? Какая вам разница? Пользуйтесь и ничего не берите в голову...

Эта молодая, породистая, неглупая сука меня не уважала. Похоже, Кузьмич относится ко мне серьезнее.

— Хорошо, так и буду. Как вы сказали, — пообещал я. — А что с рекламным объявлением?

— Обо всем договорились, — мгновенно нырнула в казенную скорлупу Лена. — Со всеми коммерческими радиостанциями, с «Комсомолкой», «МК», «Экспресс-газетой», «Из рук в руки», «СПИД-инфо» — со всеми многотиражными газетами. Завтра с утра все это вылетит в свет...

АЛЕКСАНДР СЕРЕБРОВСКИЙ:

ПРЕДЛОЖЕНИЕ, КОТОРОЕ НЕЛЬЗЯ ОТКЛОНИТЬ

— Я надеюсь найти прямую связь между агентством «Конус» и концерном «Бетимпекс», — докладывал мне ситуацию Серега. — И я уверен, что я ее сыщу. Пока это не имеет никакой юридической доказательной силы, но важно это до чрезвычайности.

Сафонов развалился в кресле и безучастно, молча разглядывал моего сыскного дружка — его тяжелое темное лицо не выражало ничего. Пустыня.

— Почему? — спросил я.

— Это обозначает, что Кот кинул «Бетимпекс». Они его вытянули на волю и скорее всего привезли в Москву. А дальше не выходит — не знаю, что там у них произошло, но Кот их кинул. Понимаешь, они его ищут — он ушел от них! Причем они его ловят чрезвычайно энергично, с большим расходом людских и технических ресурсов.

— Что следует из этого?

— Изменилась расстановка сил — Кот скрывается и от тебя, и от них. Это важно для понимания игры.

— Надеюсь, — кивнул я. — Что еще происходит?

— Я дал во все средства массовой информации объявления для Кота о том, что ищу с ним встречи.

— Уточни, — заинтересовался я.

— Я предложил Коту встретиться. Обсудить съемки фильма «Верный Конь, Хитрый Пес и Бойкий Кот»...

Эх, Серега, кажется, ты так и остался мальчонкой. Не обхитрить тебе Сафонова, не обыграть Кота. Мой добрый Верный Конь.

— Я не уверен, что в Коте так сильны ностальгические воспоминания о нашем детстве. Ну попробуй, — сказал я со вздохом и повернулся к Сафонову: — Алексей Кузьмич, ты хотел со мной о чем-то деликатном пошептаться...

— Я пойду к себе, — поднялся Сергей.

— Нет-нет, сиди, — твердо остановил его я. Мы играем теперь одну игру, и у нас не может быть чистеньких и грязненьких, в нашем стаде негоже делиться на овнов и козлищ.

Сафонов крякнул недовольно, покосился на Сергея. Он понимал, что если я задаю ему интимные вопросы в присутствии Сереги, то делаю это не по рассеянности или недомыслию, а в этом есть мой умысел босса, это — команда. А может быть, знак ему о новой системе взаимоотношений. Пусть знает...

— Я встречался с Гришиным, — сказал Сафонов, прокашлявшись и безотчетно отворачиваясь от Сереги.

— Это кто такой? — удивился я.

— Авторитет крупнейшей славянской группировки в России.

— А-а, да-да, знаю. Чего он хочет?

— У него к вам просьба.

— Какая? — насторожился я, мне не нравится, когда у блатных нарывают вопросы в моем организме.

— Вы в курсе, что они так или иначе прикрывают ряд наших интересов в азиатской нефти и в металлургии на юге России, — глядя в стол, сказал Сафонов.

Ох ты, Господи, не нравится моему генерал-полицмейстеру разговаривать с блатными авторитетами! Да, я в курсе, что бандиты помогают мне поддерживать порядок в местах полного беспредела властей. И это не радует меня. И не огорчает. Я отношусь к этому идиотизму как к данности. Объективная реальность нашей страны — как наш тяжелый климат, где десять месяцев зима, а остальное — лето.

— В курсе, — сухо сказал я.

— Он просит о встречном одолжении.

— Что именно?

— Вы знаете, что такое «грев»?

— Материальная поддержка зеков, — кивнул я.

Сафонов пояснил:

— Он просит, чтобы через наши связи было разрешено передать братве на зону 2 миллиона пачек сигарет и 2 миллиона банок тушенки...

Прикидывая варианты, я некоторое время раздумывал, а потом сказал вроде нейтрально, как бы безадресно:

— Вообще-то обстановка на зоне тяжелая, на воле-то людям жрать нечего. А там от туберкулеза и бескормицы дохнут как мухи...

Моя полицейская псарня сосредоточенно молчала, возлагая на меня всю тяготу решения. Я спросил Сафонова:

— Кто, предполагается, оплачивает эту поставку?

— Гришин — человек слова, чтит воровской закон и считает для себя долгом «греть» зону. Они готовы оплатить сами, — ответил Кузьмич.

— Нет, так не пойдет, — твердо отсек я. — Мы решим по-другому...

— Как? — пристально посмотрел на меня Сафонов.

— Ты встретишься с Гришиным и скажешь, что мы обеспечим эту поставку, но денег не возьмем. И после этого мы с ним квиты — дела закончены. В остатке — добрые воспоминания, а с их стороны — гарантии помощи в случае наезда беспредельщины. И больше никаких делов...

— Как мы это можем сделать? — не понял Сафонов.

— Это не проблема, — тряхнул я головой. — Если ты договоришься на этих условиях, я создам целевой благотворительный фонд. Допустим, «Зеки — граждане России», ну, знаешь, весь этот гуманитарный, популистский бред. Мол, и они имеют право на человеческое существование. Наш взнос в этот фонд и составит необходимую сумму. Я надеюсь, что братва не позволит разворовать этот фонд в лагерях. Надо будет сделать так, чтобы кто-то из Думы, из почтенных наших депутатов, подконтрольных братве, хорошо бы какой-нибудь либерал, правозащитник, вошел в этот благотворительный фонд и проследил, чтобы не украли деньги. Впрочем, мы внесем в фонд не деньги, а продукты — это нам обойдется дешевле. А ты через МВД найдешь пути обеспечить поставку продуктов.

Сафонов тяжело вздохнул и осторожно заметил:

— Места заключения забрали из МВД, это теперь епархия Минюста...

— Ай-яй-яй, беда какая! Вместо старой вохры английских проповедников пригласили? — спросил я. — Те же самые сидят, те же охраняют. Ты для них и в министерстве юстиции — как был замминистра, так и остался прежним командиром...

— Так-то оно так, — замотал головой Сафонов. — Только есть...

— Перестань, Кузьмич, не выдумывай лишних проблем, — перебил я. — Если государство не хочет кормить полицию, оно обрекает народ кормить бандитов.

Сафонов иронически посмотрел на меня:

— Наверное, правильно. Но когда братва накушается, то она возьмется управлять державой.

— Может быть, Кузьмич, очень даже может быть, — махнул я на него рукой. — Но мы уже пожилые мальчики.

Надо смотреть правде в глаза. А правда в том, что в стране идет война. Огромная криминальная война. У нас только в охранные подразделения рекрутировано более миллиона человек — это примерно как во всех войсках НАТО.

Сергей подал голос:

— Беда в том, что их трудно различить — кто из этих натовцев охраняет, а кто грабит и убивает...

— Сережа, война — это одна из форм бизнеса, — начал я объяснять ему. — И выигрывает в войне не патриотический дух, а количество денег, которые воюющие стороны могут вложить в сражение. Могу сообщить тебе, видному борцу с международным криминалом, что сегодня активы русского уголовного капитала превышают 50 миллиардов долларов. Это вдвое больше, чем нужно нашей стране для полной экономической стабилизации. Поэтому платить за борьбу с братвой держава не будет — денег нет! Так что не валяйте дурака и не выделывайтесь, как девочки-институтки. Короче, разговор закончен. К концу недели, Кузьмич, доложи мне о результатах. Думаю, я сделал им предложение, которое они не смогут отклонить.

СЕРГЕЙ ОРДЫНЦЕВ:

СТАВОК БОЛЬШЕ НЕТ

Серебровский кому-то вкладывал в мозг по мобильному телефону, а я праздно глазел в окошко — сантиметровой толщины синеватый броневой лист. Когда кортеж сворачивал с Тверской на Садовую, я обратил внимание, что конвойные джипы при любых маневрах умудряются держать минимальную дистанцию с нашим «мерседесом» — мы двигались не как три отдельных тяжелых и скоростных машины, а как сцепка, вроде венгерских автобусов-гармошек.

На поворотах водитель и сидящий рядом охранник Миша совершенно синхронно, будто соединенные шарниром, поворачивали свои круглые головы направо, потом налево, прямо — они жили как единый организм.

Негромко, чтобы не мешать Сашке, я сказал водителю

— Ездите хорошо — загляденье...

Он усмехнулся, пожал плечами:

— Нормально... Я тринадцать лет прослужил в «девятке».

Охранник Миша, подумав, видимо, что я не пойму, объяснил:

— В охране правительства — Янаева, вице-президента возил. Смешной был мужик...

Зачем-то — какое мне дело? — я спросил:

— А стреляешь как?

Водила, ни на миг не отрываясь взглядом от дороги, каким-то боковым зрением посмотрел на меня, будто оценивал, стою ли я ответа, подумал и с явным удовольствием сказал:

— О, стреляю-то я хорошо!..

А Миша кивнул, засвидетельствовал:

— Штатно! У нас с этим нормально...

И я ему поверил — интересно было бы посмотреть, как они хорошо стреляют, если эта виртуозная езда — нормальная.

Сашка громко засмеялся и сказал в телефон:

— Нет, об этом и не заикайся! Не дам! У меня только на твой пенсионный фонд уходит в год около пяти тысяч. Прикинь — полтинник за десять лет. За век — полмиллиона. За тысячу лет — пять лимонов! Вот тут ты выходишь на пенсию и ни в чем себе не отказываешь. Все, все — тема исперчена. Позвони в пятницу Кузнецову и доложи движение моего вопроса...

Щелкнул кнопочкой, бросил аппаратик в карман, посмотрел на меня.

— Ну, чего?

— Чего! Чего! А ничего! Сегодня Кузьмич старательно и тонко выполнял твое поручение.

— Какое именно?

— Объяснял мне, придурку, что с полицейской беготней пора завязывать. Делом надо заниматься! Настроения выведывал...

— Разумно. Но ты ошибаешься — я ему этого не поручал, — засмеялся Серебровский и рукой показал на джипы сопровождения: — Сафонов, умница и профессионал, понимает неэффективность физического прикрытия, силовой охраны. Это все — часть карнавала, гроза для босоты, уличных отморозков. Борис Березовский чудом избежал смерти, а вот в этом переулке среди бела дня застрелили моего приятеля банкира Мишу Журавлева. Как ты догадываешься, их неплохо охраняли...

— А чего хочет Кузьмич?

— Психологической игры. Он уверен, что ты сможешь погасить иррациональный чемпионский азарт Кота.

Охранник Миша поднес к губам рацию:

— Прибываем на точку... Группе сопровождения приготовиться!

Автомобили притормозили у ярко освещенного подъезда старинного красивого особняка. Телохранители из переднего джипа сыпанули на тротуар, протопали по красной ковровой дорожке к дверям. Миша уже вылетел наружу и собрался принимать на руки охраняемое тело, бойцы концевого «экспедишена» рассекли вялый ручеек пешеходов коридором для нашего прохода.

Мы вышли из машины. По случаю собирающегося дождя на Сашке был плащ, тончайший серый пыльничек от Эрменегильдо Зеньи. Не надет в рукава, а накинут на плечи — этакий невероятный голливудско-дерибасовский шик. Наверное, этот плащ внакидку — последняя фантазия истаявшей юности о предстоящей нам шикарной жизни.

Человек в красной сюртучной ливрее, с блестящими шнурами аксельбантов, с кручеными золотыми погонами и в фуражке с дорогим шитьем склонился с достоинством в полупоклоне на парадном входе. Он был похож на генерала Пиночета, приносящего присягу президенту Альенде.

Сашка шевельнул плечом, уронил ему на руки плащ, и я вспомнил наш недавний разговор о генеральстве.

Одно слово — йог твою мать!

— Идем ужинать, — сказал Сашка. — Марина, наверное, уже ждет нас.

— Это что — ресторан? — удивился я.

— Это наш клуб...

Мы вошли в вестибюль, простор которого бесконечно размножался зеркальными стенами. Искусственные деревья и натуральные растения соединились в уютно-тихий зеленый ландшафт. Прогулка на пленэр. Под двухскатной беломраморной лестницей, на невысоком подиуме — точно в цвет — белый рояль «Ямаха», на котором негромко наигрывал седоусый лысый старик в смокинге.

Охрана быстро рассредоточилась, растворилась, исчезла из виду в холле, а мы неспешно направились к лестнице. Вальяжного вида господин с лицом нежным, как докторская колбаса, успел перехватить Хитрого Пса:

— Александр Игнатьич, простите великодушно! Ровно на тридцать шесть с половиной секунд... Только проинформировать!

Серебровский кивнул, остановился, но было совершенно очевидно, что тридцать седьмой секунды он толстяку не даст.

А я пошел к подиуму, на котором старый тапер играл романтически-печально музыку из «Доктора Живаго». Облокотился я на крышку снежно-белого рояля, посмотрел в лицо музыканта, и стало мне грустно, смешно и обидно.

Это был не живой человек, а манекен, муляж, удивительно правдоподобно сделанная кукла. Музыкальный робот. И рояль — электро-механическое пианино, пьесу для которого окончили, записали и превратили в компьютерную шарманку. Клавиши сами скакали, прыгали, дергались под неподвижными пластмассовыми пальцами куклы.

— Здрасьте, маэстро, — негромко поздоровался я.

Кукла через тонкие очки слепо смотрела в разложенные на пюпитре ноты. Пляшут клавиши, не зависящие от воли и чувств пианиста.

— Маэстро, по-моему, мы коллеги, — сказал я таперу.

Ритмично, плавно, пугающе прыгали черные и белые пластинки клавиатуры.

Подошел Сашка, обнял меня за плечи:

— Пошли-пошли... Ты чего грустный такой?

— Не знаю, устал, наверное...

Серебровский потащил меня по лестнице, весело приговаривая:

— Запомни раз и навсегда — никогда не жалуйся на усталость! Все равно никто не пожалеет, а уважать перестанут. Кот Бойко и я никогда не устаем! Знаешь почему?

— Догадываюсь...

— Вот именно! Мы никогда не работали — мы всегда только играли! Вообще вся жизнь — огромная, увлекательная, страшноватая игра!

— Ага! То-то я гляжу — ты с рассвета до полуночи только играешь и развлекаешься...

— Это совсем другое, Серега, — засмеялся Сашка, он смеялся самому себе, он поощрял, одобрял, крепил какое-то свое, тайное знание. Или порок. — В слове «работа» корень — «раб»! Рабское сознание. Нигде в мире не говорят столько о работе и не делают так мало, как в нашей отчизне. Основа нашей трудовой этики — искреннее убеждение, что любое усилие — это работа!

— Ну да! — усмехнулся я. — Все зависит от точки зрения: ты уверен, что кормишь миллион людей, а они думают, что тяжело работают на тебя!

Мы вошли в небольшой элегантный зал клубного казино. Несколько человек играли за столами в блэк-джек, кто-то лениво бросал кости на изумрудное, расчерченное тщетными знаками надежды игровое поле. Бесшумный официант разносил коктейли и сигары.

— Естественно! — продолжил Серебровский. — Потому что они работают на меня за деньги. Устают и сильно злятся на меня. А когда эти люди играют в футбол, или пляшут, или выпивают целую ночь — нешто они тратят меньше сил? Но они их тратят с наслаждением и на усталость не жалуются...

— Ага! Для убедительности сравни усилия счастливого любовника в койке и мучительный труд наемного жиголо!

— Правильной дорогой идете, товарищ! Вас там, в международной ментовке, учат зрить в корень. Факанье — это венец, пик, зенит нашего бытия! — почему-то грустно сказал Сашка. — Здесь — людское начало и человеческий конец. Или трахание — самое острое счастье всей твоей жизни, или занудная потная работа на какую-то противную тебе тетю...

К нам приближался сложным галсом менеджер казино — он остановился на некоторой дистанции, но так, чтобы оказаться рядом, как только понадобится, и весь его вид был сплошная готовность прийти на помощь, оказать услуги или просто проявить нам знаки внимания, искреннего почтения и сердечной привязанности.

— Занятно, — покачал я головой, — услышать это от тебя...

Серебровский с усмешкой смотрел на меня:

— Удивительно? Да? Наполеончики избегают очевидцев их блеклой и невыразительной молодости?

— Твоя молодость не была блеклой...

— Она была никакой! Как у всех тех, кто сильно устает от работы... Кстати, ты не увлекаешься? — Сашка кивнул на игровые столы.

— Азарта не хватает... Знаешь, когда мы были пацаны, этого ничего не было, а потом так и не встрял. А ты что, играешь?

— О-о! Еще как! Большая страсть!

— Рулетка? Баккара? Кости? — поинтересовался я.

— Нет, — покачал головой Серебровский. — Игра у меня страшноватая, но замечательная...

— Уточни?

— Я скупаю, отнимаю и открываю казино...

— Ничего не скажешь — классная игра, — согласился я охотно. — По доходности сидит между наркотой и торговлей оружием. Самый высокий съем бабок с алчных дураков. И без обмена финансовыми рисками...

— Ну-ну-ну! Как любил говорить Кот — не преувеличивай! Финансовые риски есть в любой игре.

— Жизненные риски есть. А финансовые — пустяки, — уверенно не согласился я. — Все эти игры — домино с дьяволом, у игрока всегда в конце «пусто-пусто».

— А гигантские выигрыши? — смотрел на меня Сашка с усмешкой. — А все легендарные саги о сорванных банках?

— Перестань! Казино — это чертов храм, роскошная языческая молельня, где безмозглые верующие просят Маммону отсыпать им чуток...

177

— Это не совсем так, — сказал Серебровский. — Игра — лихой, стремный и трудный бизнес. Стратегия нужна. И очень перспективный — в мире полно свободных денег...

Ой-ой-ой, как интересно! Я мгновение пристально смотрел на него — лицо у Сашки было совершенно невозмутимое, я спросил его:

— Але, акула с Арбат-стрита! Это не твои людишки пытаются купить в Лас-Вегасе огромный отель-казино «Тропикана»?

— А что?

— Не отвечай, как еврей, вопросом на вопрос. Твои дела? Серебровский развел руками:

— Любой мудрый еврей отвечает вопросом на вопрос, потому что он — как и я — не занимается делами, на которые можно дать однозначный ответ...

— Саня, я уже догадался, что твои дела нужно делить, умножать, брать в скобки, возводить в степень, потом интегрировать, слегка дифференцировать...

— Не забудь в конце извлечь корень моего интереса, — заметил Серебровский. — Все равно в ответе — хрен целых, ноль десятых...

— И все-таки что с Лас-Вегасом? — настырно переспросил я.

— А почему это тебя так заинтересовало?

— Потому что у американцев из ФБР и у нас в штаб-квартире в Лионе есть мыслишка, что это русские деньги..

— Ну и что в этом плохого? — простовато спросил наивняк Сашка.

— Видишь ли, если бы казино стояло посреди Челябинской губернии — Бог с ним, налоговики разберутся. Но в штате Невада рубли не ходят. Есть у нас слушок, будто эти два миллиарда долларов — русская часть контракта с колумбийским наркокартелем Кали. Ты к этому имеешь отношение? — очень серьезно спросил я.

Серебровский смотрел на меня долго, с интересом, а раздумывал одно короткое мгновение. Потом твердо сказал:

— Нет. — Помолчал и добавил: — Уже не имею. Я чуть не встрял в это... Они играли через очень респектабельных лондонских посредников. Кузьмич, молодец, вовремя прокачал этот вопрос.

— Я надеюсь. Просто хочу сказать тебе, Саша, — там история довольно смрадная. Смотри поостерегись...

— Хорошо, Серега, спасибо, обязательно остерегусь. — Серебровский взял у крупье стопку фишек, заметив в его сторону: — Запиши на меня...

Лениво, не торопясь, он расставил в манеже рулетки фишки, на обороте которых было написано с лаконичным достоинством «$1.000», сказал мне своим зыбким недостоверным тоном:

— На твое счастье ловлю удачу...

Крупье объявил:

— Ставок больше нет... — и запустил лихим броском шарик

Долго крутился легкий бесшумный барабан, бронзовая вертушка бликовала, мимо недвижимых четырех карточных эмблем скакал шарик по лункам и бороздкам с черными и красными цифрами удачи — лживый угадчик уже предрешенной судьбы. Последний щелчок, тихое жужжание, и крупье сообщил:

— Двадцать два, черное, — и поставил золоченую фигурку на выигравшее поле, закрытое фишкой Серебровского. — Выигрыш — один к двадцати четырем.

Лопаточкой крупье придвинул стопку фишек к Серебровскому.

— Поздравляю! — восхитился я. — Блеск! Точный выстрел, казино наказано!

— Да! Хорошо бы только в другом месте...

— В смысле?

— Это — мой клуб...

КОТ БОЙКО:

СЕКС-СИМВОЛЫ

Я лежал на тахте и мирно глазел телевизор, который с приглушенным звуком вел себя не так агрессивно-нахаль-

179

но, как обычно. Рядом со мной — слева на полу — стояла бутылка вискаря, которую я потихоньку пригубливал, а справа под боком так же тихонько лежала Лора и с упоением читала мемуары Андрона Кончаловского, который обстоятельно и очень тепло вспоминал, где, когда и при каких обстоятельствах он трахал разнообразных знаменитых и малоизвестных девушек.

Честно говоря, мне это ее занятие не нравилось — я опасался, что могу задремать, умиротворенный вискарем и притихшим теликом, а тут-то как раз распрекрасный Андрон выскочит из-под картонного переплета и ухряпает мою любимку.

На экране метался, пел и плясал какой-то разбитной парубок, этакий лихой рэп-звезда с Хрещатика. А мне он был чем-то симпатичен, он мне не мешал думать — его клип с пришибленным звуком был забавным мельканием цветовых пятен, которые в барах называют еще светомузыкой.

Лора оторвалась на миг от хронологии режиссерских оргазмов, взглянула на экран и засмеялась:

— Жив курилка! Это Богдан Лиходед. Его когда-то называли секс-символом России...

— Это — от недоедания... Случается!.. Секс-символ! Это ж надо!.. Секс-символ... — окончательно развеселился я. Сделал хороший, глубокий глоток и сообщил подруге: — Вообще на почетное звание секс-символа страны тянул только один мужик. Я тебе говорил о нем — мой друг Харлампий Спиридоныч Фотокакис...

— А почему? Чем тянул? — оживилась, сразу отвлеклась от книжного неубедительного секса Лора. — Расскажи! Расскажи скорей...

— Э, подруга, такого не рассказать! Это надо было видеть... До форменного красавца мой друг Харлампий не дотягивал сантиметров двадцать росту, иначе говоря росту было в нем метр на коньках и в фетровой шляпе. Хотя шляп он не носил, а щеголял всегда в белой капитанской фуражке с крабом. Полный рот золотых зубов и шикарные английские усы. При этом было у него тугое, наливное пузцо и, конечно, отдельно стоящая откляченная задница...

— Что ты несешь, Кот! Довольно странная внешность для античного афериста — секс-символа. А?

— Против жизни не попрешь, подруга, — это чистая правда! Харлампий говорил: мне надо удержать женщину в первые три минуты. Удалось — все, игра сделана! Три минуты женщины его презрительно терпели, затем пять минут внимательно слушали, потом они хотели прожить с ним всю жизнь...

— А что же твой Фотокакис им говорил?

— Харлампий рассказывал им об их мечтах, он толковал им сны, он сеял в них надежды и растил радость... Он дарил один цветок, но обязательно со сказкой... Он читал им стихи якобы Аполлинера, которые придумывал на ходу. Он заставил меня надеть все мои медали и регалии и прийти в детский сад...

— Зачем?

— Это был день рождения какого-то сопляка — сына воспитательницы из сада, и Фотокакис сделал ей из меня подарок — переливающуюся золотом елку. Маленькая девочка спросила у меня: «Дядя, а все эти красивые брошки — ваши?» Пришлось одну медальку отстегнуть ребенку...

Лора захохотала.

— Он ласкал своих баб так, будто завтра они могли умереть, — рассказывал я Лоре и чувствовал, как охватывает меня непонятный жар воспоминаний. А может быть, это был просто жар от выпитой малыми вкусными глотками выпивки. — Нет, не умирали они, конечно. Они его любили, но жизнь двигалась, и они просто расставались. Фотокакиса уже ждали старшие школьницы и пенсионерки. О нем грезили путаны и диссидентки. Харлампия со сладким вздохом вспоминали цыганки и инструкторши сельских райкомов... Вот что такое секс-символ, а не эти стрекозлы... Ясно?

— Ясно, — грустно сказала Лора. — Все, как всегда, наврал...

— Не понял вас, дремучая змея! Потрудитесь объясниться, ядовитая очковая леди!

— Никакого Фотокакиса не было. Никогда. Ты его выдумал. Это ты все про себя рассказывал...

181

— Не преувеличивай!

— Кот, я никогда не ревную тебя... Ни к кому... Ты — ничей. Ты никому не принадлежишь. Кроме одной...

Я напрягся:

— Что ты имеешь в виду?

— Не надо, Костя... Я видела ее... По телевизору... Вместе с твоим Серебровским... Извини, что я говорю об этом. Я подумала...

Я резко перебил ее:

— Никогда!.. Прошу тебя никогда не говорить со мной о ней...

Я поймал себя на том, что противно, судорожно дышу, а голос запальчиво дребезжит. Вот срам-то какой! Совсем ты, сынок, распался. Взял себя в руки, весело сказал:

— Ее нет! Ты ошиблась. Она не с Серебровским... Уехала она... Эмигрировала вместе с Фотокакисом в Грецию. Открыли шашлычную в городе Эллада... Живут-поживают, добра наживают. У них шестеро детей. Мальчики — гении, компьютерщики. А младшая дочка — хроменькая, бедняжка, играет на скрипке.

Как-то незаметно я вискарем насосался — в голове шумит. Как океан. Но не синий, прохладный, бездонный, с бордюром зеленых пальм по краям, а тот, серый, что шуршит, шоркает, шебаршит в морских раковинах, когда их прикладываешь к уху.

— Кот, любимый... — Лора держала меня за руку, тихо, мягко, как взволнованному ребенку, говорила: — Нет города Эллада... На той земле давно все вымерли...

— А мы — есть? Мы — живы?..

ПОХОД НА ПОМОЙКУ

В Центре радиоразведки «Бетимпекса» Юрий Николаевич Павлюченко, именующий себя в миру Николаем Иванычем, говорит с нескрываемым раздражением шеф-оператору:

— Ну что за чушь? Какая еще свалка?

— За Хованским кладбищем, — невозмутимо отвечает оператор. — Саларьево называется... Полигон промышленных отходов...

— Твои люди ничего не перепутали?

— О чем вы говорите, Николай Иваныч? Взяты четкие пеленги, наши ребята оттуда звонили — радиосигнал направленно получен с территории свалки.

— А они там внутри, на свалке, не успели оглядеться?

— Что же они там в темноте могут увидеть? Там мусорное царство, чужой и днем туда войдет — вряд ли выйдет... Прорва, закраина жизни... Мне менты говорили — там бомжи-людоеды, крысы — с собаку ростом...

— Ты мне зачем эти глупые враки рассказываешь? Ты меня что — пугаешь?! — Павлюченко грозно придвигается к оператору.

— Да что вы, Николай Иваныч! Я к тому, что ночь, темно — глаз выколи, там же помоечный город целый! Что там впотьмах разглядишь!

— Ты просто трусливый дурак! Готовь штурмовую команду, — подумав, говорит Павлюченко.

СЕРГЕЙ ОРДЫНЦЕВ:

ОДА ДЕНЬГАМ

Обеденный зал в клубе был выдержан в любимых тонах нынешней российской элиты — темное дерево, матовый блеск зачерненного золота, багровый отсвет хрустящих скатертей. Дизайнер, молодец, не мучился дурью и не выдумывал велосипедов, а слямзил все — до последней медной кочерги у камина — оформление лондонского ресторана «Голден Оук», и этот самый золотой дуб прекрасно врос в наше лукоморье, а на его удобных кожаных ветвях сидели сейчас мы — прилично выпившая Русалка, бродячий Леший и чахнущий над златом Кощей. Только ученый Кот, так долго заводивший нам песни, так долго говоривший сказки, не ходил кругом нашего золотого дуба. Потому что нас охраняли тридцать витязей прекрасных, вышедших из ясных вод службы безопасности холдинга «РОСС и Я».

Был, надеюсь, русский дух. Наверное, в этом англизированном кабаке пахло Русью.

Ловкий чернявый официант, своей гибкой ласковой пластикой похожий на гея, переставил с сервировочной тележки на стол серебряную жаровню, под которой билось синее нервное пламя спиртовой горелки.

— Александр Игнатьевич, эта молодая оленина с белыми грибами под клюквенным соусом — гордость нашего повара, — похвастался он. — С горячим кукурузным хлебом — сладкая греза! Мадам, господа, желаю вам приятного аппетита...

Официант бесшумно укатился со своей тележкой. Я ел изумительную оленину с аппетитом набегавшегося за день крючника. Сашка задумчиво жевал, явно не замечая вкуса. А Марина совсем не ела, только пила красное вино. Красивая, разноглазая, с высокими скулами, задумчиво-недоступная. Поставила бокал на стол, подняла взгляд на меня и, рокоча своим серебряным шариком на́ языке, сказала недоуменно:

— Игривая проказница судьба... Странно!.. Пошутила, покрутила, повертела... И всех снова за стол бросила... — И по медленности речи стало видно, что она уже давно и крепко под градусом. — Ну не совсем, конечно... Не всех!..

Моя вилка повисла в воздухе, а Серебровский поправил пальцем дужку очков и невозмутимо заметил:

— Если тебе не хватает в застолье Кота, я постараюсь, чтобы он поскорее присоединился к нам.

— Замечательно, — вяло хлопнула в ладоши Марина. — Сразу станет невероятно весело! Скучный обед мгновенно превратится в праздничные поминки!

Сашка, откинувшись на стуле, пристально смотрел на жену, и я не мог понять — хочет он ее обнять, успокоить, утешить или — убить. Не обнял и не убил, а спросил с усмешкой своим зыбким недостоверным тоном:

— Поминки по кому?

— Наверное, по Коту, — уверенно сказала Марина, а потом пьяно-глубокомысленно задумалась: — А может быть — по тебе?.. Или по мне... Какая, в принципе, разница? Во всяком случае, по прошлой нашей жизни...

— Оставь, Марина! — Я попытался разрядить ее. — Помнишь, ты всегда читала: «Никогда не бывать невозвратному, никогда не взойдет солнце с запада»...

Марина взяла со стола бокал, удивилась, что он пуст, и неведомо откуда выросший официант бросился наполнить его вновь. Сашка сделал еле заметную гримасу, как-то неприметно бровью дернул, и официант так же стремительно исчез.

— Видишь, Серега, — обратила мое внимание Марина, — мой муж стесняется своей сильно зашибающей спутницы жизни, избранницы на небесах...

— Он не стесняется, он огорчается, — предположил я.

— Вот это — точно! Я ведь не кто-нибудь как! Я — Первая леди «РОСС и Я»! Ощутите разницу! У такого человека, как мой Санечка, жена должна жить делами и интересами своего великого мужа! Джон Кеннеди сказал: женщина, не спрашивай, что любимый может сделать для тебя, — спроси себя, что ты можешь совершить для мужа?

Я засмеялся:

— Кеннеди не спрашивал про мужа, он говорил о родине...

— Серега, совсем ты в Европе одичал! — укоризненно покачала головой Марина. — Для нас всех Санечка — это и есть родина! Это — мир! Это наша галактика — не будет Санечки, мир померкнет, как задутая свеча!

Она сделала резкий повелительный жест, и официант снова материализовался, но замер в сшибке двух разнонаправленных указаний, с испугом глядя на Серебровского. Сашка кивнул, официант налил Марине вина, и она жадно приникла к бокалу. Она его всосала.

Серебровский отодвинул опостылевшую тарелку с жарким из молодой оленины с белыми грибами, отпил глоток минералки и обратился ко мне:

— Если бы ты не был давно и сравнительно безвредно женат, сказал бы я тебе: не женись, друг Серега...

Марина сразу включилась:

— Но если ты настоящий друг, Серега, то срочно разведись — Санечка не ошибается! Если что-то не так, значит, ошибка в условиях задачи...

Не глядя в ее сторону, Серебровский медленно сказал:

— Грустно, Серега, что идея единобрачия изжила себя. Люди больше не женятся, чтобы стать единой плотью, прожить вместе сто лет и умереть в один день...

Я жалко пытался смягчить обстановку шуткой:

— Наверное, потому, что никто не живет до ста...

— Не поэтому, — вступила, не желая угомониться, Марина. — Никто не хочет умереть в один день. Женятся для душевной и бытовой приятности — как покупают собак, лошадей, охранника-генерала, вьетнамца-сомелье... С заведомой идеей пережить свою любовь. Потом купим новую... Санечка, любимый мой супруг, может быть, мы тебе вместе прикупим новую подругу?

— Я подумаю, — медленно сказал Сашка.

— Санечка, и думать нечего! Эта, — она постучала себя в грудь, — нам с тобой уже поднадоела, она, гадюка, крепко выпивает и вообще пообносилась... Ну ее к черту! Не злись на меня, мой дорогой легендарный Мидас, я хочу, чтобы тебе было лучше...

— Я не злюсь, я грущу, — сказал Серебровский своим зыбким недостоверным тоном, и не понять было — не то правда, не то ложь. — В тебе, Марина, живут два человека... Прекрасная, умная, яркая женщина — лучшая на земле. Больше такие здесь не рождаются... Для меня, во всяком случае... Тогда я мечтаю умереть с тобой в один день. Завтра или через сто лет... И вдруг выскакивает из какой-то страшной мглы чудовище, миссис Хайд — агрессивная, пошлая дура. Злая клоунесса... Она заставляет меня подумать о печально-сладкой участи вдовца...

— Грозишься? — усмехнулась Марина, и пухлые ее губы, нежные, красиво очерченные, не были открыты для поцелуя.

Я поднялся:

— Але, ребята, я бы предпочел, чтобы вы свои разборки как-нибудь без меня...

Марина схватила меня за руку, силком усадила на место:

— Нет, нет, нет! Ты с ума сошел! Какие тут разборки, милые тешатся! Все проблемы — от недопонимания. Я почитаю его как царя Мидаса, а Санечка сердится! Серега, помнишь предание о Мидасе?

— Это не предание, — покачал я головой. — Это миф, выдумка... О царе, который превращал в золото все, к чему прикасался.

— Вот-вот! Деревья, людей, еду! Все становилось золотом, пока он не умер от голода...

— Ошибаешься! — со вздохом заметил Серебровский. — Мидас не умер от голода... Зря надеешься!

— А чем там закончилось? — живо заинтересовалась Марина.

— А вот этого я тебе не скажу. Пусть это будет пока нашим секретом. С Мидасом, я имею в виду...

Марина горестно вздохнула:

— Хорошая у вас подобралась компашка, ничего не скажешь — Мидас, ты, Билл Хейнс... Сколько вы сегодня срубили миллионов?

— Все твои, Мариночка! Все в твоей сумочке... Представь себе — пройдет совсем немного времени, и ты станешь самой богатой на земле женщиной после английской королёвы. Только чуть моложе и привлекательней! — Голос Сашки был сейчас достоверный — издевательский.

Марина положила ладонь ему на руку и неожиданно мягко, сердечно сказала:

— Санечка, ты очень умный человек! Наверное, самый умный из всех, кого я знаю... Ты как Лев Толстой — когда ему исполнилось пятнадцать лет, мальчик записал в дневнике: пора привыкать к мысли, что я умнее всех...

— Ты сказала, — хмыкнул Сашка.

— Постарайся понять... Давно, давным-давно, в эру позднеперестроечной голодухи, меня попросили в Смоленском пединституте прочитать лекцию о поэтике Цветаевой. Господи, как они слушали! Потом библиотекарь, стесняясь, объяснил, что денег у них, конечно, нет, и вручил мне гонорар — бутылку жуткой местной водки и две порции вареного кролика с лапшой. Ночью, возвращаясь в поезде, я прихлебывала их сивуху, жевала холодного кролика и плакала от счастья... Ты меня понимаешь, Санечка?

— Нет, не понимаю! — отрезал Сашка. — И понимать не желаю! Ты блажишь не от душевного томления... И твое демонстративное презрение к деньгам — не от величия духа, а от сытого тупоумия...

— Спасибо, Санечка, на добром слове! Действительно, как это можно не любить деньги?

— Не делай из меня дурака... Конечно, можно деньги не любить. Так же, как кастрат не должен любить женщин, язвенник — вкусную еду и выпивку, глухарь — музыку, а слепец — богатство цвета. Но деньги — экстракт всей жизни человечества, ее символ, зримое воплощение ее энергии... Деньги не требуют от меня любви, они хотят заинтересованной дружбы. И полного понимания...

— Не знаю, — развела Марина руками. — Меня тошнит от твоего вдохновения...

— Потому что ты так и осталась бедным человеком, — с досадой ответил Сашка. — Несмотря ни на что... Ты думаешь, что деньги — это потертые медяки и сальные бумажки?

— А как ты на них смотришь, мой ненаглядный Мидас Игнатьевич?

— Уж если Мидас — то Гордиевич! Мидас Гордиевич, запомни, — серьезно сказал Серебровский. — Я смотрю на деньги как на великое чудо, не перестающее меня удивлять. Философский камень, поворачивающийся каждый раз новой гранью. Я не пользователь денег, я их создатель, композитор, творец... Каждый день я сочиняю симфонию богатства, сложенную из криков счастья, скрежета зубов, стонов наслаждения и визга людских пороков. Деньги в моих руках — инструмент власти, человеческие вожжи, оглобли на державу, хомут на мир, который бежит в пропасть...

— Оказывается, ты и мир спасаешь, — уронила Марина.

— Представь себе! Жалко, что ты этого не замечаешь, — тяжело вздохнул Серебровский. — Деньги в руках таких, как я, — последняя надежда, что наш маленький засратый шарик не провалится в тартарары...

— Бог! Одно слово — повелитель судеб! За ужином, между мясом и десертом, творишь будущее, — ядовито улыбнулась Марина.

— Творю! — сипло, придушенно-яростно завопил Сашка. — Еще как творю! На мои деньги люди едят, плодятся, лечатся, учатся — я кручу мельничное колесо истории. Мои деньги питают энергию работяг и художников, они — источник их работы, стимул вдохновения, праздничный погонщик трудолюбия...

Я смотрел на Сашку — и гордился! Я любовался им — честное слово, он был прекрасен! В нем клокотала такая сила, такая страсть, такая уверенность, что я вдруг понял — я его совсем плохо знаю. Видимо, и 25 лет — не срок.

А Марина устало, отчужденно захлопала в ладоши:

— Аппассионата! Героическая ода деньгам! Бетховенский фестиваль... Большой театр... Солист — маэстро Александр Игнатьевич Мидас!.. Покупаем любовь и признание народа по разумным ценам...

Сашка угас. Он долго крутил в руках кольцо от салфетки, слепо глядя невидящим перед собой взглядом, потом бросил кольцо со звоном на стол и сказал мне:

— Прости, старик... Я всего этого не имел в виду...

— Перестань! — отмахнулся я. — Меня здесь не сидело...

— Да не имеет все это значения! — Александр Игнатьевич поправил на переносице свои тоненькие очки, и был он в этот момент похож не на Магната Олигарховича и не на зажиточного царя Мидаса Гордиевича, а сильно смахивал на разночинца Чернышевского Николая Гавриловича, коленопреклоненного на эшафоте перед гражданской казнью и раздумывающего над затруднительным вопросом «Что делать?».

— Смешно, конечно, — задумчиво тер он ладонью лоб. — Ведь давно известно, что в театре самые взыскательные зрители — те, кто попал туда по контрамарке...

Марина допила бокал до дна, поставила его со стуком на столешницу и любезно сообщила:

— Как только Шекспир это сообразил — так сразу сжег свой театр «Глобус»...

— Я подумаю об этом, — пообещал ей муж, и будь я на месте Марины — честное слово, я бы испугался. А он повернулся ко мне: — Ничего не попишешь, Серега... По-моему, она меня ненавидит...

Я обескураженно молчал. А что тут скажешь? Она для Сашки — не любовь, не страсть. Это наваждение, морок, мара, блазн, сладкое помрачение ума. Может быть, это искупление? За что? Почему? Никому этого не понять, никому нет хода в бездонную каменоломню его души.

Сашка положил мне руку на плечо:

— Спасибо, Верный Конь, что ты приехал!

— Толку от меня! Если бы я мог помочь...

— Мне нельзя помочь... Мой разум заманут в ловушку бесконечности...

ТЕЛЕФОН НА ТОМ СВЕТЕ

Городская мусорная свалка Саларьево. Ночь на переломе к рассвету. Над помойной бездной густая тьма, слабо прореженная маслено-желтыми и красноватыми огнями, а небо медленно натекает опаловым цветом. Пять машин с бойцами Павлюченко прочесывают огромные, страшные, зловонные пространства свалки — место сброса ненужной дряни, житейских отходов, бытового старья и — последнее прибежище людей, выброшенных как мусор из жизни. Здесь конечная точка их жизненного пути, потому что им не суждено отсюда уехать даже на кладбище. Когда придет их час, приятели поставят «четверочку» бульдозеристу, который ровняет привезенные сюда самосвалами городские отходы, и стальной ковш подгребет усопшего под мусорный вал, и об этом бывшем человеке будет забыто навсегда — как о небывшем.

«Шанхаи» — трущобные сараюшки. Ветхие шалаши из обломков и обрывков. Землянки-норы, накрытые кусками брезента или пленки. На костерках булькает какое-то варево в котелках, на железных прутьях жарят пойманных чаек, которые и в темноте ходят над головой пугающими седыми несметными стаями. Около костров и самодельных очагов сидят жуткие обитатели помоечной прорвы — молодые, старые, женщины, подростки. Черные, грязные, одутловато-отечные, в лохмах и бородах, в бурых от запекшейся крови повязках.

Ужас ада, выродившегося в мерзкое помоечное гноище. Нельзя поверить, что эти каприччос — в сорока минутах езды от Кремля.

Бойцы Павлюченко выволокли из трущобного барака како-го-то безвозрастного человека, одновременно страшного и смер-тельно напуганного. Перед входом в это звериное логово — радиоразведчики с портативными пеленгаторами, фиксирую-щими максимальный сигнал. Один из поисковиков трясет пе-ред лицом бомжа смятой телефонной трубочкой «Нокия»:

— Где ты взял это, козел? Кто тебе дал?.. — и для понят-ности колотит его телефоном по голове. За ними вниматель-но наблюдает Павлюченко, за спиной которого — трое ребят с автоматами наголо.

Бомж, заикаясь, трясясь, гундосит:

— Клянусь... ребяточки дорогие, откопал в мусоре... само-свал отсыпал груз... я и подошел... из контейнера ссыпали, с края он лежал, и не включается он... чем хочешь — забожусь...

— Оставь его! — скомандовал Павлюченко. — Не о чем говорить, падалица людская, городской отброс. Наколол нас всех этот подлючий Кот...

К нему подходит помощник:

— Из «Интерконтиненталя» звонили ребята. Они левака отловили...

— Помчались!..

АЛЕКСАНДР СЕРЕБРОВСКИЙ:

ПОДАРЕННЫЙ МИР

Лег, расслабился, закрыл глаза, постарался переключить-ся — как учит меня Толя Кашпировский.

Еще один день ушел, закончился, истек. Наша жизнь — странная, жульническая копилка времени, из которой мы только вынимаем наши дни, истертые медяки будней.

Люди вокруг меня живут в ощущении бессмертия, ко-торое на самом деле является безвременьем. Как гуляющий в кабаке растратчик, они никогда не заглядывают в кассу —

а сколько там всего-то осталось капиталу? Сколько времени инвестировал в тебя Господь?

Я часто спрашиваю навскидку разных людей: сколько дней длится средняя человеческая жизнь?

Никогда нигде никто не ответил. Об этом никто не думает.

Морща лоб, закатывая глаза, откладывая пальцы, начинают считать мучительно, сбиваясь, возвращаясь к началу вычислений, и от непривычной тяготы устного счета обычно ошибаются на порядок.

Всех поражает, впечатляет, а потом пугает, когда я сообщаю им, что очень долгая жизнь — по нынешним неслабым обстоятельствам — в семьдесят лет состоит всего из двадцати пяти тысяч дней с каким-то незначительным, ничего не решающим довеском.

Потом они начинают вычитать из этой нищенской цифры беспамятные годы младенчества, бессмысленно-суетливой юности, противные годы становления, когда ты все время ощущаешь себя подмастерьем бытия, потом вычеркивают сумеречную пору оскорбительного пенсионно-старческого существования и впадают в недолгую панику.

Выясняется, что тебя попросту кинули аферюги на этой удивительной ярмарке жизни — вместо огромного, неиссякающе бездонного богатства твоего времени тебе всучили сумку, в которой жалобно бренчат всего десять тысяч дней. Это ж надо — десять тысяч! С ума можно сойти!

Это если тебе удастся выжить столь долгий век — семьдесят! Сейчас статистический покойник откидывает лыжи в пятьдесят семь.

Не надо думать об этом.

А как об этом не думать? У темных трусливых людей мысль о смерти вызывает тошнотный несформулированный ужас, взрыв адреналина в крови, немой вопль — не хо-о-чу! Я должен думать об этом, представляя проблему в ясных и простых математических символах.

Марина верит в переселение душ, в перевоплощение. Кто знает, может быть, она и права? Я бы очень хотел в это поверить — это ведь невероятное облегчение.

Не получается. Наяву не получается никогда.

Наверное, я действительно сильно устал. Раньше я ненавидел сон. Он сокращал мою жизнь на треть, он нагло грабил мою копилку времени, сон воровал у меня часы любви, чтения, развлечения, ощущения себя живым.

А теперь я возлюбил сон — огромный странный мир смещенных чувств. Я люблю засыпать, я бегу по тонкому прозрачному мостику, разделяющему явь и небывальщину, я погружаюсь в дремоту, как в теплое море.

...Евреи верят, что, когда мы засыпаем, Господь забирает к себе наши души и возвращает их при пробуждении.

Что он делает с ними там, в неведомом небытии? Слушает их? Рассматривает? Спрашивает отчета о прожитом дне? Берет в заклад? Печальная, неутешительная работа у нашего Великого Господина...

Спасибо Ему за каждодневную милость: возвращение нам душ — заскорузлых, неугомонных, настрадавшихся и натерпевшихся, добрых и алчных, завистливых и милосердных. Наверное, они Тебе не очень нравятся, наши души. Но других у нас нет. Обычные, человеческие.

Ах, если бы Ты, беседуя по ночам с нашими душами, объяснил им — пока мы, неодушевленные, спим — и поучил их, и пригрозил, и втемяшил, и приласкал, и направил, — мы бы просыпались новыми, одухотворенными, прекрасными. Мы стали бы праведными, как обитатели рая.

Но мы обитаем на земле, и только в волшебных сновидениях я снова живу в ощущении своего избранничества.

И в дремлющем сознании брезжит ласкающая надежда: если это случилось со мной тысячелетия назад, когда я был могущественным и мудрым Мидасом, может быть, я потом явлюсь опять?

Спать, спать, скорее спать! Сейчас опустится пелена сна и ночная сумерь превратится в ослепительное сияние полдня, ленивую жару, цинковый цокот цикад, тяжелую густую зелень над головой, тонкий плеск воды в источнике, сладко-пряный вкус черного фригийского вина и веселые нежные звуки свирели, на которой играет пьяный Пан — дорогой мой гость и друг Селен Марсий.

Пан, здоровенный, корявый, коренастый, прекрасный, губастый, пучеглазый урод, отложил в сторону мех с вином и сказал:

— Вели, Мидас, привести моего осла. И мне пора собираться в путь.

— Куда ты, Пан? Оставайся! Будь мне братом — разделим царство пополам!

Вскочили, тревожно зашевелили ушами мои любимые псы, зачарованно слушавшие музыку Пана.

Засмеялся Пан, замотал кудлатой головой, взмахнул своим пышным лошадиным хвостом.

— Я не хочу быть царем, Мидас. Я служу Дионису, дарю людям радость. У нас с тобой разные пути! — со смехом сказал Пан, скаля свои желтые лошадиные зубы.

— Столько я не спросил у тебя, Пан! — крикнул я в досаде. — Я столького не узнал!

— Человек — раб или царь — не может знать всего. Все знают только боги, — грустно ответил Пан. — Мне хорошо было у тебя — ты был мудр и щедр. Прощаясь, я хочу сделать тебе подарок...

— Какой подарок может утешить меня, если ты, Пан, уходишь? — спросил я в искреннем огорчении.

— Все обязательно расстаются когда-то. Только бессмертные боги избавлены от этой сладкой горести, — сказал Пан и снова засмеялся. — Скажу тебе по секрету — от этого они надоели друг другу. Я обещал тебе подарок...

— Спасибо, Пан. Ты и так одарил меня своей дружбой...

Пан отмахнулся от меня:

— Не было случая, чтобы мой господин, великий и веселый Дионис, не выполнил моей просьбы. Скажи мне о своей мечте, и Дионис исполнит ее...

— Я — царь, я привык повелевать, а не просить!

— Боги повелевают царями строже, чем ты своими слугами. Потому что они зрячи, а люди слепы.

— Хорошо, Пан. Цари могут просить богов только об одном — о власти!

— Какая тебе нужна власть, Мидас? — с интересом спросил Пан.

— Богатство! Безмерное, невиданное на земле богатство! — сказал я твердо.

Пан снова уселся на камень, подтянул к себе мех с вином, сделал несколько огромных глотков, поинтересовался:

— Зачем тебе, Мидас, богатство? Ты ведь просил о власти...

— Я много дней слушал твои рассказы и песни, всезнающий Пан. О людях Ойкумены, откуда мы пришли, как жили, с кем воевали, кто пал и кто возвысился. Ты рассказывал мне о гневе, любви, сострадании и зависти, о жестокости и милосердии...

— Я не говорил тебе, Мидас, о богатстве, — усмехнулся Пан.

— Потому что ты, Пан, как все, живущие вместе с богами, скрытен и лукав. Я понял, что власти в бедности не существует. Она как былинка в поле — до первого ветра...

— Запомни, Мидас, богатство ожесточает сердце...

— Но просвещает умы...

— Богатство приводит к одиночеству, — печально сказал Пан.

— Это одиночество высоты — ты летишь над миром...

— Падение с этой высоты — смерть, — уговаривал меня Пан.

— Я упаду в протянутые руки моего народа. Он беден, мал, худ и неграмотен. Мое богатство даст ему все — мои люди, как семена, засеют землю. Мы дадим диким свет и силу...

— Я обещал, ты попросил, — сказал Пан, встал и начал карабкаться на своего осла. Он уже был такой пьяный, что уселся на спине одра задом наперед. Угнездился, вздохнул и задремал.

Собаки окружили его кольцом, весело крутили хвостами, с любопытством смотрели на него умными смеющимися глазами. А Пан сидел неподвижно, шевелил толстыми губами, будто во сне все еще с кем-то разговаривал. Потом встряхнулся, упер в меня пучеглазый взор и повелительно бросил мне:

— Подай мне, царь, мой мех с вином...

Я наклонился, схватил мех — а он не отрывается от земли. Не сразу понял, что не теплую шершавую козлиную шкуру сжимаю, а держу прохладный гладкий тяжелый металл. В испуге дернул мех изо всех сил, поднял, кряхтя и задыхаясь, эту ужасную глыбу, которая мерцала и переливалась желто-красным туманом, и промелькнула испуганно-счастливая мысль — золото!

Завыли псы, я повернулся к Пану — следов не осталось. И далеко-далеко, где-то за оливковой рощей, у реки разносился его голос и пьяный смех:

— Все золото в мире теперь твое, Мидас! Все, к чему прикоснешься, станет золотом! Бери, сколько хочешь...

КОТ БОЙКО:

ПОЗОР И ГОРДОСТЬ

В райсобес я, естественно, приперся спозаранку — хотел оглядеться на месте. В вестибюле нашел окно, выходящее на улицу, согнал с подоконника какого-то шелудивого и с комфортом обживал свой НП.

Рядом с входной дверью за столиком-конторкой сидел дежурный или вахтер — никто не разберется в служебном предназначении этих привычных нам костистых пожилых отставников с орденскими планками и тучей значков, восседающих при телефоне на входе любого казенного присутствия. Жил старикан довольно удобно — на его столе были пристроены настольная лампа, транзисторный приемник с неизбежными музыкальными криками и электрический чайник. Консьерж, удерживая пальцем строку, читал какой-то яркий таблоид, медленно шевеля губами, не обращая внимания ни на меня, ни на текущий мимо вялый мутный поток пенсионерского народа.

Нестарые еще люди, замученные этой долбаной жизнью, нуждой и тревогами. И женщины с детьми. И припухшие клочкасто-седые непомытые мужики. И картофельного вида бабки. Больные на колясках. Похмельные чугунные парни на костылях. Инвалид в замызганном камуфляже, проезжая мимо меня на колесной тележке, рассказывал идущему вослед приятелю:

— ...Я ей, суке, говорю: я же кровь проливал, меня три раза ранили, а она мне: лучше бы, говорит, тебя в Чечне убили...

Вот именно. Может быть, и лучше.

Музыкальный фонтан из приемника на столе вахтера иссяк, бодро вздрюченный голос ди-джея сообщил:

— С вами радио «Москва»... После рекламной паузы слушайте обзор утренних новостей...

Я поднял взгляд — часы на стене показывали 9.56. Я снова обернулся к окну и увидел, что на другой стороне улицы, прямо у перехода под светофором, остановилась бабка. Как всегда старомодно-скромно-опрятно одетая, с зонтиком-тростью в руках. Я уже сделал шаг к дверям, но радио на столе орденоносного консьержа заблекотало человеческим голосом:

— ...Сергей Ордынцев, режиссер-постановщик детского приключенческого сериала «Верный Конь, Хитрый Пес и Бойкий Кот», проводит в воскресенье кинопробы на роли главных героев фильма. Желающие...

Я слушал объявление, раскрыв от удивления рот, потом хлопнул с восторгом себя по коленям и заорал:

— И-я-а! Во дает Серега! Из Франции прикатил! Ай да Верный Конь!..

— ...вы можете справиться по телефону 920—24—24 ...

— 920—24—24, — повторил я, обернулся к вахтеру и увидел, что на изнаночной стороне газетной полосы, которую тот истово штудировал, напечатано то же самое объявление: «...Верный Конь, Хитрый Пес и Бойкий Кот...»

Я сделал к нему шаг:

— Отец! А-адну минуточку... — взял из рук обалдевшего стража газету, оторвал страницу с объявлением, бросил на стол десятку и выскочил из подъезда наружу.

Я внимательно осмотрел улицу — не притащила ли бабка ненароком хвоста, дождался, пока она минует переход, и у края тротуара протянул ей руку:

— Нина Степановна, как я рад вас видеть!

Близоруко щурясь и так же, как ее сынок, поправив дужку очков, бабка вгляделась на миг в мое лицо, усмехнулась и невозмутимо спокойно, как на школьной перекличке, сказала:

— Бойко Константин... Шалопай и троечник...

— Обижаете, Нина Степановна! — оскорбленно возбух я. — Я никогда не был жалким троечником, презренным середнячком. Я был заслуженным двоечником школы, ее великим позором и мукой...

— Но ты стал заслуженным мастером спорта, великим чемпионом, и твой портрет по сей день в актовом зале. — Она оперлась на мою руку. — Позор и мука незаметно превратились в гордость — в жизни так случается.

— Странно, — удивился я. — А как же не сняли, когда я снова стал позором школы?

— Снимать некому. И некогда. Всем ни до кого и ни до чего... Живем, как в обмороке, — печально сказала Нина Степановна Серебровская.

— Забавно — унизили равнодушием, — заметил я. Позор или гордость, стыд, слава — все равно, просто пятно на стене. Действительно, беспамятство какое-то, припадок...

— Мой сын Саша сказал, что Россия сейчас — огромный игорный дом, все играют — на все, на всех, без лимита. — Старуха тяжело вздохнула и, глядя мне в глаза, спросила: — Вы поссорились с Сашей навсегда?

Какая она стала маленькая, седая, старая! Печально.

Мне хотелось, чтобы она обняла меня за голову, погладила по волосам, поцеловала. Наверное, моя мать выглядела бы так же. Но представить мне это трудно — я ведь видел ее только молодой. То ли воспоминание, то ли воображение.

Я любил и жалел эту старуху. Я понимал, какой смертный неискупимый грех я должен взять на себя. Какую страшную смертельную боль я должен ей причинить, что это итоговая черта под ее жизнью, самое страшное страдание, которое может выпасть на человеческую долю. Это ведь для других он — олигарх Серебровский, великий магнат, миллиардер и завтрашний губернатор. Деспот, предатель, мироед и кровосос. Для нее он навсегда останется сыночком. Сашей.

— Да, навсегда, — твердо сказал я.

— Ты винишь его в своей беде? — спросила она.

— Нина Степановна, об этом бессмысленно разговаривать... Кто там разберется?

— Господь с тобой, Костя, — вздохнула Серебровская. — Не судья я вам. Прощай... Мне надо идти...

— Не надо, — остановил я ее. — Простите меня, это я вас вызвал. Иначе мне до вас теперь не добраться. А это должны сделать вы...

Бабка удивленно смотрела на меня:

— Зачем ты меня позвал?

Я протянул ей аккуратный маленький сверток — немногим больше сигаретной пачки.

— Передайте это вашему сыну. Лично в руки, это касается его. И это — важно...

В ее взгляде был немой вопрос, испуг, волнение.

— Костя, мне страшно...

— Нина Степановна, жить вообще страшновато — мы запугали друг друга до рвоты...

Я знал, что творю черное дело, но я не мог поступить по-другому, я знал, что я прав, что, кроме меня, некому остановить этого живоглота.

— И что будет? — спросила она беспомощно.

— Если поживем — то увидим. — Я уже собрался уходить, сделал несколько шагов по тротуару, но все-таки обернулся и сказал вместо прощания: — Молитесь за пропащего...

СЕРГЕЙ ОРДЫНЦЕВ:

УШИ МЕРТВОГО ОСЛА НА ДЕПОЗИТЕ

Сашка разговаривал по телефону, и его тонкие змеистые губы стягивало от холодной ненависти.

— Я отдаю себе отчет, Анатолий Борисович, что мы смотрим на очень многие вещи по-разному... Но существуют вещи, ради которых мы должны сохранять хотя бы деловую корректность. Нет, Анатолий Борисович, нам с вами клятвы в дружбе не нужны, но простая лояльность предполагает... Да, Анатолий Борисович, я могу приехать к вам, чтобы решить раз-навсегда эти вопросы. Назначайте, пожалуйста, срок... Хорошо, я буду звонить после вашего возвращения из Вашингтона.

Сашка положил трубку и с огромной душевностью сказал вслух:

— Ох, этот Чубайс клятый!

Я молча смотрел на него — мое участие в разговоре, естественно, не предполагалось, моими репликами и мнением никто не интересовался, да и не знал я, о чем они так сердечно грызлись между собой. Хорошо, что они говорили по радиотелефону, иначе никакие провода не выдержали бы — сгорели от напряжения в их деловом дружелюбном разговоре.

— О чем мы с тобой говорили? — вернулся ко мне с поля боя Серебровский.

— Ты знаешь вице-премьера Фатеева? — спросил я.

— Знаю. Правда, он уже давно не вице-премьер...

— А чем он занимается сейчас?

— Черт его знает! Возглавляет какой-то общественный фонд, — равнодушно сказал Сашка. — Можем сейчас же узнать. А зачем он тебе?

— Мне-то он ни к чему, но я получил на свой запрос любопытную справку из Интерпола. У моих коллег нет реальных доказательств, но они допускают, что миллионы Смаглия могли притечь из ловких ручек Фатеева. Из казны, естественно, но с ведома и согласия Фатеева...

— Действительно любопытно, — с интересом посмотрел на меня Серебровский поверх очков.

— Ты такую возможность допускаешь?

— Я любую возможность допускаю, — сказал Серебровский. — Наши чиновники — люди отчаянные. Остановить их нельзя — они уже полностью в восторге от своей безнаказанно-сладкой недозволенной жизни... Прошлое свое они продали, предали и чертям передали. Души нет, прощения не будет. И завтра никакого нет — там ад. Остается черный нал сегодняшнего дня, на закраине бытия...

— Я и не догадывался, что ты такой моралист, — усмехнулся я.

— Я не моралист. Я — трезвый, объективный наблюдатель...

— И участник, — добавил я.

— И участник! Мне иначе нельзя — мигом задницу отвинтят, — засмеялся Сашка. — Возвращаясь к Фатееву... Я его хорошо знаю. Если у вас нет реальных доказательств, очень хороших, надежных документов — все это разговоры в пользу бедных...

— Пока доказательств нет, — согласился я. — У Интерпола — список из двенадцати компаний, зарегистрированных в Ирландии, на Кайманах, Антигуа, где осели деньги.

— Ага, все понятно — оффшор! — махнул рукой Серебровский. — Оффшорные банки вам не дадут информацию. Получите от мертвого осла уши... Да и денег там скорее всего уже нет.

Мне почему-то показалось, что Серебровский сказал это с облегчением.

— Посмотрим. Мои ребята сообщают мне, что Фатеев был тесно связан с «Бетимпексом». И будут копать дальше.

— Я это приветствую, но...

В этот момент раздался звонок внутренней связи, и спикерфон голосом секретарши Нади оповестил:

— Александр Игнатьич, звонит ваша мать...

— Скажите ей, что я попозже перезвоню ей.

— Извините, Александр Игнатьич, но Нина Степановна настаивает, она говорит, что это очень срочно...

— Она здорова?

— Да, я спросила. Она говорит о каком-то очень срочном и важном деле... Она явно взволнована...

— Хорошо, переключите на мой аппарат.

На пульте что-то пискнуло, моргнула зеленая лампочка, загорелась красная, Серебровский сказал в микрофон:

— Здравствуй, мама... Да, мама, ты знаешь, что я всегда занят... А что, собственно, случилось? Какой собес? Что-о? Кот Бойко? А ты? Ладно, я сейчас к тебе приеду... — Он положил трубку, встал с кресла, в голосе звенела тревога: — По-моему, у меня неприятности. Поехали!

ОКРУЖАЮТ

В Теплом Стане, на улице Огурцова, неподалеку от дома Лоры стоит старая «шестерка», на которой несколько дней назад прибыл сюда ночью Кот Бойко. С капота и багажника — вплотную — она замкнута двумя поисковыми машинами «Конуса». На пассажирском сиденье «шестерки» восседает Павлюченко, допрашивающий перепуганного водителя. Сзади — еще двое тяжелых мордоворотов.

— А потом?

— Ну, расплатился он... Ничего не скажу — хорошо заплатил, широко...

— Значит, щедрый тебе достался клиент? — ласковым голосом, ничего хорошего не предвещающим, спрашивает Павлюченко.

— Да поверьте, мужики, я ж все по правде говорю, как было... Взял он свой сидор и попер вон в тот подъезд... — Левак уверенно показывает на дверь, за которой Кот пережидал, пока он уедет.

— Что он говорил?

— А ничего! Шутил, небо, говорил, увидим все сплошь в якутских алмазах...

— Он известный шутник! Так ты наверняка говоришь, что он в этот подъезд вошел?

— Да клянусь! Сами подумайте — ну зачем мне врать? Я еще ему сказал, мол, давайте помогу, суму поднесу, а он смеется — вон, уже приехали.

— Попробую поверить, — зловеще говорит Павлюченко. — Потому что если ты нам наврал, мы к тебе домой поедем. Ребята у меня обидчивые, нервные! Они тебе таких звиздюлей навешают, что у тебя башка как купол планетария станет...

Павлюченко вылезает из машины, к нему сразу же присоединяются экипажи поисковых машин.

— То, что он вошел в этот подъезд, может ничего не значить. Просто начинайте с этого места — и сплошняком по всем этажам, по всем квартирам — тотальный шмон. Я подошлю еще людей. Теперь слушайте — у него нет машины, и выехать из глубины дворов он не должен. Чтобы словить машину или попасть на транспорт, ему надо выйти на примыкающие проезжие улицы — обеспечьте непрерывное встречное патрулирование от перекрестка до перекрестка. Здесь его лежбище, он тут обязательно появится...

АЛЕКСАНДР СЕРЕБРОВСКИЙ:
ФАТВА

— Вот это он просил передать. Срочно!.. — сказала мать, протягивая маленький сверток.

— Можно мне? — ловко перехватил сверток Серега, внимательно осмотрел его, прикладывал зачем-то к уху — слушал, осторожно снял пластиковую обертку, понюхал, положил на стол, засмеялся: — Проверено, мин нет! Но лучше давай я посмотрю первым...

Серега осторожно развернул пакетик — там был кусок засохшего черного хлеба, густо присыпанного каким-то темным порошком.

— Что это? — с испугом спросила мать.

— Мне кажется, это перец, — сказал я. — Черный перец...

— Перец? Зачем? — удивилась мать. — Ничего не понимаю!

— Шутка, — сообщил Сергей. — Глупая шутка...

Мать смотрела на него недоверчиво.

— Сережа, ты думаешь, что ради дурацкой шутки Кот вызвал меня в собес? И мне не показалось, что он в веселом расположении духа...

— Мама, ты обещала дать нам по стакану чая, — напомнил я.

— Ой, Сереженька, Саша, простите меня ради Бога! Ничего голова не держит... — Семеня, она направилась на кухню, а я приказал-попросил Серегу:

— Говори...

— Это — фатва, блатная черная метка, — вздохнул Сергей и добавил: — Предупреждение о смерти...

Я взял хлеб, покрутил в руках, снова принюхался к перцу, пожал плечами и бросил горбушку на стол.

— Идиотизм! Пошлая оперетта! — У меня было ощущение, что меня насильно, против воли вволакивают в какое-то дурацкое стыдное действие. — Наш друг никогда не отличался тонкостью вкуса...

— Оставь! Сейчас не до этого, — сказал Серега, и мне не понравился его голос.

— Ты обеспокоен? — спросил я.

Серега мгновение колебался, а потом твердо сказал:

— Да! Честно говоря, я до сих пор думал, что ты сгущаешь краски. Но...

Вот тебе и возвращение в отчий дом! Родительское гнездо, вершинное достижение в жизни моих стариков, местожительство, которое я ненавидел.

Н-да, ничего не попишешь, ведь мои родители — люди штучные. Мать — человек с принципами, а отец был с представлениями.

Эта малогабаритная двухкомнатная квартира в Северном Измайлове есть не просто жилище добропорядочных служивых советских интеллигентов — когда-то она была наградой, государственным даром за выдающиеся заслуги моего отца.

Четверть века назад почтовый ящик, в котором он служил конструктором, зафигачил в космос какой-то невероятно хитрый пердячий снаряд — мол, оттель грозить мы будем шведам, американцам, сионистам и всей остальной враждебной нечисти. А может быть, и не грозить, а шпионски подсматривать, не влияет, — работу высоко оценили партия и правительство. На институт пришла поощрительная разнарядка наград: на усмотрение начальства надо было составить в пределах выделенной квоты список учрежденческих героев — кому ордена, кому госпремию, а кому жилье.

Отец, проживший всю жизнь с твердым представлением, что интеллигент не может ни у кого ничего просить, мучаясь от унижения и стыда за свое недостойное поведение, пошел к директору их закрытого института — матерому советскому академику в генеральских штанах, и, ненавидя власть, презирая себя, выпросил эту квартиру. До этого мы жили втроем в роскошной комнате площадью 8 квадратных метров в «одноэтажном строении коридорного типа» — попросту говоря, в бараке на восемнадцать семей. Когда я немного подрос, отец соорудил для меня полати — подвесную откидную койку, как полки в бесплацкартном купе. Это позволило втиснуть в комнату дамскую туалетную тумбочку, которую отец использовал для работы как письменный стол.

Зная, что отец никогда не станет торговаться, спорить и скандалить, институтские жуки-хозяйственники впарили ему вместо новой квартиры вот эту — «за выселением предыдущих жильцов».

Обычная хрущевская «распашонка», в большую комнату — целых 17,5 метра — выходили двери из прихожей, санузла и крошечной кухни. И запроходная спальня — 13,7 метра.

Мы все были счастливы, мы жили в хоромах.

Когда отец умер, я уже был взрослым парнем-студентом и, понимая, что на мать в этом смысле надежды нет, попытался через бюро обменять квартиру. Мне помогали Серега и Кот Бойко. Боже, каким истязаниям подвергали нас обменные контрагенты!

— Санузел раздельный?

— Нет, смежный, — гордо отвечал Серега.

— Паркет?

— Нет, линолеум, — пренебрегал я чепухой.

— Лифт есть?

— Нет, но у нас легкий четвертый этаж. Я за двенадцать секунд с велосипедом поднимаюсь, — успокаивал их Кот.

— Комнаты изолированные?

— Нет, смежные, но в спальне стенной шкаф.

— Мусоропровод?

— Нет, но сборник прямо у подъезда. Пищевые отходы вывозят на правительственный пункт откорма свиней, — заверял Серега.

— Дом кирпичный?

— Нет, панельный. Очень красивый! — вдохновенно лгал я.

— Высота потолков?

— Два шестьдесят. Может быть, даже больше...

— Какого же черта вы людям голову морочите! — орали они так, будто я назло им выстроил такую хибарню.

Я скидывал последний козырь:

— У нас есть балкон! Очень хороший!

Но они уже не слушали. Серега, с детства отличавшийся коммерческим идиотизмом, долго думал, потом предложил:

— Надо все разговоры начинать с балкона. Балкон нормальный...

Но скоро пришли из домоуправления, балконную дверь опечатали и забили гвоздями. Из-за проржавления арматуры в районе имели место факты обрушения балконов с жертвами — объяснили нам.

И я махнул рукой.

А лет десять назад, когда мне уже не надо было обращаться в бюро обмена, знакомые ловчилы-домопродавцы подыскали мне для матери прекрасную квартиру во Вспольном переулке. Но моя мать — женщина с принципами. Отказалась.

— Это будет непорядочно по отношению к твоему отцу... Все, что было в нашей жизни, мы разделили поровну... Глупо начинать мне барскую жизнь, когда его нет...

Я уговаривал, умолял, доказывал, совестил, объяснял — все попусту. Потом оставил, потому что понял — эта упертость не только от любви и памяти к отцу, это гордыня: она не уважала мои нынешние занятия, ей не нравились протекающие через мои руки большие деньги. Жалко, что еще тогда мы все недовыяснили. Далековато зашло...

Сережка толкнул меня:

— Але, старичок, ты что, затараканил? Ты о чем думаешь?

Я встряхнулся, оглядел снова родное гнездо, и было мне очень грустно.

— Вспоминал, как мы с тобой меняли эту прекрасную фатеру...

Вошла мать с подносом — чай, варенье, сухарики, расставила все по столу и сказала мне:

— Саша, я не могу понять...

И клокотавшее во мне волнение прорвалось наружу.

— Мама! Я тоже многого не могу понять, хотя и очень стараюсь. Скажи, пожалуйста, сколько составляет твоя пенсия?

— 360 рублей...

— Прекрасно! Держава с тобой в расчете — ты получаешь 60 долларов в месяц. Каждый месяц первого числа моя секретарша Надя привозит тебе еще тысячу долларов. Я мог бы давать тебе две тысячи или десять — безразлично, но я знаю, что ты человек не буржуазный и не имеешь дорогих вредных пристрастий. Поэтому я даю тебе только тысячу...

— Саша, почему ты заговорил об этом сейчас? — спросила мать.

— Хочу разгадать тайну людских поступков. Скажи, Христа ради, зачем ты идешь в собес унижаться из-за этой грошовой прибавки? Которую, кстати говоря, тебе никто и не собирается давать! Зачем? Чтобы досужие сплетники говорили, а щелкоперы писали, что олигарх Серебровский не кормит свою мать? Почему ты ездишь на трамвае в собес, когда по телефонному звонку к тебе мчится лимузин? Объясни мне, почему ты в одиночку, как партизанка Лиза Чайкина, ходишь на конспиративную встречу с вооруженным бандитом, когда тебя должен охранять генерал милиции Сафонов?

— Опомнись, Саша, — тихо сказала мать. — Этот бандит целую жизнь тебе был как брат... И вообще, от кого меня надо охранять?

— Мама, опомниться надо тебе! Вернись в реальную жизнь! Кот мне давным-давно не брат и не друг! Жизнь сделала нас врагами! Он хочет убить меня!

— Господи, Саша, что же ты сделал, что Кот хочет убить тебя? — всплеснула руками мать.

И я вдруг ощутил острое, мучительное чувство, почти забытое, давным-давно не испытанное — жуткую обиду!

Меня можно попробовать оскорбить. Довольно легко разозлить. Наверняка возможно разъярить. Но уже незапамятно давно никому не удавалось меня обидеть. Ведь обида — это саднящий струп на живой раненой душе, а я не живу с людьми, чьи слова могут достать меня до сердца.

Матери это удалось. С пугающей меня отчужденностью я опустошенно-холодно почувствовал, что не люблю ее. То есть, наверное, люблю все-таки, жалею, сочувствую. Но никак не могу освоить, что эта старая бестолковая женщина — моя мать, мое родоначалие, исток моей жизни.

Со злым смешком сказал:

— Серега, обрати внимание, что у моей мамы и вопрос не возникает, кто из нас виноват! Безусловно, это я отчубайсил нечто такое, за что меня стоит убить! Пророкам в отечестве своем презумпция невиновности не положена!

— Саша, сыночек, остановись, — с отчаянием говорила мать. — Что происходит с тобой? Ты не видишь себя со стороны...

— Оч интересно! Поведай, пожалуйста. — Я уселся верхом на стул, с интересом смотрел на нее, в общем-то чужую старую женщину, измученную вдовством, склерозом и принципами.

— А что же мне сказать тебе, чтобы ты услышал меня? Ты как будто в ледяном панцире... У тебя — наваждение...

Она подошла к книжному шкафу, открыла створку, раздвинула на полке тома и достала из-за них старую кожаную сумку. Щелкнул никелированный замок, и мать вынула из сумки толстенную пачку стодолларовых купюр, перевязанную бечевкой.

— Вот деньги, которые привозит твоя милая любезная Наденька... Я не взяла отсюда ни одной бумажки...

Долгая тишина. Я сидел, твердо упершись локтями в стол, обхватив ладонями голову, я мял ее руками, как хохол арбуз на базаре, — проверял зрелость мыслей.

— Интересно знать, а почему ты не взяла отсюда ни одной бумажки?

— Мне не нужно. У меня почти нет трат. Мне хватает пенсии. А последнее время твой охранник привозит продукты — он сказал, что ты купил себе колхоз. Это правда?

— Правда...

— Господи, помилуй! Выходит, ты теперь помещик?

— Выходит, что так...

— Светопреставление какое-то! Мы с папой мечтали воспитать из тебя интеллектуала, ученого. Я была уверена, что ты станешь настоящим русским интеллигентом... — Мать говорила медленно, как во сне.

— А стал помещиком Михал Семенычем Собакевичем — торгую мертвыми душами. — Я развел руками. — Ну что поделать, не повезло — ребенок у вас получился некачественный. Интеллигентом в первом поколении у нас будет твой внук Ванька... Так что с деньгами? Ты их копишь?

— Нет, они мне вряд ли понадобятся. Просто они лежат у меня...

— Зачем?

— На черный день...

— Чей? — безнадежно допытывался я. — Мой? Твой? Державы?

— Не мучай меня, Саша. Мне очень больно говорить, я не хотела — ты меня сам вынуждаешь. Но все равно тебе этого, кроме меня, никто не скажет.

— Отчего же?

— Я с ужасом думаю об этом — тебя больше никто не любит. А только боятся. — У нее текли по лицу слезы.

— Что ж, неплохо поговорили, искренне, по-семейному, — сказал я, кусая губу.

Серега подошел к ней, обнял за плечи:

— Успокойтесь, Нина Степановна, успокойтесь...

Я встал, надо собираться, дела не ждут. Не о чем говорить.

Мать за спиной устало жаловалась, делилась, бормотала:

— По ночам я не сплю и все время думаю о тебе, Саша... О том, как ты живешь, что ты делаешь, что ты чувствуешь...

Я пытаюсь представить твой мир, я хочу понять жизнь моего единственного, любимого мальчика... Я вижу тебя по телевизору, я читаю о тебе в газетах... У тебя такая власть, что ты стал сам себе Мефистофель — ты можешь выполнить любое свое желание. Только вот душа твоя, никем не востребованная, ничем в делах не полезная, отмерла, как ненужный человеку хвост...

КОТ БОЙКО:

ПУТЕШЕСТВИЕ ПО КЛАССУ VIP

Невыразимо прекрасные, элегантно-нарядные, беззаботно-доброжелательные, как зарубежные гости нашей красавицы столицы — настоящей витрины одной шестой свободного мира под названием «Независимая Демократическая Россия», гуляли мы с Лорой, взявшись под ручку, по Новому Арбату.

— Мы с тобой, подруга дорогая, так великолепны, что прохожие оглядываются с завистью нам вслед и горько думают — ось, идуть иностранцы, мать их етти! — поделился я с Лорой своими впечатлениями интуриста.

— Это они только про тебя так думают, — сказала Лора. — А мне, бедной замарашке, сочувствуют...

Нет, все-таки что там ни говори, клеветники беспардонно клевещут на нашу жизнь, которая якобы пришла на край. Люди живут содержательно и со вкусом, мне даже кажется, что им все нравится. По тротуарам снуют вполне пригодные для радостей жизни разнообразные бабенки, а по дороге, как татарская конница, лавой течет тьма иномарок. Пацаны с очевидным удовольствием жрут «сникерсы», девки с неприличным сладострастием публично обгладывают бананы, интеллигентные юноши бегут с цветами в руках, а деловики — с сотовыми телефонами. Чумазые толстомордые цыганята неискренними голосами весело просят на хлеб. И беременные шкицы гордо несут перед собой круглые животики. И молодые маманьки катят в колясочках свои ненаглядные чада.

Могу заложиться на что угодно — здесь даже солнце восходит каждый день! Идут прозрачные голубые дожди, и подпирают небо огромные разноцветные радуги. И ветры несут сладкий запах бензиновой гари и горьковатый аромат тополиной листвы.

Смеются, трахаются, выпивают, горюют, воруют, ликуют. Кто-то, наверное, даже работает. Живут.

Эй, пиплы! Возьмите меня к себе...

— По-моему, пришли, — сказала Лора, показывая на вывеску рядом с внушительным подъездом — «Москва — Уорлд тревэл». Она пригладила мой невыразимо великолепный блондинистый парик, сдвинула у меня на носу мерцающие окуляры солнечных очков и сказала озабоченно: — Галстук все-таки надо было потемнее...

— Ништяк, и этот сойдет.

— Сойдет, — кивнула Лора. — По телевизору слышала — Карден считает, что галстуки светлее сорочки носят только гангстеры и официанты.

— Твой Пьер Карден — псевдила и выпендрежник, в хороших местах официанты носят черную бабочку. — Я пропустил Лору вперед, и она спросила у стоявшего на пути охранника:

— С кем нам поговорить об индивидуальном туре в Европу?

Я вынул большой шелковый платок и стал тщательно утирать несуществующие сопли, нехитро прикрывая нижнюю половину своей незамысловатой ряшки.

— Пройдите во второй зал, слева в углу — туроператор Валерия, она все расскажет и предложит наиболее интересные варианты, — на удивление толково и любезно объяснил страж в десантном камуфляже. Вот, ешь твою налево, кому это в мире можно объяснить — зачем в бюро путешествий стоит на входе десантник? Будем брать штурмом Анталию? Или на Канарах с вертолетов высаживаться? Бред.

Мы направились в следующий зал, и в зеркальном витраже я видел, что охранник провожает нас взглядом — пока мы не скрылись за дверью. Быстро огляделись в операционном зале, полном сотрудников и посетителей, отыскали Валерию, хорошенькую и приветливую, уселись на стулья против нее, и Лора начала морочить ей голову, а я — крутить своей головой по сторонам.

— В сентябре мы с мужем собираемся на месяц в Европу. Что вы можете нам посоветовать?..

— В первую очередь я должна знать, какой класс путешествия вы планируете, — улыбнулась хорошенькая Валерия.

— VIP, естественно...

Ну естественно, ну конечно, VIP! Валерия, милочка, неужели ты сама не соображаешь, что Кот Бойко настолько very, до такой степени important, в такой мере person, что по-другому путешествовать ему и в голову не приходит! Ну, окромя случаев, конечно, когда его везут в вагонзаке «Москва — Пермь — СпецИТК №11».

Валерия, я придумал! Мы поедем отдыхать и развлекаться по классу VIP все вместе! Я попробую преодолеть половую ортодоксию Лоры, разрушить ее устаревшие сексуальные предрассудки — втроем нам будет веселее!

Валерия, еще не догадывающаяся о том, какое ее ждет наслаждение, взяла стопу каталогов и справочников, и они с Лорой погрузились в обсуждение вариантов роскошной жизни. А я, быстро бормотнув: «Одну минуточку, прошу прощения, сейчас вернусь», — направился спорым шагом к двери с бронзовой табличкой «Генеральный директор Л.А. Серебровская».

Без стука толкнул дверь и, как говорят в Одессе, — уже имеете! Подруга моей славной комсомольской юности Людмила Андреевна, бывшая, ноне разведенная жена магната, так сказать — соломенно-вдовствующая магнатесса, отставная олигархиня, тайкунистая могулка, стоя у окна кабинета, разговаривала по телефону с каким-то чмо:

— Степик, дружок, ничего мы не можем сделать... Это не от меня зависит... Банк не пропустит, я тебе объясняла сто раз. Степа, дорогой, я устала от тебя... Тебя как послать — устно или по факсу?..

Она перевела взгляд на меня, устраивающегося поудобнее в кресле напротив, нормального скромного посетителя, заурядного путешественника, торящего по миру свою не-

212

легкую тропу VIP-классом. На лице ее менялись с непостижимой быстротой маски, будто слайды в проекторе, — растерянность, волнение, испуг, досада и боль.

В телефоне продолжал клокотать Степа. Люда Серебровская удивленно-брезгливо посмотрела на трубку, словно на крысу, неведомо как попавшую к ней в руки, сердито нажала несколько раз на кнопки — по-моему, отключила Степу навсегда.

— Здравствуй, Люда, — доброжелательно-мягко поздоровался я.

— Здравствуй, Кот, — настороженно ответила Серебровская, и звучало это приблизительно так: пропади ты пропадом!

Она мало изменилась, ну, может, заматерела чуток — крупная, еще интересная женщина, находящаяся в последней, осенней поре женской красоты. Эх, гребаная перестройка! Стоял бы на дворе благословенный застой, она бы сейчас не билетами торговала, а руководила Комитетом советских женщин.

Сложив руки на груди, она по-прежнему подпирала окно, внимательно всматриваясь в меня, пытаясь понять, зачем это я пожаловал — просить-побираться или грозить-скандалить?

Или еще зачем?

А может, завалился с честными намерениями — например, предложение сделать? Мол, давайте, как в мазурке — кавалеры меняются дамами! Дорогая Люда, моя незабвенная подруга перешла к вашему герою-супружнику, а вы отходите ко мне! Танцы продолжаются! Веселимся до упаду!

А тут вдруг и небольшой радиоприемник на шкафу негромко и проникновенно доложил нам:

— ...радио «На семи холмах»... Режиссер Сергей Ордынцев... сериал... «Верный Конь, Хитрый Пес и Бойкий Кот...»

Погоди, Серега, отстань, сейчас не до кино. Танцы пока в разгаре. Я со смешком предложил:

— Присядь, подруга! Поговорим — мы ж с тобой не чужие...

Люда пронесла себя в огромное «банкирское» кресло, закурила сигарету «Картье», спросила:

— Выпьешь? — и видок у нее был такой, что я мог попросить только стакан выдержанного, хорошо настоянного раствора мышьяка.

— Не-е... На работе не пью.

— А ты здесь, у меня, на работе?

— Скажем так — с деловым визитом, — ухмыльнулся я.

— Пришел за долгами своего дружка, моего бывшего мужа? — недобро прищурясь, спросила Люда. Удивительная, невыдыхающаяся, нелиняющая сила старых предубеждений по-прежнему бушевала в ней.

— С моего друга, твоего бывшего мужа, долги можно получить только на Новодевичьем, — попытался я ее успокоить.

— Думаю, долго ждать будешь, — заверила твердо Серебровская.

— Может быть, — пожал я плечами. — Главное, чтобы время ожидания оказалось короче моего жизненного срока...

— А вот этого, как любит говорить мой бывший муж, уверенно обещать тебе не могу. — Она кивнула на радиоприемник, вещающий обычную рекламную чепуху: — Дурачок Серега Ордынцев думает, что он — режиссер предполагаемого спектакля... А режиссер у нас один...

— Не пугай! — схватился я в ужасе за голову.

— Смейся-смейся, пустомеля! Сашка назначает нас на роли друзей или врагов, он приближает нас или прогоняет со сцены, он велит нам быть героями или злодеями. Он дарит нам свою любовь или... Рассердится — велит убить...

— Не преувеличивай! — веселился я. — Бог не выдаст, свинья не съест.

Людмила тяжело вздохнула:

— Да, так все время и рассчитывали, и надеялись... А Бог выдал, и свинья сожрала... — Она нервно давила в хрустальной пепельнице сигарету и сразу же чиркала зажигалкой, закуривая новую. — Кот, тебе в лагере круто довелось?

— Люда! О чем ты говоришь! Не смеши меня и не жалоби! Три года всего! Да я их на одной ножке простоял!

Она усмехнулась грустно, и в лице ее появилось нечто человеческое.

— Я забыла, что ты, хвастун, не жалуешься! — Она помолчала, потом тихо сказала: — Если можешь, прости — я к тебе плохо относилась всегда... Думала, что ты Сашку с толку сбиваешь. У тебя ведь всегда на уме только пьянь да блядки были...

— Как вам не совестно, мадам! А фарцовка? Пламенный комсомолец-негоциант Кот Бойко! А карты? А бега? Мало забот было?..

— Да, ты был человек очень занятой, ничего не скажешь...

В глазах у нее была печаль — она явно жалела, что не может, как в давние времена, снова исключить меня из комсомола. Люда была в те поры секретарем Свердловского райкома комсомола нашей прекрасной столицы, которую мы все по призыву партии превращали в город коммунистического быта. Люда тенденциозно, на мой взгляд — глубоко ошибочно, считала, что моя деятельность не помогает росту коммунистического быта. На бюро райкома комсомола оскорбляла меня клеветническим предположением, что я, мол, унижаю, оскверняю и вообще позорю высокое звание члена Ленинского Коммунистического Союза Молодежи.

Такой ужасный упрек вызывал у меня нестерпимую боль.

Я предлагал старшим товарищам доказать свою верность идеалам.

Я обещал повеситься или застрелиться из вражеского пулемета, как наши комсомольские бабушка и дедушка Зоя Космодемьянская и Александр Матросов.

А они все равно упрекали меня в неискренности.

Они кричали в гневе: «Этот проходимец смеется над нами!»

Конечно, я бы забил болт на них на всех, но меня могли выключить не только из комсомола, но и выпереть с треском из сборной, и Хитрый Пес отправился к Люде отмазывать меня — он был гений всякого рода разговоров с начальством.

Пришел, увидел, пошутил.

Поговорил, понял, полюбил.

Сошелся, трахнул, женился.

С помощью Люды, ее громадных повсеместных связей мы потом разворовали половину городских денег. Золотая пора: идеи наши — бензин комсомольский, общественный, партийный, государственный — чужой, одним словом. Ушли те времена...

— Ах, если бы можно было что-то вернуть! Я боялась, что ты у меня мужа из дома сгонишь, а вышло совсем по-другому, — с горечью говорила Люда, и у нее на глаза наворачивались слезы. — Твоя ненаглядная и тебя кинула, и меня из дома выбросила...

— Люда, не люблю я говорить об этом, не хочу вспоминать ничего, — мягко остановил я ее.

Она смотрела на меня долгим сверлящим взглядом, качала головой:

— Мне-то не ври!.. Тебе и вспоминать ничего не надо — ты об этом никогда не забываешь, каждый миг помнишь. И живешь в том же аду, что и я... Колдунья, ворожея твоя Марина...

— Не моя, — сказал я.

— Нет, Кот, я баба, я все про это понимаю... Марина всегда будет твоя!.. Далекая, чужая, недоступная, а сниться по ночам будет только она. Ворожбу она знает, приворотное чудо... Ненавижу ее, презираю, могла бы — убила, а все равно знаю: есть в ней страшная сила чародейская...

— Не преувеличивай! — Я резко встал, достал из кармана дискету. — Ни с кем и никогда я не говорю на эту тему. Даже с тобой...

— Особенно со мной! — подняла палец Серебровская. — Мой муж...

Я перебил ее:

— Твой муж, мой бывший брат, — из породы людей-чертей. Он — бес! Бес Пардонный... И меня не устраивает роль солиста на ниточках в кукольном театре моего друга. Хватит, надергался! Поезжай срочно к своему бывшему мужу и передай ему эту дискету...

— Какой-нибудь скелет в шкафу? — горько усмехнулась Люда.

— Это у обычных людей припрятан скелет в шкафу, — поправил я. — Здесь — то самое Новодевичье кладбище...

— Хорошо, — согласилась сразу Людмила. — Сейчас постараюсь с ним созвониться и поеду.

— Никуда не звони, ничего по телефону не объясняй. Поезжай и отдай из рук в руки. Ни одному человеку, кроме него...

— Это так серьезно? — тревожно спросила Людмила.

— Серьезно, поверь мне. И еще одно — не вздумай после моего ухода посмотреть на компьютере дискету. Если твой нежный супруг догадается, что ты знаешь ее содержание, я за твою жизнь гроша ломаного не дам...

Я дошел до двери, обернулся к оцепеневшей женщине:

— Люда, Ванька вспоминает обо мне? Когда-нибудь?

— Очень часто. Он так и зовет тебя — Капитан...

На улице мы с Лорой остановились у витрины большого магазина электроники — двенадцать Серебровских одновременно обращались к прохожим, торопливо снующим по своим ничтожно-маленьким, но почему-то очень важным для них делам. Двенадцать поставленных друг на друга крупноэкранных телевизоров «Сони» транслировали передачу, в которой Николай Сванидзе беседовал с моим замечательным другом Александром Серебровским.

Это было впечатляющее зрелище — из витрины смотрела в мир толпа магнатов. Олигархи заполонили улицу, как на первомайской демонстрации.

— ...Ну хорошо, Александр Игнатьевич, — говорит Сванидзе. — Вы принадлежите к той группе наших сограждан, которых называют «Господа Большие Деньги». Я хотел вас вот о чем спросить... Каждый значительный человек ощущает некоторое духовное родство с памятным литературным персонажем. Кто вы — Шейлок? Или Гобсек? Привалов с его миллионами? Может быть, вы финансист Фрэнк Каупервуд или барон Шудлер? Кем вы себя ощущаете?

— Мою литературную родню прозывают Михаилом Семенычем Собакевичем, — серьезно отвечает Сашка. — Очень был неглупый и серьезный мужчина...

— Потому что считал всех губернских чиновников жуликами и разбойниками? — смеется Сванидзе.

— И поэтому тоже. Помните — Гог и Магог?..

Я зачарованно смотрел на двенадцать громко вещающих Хитрых Псов, захвативших полностью мое жизненное пространство. Потом легонько подтолкнул Лору в бок:

— Вчера по ящику сказали, что у нас больше десяти миллионов олигофренов. Семь процентов народа — идиоты...

— Ты это к чему? — удивилась Лора. — Он совсем не похож на идиота...

Двенадцать одинаковых магнатов застят мир, говорят, объясняют, проповедуют, учат, командуют, управляют, владеют всем. И мной.

— Земля олигархов и олигофренов! — досадливо тряхнул я головой, пытаясь сбросить наваждение.

Телеведущий спросил Серебровского:

— И все-таки что же вас подвигнуло на решение баллотироваться?

— Стыд, — быстро ответил Серебровский. — Россия — богатейшая страна на земле. Почему же мы такие бедные, если мы такие богатые? Мне надоело быть бедным родственником, нахлебником процветающего мира. Надоело слушать ложь и глупости — дураки нелепо командуют, а умники ловко воруют. Может быть, хватит?..

Кот, это он тебя спрашивает — может, хватит?

СЕРГЕЙ ОРДЫНЦЕВ:

ВАУЧЕР В.П. ЧКАЛОВА

Есть вещи, которые не надо оговаривать, — они возникают явочно и существуют далее как нерушимый порядок. Когда мы шли куда-то вместе, Сашка Серебровский не обгонял меня на ходу, не отталкивал за спину, да и я не тормозил себя в движении, а вот как-то так получилось, что у

218

нас уже сложился неизменный походный ордер: два охранника впереди, потом всегда быстро идущий мой друг-магнат, я — за правым плечом, на полшага сзади, и уже после меня — прикрывающий тылы, замыкающий конвой.

Вот так мы и протопали через гулкий вестибюль нашего зажиточного билдинга, и цокот каблуков на гранитных плитах пола эхом возвращался к нам, будто отбивал тревожный ритм движения. Вошли в персональный президентский лифт — концевая охрана осталась в вестибюле, Сашкин личный телохранитель Миша нажал кнопку, и кабина, зеркалами и обшивкой красного дерева похожая на ампирный платяной шкаф, взмыла.

Серебровский повернулся ко мне, и я уже почти открыл рот, но наш всемогущий и всеведающий босс неожиданно заорал:

— Только не вздумай сейчас мне говорить что-нибудь!

Я понимал, что он маленько не в себе, и миролюбиво пожал плечами:

— Просто я хотел...

— Знаю! Знаю все! Они, мол, люди другого времени, с другими жизненными ценностями, иными моральными целями... Нельзя их строго судить. Не нашими мерками...

— Но это правда!

— Никакой общей правды не существует! — заорал Серебровский так, что его тонкие разночинские очки подпрыгнули на переносице. — В условиях нынешней жизни эта правда означает переход бытового идиотизма в клиническое безумие!

Кабина лифта остановилась, растворились двери с мягким рокотом, охранник-столоначальник в холле, наблюдавший наше движение по монитору, уже стоял навытяжку. Перед входом в приемную, в конце коридора, Сашка взял меня крепко за лацкан пиджака — я испугался за сохранность заграничного конфекциона — и сказал со страстью:

— Серега, поверь мне, все эти бредовые разговоры о честной бедности и бедной честности — чушь, моральная шизофрения. Бедным быть нечестными никто не позволит — их за это в острог сажают!

— Ну, вообще-то говоря, во всем мире и богатых, случается, за это в узилище ввергают, — уточнил я.

— Не у нас! — Сашка рубанул воздух рукой, как чапаевской саблей. — Мы не весь мир! Мы другие! И у нас, слава Богу, все по-другому! У нас человек, ничего не укравший у своей родины, вызывает презрение! Ты знаешь хоть одного богатого, которого кинули на нары?

— Банкир Янгель... Тот, что в бане с министром юстиции отдыхал с барышнями, — напомнил я.

— Не смеши! Диспетчер! — с презрительной усмешкой кинул Серебровский. — Запомни накрепко: настоящее богатство у нас дает иммунитет похлеще, чем депутатам или дипломатам...

— Давай поговорим тогда о честном богатстве, — усмехнулся я. — Или о богатой честности...

— И не подумаю! — безоговорочно отказал мне Серебровский. — Это все из жанра нелепых мифов о душе, о грехе, о чистой совести. Нищенское наследие советских интеллигентских кухонь! Вся жизнь — вечером на кухне, в этом парламенте трусливых рабов, на арене кастрированных гладиаторов и трибунов-шептунов!..

— Если бы не было этих бессильных болтливых кухонь, ты бы сейчас таких высот достиг! Ого-го! Возможно, уже стал бы доцентом в Текстильном институте...

Серебровский отмахнулся от меня, охранник Миша распахнул дверь в приемную. Обычная картина — помощник президента Кузнецов, секретарь Надя, пара референтов, два охранника, несколько томящихся ожиданием посетителей.

В кабинете Сашка подошел к картине Тропинина, засунул руку за раму, видимо, нажал кнопку — отъехала в сторону деревянная панель, обнажив бронированную сейфовую дверцу с наборным замком. Что-то он там поколдовал с цифрами, мелодично звякнул замок, и Хитрый Пес стал торопливо перебирать какие-то бумаги. Вздохнул наконец с облегчением:

— Вот она... Наша реликвия... — и бросил мне маленькую серую книжицу.

220

От старости обложка земляного цвета приобрела грязно-желтый оттенок. На ней было напечатано: «Народный комиссариат финансов СССР. Управление гострудсберкасс. Сберегательная книжка № 2137».

Перелистнул шершавую корочку — Серебровский Игнат Артемьевич, выписана книжка 18 февраля 1937 года. Это сберкнижка Сашкиного отца. Подожди-подожди! Как это может быть? По-моему, он родился в тридцать седьмом году?

Вноситель вклада — Чкалов Валерий Павлович.

Сумма вклада — 100 рублей 00 копеек.

Больше никаких записей на линованных страничках не было.

— Это что — тот самый Чкалов? Знаменитый летчик? — глуповато спросил я.

— Да, тот самый, — кивнул Сашка.

— Срочно передай в музей авиации с табличкой: «Даритель — Александр Игнатьевич Серебровский», — бесхитростно предложил я.

Сашка отрицательно помотал головой:

— Это экспонат для другого музея. Огромной экспозиции о бессмысленности, зряшности прожитой здесь жизни. Об идиотизме любой веры...

— Не подрывай во мне веру в тебя, — предостерег я, но он и не обратил внимания на подначку.

— Мой дед Артем был механиком у Чкалова, они и вне работы корешевали. Когда родился мой отец, геройский пилот, сталинский любимец подарил деду Артему эту сберкнижку, как ложечку на зубок. Вырастет, мол, парень, мой подарок вместе с процентами состоянием станет...

— Тогда, наверное, это приличные деньжата были...

— Наверное, — грустно согласился Сашка. — Только вскоре Чкалов разбился, а деда Артема расстреляли как вредителя. Бабка нищенствовала, но в сберкассу не пошла — боялась, что по этому чкаловскому подарку ее вспомнят и пригребут для комплекта.

— Грустная история...

Сашка пронзительно посмотрел на меня и едко, зыбким своим тоном сказал:

— Боюсь, ты меня не понял. Мне кажется, ты заподозрил меня в сентиментальной печали...

— Ну, знаешь, бодриться-веселиться тоже поводов не видно, — заметил я.

— А не надо грустить или веселиться — понимать надо! — яростно сказал Серебровский. — Наверное, ты уже плохо помнишь моего отца — он был гением. Безответным, тихим, занюханным гением. Ты знаешь, чем он занимался?

— Нет, конечно, — пожал я плечами. — Он, кажется, в каком-то ракетном ящике инженерил...

— Вот именно — безвидно и безнадежно инженерил. Но до этого он первым в мире придумал систему гироскопического управления летательными аппаратами. Понимаешь? — с напором спрашивал Сашка.

— Не понимаю, — честно признался я. — Я совсем не по этому делу...

— Да и все начальники, к кому он обращался с этим выдающимся изобретением, были не по этому делу. Потом он надоел начальству, его группу разогнали, а тему закрыли навсегда — разработки бесперспективны, научно-технической и оборонной ценности не содержат. Вот он в ящике и инженерил лет пятнадцать, пока не умер. Сорок шесть старику было. А рассчитались за него с нашими долболомами американцы...

— Каким образом? — удивился я.

— Они создали новое поколение оружия — крылатые ракеты. И все вооружение нашей непобедимой и несокрушимой перед этими ракетами стало горами металлолома. Крылатые ракеты работают на тех же системах, что придумал когда-то мой батька. Смешно, мой тихий бессловесный отец мог продлить век коммунизма. Но не случилось...

Сашка забрал у меня из рук старую сберкнижку, положил ее обратно в сейф, щелкнул замок на дверце.

— По этой книжке можно изучать историю нашей страны, — сказал он. — Мало кто понимает, что деньги, как состав крови, отражают состояние здоровья народа, самочувствие государства. То, чем с нами расплачивались семьдесят лет, были не деньги. Фальшак, бумажки, талоны на питание. А у талонов не бывает долгий век. Ты чего улыбаешься?

— Смешная фантазия пришла — представляешь, если бы Чкалов положил на имя твоего старика сто франков в швейцарский банк, — предположил я. — Что стало бы с ними за шестьдесят лет с лихом?

— Я на них себе дом под Лозанной купил бы, — сказал зыбко Сашка — не то всерьез, не то шутил. — А книжечка сберегательная — мой расчетный чек с державой! Больше я ей ничего и никогда не должен...

Негромко загудел зуммер на переговорнике, замигала лампочка, и голос секретарши Нади нас мгновенно вздрючил:

— Александр Игнатьич, в приемной Людмила Андреевна. Она хочет вас немедленно видеть...

— Пригласи, — сказал Сашка и уже шел к двери, навстречу Люде, бледной, в смазанном макияже и растрепанных чувствах. — Что случилось? — быстро спросил Серебровский.

— Здравствуй, Саша! — Она вглядывалась в его лицо, будто стремилась понять или вспомнить что-то безнадежно ускользнувшее из памяти.

— Здравствуй, Люда, здравствуй... Почему ты здесь?

Она расстегнула замок сумки, достала запечатанный конверт и молча протянула Серебровскому.

ТЕПЛО, ТЕПЛЕЕ...

В «Бетимпексе» начальник поисковой группы докладывает Павлюченко, бывшему Николай Иванычу.

— *Вот эту группу домов мы прочесали, — показывает он пальцем на схеме. — Вы обещали добавить людей, тогда перейдем на левую сторону улицы Огурцова...*

— *Сегодня же, — кивает Павлюченко. — Бойко вполне мог обмануть этого придурка водилу — дать ему ложный след.*

— *И еще! Нас аккуратно, но вполне профессионально пасут.*

— Плевать! — отмахивается Павлюченко. — Это люди Серебровского. У них вообще нет никаких концов, поэтому они от безнадеги пытаются раскинуть сети на ловца. Мы все равно на шаг впереди...

Поисковик протягивает ему газету «МК», показывает объявление — «Верный Конь, Хитрый Пес, Бойкий Кот...».

— Этого парня из Интерпола зовут Ордынцев?

Павлюченко читает объявление, хмыкает досадливо:

— Ты смотри — куда конь с копытом, туда и пес с клешней! Придется всерьез присмотреть за этим вонючим режиссером... Не думаю, что Кот ему поверит, не такой он дурак — самому в пасть Серебровскому лезть. Но вообще-то жизнь штука сложная, чем черт не шутит. Было бы хорошо их вдвоем надыбать на встрече... Очень хорошо было бы!

— Простите, не уловил...

— Не бери в голову, потом поймешь. Запомни одно: сейчас Ордынцев — никто, и имя ему — никак. У него здесь игры нет — он болван в польском преферансе. Но если он действительно такой умник, как мне шептали, и он сообразит что к чему, а дружки из Интерпола всерьез подсобят — вот тогда он может стать очень, ужасно опасен... Ладно, займись делом. Вы используете этого дурня — водилу?

— Еще как! Я дал ему деньжат — он с двумя нашими парнями полный день утюжит на своей «шестерке» все окрестные дворы и улицы.

— Дельно! Дуракам — счастье, может, встретит Кота, — задумчиво говорит Павлюченко. — В этом случае позаботься обо всем...

АЛЕКСАНДР СЕРЕБРОВСКИЙ:

НЕСРАБАТЫВАЮЩАЯ ЦЕПЬ

Изо всех сил сдерживаясь, стараясь не выдать своего отвращения, я негромко, как бы спокойным голосом спрашивал генерала Сафонова:

— Хотелось бы знать, что делала наша охрана?

Шеф безопасности тяжело вздыхал:

— Хлопала ушами...

Людмила попыталась вступиться:

— Но он действительно выглядел неузнаваемо... С н
была очень привлекательная женщина — может, это сби
охранников с толку?

— А по-твоему, киллер должен ходить по городу в пул
метной ленте, как матрос Железняк? — любезно поинтере
совался я и снова спросил Сафонова: — Сколько у нас та
людей?

— Четыре наряда по два человека.

— Прекрасно! Всех уволить... Сегодня же...

— Александр Игнатьич, прошу вас, не горячитесь, — стал
заливаться бурым склеротическим румянцем Сафонов. — За
этот прокол отвечаю я. Из-за ошибки или нерадивости одного охранника, наверное, неправильно наказывать еще се-
мерых людей...

— Я понимаю — семьи, дети, безработица на дворе, —
кивнул я. — Кузьмич, дорогой мой, ты меня неправильно
понял. Я их не наказываю. Они мне просто не нужны, они —
слабое звено в неработающей цепи. Как системщик, я не
могу этого допускать. Уяснил?

Цвет лица Сафонова приобрел черно-багровый оттенок,
как уголь в горне.

— Уяснил, Александр Игнатьич, уяснил, — вздохнул он
тяжело. — Как системщик, вы должны начинать с меня — я
руковожу этой несрабатывающей цепью...

— Я об этом подумаю, — спокойно, без нажима пообещал я.

— Хорошо, — сказал Сафонов, глядя в стол. — Дайте,
пожалуйста, указания относительно охраны офиса Людми-
лы Андреевны.

Я прошел за свой стол и снова вставил дискету в гнездо
компьютера.

На экране монитора поплыли символы загадочных про-
цессов пробуждения зловещей памяти. Там сейчас дремал
оживающий демон.

— Охрану в офисе «Уорлд трэвел» снять, — решился я
наконец. — Людмиле Андреевне она больше не нужна...

— Как?! — в один голос воскликнули Сафонов, Людмила и немо молчавший до сих пор Ордынцев. Они заголосили хором. Греческий хор ужаса и гнева.

На экране монитора, который виден был только мне, всплыли из необъятной глубины электронных волн слова:
ПРЕЗИДЕНТУ ХОЛДИНГА «РОСС и Я»
А. И. СЕРЕБРОВСКОМУ
ЕСЛИ СО МНОЙ ПРОИЗОЙДЕТ НЕЧТО ЧРЕЗВЫЧАЙНОЕ, СОДЕРЖАНИЕ ЭТОЙ ДИСКЕТЫ БУДЕТ НА ДРУГОЙ ДЕНЬ СБРОШЕНО В СЕТЬ ИНТЕРНЕТА И СТАНЕТ ОБЩИМ ДОСТОЯНИЕМ.

Ну скажи на милость, Алексей Кузьмич, дорогой ты мой охранно-сыскной бык-ветеран, какую ты можешь обеспечить охрану моей неугомонной семье — при условии, что с Котом Бойко не должно происходить ничего чрезвычайного?

Нет, об этом мне надо позаботиться самому. Мне вообще не на кого рассчитывать, кроме себя самого. Он, Хитрый Пес, тебя, Мидас, не подведет. Вы уж давайте держитесь и дальше друг за дружку.

Я выключил компьютер и сказал ровным голосом своей бывшей любимой жене:

— Люда, опустим сто страниц объяснений... Сразу — к делу. Ты берешь Ваньку и вылетаешь с ним в Швейцарию. На сборы — два дня...

— Подожди, Саша, как это можно? У меня...

Я вылез из кресла, подошел к Людмиле, нежно обнял ее за плечи, поцеловал в щеку, раздумывая с удивлением о том, что когда-то я вожделел к этой крупной тетеньке с тяжелым красивым лицом римского памятника. Непостижимо!

— Людочка, перестань... У тебя дела!.. Я понимаю. И у меня дела!.. Но все они ничего не стоят! У нас есть с тобой только одно настоящее дело — сын! Вот это серьезно! И мы за него отвечаем. У меня дом под Лозанной, поживете, отдохнете, погуляете. Запомни — никому не сообщай свой адрес и телефон, тебя Кузьмич подробно проинструктирует. Мне будешь звонить по спутниковому телефону. На следующей неделе мне надо по делам в Париж — заверну к

вам, проведаю. А через месячишко здесь все утрясется — сразу вернетесь...

Она смотрела на меня так, будто пыталась запомнить, словно прощалась навсегда. Против воли из глаз ее катились слезы, она некрасиво, неопрятно плакала, негромко всхлипывая:

— Не утрясется... Саша... Я его видела... Прошу тебя — сделай что-нибудь! Не по уму, а по сердцу...

КОТ БОЙКО:
В ДОБРЫЙ ЧАС, ДРУЗЬЯ

По радио, наверное, специально для меня пел Андрей Макаревич:

> ...В добрый час, друзья, в добрый час!..
> Я вас жду, я помню о вас...

Он мне пел, а я готовил пулю для своего друга Серебровского. Я сидел за столом, который был мне сейчас как верстак. В центре — яркая настольная лампа. Слева — мой изумительный разобранный бельгийский карабин. На столешнице — миниатюрные инструменты для ремонта часов, аптекарские весы, ручные тиски, несколько вынутых из обоймы патронов.

Из-за неплотно прикрытой двери в ванную я слышал шелестящий шум душа и голос Лоры, подпевающий Макаревичу:

> ...И спето про все, но выйди за дверь —
> Как много вокруг забытых дорог...

Пассатижами я вынул пулю из гильзы, высыпал на лист бумаги порох. Потом повторил эту операцию со следующим патроном. Порох ссыпал на чашку весов, очень аккуратненько добавляя смертельные черно-серые крупинки. Как сказал классик — порошок Бертоле успешно лечит зубную боль в сердце.

— Порядок! — скомандовал сам себе. Через бумажную вороночку загрузил порох в пустую гильзу, отставил ее в сторону. Взял пулю, зажал в тиски и хирургическим скальпелем сделал на головке тонкие спиральные надрезы.

А Макаревич пел, подбадривал меня, обещал:

> ...Пусть, как никогда, натянута нить.
> Не стоит бежать, не стоит робеть.
> Я вас жду, я помню о вас...

Я вынул из тисков пулю и закрепил в них гильзу с порохом, потом очень осторожно ввинтил в горловину пулю, тщательно обжал пассатижами и на пламени зажигалки обжег поясок гильзы. Потом долго дул на нее и перекидывал снаряженный патрон с ладони на ладонь.

> ...Лет десять прошло, и десять пройдет,
> Пусть сбудется все — хотя бы на треть,
> Нам в жизни везло — пусть вам повезет...

Усиленный дальнобойный патрон я поставил в шеренгу уже готовых, грозно поблескивающих рыжей бронзой в желтом световом кругу под лампой. Потом встал из-за стола, потянулся, напрягся и с удовольствием почувствовал, как играют все мышцы тела. Взял со стола детали, узлы карабина и со скоростью, наработанной бессчетными сотнями часов тренировок, с коротким металлическим пощелкиванием и лязгом собрал несколько безобидных матовых железяк в смертоносную машину.

Карабин больше не существовал отдельной неодушевленной жизнью — он стал частью меня, мы слились в один боевой механизм, который не может ошибаться, не знает пощады.

Я поднял карабин и прицелился в далекую телеантенну за окном, она плавала тоненькой ниточкой в натекающей вечерней мгле, в подступающей ночи, в мире, который почему-то хочет вытолкнуть меня из этой яркой праздничной жизни.

Я стоял недвижимо, чувствуя, как теплое дерево приклада врастает в мое плечо. Как легко поразить любую цель, плюнув на версту раскаленным куском свинца! Указательный палец начинает почти неощутимое, невидимое глазу движение, ниточка замерла в кольцевом створе мушки, дыхание остановилось, и — щелк — негромкий щелчок холостого выстрела!

Серия — щелк! — щелк! — щелк!

Бесшумно я упал на пол, быстро, плавно — перекат через спину — щелк! — щелк! — щелк! Ах, как жалко, что стальное чмоканье курка быстрым злым пунктиром рассекает песню Макаревича!..

Я спружинил на ногах, вскочил, упал и снова дал серию: щелк! — щелк! — щелк! Прыжок, кульбит, и опять серия — пока еще холостых выстрелов. И все надо делать очень быстро, беззвучно, неслышно, только Макаревич — под негромкое частое клацанье затвора-автомата — пусть поет свою грустную песню о дружбе, об ушедших временах, о разведенных путях:

...В добрый час, друзья, в добрый час!..
Я вас жду, я помню о вас...

Я должен двигаться гибко, стремительно, бесшумно. Это не тренировка, не разминка. Это репетиция. Как языческий шаманский танец войны, пусть это будет ритуал неотвратимой смерти.

Я услышал шорох за спиной, опустил карабин и обернулся — в дверях ванной Лора с ужасом смотрела на меня.

СЕРГЕЙ ОРДЫНЦЕВ:

МАЛЯВА НА ДИСКЕТЕ

Когда я пришел к себе в кабинет, мой личный секретарь, именуемая Леной Остроумовой, сидела с телефонной трубкой в руках за моим столом. Закрывая ладонью микрофон, она сообщила мне:

— Ленин прав, кино — важнейшее искусство для народа! Житья нет от сумасшедших, — убрала руку и сказала в микрофон: — Я вам все объяснила, присылайте в письменном виде, до свидания...

Положила трубку, встала из-за стола.

— С чужого коня — посреди грязи... Хотя вы не чужой, а Верный Конь...

Я хмыкнул, усаживаясь в кресло. Вообще-то кресло было огромное, мы бы там и вдвоем поместились. Вполне возможно, было бы удобнее. Или приятнее.

— What's up? — запросил я свой рабочий аппарат. — Что происходит в нашем милом зверинце?

— Я получила для вас еще несколько справок из Интерпола от вашего коллеги Пита Флэнагана. — Лена положила на стол пластиковую папочку и деловито спросила: — Как я поняла, Хитрый Пес — это Александр Игнатьич?

— Да. А что?

— За что это вы его так?

— А он сам придумал для нас эту игру. Нам было лет по десять... Индейцы... Рыцари тайного ордена... Потом мы превратились в пиратов. Потом были космические разведчики... Потом мы были ремарковскими товарищами... Потом мы были очень многими... Пока не превратились в сегодняшних уродов.

— Занятно, — усмехнулась Лена. — Сейчас уже, наверное, никто не играет в такие игры... И никто так не дружит.

— Так, как мы дружим сейчас, кажется, дружат все... Лена рассмеялась — лицом она была похожа на куклу-«неваляшку»: круглая мордашка со вздернутой носопыркой и огромными синими, якобы простодушными глазами. Такие беспомощно доверчивые очи бывают только у аферистов «на доверии».

— Мой отец говорит, что раньше дрались до первой кровянки, а сейчас — до последнего издыхания...

— Ну, Лена, ваш отец, — замминистра, он-то уж знает, о чем говорит. — Я начал просматривать содержимое папки.

— Родней попрекаете? — со вздохом спросила Лена.

— Ни в коем случае! Завидую... — рассеянно ответил я, читая документы — увлекательнейшие изыскания моего друга Флэнагана. Потом поднял голову: — Лена, я не хочу, чтобы эти бумаги шли через нашу службу безопасности...

— Не доверяете?

— Лена, о чем вы говорите? — с возмущением откликнулся я. — Доверяю! Конечно, доверяю. Но хочу дышать отдельно.

— Я вам сегодня же открою отдельный интернетовский адрес, — пообещала Лена, а я думал о том, что никакой новый адрес не решает моих проблем. При желании можно будет снимать информацию с интернетовского провайдера, на который выходят связи всего холдинга.

Ничего-ничего, как когда-то меня подбадривал Кот хохляцкой поговоркой, — ще конячья мама нэ сдохла!

— Сергей Петрович, а что вы собираетесь делать вечером? — оторвала меня от раздумий Лена.

Я удивленно воззрился на нее:

— Сегодня? Вечером? Не знаю... Работать, наверное... А что?

— Нельзя так стараться на работе, — уверенно сообщила Лена. — Жизнь пройдет, скоро состаритесь — потом и вспомнить нечего будет. Пойдемте вечером куда-нибудь! Попьем пива, пожуем креветок, потанцуем... Вы танцевать-то умеете?

— Умею, — неуверенно ответил я, пытаясь вспомнить, когда это я танцевал последний раз. Встал с кресла, подошел к ней и уставился с интересом в ее бездонные наивные девичьи глазки. — Лена, я вам в отцы гожусь... — сказал я достаточно трагически.

— Не хвастайтесь! И не выдумывайте! В ваши времена в седьмом классе еще не жили половой жизнью, так что не рядитесь мне в папаши. Не обижайте девушку отказом — у меня может вырасти комплекс. Пойдем?

— Меня Хитрый Пес загрызет, если узнает, что будет ужинать без меня, — начал я трусливо отнекиваться.

— Я надеюсь, вы не кормите его грудью? И вообще, мне кажется, ему сейчас не до вас...

— Почему вы так решили? — насторожился я.

— Мне так показалось, — неопределенно сказала Лена.

— Креститься надо...

— Я крещенная.

Распахнулась дверь, и вошел, пыхтя, Сафонов. Здесь бытует милый товарищеский добрососедский обычай — входят без стука. При этом наверняка без «стука» мышь не пробежит.

— Я к тебе на минутку...

Лена собрала все бумаги:

— Сергей Петрович, документы я принесу через сорок минут...

Кузьмич уселся поудобнее, спросил:

— У тебя в холодильнике есть холодное пиво?

— Не знаю, я не покупал.

— Ты и не должен покупать, обслуга, надеюсь, позаботилась...

Я открыл дверцу заделанного под темное дерево холодильника — елки-палки, настоящий мини-бар, как в хорошей гостинице. Только по размерам его надо было бы называть макси-баром.

Взяли по бутылке «хайнекена», присосались, и Сафонов, сглотнув до половины, наконец спросил:

— Кот не объявлялся у тебя?

— Нет, пока молчит, — вздохнул я. — Алексей Кузьмич, а что вы вообще думаете о действиях Кота?

— Кота? Думаю, что он лихой парень. Ему бы не из винтаря на бегу стрелять, а с Каспаровым играть — может быть, тоже стал бы чемпионом... Тебе босс сказал, что на этой дискете?

— Нет.

— И мне не сказал. Предупредил лишь, чтобы в Кота ни при каких обстоятельствах не стреляли. Я полагаю, если бы Люда — простодушная дуреха — не сунула дискету прилюдно у тебя на глазах, он бы и не сказал нам об этой весточке. Уверен, что это — «малява», письмо блатное...

— Мне кажется, это ультиматум, — предположил я. — Не знаю, что там есть на этой компьютерной «маляве», но у меня ощущение, что Кот сделал «рыбу», как в домино. Нет хода.

— Беда в том, что Кот — камикадзе, — покачал тяжелой головой Сафонов. — Он топчет тропу в один конец, он будто не собирается возвращаться...

— А что с мальчиком? С Ванькой?

— С Ванькой все нормально. Мы дружим — я его прикрываю, а он меня ненавидит.

— Почему? — удивился я.

— А ты поставь себя на его место... Большой уже парень — ему охота с друзьями погулять, в футбол он хорошо играет, девочками стал интересоваться. А с ним повсюду три амбала: один за рулем, два — впритык за спиной. В школу, в кино, на дискотеку... Ванька на стадионе по полю с мячом бегает, а они, как тренеры, за сеткой стоят. Это для мальчишки — жизнь? Он и уверен, что всю эту неволю устроил я...

— Еще два дня, и Ванька — в Швейцарии.

— Честно сказать — не дождусь этого. Гора бы с плеч свалилась...

КОТ БОЙКО:

РЕКОГНОСЦИРОВКА

Ржавый вездеходный танк Карабаса притормозил в слабо освещенной аллее около стадиона «Ширяево поле» в Сокольниках. Я мазу держу: если Карабас, напившись, оставит его здесь, придется ему переходить на пеший ход — сроду он в этих местах не сыщет свой «ровер»!

Неуютно здесь ночью. Мне лично, во всяком случае, здесь не нравится. Желтые пятна редких фонарей, сизая мгла, корявые кроны старых деревьев, черные полосы неровных теней. Пустынно кругом. Не парк, а кладбище какое-то. И ветер с присвистом носит по мостовой клочья бумаги, обрывки афиш, перекатывает пустые жестянки кока-колы. Мне бы совсем боязно стало, если бы ногой я не упирался в лежащее под сиденьем помповое ружье «мосберг» — эта штука по мощности залпа сравнима с баковой пушкой крейсера «Аврора».

Карабас, сидящий за рулем, показывал мне:

— Вот у этих ворот они стопорят свой «мерс» — наверное, ехать дальше мальчишка не велит. Отсюда они топают пешком в раздевалку. Два ломовых чудозвона все время с пацаном... На разминке и игре они стоят с обеих сторон поля у вратарской площадки. Ломовики хорошо тренированные, дело знают. Финальный свисток — они пацана мигом перекрывают и сразу в раздевалку. Один у входа, другой — к дверям душа... Водила в «мерсе» уже дожидается их с включенным движком. В кабине у него — автомат «узи».

— Глупости все это, Карабас! — посмеивался я. — В случае вооруженного нападения им наверняка запрещено стрелять — чтобы пацана не задеть в боевом контакте.

— Кто его знает? — рассудительно заметил Карабас. — Работа лихая, ремесло стремное, нервы ниточные... Свинцовый душ все инструкции, как мыльную пену, мигом смывает... Ты-то сам — как?

— Сказка! Как еврейский былинный богатырь — Еруслан Лазаревич!

— Смотри! Не завалишься? Трюк дожмешь?

Я похлопал другана по плечу:

— Не бздюмо! То, что мы с тобой, Карабас, забыли, молодые еще не выучили...

СЕРГЕЙ ОРДЫНЦЕВ:
ШЕСТАЯ ПУЛЯ

Я ее крепко держал ее за маленькую круглую попку, прижал к себе еще теснее, еще глубже — и самого закружило, подняло вверх, как в воронке смерча, завертело, понесло над землей надувным цветным шариком, а она тоненько, счастливо заголосила — ой-ей-ей-ей-ей-ой... ма-а-мочка ма-а-я!..

Ночной сумрак в комнате, еле подсвеченный шкалой радиоприемника, сочащегося песнями Патрисии Каас. И голос у нее был такой довольный, будто она с нами в койке валялась. Полоса света на полу — луч из неплотно прикрытой двери в кухню.

Лена, закрыв глаза, шепнула:

— Господи, как это замечательно придумали...

Обнявшись, мы долго молча лежали, потом Лена осторожно сняла с себя мою руку, встала и направилась на кухню. Стукнула дверца холодильника, Лена вернулась с откупоренной бутылкой шампанского, снова обняла меня за шею и приложила холодное горлышко к моим губам. Жадно глотнул несколько раз и хрипло поделился со своим персоналом:

— Отличная шипучка...

— Наверное, — тихо засмеялась Лена. — Это «Дом Периньон» девяносто второго года...

— Ну да, я забыл — мы ведь в земле чудес! — Я слизнул с ее груди пузырящуюся лужицу шампанского. — Везде это лакают сильные мира сего, а у нас цедят скромные секретарши. А я, как дурак, не беру взяток — к «Дом Периньон» не привык, перед девушкой совестно, будто в бязевых кальсонах на свидание прибыл...

— Вы так мучаетесь своей честностью, Сергей Петрович, что на вас больно смотреть, — светя своими чистыми невинными глазами, посочувствовала Лена. — Не надо хвастаться слабостями. Кстати, у нас возникла сложная этическая проблема...

— Что еще? — приподнялся я на кровати.

— Мне, Сергей Петрович, как вашему личному секретарю, подчиненной, можно сказать, скромной служащей, недопустимо предлагать перейти на брудершафт. Вам, мужчине, настоящему заграничному джентльмену с принципами, вы даже взяток не берете, не пристало первому предлагать мне брудершафт. Как быть теперь?

— Решаем по обстоятельствам — явочным порядком, — смеялся я, целовал ее сладкие губы, и ее ехидный злой язычок был нежен и ароматен, как сорванная с кустика земляничка. Нет, наверное, клубничка. Клубничка. Это все было клубничкой. И так беспамятно, беззаботно хорошо мне было с этой замечательной, лживой, прекрасной гадюкой!

На радио, боюсь, больше любили деньги за рекламу, чем песни Патрисии Каас, — я вздрогнул, услышав из радиоприемника свою фамилию:

— ...Сергей Ордынцев приглашает... Хитрый Пес... Верный Конь... Бойкий Кот...

— Ты его зазываешь на съемки, а он наверняка давно спит, — подначила осторожно Лена.

— Нет, он не спит. Кот по ночам не спит, он живет ночью.

— Любопытно было бы взглянуть на вашего отчаянного дружка, — сказала Лена. — А то пристрелит его Кузьмич, и не увижу никогда...

— А тебе-то зачем?

— Ну как зачем? Интересно! — беспечно засмеялась она, и я подумал, что в разговоре с ней я всегда опасаюсь подвоха, ловушки, подставы.

— А тебе никогда не приходило в голову, что Кузьмич не попадет в Кота, а выйдет все как-нибудь наоборот?

— Не выйдет наоборот, мой дорогой! — Она шелковой, гибкой, нежной змеей скользнула вдоль моего тела.

— Почем ты знаешь?

— Любой человек не справится с отлаженной системой. А Кузьмич — это система...

— Но и Кот — не любой человек. У тебя когда-нибудь зубы болели?

— Болели, — удивилась Лена. — А что?

— Тогда поймешь. Лет двадцать назад мы на горы лазили. Кот застудил коренной зуб — всю челюсть разнесло, спускаться вниз решили, такой флюс — не шутки. Кот взял пассатижи и вырвал себе сам зуб мудрости. Понятно?

— Понятно! — кивнула Лена. — Ему не зубы надо было лечить, а голову. Я думала, что он хитрован, а он отморозок...

Я засмеялся:

— Он не отморозок, он из породы сверхлюдей!

Она погладила меня по голове.

— Ты не старый... Ты даже не взрослый... — Оттолкнула меня и быстро сказала: — Эй, бессребреник, христоподобный мент! Не расслабляйся в нашей конторе. У нас там все очень сложно...

— Что ты хочешь сказать?

— Ничего... Я бы не хотела, чтобы с тобой что-нибудь случилось.

Лена оглаживала меня своими быстрыми легкими руками, и мне было неловко, что она натыкается все время на мои ямы, рытвины и бугры. Она долго делала вид, что ничего не замечает, а потом не выдержала:

— Слушай, а что это ты весь, как швейцарский сыр?

— Профзаболевание, — сделал я неопределенный жест. — Вообще-то меня один раз убили... Словил шесть пуль из «калаша»... Но почему-то выжил.

Она привстала, зажгла ночник и с детским интересом стала разглядывать ямки, старые швы, заросшие рубцы на груди, животе, на руке, на бедре. Наклонилась, нежно гладила, а потом начала перецеловывать их. Может, это ее возбуждало? Я вообще-то слышал, что некоторым женщинам нравятся инвалиды.

Потом схватила за запястье и перебрала в пальцах мой браслет — шесть тусклых, тяжелых, мятых кусочков свинца, собранных кованой золотой цепью.

— Вот это откуда, — зачарованно сказала Лена.

— Хирург Фима Удовский, мой спаситель, вынул их из меня и отдал Коту. Ну а эта пижонская морда, как ты понимаешь, только у Гуччи мог сделать мне браслет. Он заговоренный, мой амулет, я его не снимаю... суеверю...

— И я тебе суеверю, — шепнула Лена, притянула меня к себе, крепко, со сладким вздохом поцеловала, уложила на подушку и накрыла собой, как волшебным сном.

Я скандально вскричал:

— Что, опять?!

А она на миг приоткрыла глаза:

— Не опять... Снова! Всегда... Как первый вздох... Как глоток... Поплыли, дорогой! Снова... В жизни нет ничего лучше... Какое счастье, что шестая пуля попала в бедро, а не чуть левее...

АЛЕКСАНДР СЕРЕБРОВСКИЙ:

ЗЕМЛЕТРЯСЕНИЕ

Мерцающие диски циферблатов на торцевой стене диллингового зала «РОСС и Я» служат иллюстрацией для дебилов, постигающих волшебное соотношение пространства — времени. В первое мгновение возникает ощущение, что время взбесилось.

Московское время — полдень, 12 часов.

Лондонские показывают 10.

Нью-йоркские — 4, не сообразить сразу — день, ночь?

В Лос-Анджелесе сейчас — 1 час. Сколько — P.M.? Или — A.M.? Как понять?

А в Токио — восемь. Наверное, все-таки вечера. Японцы, пожалуй, собираются отдыхать.

Но мои люди, сосредоточенно и напористо работающие в этом зале, считают время не по солнцу и не по циферблатам. Их пространственно-временной континуум вмещен в режим работы мировых финансовых бирж, а империя денег — единственная земля, над которой никогда не заходит солнце. Деньги никогда не спят, они не могут отдыхать, они должны все время жить, двигаться, работать — строить, кормить, разрушать, лечить, убивать, учить.

Деньги — мои самые верные друзья.

Мои самые толковые помощники.

Мои неустрашимые наемники.

Безымянные солдатики, завоевывающие мир.

Боюсь, меня не поймут, не так истолкуют и, как всегда, грубо осудят, но я бы за свой счет воздвиг памятник погибшему неизвестному рублю.

А деньги все время бегут. Они все время умножают знание. Они всегда умножают печаль. Вечно манят мир обманкой обещанного ими счастья.

Мираж власти. Напрасная греза свободы. Последняя надежда и мечта о вечности...

Вениамин Яковлевич Палей сказал мне:

— У нас все готово. Фогель и Кирхгоф ждут команды...

— Там никаких проблем не будет? — на всякий случай поинтересовался я.

— О чем вы говорите, Александр Игнатьич! — воздел короткопалые толстые ручки Палей. — Это железные люди. Тяжелые добропорядочные немецкие гены со штампом «орднунг»...

— Хорошо, приступайте, — скомандовал я. — Когда заколотит нашу биржу?

— Часа через полтора-два. Мы поднимем до конца торгов волну, а шторм разразится завтра...

— Как закрылись сегодня азиатские рынки? — спросил я.

Палей махнул рукой:

— Пока лежат... Это как гонконгский грипп — не смертельно, но силы заберет все...

— Все, командуйте, — ровным, будничным тоном запустил я землетрясение, которое будет много дней колотить и содрогать несчетное количество людей. — В конце дня график биржевой сессии — мне на стол.

КОТ БОЙКО:

ПОБЕГ

Через окошечко-амбразуру забуксиренного прицепа-фургончика я видел, как из кабины вылез Карабас. Обошел вокруг моего колесного ящика, загремел рукояткой, открыл заднюю створку фургона и опустил ее до земли — замечательный скат-пандус для карабасового мотоцикла «судзуки».

— Ну, что лыбишься? — строго спросил Карабас.

— Привет, земеля! Приехали эти козлы?

— Вон они стоят, как по уговору прикатили, — показал мне через окошечко-амбразуру Карабас на черный «мерседес» у ворот.

— Тогда с Богом...

Мы скатили по пандусу могучий сверкающий мотоцикл, одним толчком кик-стартера я запустил двигатель, машина гулко рявкнула и тихо зарычала сытым звериным бурчанием. Отсюда, из-за угла прицепа, я видел, как водитель-охранник, заслышав звук мотоцикла, оторвался от газеты, покрутил головой в разные стороны, но так и не разглядел нас за стенкой фургона, успокоился и вновь погрузился в чтение. Вот колхозан! Тоже мне — избу-читальню сыскал...

— Давай, Карабас, проваливай! Тебе здесь больше нечего делать...

— Одного оставлять тебя... боязно как-то... — сомневался Карабас.

— Ну-ну-ну! Ты мне не мути воду! Делай, как договорились...

— Знаешь, Кот, если что не так, помощь может понадобиться! — И он потрогал приклад помповика «мосберг» под сиденьем.

Я обнял его за необъятные плечи.

— Не очкуй, Карабас, все путем будет! А если что не так, помощь мне санитары в морге окажут, — рассмеялся я. — Поезжай, земеля...

Карабас вздохнул, направился в кабину. А я подпрыгнул, сделал «козью ножку» в повороте, плавно опустился на седло, от всего сердца дал форсаж, и «судзучка» во всю мощь ее необъятной японской души рванула с гулким слитным ревом вперед по аллее. Охранник-читатель, чудило грешное, глянул лениво в заднее обзорное зеркало — кто это еще там шумит на его территории, а я уже завалил мотоцикл на бок, довернул руль направо и по короткой дуге, объехав «мерседес», с грохотом и дробным рокотом прогремел через ворота, миновал под трибуной арку и ворвался на просторный зеленый овал стадиона.

Я мчался по гаревой дорожке, опоясывающей футбольное поле, на котором два десятка ребят в разноцветной форме с азартом гоняли мяч. За сетками футбольных ворот маячили смутные фигуры телохранителей. Стадионная радиотрансляция лупила на всю катушку быструю развеселую музыку. «Ой, мама, шика дам я», — грозился Филька Киркоров. Я катил, как на спидвее, на поворотах машина ложилась на грунт так, что я почти касался коленом земли.

У центральной линии сделал подскок и рванул на поле. Ой, мама, шика дам я! Изумрудный пружинисто-мягкий газон я сек наискосок, направляясь к группе игроков на правом фланге. Ребята в изумлении замерли, пораженно глазея на необычайный аттракцион, беспризорный мяч одиноко катился по полю, телохранители, ногастые шкапы, шустро бежали от ворот к центру, как две Онопки.

Я сбросил газ, крутанулся на заднем колесе — мотоцикл плавно катился мимо восхищенных ребят. Сорвал с себя шлем и заорал оцепеневшему принцу-наследнику империи «РОСС и Я»:

— Ванька! Ванька! Обормот! Бегом ко мне!.. — и махал ему ночным горшком своего гоночного шелома.

Худой голенастый вьюнош бросился ко мне — Ванька споро бежал параллельно медленно плывущему мотоциклу. Это было похоже на плавное заторможенное движение во сне — сердце-метроном вышибало секунды, оставленные мне погоней.

— Кот! Кот Бойко! Это ты?! — кричал, захлебываясь, Ванька.

— Бегом, Ванька!.. Некогда! На подвиг — одна секунда! Прыгай!..

— А как же... — на миг растерялся паренек. На лице его была мука — он разрывался. Он ничего не понимал, но душа его — в страдании и испуге — сдавала первый экзамен личности, наверное, впервые он делал выбор между свободой и долгом.

И я ревел, как вырвавшийся на волю гейзер адреналина, потому что знал — еще секунда, и меня застрелят. Если Ванька не прыгнет сей же момент на заднее седло, эти уроды такую мишень обязательно положат. Телохранители с «береттами» наперевес были уже совсем близко.

Вязкий нескончаемый сон о погоне.

Сквозь мягкий тяжелый рокот моей послушной, бессмысленной, могучей «судзучки» я слышал яростное свистящее дыхание охранников, их надсадный крик, испуганный и пугающий одновременно:

— Ваня! Ваня! Остановись! Ваня, ложись! Ложись! Стреляю...

Один бежал мне навстречу, пытаясь отсечь мальчишку, второй догонял сзади, перекрывая пути отхода к воротам.

— Ванька! Слово Капитана?.. — крикнул я в тоске, понимая, что время исчерпано.

— Закон! — выдохнул мальчишка уже почти забытый пароль, махнул рукой и с разбега прыгнул на заднее седло.

— Крепче держись! — орал я оглашенно. Ванька обхватил меня руками, и, чувствуя за спиной его тощее воробьиное тело, тесно прижатое ко мне — клянусь, я слышал бой его сердчишка у себя под лопаткой, — я испытал, наверное, самое большое, самое полное ощущение счастья в своей жизни.

Исчезла без следа дурнота страха, и тоска предсмертная откатила, а только злой веселый азарт прыснул в инжектор «судзучки», которая заревела чудовищным визгливым воем, бросившись на маячащего перед нами охранника. В последний миг — ученый все-таки, собака! — кинулся в сторону с перекатом через спину, и промчались мы в пяди от него.

— Держись, Ванька, только держись! — вопил я и бросал мотоцикл с боку на бок, и гнали мы, наклоняясь, выпрямляясь, рыская из сторону в сторону, немыслимыми зигзагами выкручивая вензеля по полю среди хохочущих и вопящих ребят и бессильно мечущихся телохранителей.

Я видел, как один из них на бегу что-то кричал в рацию — наверное, поднимал в ружье остолопа с автоматом в «мерседесе».

Должен вас маленько огорчить, мои милые конвойно-сторожевые друзья, замечательные вы наши бодигарды, — поздно! Господа телохранители, охраняемое тело убыло со мной. В неизвестном направлении.

С грохотом разогнав мотоцикл на гаревой дорожке, я поехал не к воротам и не к арке, откуда прибыл на игровое поле, а, задрав руль, перепрыгнул через барьер ограждения трибун, с дребезгом и лязгом проскакал по лестнице, потом нырнул вниз на пешеходный пандус, крутой поворот — мигнули напоследок за нами яркой вспышкой стоп-сигналы и скрылись в пустом гулком туннеле для выхода зрителей.

СЕРГЕЙ ОРДЫНЦЕВ:

ИГРА В ЖМУРКИ

За годы своей полицейской службы я усвоил главную сыскную аксиому: наши начальники и наниматели больше заинтересованы в яркой зрелищной картине розыскного рвения подчиненных, нежели в предметных результатах расследования.

Розыскниками был разработан за долгие века нашего ремесла целый комплекс, всеобъемлющий свод бюрократических жестов, изображающих «движение по делу», симулятивных акций и демонстрационных поступков, которые все вместе должны показать, что мы, мол, тоже свой хлеб не зря едим. Для начальственного ока нет более отвратительного, оскорбительного зрелища, чем сидящий на заднице сыскарь, о чем-то якобы думающий. Он думает! Тоже мне, Чапай сыскался — думает! Мыслитель хренов! Родена на нашу голову не хватает!

Двигайся! Ищи! Вот тебе и вся мудрость ментовская! И сафоновские люди хаотически и суетливо двигались.

Потому что даже такой умный и предметно заинтересованный человек, как мой друг Хитрый Пес, тоже не свободен от этой слабости. Не сомневаюсь, ему бы наверняка хотелось увидеть больше делового усердия, пыхтения и сложных телодвижений в поисках Кота, чем я мог продемонстрировать.

А я не мог и не хотел разыгрывать для него старый анекдот с поисками под фонарем потерянных часов, когда ищут здесь не потому, что часы потеряны под фонарем, а потому, что здесь светло.

Я искал там, где было непроглядно темно. Впотьмах, медленно, очень осторожно я искал в непроницаемой тьме жаркой корыстной заинтересованности и молчаливого ледяного равнодушия остановившиеся бесценные часы — не «Картье-Паша», не «Патек Филип», не «Даймонд Роллекс», — они назывались «Разграбленный Поволжский кредит». Я был твердо уверен, что их остановившиеся стрелки замерли навсегда в момент, когда два моих друга стали смертельными врагами.

Вот это я знал почти наверняка, когда на выходе в проходной предъявил документы милицейскому лейтенанту и крутящаяся дверь выбросила меня на улицу. За спиной на гранитных полированных плитах величавого подъезда — надраенные до нестерпимого сияния бронзовые доски: «Министерство внутренних дел Российской Федерации».

Здесь я повидал сегодня массу приятелей, вчерашних товарищей, бывших сослуживцев — они все были мне рады. Мы шутили, и сетовали, и советовались — но ни одного словечка сверх того, что я и сам знал, я не услышал. Хорошо, я разузнаю, выведаю, сыщу, пойму все сам. И в этой кошмарной игре в «жмурки», где уже и так было дополна жмуров, моим единственным помощником оставался Пит

243

Флэнаган, который издалека кричал мне электронным голосом: «холодно!», «теплее!», «еще теплее!»...

Когда станет совсем горячо, я должен буду сам ему крикнуть об этом.

Я прошел на стоянку к своему джипу, завел машину и через Октябрьскую площадь погнал в задушенный автомобильными пробками центр. Отдуваясь, добрался до Дмитровки и вошел в проходную рядом с воротами, украшенными красной вывеской с раскоряченным лохматым орлом и грозными словами — «Генеральная прокуратура Российской Федерации». Показал удостоверение на вахте, вышел во внутренний двор и уже направился к главному подъезду, когда в кармане раздался звонок мобильного телефона.

— Да-да, Лена, я слушаю.

— Сергей Петрович, срочно возвращайтесь! У нас — ЧП!

— Что там стряслось?..

— Кот Бойко украл сына Серебровского...

КОТ БОЙКО:

ВЕРТИКАЛЬ

Когда на большой скорости мы миновали Градские больницы, я крикнул Ваньке через плечо:

— Запомни — мы сейчас на нелегалке...

Он крепко держал меня поперек корпуса, уютно умостив башку между моими лопатками. Захлебываясь ветром, он вопил в мое ухо:

— Пьем ворованный воздух свободы!..

Я плавно сбросил скорость, притормозил и свернул в боковой проезд, заканчивающийся служебным въездом на территорию Центрального парка. У будки со шлагбаумом остановились — все честь по чести, пошутили с охранником в традиционной боевой униформе, подарили ему на память полсотенку, и вперед — с песнями и танцами.

По боковым дорожкам парка прикатили к гоночной бочке — аттракциону «Гонки по вертикальной стене». А там, в ограде, под старыми тенистыми деревьями уже стоит ржавый «ровер» с фургоном-прицепом. И за столиком восседает в полотняном креслице, нервно попивает пиво Карабас.

Я заглушил мотоцикл, взял за плечи мальчишку:

— Идем, познакомлю с ископаемым мамонтом...

А сам приблизился к дяде-глыбе, прижал руки к груди, низко склонил голову, проговорил почтительно:

— Здравствуй опять, сенсэй Карабас...

— Ты все-таки это сделал, непутевый, — сказал толстун, встал нам навстречу, пенсне свое золотое фасонное сдрючил с носяры — хотел, наверное, получше рассмотреть нас, убедиться. Потом обнял меня — как асфальтовым катком расплющил — счастливо захохотал: — Учитель, воспитай ученика, чтоб было у кого потом учиться!

После дружеского объятия я соскребал себя с него кусками, объясняя Ваньке:

— Помнишь, я тебе рассказывал — вот этот пожилой динозавр победил земное тяготение. Он научил меня ездить по стене.

— Кот, ты обещал... Кот, ты помнишь? — просительно и нахально забубнил Ванька.

Я оглянулся — двое ребят, Карабасовых помощничков, уже вкатывали мотоцикл в фургон-прицепчик.

— Идем взглянем, — сказал я неопределенно.

Через маленькую боковую дверь мы вошли внутрь гоночной бочки. Посреди дощатой круглой арены — черножелтый трековый мотоцикл «индиана». Ванька крепко схватил меня за рукав:

— Кот, ты обещал мне!.. Ты обещал поднять на вертикаль!..

— Слово Капитана?.. — усмехнулся я.

— Закон! — в упоении напирал Ванька.

— Не боишься?

От напряжения, испуга, страстного желания превозмочь собственный страх Ванька не мог говорить — только мотал головой из стороны в сторону. У меня нет детей, и братьев меньших у меня не было — сам я подкидыш от дорогой маманьки-Родины. Сильное это, видать, чувство. Если, конечно, сподобен ему. А-а, что там мне еще рассуждать об этом!

— Подумай, Ванька, не надувайся, — попросил я его и сказал спокойно и негромко, без нажима: — Там, наверху, не передумаешь?

— Кот! Я не передумаю! Мне это необходимо! — задыхался Ванька. — Надо мной в школе смеются... Иваном Калитой зовут, царевичем всея России дразнят... Я с тобой ничего не боюсь... Лучше со стены грохнуться...

— Не грохнемся, сынок! — рассмеялся я. — Ты ведь мужик, если не запаникуешь — не грохнемся.

— Я не боюсь, Кот, поверь, совсем не боюсь... — уверял меня трясущийся Ванька.

— Не преувеличивай! — хлопнул я его по плечу. — Когда меня впервые Карабас вывез на вертикаль, я чуть штаны не обмочил...

Я подошел к машине, присоединил концы джамп-старта, и мотоцикл со снятым глушителем зычно кашлянул, еще раз, еще, потом оглушительно заревел, забился, загрохотал страшным утробным голосом. Я уселся в седло — широкое, удобное, желтой кожи «харлеевское» седло, которое я когда-то украл для Карабаса с милицейского патрульного мотоцикла, примерился поудобнее и почувствовал, что и сам сильно волнуюсь.

— Ванька, запомни, только бык тупой ножа не боится. А человек всегда чего-нибудь боится. Побеждает тот, кто сильнее своего страха... Давай садись!

Я усадил его перед собой на бензобак, дал минутку освоиться, объяснил:

— Постарайся не закрывать глаза. То есть сначала обязательно зажмуришься от ужаса... А потом открывай помаленьку. Руки положи на руль. Не цепляйся, как утопленник... Дыши глубже... Смотри перед собой... Мгновенно делай что скажу. Не бойся, сынок! Ты сильнее страха... Твои дураки-телохранители этого не смогут... А ты можешь... Помни об этом... ты сильнее! Чемпионами жизни становятся те, кто сильнее своего страха... Поехали, Ванька, вверх! Помни, ты уже прыгнул выше себя...

Я отпустил сцепление, прибавил газа, и мотоцикл вздрогнул, еле заметно прокрутилось колесо, и он плавно поехал по кругу, перещелкивая, как на ксилофоне, досками арены. «Индиана» описала первый циркуль, вышла бойко на второй круг, скорость растет, мелькают наборные доски гоночной бочки, мы уже обгоняем треск мотора и сизый дым выхлопа, и вот тут легкий доворот руля — ап! — и мы выскочили на бортовой пологий скат арены, мотоцикл круто, почти падая, нагнулся внутрь бочки, подскок — ап! — и «индиана» мчится по вертикальной стене!

Незрячее лицо Ваньки — от ужаса, от восторга преодоленного страха, от фантастического ощущения невесомости и бешеного движения, зачеркнувшего силу земного притяжения.

Наверное, и у меня было идиотически-счастливое лицо. Как-никак, а сегодня я снова принял чемпионский старт.

— Держи руль! Крепко!.. — кричал я, перекрывая грохот мотора и свист рассекаемого воздуха. — Держи!.. Управление — у тебя! Не бойся — я страхую! Не бойся ничего!.. Никогда!.. Держи!..

Ванька судорожно сжимал руль, мотоцикл с ревом писал на бесконечной кольцевой дороге волшебные зигзаги ни с чем не сравнимого иррационального счастья.

— Кот! Я веду!.. — вопил Ванька. — Я сам!.. Я сам!..

СЕРГЕЙ ОРДЫНЦЕВ:

ПАНИКА

На выходе из лифта меня уже встречал вахтенный охранник командирского этажа:

— Александр Игнатьич ждет вас в кабинете Сафонова...

Паническая суета властвовала на этаже — люди с вытаращенными глазами, с бумажками и сотовыми телефонами в трясущихся руках бегали по коридору. Из большой приемной Серебровского доносился слитный шум шепчущего, бормочущего разноголосья, треск пейджеров, звонки телефонов, механическое мяуканье биперов. Чиновничью братию раздирало одновременно желание продемонстрировать свое усердие и страх обнаружить свою никчемность в критической ситуации, их манила мечта деловито промелькнуть перед грозным оком босса и ужас попасть ему под горячую руку.

Я вошел в кабинет шефа безопасности, когда Сафонов закончил телефонный разговор с кем-то и положил трубку, а Серебровский сидел верхом на стуле посреди комнаты. Он поднял взгляд на меня, кивнул и показал на пустое кресло напротив.

— Садись... Вместе мы являем прекрасную восточную композицию — икебана из мудаков! — Потом повернулся к Сафонову: — Ну, что обещает наша краснознаменная ментура?

— По всей Москве введен в действие план «Перехват». Всем постам и патрульным рассылаются фото и описания Ваньки и Кота. Я подключил РУОП, и дана команда всем муниципалам.

— Господа, друзья, начальники! Извините, пожалуйста, — вмешался я. — Мне кажется, вы зря это делаете...

Серебровский грозно обернулся ко мне.

— Так! Тоже интересная точка зрения! Какие дашь рекомендации?

— Подождать... Ничего не предпринимать. Не поддаваться панике. Подождать хотя бы до вечера... — Я старался держаться спокойно.

— Ты отдаешь себе отчет в том, что происходит? — зловеще-тихо спросил Серебровский. — Ты понимаешь, что я полностью в руках у Кота? Что сейчас он волен мне предписывать все, что захочет?

Вот беда! Как все-таки несчастье застит взор, омрачает разум! Я помолчал и сказал Сашке как можно мягче:

— Саня, может, я чего не понимаю... Мне кажется, что Кот хочет тебе показать — мы все в руках друг у друга. Я уверен, что он не причинит вреда парню — это самое главное!.. Я понимаю, что тебе на хрен не нужна моя голова, но я даю ее наотрез — не сделает Кот ничего плохого пацану...

— И что — ждать, сидеть сложа руки? — с яростью спросил Сашка.

— Да, ждать! Не дай Бог, какой-нибудь ретивый идиот захочет силой отнять Ваньку у Кота — мы не можем знать, что получится... Не надо нам ничьей помощи — Кот теперь сам объявится, он прорвал оборону. Мы напрямую узнаем, чего он хочет.

— А я и так знаю, чего он хочет, — сказал магнат. — Он хочет мне показать, что вся моя сила — мнимость, миф, выдумка. Что он один сильнее вас всех... И умнее меня...

Серебровский встал со стула, собрался идти на выход, остановился и снова развернулся к нам.

— Я подумаю об этом...

В этот момент растворилась дверь, и в кабинет заглянул финансовый директор Палей:

— Извините, Александр Игнатьич, я знаю, вам сейчас ни до чего...

— Остановитесь. Вздохните. Докладывайте.

— Биржа закрылась на минус сто двадцать два. Индекс во Франкфурте и Лондоне тихонько поехал вниз. В Нью-Йорке рынок откроется через три часа — я сразу сообщу вам...

— График биржевого движения дайте мне к семи тридцати, — распорядился Серебровский. — К утру мне нужен австралийский индекс «Олл Ординарис» и гонконгский «Ханг Сенг»...

— Обязательно! — Палей смотрел на магната с испугом, недоумением, восхищением. — Вы железный человек, Александр Игнатьич...

— Надеюсь, что нет, — покачал головой Серебровский. — Железо — слабый металл. За тридцать лет ржа съедает железо дотла. Меня бы уже давно отправили на переплавку...

КОТ БОЙКО:

ЧАНГ И ЭНГ

Ванька Серебровский и я остановились перед прилавком стрелкового тира в парке. Служитель, унылый человек в перевязанных ниткой очках и клочковатой бороде, отсыпал нам из коробочки пульки, уселся сбоку на стул и опять погрузился в чтение какой-то толстой растрепанной книги.

Ванька стал неловко целиться в мишень.

— Э, брат, давно не брал ты в руки шашки... Все забыл, — сказал я. — Палец на курке — мягкий-мягкий, резиновый... Ствол плывет легко, как пузырек мыльный.

— А ты сам стрельни, Кот, — предложил Ванька.

Я, не спеша заряжая разложенные на прилавке винтовки, сообщил ему потихоньку:

— Опасаюсь...

— Чего? — удивился пацан.

— Срама, — усмехнулся я, продолжая вкладывать пульки в оружие. — Давным-давно, я только получил первую медаль чемпиона страны, пошли мы в кино «Форум» — твои папаня с маманей, Верный Конь Серега и я. Там в подвале тир был... Зашли мы, а публика завсегдатайская, на медаль мою глянула — естественно, расступается с почтением. А наши меня поднатыривают — ну-ка, Кот, стрельни, покажи им класс...

Ванька с восхищением смотрел, как я быстро переламываю пневматические карабинчики, заправляя в ствол свинцовые капли пулек.

— Взял я пригоршню пуль, прицелился, выстрелил — мимо! За спиной — вздох, как рыдание! Представь сам — пижон с чемпионской медалью в тире киношном промахивается! Прицеливаюсь снова по всем правилам, бац — мимо! Сзади — шепот и смешки... Стреляю еще раз — мимо! Сзади смех и громкий голос — купил он медаль!.. Люда, твоя мать, хохочет, на Серегу и твоего отца смотреть больно! Публика веселится...

— А почему — мимо?

— Да у них у всех мушки сбиты, дуло кривое.

— И что?

— Что! Озверел я маленько, плюнул на стрелковую азбуку и начал шарашить по стволу... Вот так...

Я поднял винтовку и, почти не целясь, стал стрелять навскидку по мишеням. Следующая — выстрел! Следующая — выстрел! Следующая — выстрел! Выстрел! Выстрел!..

Служитель тира, забыв о своей книжке, смотрел на нас с оторопью. Без остановки падали подстреленные кабаны и олени, крутились ветряные мельницы, взлетали самолетики, загорались огни, что-то непрерывно хлопало, громко ухало, механически скрежетало и играла жестяная музыка. Ванька смотрел на меня влюбленно.

— Профессионалам в любительском тире призы не полагаются, — неуверенно сказал служитель, теребя свою жалобную бороденку.

— А вы почему решили, что мы профессионалы? — спросил Ванька.

— Бой уверенный, рука набитая, — засвидетельствовал служитель.

Я засмеялся:

— Боюсь, ты прав, земляк, — не полагается нам призов у тебя. Профессионалы сейчас призы берут за живые мишени... Пошли, Ванька!

В киоске «Баскин-Робинс» мы купили по длинному вафельному конусу мороженого, уселись на лавочке в тенистом палисаднике за оградой гоночной бочки — здесь нас никто не мог видеть. Неспешно судачили и вылизывали из вафель очень вкусное мороженое.

— Мать сказала, что послезавтра мы летим в Швейцарию, — сообщил Ванька.

— А что? Хорошая страна! Доводилось бывать, — поделился я. — Жаль, тебе там скоро скучно станет...

— Мне уже скучно! Ну подумай, Кот, что мне там делать? Мрак и тоска! Что я, сыру швейцарского не ел?

— На экскурсии поедете, в музеи сходите... — неуверенно предположил я.

— Да ненавижу я все это! «Гнедиге фрау, либер кнаббе! — передразнил Ванька. — Посмотрите налево, взгляните направо, здесь плюнул в Женевское озеро базельский чиновник Эйнштейн, открыв теорию относительности». Дурь для зажиточных дебилов...

Ванька облизал свое мороженое, обкусал край вафельного стакана, бросил суетящимся под ногами воробьям. Самый шустрый растолкал остальных, подхватил вафлю — взлетел на ветку дерева за нашей спиной. Не глядя на меня, Ванька спросил:

— Вы с отцом навсегда поссорились?

Я подумал, оторвал от своего стаканчика вафлю, кинул веселым нахальным воробьям, потом сказал:

— Мы с ним не ссорились. Давай опустим печальные детали... Была такая история, давным-давно, далеко-далеко. Родились два мальчика-близнеца, которых назвали Чанг и Энг. Прекрасные ребята, всем хороши, веселы, умны и подвижны. Одна беда — родились они сросшимися в грудине...

— Сиамские близнецы? — уточнил Ванька, он, видно, как его отец, читает все подряд.

Я кивнул, бросил еще кусок вафли птицам.

— Им суждено было всю жизнь смотреть в лицо друг другу. Всегда вместе, глаза в глаза... Они выросли, не зная свободы. И от этого возненавидели друг друга. Чанг сказал, что свобода больше любви... А Энг ответил: значит, она дороже жизни...

Я подкинул кусок вафли, воробей подхватил его на лету и устремился ввысь, и я в тот же миг, будто подброшенный пружиной, подпрыгнул вверх, вперед — это было упражнение, которому меня учил когда-то молодой, стройный Карабас, — протянутой рукой схватил летящую птичку, плавно опустился и протянул Ваньке сомкнутую ладонь, в которой судорожно трепыхался воробей.

— Свобода, Ванька, дороже жизни. И платишь за нее только тем, что тебе по-настоящему дорого...

Раскрыл ладонь, подкинул воробья — и птичка с испуганным счастливым криком унеслась прочь.

СЕРГЕЙ ОРДЫНЦЕВ:

ОСЛЫ ПОСРЕДИНЕ РЕКИ

Я попросил Лену:

— Распечатай мне, пожалуйста, мое вчерашнее письмо как официальные запросы о судьбе правительственного кредита Поволжскому региону...

Лена сделала пометки в блокноте.

— В какие адреса?

— Министерство экономики, канцелярия премьера, Главное управление экономической преступности МВД, Генеральная прокуратура, губернаторам Поволжского региона...

Лена записывала, усмехалась:

— Неслабо взялись! Надеетесь сыскать концы?

— Надеюсь... Девяносто миллионов — такая здоровенная иголка, что даже в нашем стоге оставляет следы.

Лена подняла на меня взгляд, испытующе посмотрела:

— Босс знает, что вы ищете эти миллионы?

— Он знает, что я ими интересуюсь. А что? Почему ты спрашиваешь?

— Так, к слову пришлось... Я вижу, вы не очень взволнованы сегодняшним ЧП? — спросила Лена.

— Я взволнован, но участвовать в этой бессмысленной суете не хочу. Кот ничего не сделает мальчишке.

— Я тоже так думаю, — согласилась Лена. — Но заложников не обязательно убивать или мучить... А Кот взял Ваньку как заложника. Он будет диктовать условия.

— Ты о-очень вострая девушка, Лена, — заметил я. — И знаешь больше, чем говоришь.

— По-моему, это нормально, — пожала Лена плечами. — Вострый человек и должен говорить поменьше.

— Наверное... Но с Котом ты ошибаешься. Он не будет держать Ваньку, чтобы успешно жать из Серебровского масло.

— А зачем взял с полки пирожок?

— Кот разбирается с Серебровским. По понятиям. Он его учит, он разрушает его дух, он запугивает его, нервирует, заставляет делать ошибки. Он хочет растоптать гордыню великого магната... — Я не говорил с ней, я раздумывал вслух. — Кот пытается показать ему, что, пока люди живы, власть любви и ненависти, память прошлой жизни сильнее любых денег, наемной охраны, политического могущества...

Лена подошла ко мне, быстро обняла и поцеловала. Снова поцеловала, целовала коротко, жарко, будто кусала, потом оттолкнула от себя:

— Вы с Котом оба — пожилые придурки! И Кот обречен...

— Много ты понимаешь! — недовольно буркнул я.

— Как только босс заполучит обратно Ваньку, он прикажет Сафонову бить Кота на поражение, — уверенно сказала Лена.

— Кузьмич не захочет этого делать.

— Тогда он прикажет ему убить Кота через «не хочу» — без удовольствия. Через не могу! Оглядись вокруг себя — у Кузьмича нет выбора, он сам висит здесь на волоске.

— Серебровскому не на кого поменять Кузьмича. И некогда — начинается избирательная кампания. Лошадей не меняют посредине реки, — тоскливо сказал я и с болью ощутил вдруг, что эта молоденькая девочка знает о нынешней жизни больше, чем я. И вписана в нее гораздо прочнее.

— Лошадей — может быть, — усмехнулась Лена. — А ослов топят на самой стремнине...

Я обнял ее за плечи, посмотрел пристально в глаза и медленно, неуверенно сказал:

— Наверное, я слишком долго отсутствовал...

— И что? Это прекрасно! Наблюдать революции издалека — полный кайф! Как ужастик по видику — страшно, но совсем безопасно.

Я помотал головой:

— Не об этом я... Серебровский сказал — здесь нет места тем, кому за тридцать. Мне — тридцать шесть.

— А мне — двадцать три, — сообщила Лена. — Сложи и раздели. Вдвоем, похоже, проходим...

АЛЕКСАНДР СЕРЕБРОВСКИЙ:

НАСЛЕДНИК

Ваньку усадили за огромный стол для совещаний, напротив шефа безопасности Сафонова и начальника личной охраны. Серега Ордынцев стоял в стороне, привалившись спиной к каминной полке.

А я, откинувшись в своем рабочем кресле, не вмешиваясь, внимательно слушал их.

— Ваня, твои телохранители говорят, что ты сам, по доброй воле, прыгнул на мотоцикл — это правда? — расспрашивал Кузьмич.

— Правда, — напряженно, но твердо отвечал Ванька.

— Но мы же с тобой только вчера говорили о том, что надо соблюдать обязательные меры безопасности.

— Это не относится к Коту Бойко. Я его знаю дольше, чем вас... Сколько себя помню...

Сафонов тяжело вздохнул, покрутил головой, потом сказал:

— Хорошо... И куда вы поехали?

— В парк.

— С кем вы там встречались, что делали?

— Гуляли, разговаривали о жизни...

— А где именно гуляли?

Ванька подозрительно посматривал на Сафонова:

— А какое это имеет значение?

— Ну, хотелось бы знать — как, где, с кем вы гуляли. Столько часов гулять по аллеям вы не могли — парк прочесывали три десятка людей с вашими фотографиями в руках... Куда делся мотоцикл, на котором вы прикатили в парк? Куда вы пошли после того, как постреляли в тире?

Ванька задумался на минуту, я видел, что он принимает какие-то важные решения, потом повернулся ко мне:

— Папа, ты знаешь, я никогда не врал тебе... Я хочу сказать, что Кот не произнес о тебе ни одного дурного слова. И не задал о тебе ни одного вопроса. И я ни в чем не предал тебя. А отвечать на вопросы твоих охранников я не буду... Это их не касается...

Мне хотелось дать ему по морде. Но это не решение вопроса. Не знаю, может быть, он прав. И гнев мой нелеп, жалок. Страх обессиливает, убивает волю. Я поправил дужку очков, вяло сказал:

— Наверное, сынок... Правда, это касается меня. И тебя... Впрочем, ладно, многое уже не важно. Машина ждет тебя — поезжай домой, тебе надо собираться... Вы улетаете завтра.

— Мама сказала — послезавтра?

— Я изменил планы — вы полетите на моем самолете. Быстрее и надежнее... Мама уже знает.

Ванька подошел ко мне, я встал, и сын крепко, судорожно обнял меня:

— Я тебя всегда очень любил...

А сейчас он не любил меня. Он благодарил меня за то, что я освободил его от унижения.

— Больше не любишь? — грустно спросил я.

— Я стал взрослым... Я вырос...

— Надеюсь, — со вздохом сказал я. Я хотел сказать ему об очень многом. Но знал, что это бесполезно — он попросту не услышит меня. То, что мы пошло и пафосно называем «жизненной мудростью», не воспринимается изустно. Она приходит только с болью собственных потерь.

— Ты больше не Ванька, сынок. Ты — Иван Александрович Серебровский. Я хочу, чтобы ты помнил об этом всегда. Это как титул, это — миссия, это — пожизненный долг. И большая честь... За это существует ужасная плата — утерянная любовь...

Поцеловал его в лоб, повернул за плечи и подтолкнул в спину:

— Иди!..

Иван направился к дверям кабинета и, проходя мимо Сергея, вдруг впервые за весь вечер обратился к нему, и в тоне его звенела сила и уверенность:

— А ты, Сергей, знай — если бы вокруг отца были такие, как Кот, ему вся ваша безопасность была бы бим-бом, до лампочки!

И, не слушая ответа, выскочил за дверь.

СЕРГЕЙ ОРДЫНЦЕВ:

ПОКОЛЕНИЕ NEXT

Лена Остроумова хорошо водила машину. Она уверенно гнала джип «блейзер» по московским улицам, забитым транспортом, душной бензиновой гарью и шальными пешеходами — подколесными самоубийцами.

Откинувшись на пассажирском сиденье, я тихо покачивался, прикрыв глаза, будто дремал. Уголком глаза наблюдал за своим водилой.

— Сергей Петрович, возлюбленный мой руководитель, вы чего закручинились? — с улыбкой спросила Лена.

— Кручина гнетет, к земле клонит...

— Страшное дело! — ужаснулась Лена. — Помнится, был такой могучий деятель — управделами ЦК партии Кручина...

— Был такой... А ты-то как это помнишь?

— Мы в одном доме жили. Этого Кручину партийные подельники выкинули с восьмого этажа. А меня отец развеселил тогда...

— Невероятно смешно!

— Отец сказал, что пока, мол, летел бедолага, мучился все время чеховским вопросом: почему люди не летают? — рассмеялась Лена и добавила: — Отъявленный был ворюга, диспетчер партийных денег...

— Охота тебе этим мозги занимать? — заметил я.

— А как же? Мне все это надо знать, — пожала изящными плечиками Лена.

— Зачем? — удивился я. — Зачем тебе помнить всю эту унылую, грязную чепуху?

Лена, не отрываясь от руля, закурила сигарету, тихонько засмеялась:

— Мой высокий, нежно любимый командир и повелитель! Ты полагаешь, что секретутничать — это самая подходящая для меня участь?

— Да никогда! — с энтузиазмом протестнул я. — Ты — девочка-праздник, подарок для избранника судьбы! Если честно говорить, я не понимаю — на кой я тебе сдался? И вообще неясно — зачем тебе эта работа? С твоими-то данными!..

Лена щурилась от дыма, затаенно насмешливо улыбалась.

— Знаешь, почему мужики плохо баб понимают?

— Поделись, просвети, — готовно согласился я.

— Мужиков интересует в жизни то, что происходит вокруг. А женщин — то, что внутри событий, отношений, людей... Бабы как часовщики — они не на стрелки смотрят, а чувствуют, как там колесики и шестеренки крутятся...

— Замечательно! — похлопал я в ладоши. — И в какую сторону крутятся колесики и шестереночки твоей волшебной души? Куда они должны прикатить тебя?

— Тебе почтовый адрес сообщить? — покосилась на меня Лена. — Не знаю я пока точно, что будет интереснее — большой бизнес или высокая политика. Не секретаршей, разумеется... Хозяином...

— Хозяйкой?.. — поправил я.

Лена отрицательно помотала головой:

— Хозяйка — это жена или сожительница хозяина. Ира Хакамада или Наташа Раевская, президент «Автобанка», — они хозяева, а не хозяйки. Хозяйки на кухне распоряжаются.

— Забавно, — хмыкнул я, с интересом разглядывая свою молодую подругу. — А ты их знаешь?

— Конечно! Они все дружат или очень давно знакомы с моим отцом. Я просто опоздала на восемь — десять лет родиться, — искренне вздохнула Лена и сразу засмеялась: — Хотя в этом есть свои преимущества...

— Например?

— Мои сверстники, профессионалы, «золотые воротнички» — это класс власти в наступающем веке. Можно будет руководить этим миром и не делать ошибок, которые наворотили голодные молодые акулы капитала.

— Уточни, — смирно попросил я.

— А чего тут непонятного? Их миллиарды ведь не с неба упали. У них нехорошее, стыдное прошлое... У всех магнатов одна общая мечта — сохранив деньги, начать все с чистого листа. — Лена затянулась сигаретой и выкинула окурок в окно.

Я механически заметил:

— Во Франции за это дают пятьсот франков штрафа...

— И правильно! Когда у нас будет чистота, как во Франции...

— Твой папаня давно в правительстве? — перебил я ее.

— По-моему, всегда, — сообщила Лена. — Кроме крикунов и воров, кто-то должен хоть немного работать. Мой старик — классный специалист. И большой хитрец...

— Ага, понятно... И сколько годочков этому дедугану натикало?

— Сорок восемь, — бросила Лена и предложила: — Да не думай ты об этом, у тебя комплекс возникнет! Ты еще молодой...

Я положил ей руку на плечо, мягкое, нежное. Это, наверное, называется «слабое девичье плечо».

— Я в детском саду пел народную песню — «поедем, красотка, катасса...».

— Видишь, не прошло и тридцати лет, как все сбылось, — объяснила Лена и подмигнула мне. — Главное — не суетиться! Все придут сами и все предложат...

— Да, все сбылось... Случайно пришли и предложили сами. Больше, чем просил, — кивнул я. — Ты мне очень нравишься. И я тебя боюсь...

— А вот это — зря!

— Ничего не поделаешь — я от природы тугодум, самоед и сильно трусоват. Поэтому возник у меня вопрос... — медленно, как бы нерешительно сказал я.

— Спроси! Смогу — отвечу!

— Зачем Серебровский подставил мне тебя?

Лена нервно щелкнула зажигалкой, закурила снова, после паузы, тщательно обдумывая слова, довела до сведения:

— Для надежности. Наш босс предпочитает систему двойных перестраховочных гарантий.

— Это более-менее понятно. А тебе-то это зачем? — допытывался я.

— Спрашиваешь — зачем? — Лена повернулась и внимательно посмотрела мне в лицо.

— Але, ты смотри на дорогу! — заорал я в панике. — Он тебе наверняка не велел убивать меня в автокатастрофе...

— Не велел. Да я бы и не послушалась... Я ведь согласилась сначала из любопытства. А потом, как говорит наш босс, возник внесистемный разрушительный фактор...

— Я тебе, наверное, понравился? — иронически спросил я.

— Понравился! Ты мне, придурок, действительно очень понравился! Когда-нибудь ты поймешь, что это самое главное... Что это в тысячу раз важнее злых и опасных глупостей, которыми ты занимаешься...

КОТ БОЙКО:

ПРОЕЗД

Я — человек серьезный, на пустяки не меняюсь! Поэтому я и выбрал самый большой жилой дом старой Москвы на Сретенском бульваре — «Дом России». Как в любимой советской песне — «столица мира, сердце всей России».

Целый квартирный комплекс, занимающий два квартала, построили на одном из семи московских холмов. И открывается с крыши дома панорама всего центра города — на все стороны света. Меня, конечно, не интересуют все стороны света, я вам не путешественник Юрий Сенкевич. Мне интересно, как добраться до сердца всей «РОСС и Я».

Я привольно разлегся на кровле машинного отделения лифтовой шахты с секундомером и оптическим прицелом, снятым с карабина. В окуляр прицела был хорошо виден поток автомобилей, мчащихся мимо холдинга «РОСС и Я», я непрерывно засекал на хронометре скорость их движения. Некоторые машины притормаживали у высоких железных ворот бокового въезда во внутренний двор, водители предъявляли пропуска охране — огромные створки раздвигались и проглатывали лакированные пончики авто.

— Семь секунд с четвертью, — бормотал я вслух, поглядывая на циферблат, и снова приникал к окуляру — в черном ниточном перекрестии прицела появлялась следующая машина, смутно угадывались силуэты людей в кабине, бликующие на солнце бронированные стекла лимузинов. Расстояние до цели очень даже немалое — 900 метров, около километра. Н-да, верста для приличного выстрела — дистанция серьезная. Эх, не тем я занимался в молодости! Надо было стрелять по бегущему оленю. Или по кабану.

Глядя в прицел, я развлекал себя, тихонько напевая песенку из старого кино:

— ...Вот пуля пролетела — и ага!..

Я лежал в тени громадного рекламного биллборда — стальная решетчатая конструкция у самого края крыши завлекала призывом: «СОНИ — наш мир красочней». Я бы хотел, чтобы он был не красочней, а прочнее — к решетке я

260

прикрепил блок, через который пропустил нейлоновый трос. На одном конце — петля-беседка, а другой уходил вниз, за парапет, туда, где Карабас привязал его к буксирной лебедке своего рыжего «ровера».

Ветерок трепал локоны моего парика, они мешали мне маркировать цель. Я содрал парик с головы и засунул в карман — тут, надеюсь, мной любоваться некому.

Сделал следующую засечку времени на секундомере, и со стороны Садового кольца появился кортеж Хитрого Пса — тяжелый «мерседес», замкнутый впереди и сзади черными джипами. Пульсирующий сине-фиолетовый огонь полыхал на крыше ведущего.

Я замер и впился в прицел, а левая рука непрерывно щелкала гашеткой электронного хронометра — он регистрировал во времени траекторию движения кортежа.

По-видимому, команды охране у ворот передавали по радио — за несколько секунд до подхода машин грузные створки ворот расползлись, и кортеж, почти не сбавляя скорости, с резиновым визгом баллонов свернул с трассы и резво влетел внутрь комплекса. Ну, это, естественно, только так говорится — не сбавляя скорости. В точке поворота кар движется километров двадцать — двадцать пять, не больше.

Ворота закрывались медленно, торжественно, как в крематории.

Я еще раз взглянул на секундомер, довольно хмыкнул:

— Две секунды — семнадцать... Нормально!

Осторожно положил на бетон прицел и хронометр, потом перекатился на спину и улегся, раскинув руки. Смотрел в небо. Закрыв глаза.

Наверное, Хитрый Пес был бы рад посмотреть на меня сейчас. Он бы подумал, что меня уже убили.

АЛЕКСАНДР СЕРЕБРОВСКИЙ:

БОЛИВАР ДВУХМЕСТНЫМ НЕ БЫВАЕТ

Я знал, что на Московской валютной бирже сейчас тревожная беготня — на электронных информационных стендах плясали опасные огоньки «медвежьего рынка», курсовые индексы медленно, но неуклонно ползли вниз. Я мог легко представить себе, как каждая новая вспышка падения сопровождается усиливающимся напряжением у брокеров — мелькают цифры на мониторах компьютеров, треск и звяканье мобильных телефонов, отчаяннее и быстрее жестикуляция людей, и нарастающий шелест взволнованно-испуганных голосов:

— Продаем!.. Продаем!.. Продаем!..

Я стоял у окна своего кабинета, рассеянно глядя на муравьиную беготню машин и людей где-то там, далеко внизу, а финансовый директор Палей докладывал обстановку на бирже:

— Темпы падения на рынке приблизительно совпадают с нашими расчетами. По моим представлениям, сегодня к концу биржевой сессии начнут обваливаться пакеты крупных держателей.

— Что тебе шепчут твои люди из Центрального банка? — спросил я, плотно усаживаясь в своем кресле.

— Сутки-двое они еще подержатся. Потом — резкий подскок ставки рефинансирования.

— На сколько?

— Минфин настаивает удвоить...

— Ого! — крякнул я. — Вениамин Яковлевич, я знаю, ученого учить — только портить. Поэтому ничего тебе не говорю, сам понимаешь — надо проскользнуть в эту щелочку. Опоздаешь — нам хвост отрубят.

— Александр Игнатьич, не тревожьтесь, все будет тип-топ! — Палей усмехнулся: — Чай, не впервой замужем...

— Как наши немцы из «Вест-Дойче банка»?

— Безукоризненно! Другая школа, — вздохнул Палей. — В наши времена поэт революции сказал бы про них: компьютеры делать из этих людей! Для нас это очень перспективные партнеры, мы у них со временем многое можем позаимствовать...

— Да-а? — Я посмотрел на него с интересом, кивнул: — Наверное... Я подумаю об этом.

Он встал, а я пультом включил звук в телевизоре, где на экране мелькнула борода председателя Центробанка Дубинина. Телерепортер говорил:

— ...Таким образом, руководство Центробанка и Минфина уверено, что падение цен на внутренние бумаги не является кризисным и вызвано мировыми финансовыми флуктуациями. Государство уверено в своей способности удержать на плаву рынок. Никаких реальных оснований предполагать, что напряженность на рынке ценных бумаг связана с махинациями какой-либо из финансовых групп, на сегодня не существует...

— Вот видите, Вениамин Яковлевич, никто вас пока и не подозревает в махинациях, — усмехнулся я.

— Я бы сказал — нас, — уточнил Палей. — Нас никто не подозревает в махинациях...

— А я бы все-таки сказал — вас! — Я уткнул ему палец в грудь. — Меня горазды подозревать всегда, но тыкать пальцами — кишка тонка. А вот вы, если допустите малейший сбой, станете тем самым единожды ошибшимся минером... Участь черного козла Азазела печальна и негуманна, но мир сошелся на том, что козла отпущения найти проще, чем справедливость...

Палей грустно засмеялся и спросил:

— И вы не встанете широкой грудью на защиту? Не дадите мне убежища за вашей необъятной спиной?

— Вениамин Яковлевич, вы знаете, как я отношусь к вам... — Я говорил медленно, глядя прямо в лицо побледневшему Палею, и переход с товарищеского «ты» на официальное «вы» явился зримым водоразделом в разговоре. — И степень моего доверия... Поэтому хочу быть честным... Мы играем в страшные игры — по масштабу, по их последствиям... И каждый должен понимать цену ошибки... Я просто не смогу вам помочь — мы затеяли игру на сотни миллионов. Чужих — обращаю ваше внимание... Сейчас такое время, что каждый русский человек, особенно если он при этом еврей и одновременно серьезный финансист, должен понимать, что за такие игры прощения не бывает. И старый завет не потерялся — Боливару не вынести двоих...

Палей механически крутил авторучку на полированной поверхности стола, потом задумчиво спросил:

— А вы не думаете, Александр Игнатьич, что, ставя меня в такие жесткие рамки, вы рискуете ослабить мою лояльность вам?

— Перестаньте, Вениамин Яковлевич! О чем вы говорите? Ваша лояльность — результат разумного взвешенного расчета, а не чувственной нежной привязанности. Наши отношения — это не вздохи на скамейке и не свиданья при луне...

— Безусловно, — согласно кивнул Палей. — Но лояльность компетентного работника — это рыночный товар. У него есть цена.

— Я исхожу из этого — никто не даст вам большую цену, чем я. Ибо ваша цена — это не только ваш астрономический заработок в моей компании. Это еще и моя привязанность к вам. Она так огромна, что я не мыслю нашу жизнь врозь...

После долгой паузы Палей переспросил:

— Если я вас правильно понял, мы можем расстаться, только если один из нас умрет?

— Теоретически говоря — это можно понимать и так.

— Угу, понял, — смотрел в полированный паркет Палей. — Мы будем едины, как Бойль и Мариотт, как Гей с Люссаком... И хранителем-депозитарием нашей нерасторжимости будет Алексей Кузьмич. Простой человек, знающий одну форму лояльности — присягу.

— Совершенно верно, Вениамин Яковлевич. Это надежно.

— Да. До тех пор, пока я в чем-то не проколюсь. Боливар не «мерседес», ему двоих действительно не вынести...

Я беззаботно-весело рассмеялся, товарищески хлопнул Палея по плечу:

— Поэтому просто забудьте про скачки на Боливаре, ненадежном слабом животном! Вам нужно плавно ездить на своем навороченном «мерседесе», сосредоточившись на том, чтобы у нас никогда никаких проколов не случалось. Мир не интересуют никакие объяснения, он, как бухгалтер-ревизор, смотрит только на итоговое сальдо...

Палей помолчал, собрался уже совсем уходить, но остановился, хмыкнул:

— Занятно... Я надеюсь, вас не оскорбит мое предположение. Мне кажется, что вы и еще несколько известных мне людей не являетесь продуктом естественной человеческой эволюции...

— Интересная мысль, уточните, пожалуйста! — поправил я дужку очков.

— Я не фантазер и не выдумщик-мечтатель — профессия не позволяет. Но иногда вы мне кажетесь пришельцем... Вы — плод инобытия. Вы не из живой кровоточащей ткани, вы весь из кремниевого камня. Вы — другой...

Да, мой друг Палей, ненавидящий меня сейчас острой, синей, пахнущей ацетоном ненавистью, ты правильно угадал. Я другой, но я не могу тебе рассказать о моей невнятной жизни Мидаса. Мои радости, мои страдания — это не из твоей серой пухлой жизни. Это мое инобытие.

— Может быть, Вениамин Яковлевич. Я не знаю. Я подумаю об этом...

СЕРГЕЙ ОРДЫНЦЕВ:

РАЗОРВАННАЯ ЦЕПЬ

— Алексей Кузьмич, вы не снимаете наблюдение за разведчиками из «Бетимпекса»? — спросил я Сафонова.

— Ни в коем случае! — сказал Кузьмич. — Наши пасут их открыто — внаглую. Пусть дергаются, надо, чтобы жизнь им мармеладом не казалось... Они плотно толкутся в районе Теплого Стана — тебе это ничего не говорит?

— Ничего, — помотал я головой.

Мы сидели в стеклянном боксе, замыкающем сзади лабораторию, где эксперт-криминалист «собирал» на мониторе женское лицо — рисовал компьютером словесный портрет. Купроксное стекло отделяло бокс от лаборатории — мы видели и слышали все происходящее, а из лаборатории стекло выглядело как глухая полированная стена.

Эксперта питали информацией двое — неудачливый охранник из трэвел-агентства, не разглядевший Кота на входе в офис, и оператор Валерия, долго обсуждавшая с дамой Кота планы прекрасного путешествия по VIP-туру.

Оператор Валерия подсказывала эксперту:

— Нет, брови у нее под углом идут... И губы чуть толще, округлее... Еще у нее симпатичные конопушки...

— Нос у нее покурносее, маленько вздернутый, — уточнял удрученный охранник, который надеялся, что его ценные сведения могут что-то изменить в его безнадежно рухнувшей карьере сторожевого.

Эксперт вносил коррективы в портрет — лицо на экране легко, быстро трансформировалось, все отчетливее проступал через компьютерную схему облик женщины, будивший смутное воспоминание — я ее где-то видел. Видел, наверняка видел. Наверное, очень недолго, может быть, и не говорил с ней. Но я ее видел.

— ...Если я получу достоверный портрет женщины, это увеличит наши шансы вдвое, — сказал я. — Кота пусть ищут «бетимпексовцы», мы должны у них сидеть на хвосте впритык. А я займусь женщиной, есть у меня кое-какие идейки...

— Бог в помощь, — усмехнулся Сафонов.

В радиодинамике умолкла музыка, пролетел какой-то неразборчивый текст, и снова зазвучал рекламный призыв: «...Верный Конь, Хитрый Пес и Бойкий Кот...» Сафонов, мотнув головой в сторону динамика, спросил:

— Вижу, на твои кинопризывы Кот не откликается?

— Пока нет. Молчит...

— В кино, значит, играть не желает.

— Думаю, позвонит, — упрямо сказал я.

— А чего же он с тобой, с другом ситным, не спешит поручкаться?

— Не знаю, — честно признался я. — Мне кажется, он докручивает какую-то комбинацию, он хочет обеспечить себе надежную позицию. Но объявится он всенепременно.

— Может быть, вполне может такое происходить, — согласился осторожно Сафонов. — Только помни: если это так, как ты себе мерекуешь, появится ваш Кот с таким кунстштюком, что у нас головы с плеч поотлетают! Дискеточка та мне покоя не дает...

— Не вам одному, — мрачно заметил я. — Эта дискетка, наверное, многим покоя не дает...

— Например? — всем корпусом повернулся ко мне Сафонов.

— Вопрос на засыпку: почему этот долбаный Павлюченко из «Бетимпекса» с таким ожесточением ищет Кота?

Сафонов недовольно хмыкнул, пожал плечами:

— Говорили мы с тобой об этом — не затем Гвоздев, хозяин «Бетимпекса», столько сил и бабок ухлопал, чтобы Кот их кинул как сопливых мальчиков.

— Я так раньше думал...

— А теперь? Не думаешь? — удивился генерал.

— Не думаю! — заверил я. — Я уверен, что не в этом дело. Точнее говоря — не только в этом.

— А в чем? — по-настоящему заинтересовался Сафонов.

— В ком! Не в чем, а в ком! В покойном Василии Никифоровиче Смаглии...

Лицо Сафонова закаменело, в нем появилась тайная отчужденность, секундная внутренняя паника, мгновенно подавленная и сокрытая в рытвинах и складках тяжелого лица ученого бульдога.

— Не понимаю... Объясни, — сказал Сафонов и покосился на экран компьютера, где лицо молодой красивой женщины в золотых очках становилось все более живым.

— А я пока сам ничего не знаю, — развел я руками. — Я согласен с вашим предположением, что Кота вызволили из зоны, чтобы сделать из него самонаводящееся оружие против Серебровского. Но это только одна из причин...

— А другая?

— А другая — столь же важная — замкнуть разорвавшуюся денежную цепь. И Кот, по их замыслу, должен решить эти задачи практически одновременно. После чего его можно будет устранить совсем... — Я нарочно говорил будничным скучным голосом, как о каких-то очевидных, надоедно скучных вещах.

— Ты о какой денежной цепи говоришь? — настороженно спросил Сафонов.

— Я говорю о Поволжском кредите — здесь эта цепь началась. Правительственный вексельный целевой кредит для агропромышленного комплекса Поволжских регионов... Ничего не слышали об этом? — невинно спросил я.

Сафонов неопределенно покачал головой.

— Кредит составлял триста пятьдесят миллиардов рублей, что по тогдашнему валютному курсу равнялось 89 миллионам 730 тысячам 817 долларам. Эту звездную сумму благополучно украли, многократно и очень сложно трансферировали, и концевым в этой мудреной цепи за рубежом был развеселый бандит Вася Смаглий, — эпически поведывал я. — Не хозяином, конечно, не распорядителем — диспетчером...

— При чем здесь Кот Бойко? — перебил Сафонов.

— Не знаю, — сказал я. — Но он имел к этому отношение.

— Ты так думаешь или ты что-то знаешь?

— Я так думаю. Тех, кто знает наверняка все об этой истории, — двое-трое на земле... В этой цепи, я полагаю, десятки звеньев. По мере продвижения по ним капитала они все отпадали. Но что-то не сработало — убили Смаглия, и Кот — я в этом уверен — должен восстановить распавшееся звено...

Я молча, отрешенно смотрел на компьютерный эскиз женского портрета, Сафонов угрюмо жевал губами, потом негромко, без нажима спросил:

— Ты, Серега, понимаешь, во что ты встреваешь?

— Ну так, более-менее... — Я сделал плавный жест рукой.

— Боюсь, что менее, чем более, — бросил Сафонов. — Хочешь быть неустрашимым служителем Фемиды?

— А что? — беспечно усмехнулся я. — У нее хоть морда и замотана тряпкой, но дамочка она вполне привлекательная!

Сафонов тяжело вздохнул, махнул рукой:

— Так это ж бандюки и жульманы ей морду замотали! Как всякой нормальной заложнице. Развяжи ей глаза, дуре стоеросовой, она ведь и впрямь сыщет дорогу к правде. А этого, боюсь, делать не след... Качнем лодку чуть сильнее — нас всех волна кровяного говна накроет...

КОТ БОЙКО:

ЗАПОВЕДНИК ДЛЯ НЕЖИТИ

Мы с Лорой собирались уходить из дома. Лора чепурилась, прихорашивалась перед зеркалом, но я видел, что настроение у нее совсем смутное. Я ласково обнял ее:

— О чем грустишь, любимая?

Лора подмигнула мне в зеркале:

— Об уходящей молодости. О близкой старости. А между ними бабьей жизни — на один вздох...

— Совсем подруга сбрендила, — засмеялся я. — К тебе мужики на улице пристают? В смысле — знакомятся?

— Случается.

— Тогда все в порядке! Пока не начнут уступать передние места в троллейбусе — ты еще в игре...

Лора хлопнула меня легонько по лбу:

— Больше никто никому в транспорте место не уступает...

— По-моему, вполне демократично! И очень рыночно! На Западе тоже никто мест не уступает. Заплатил свой доллар-франк-марку, задницу втиснул по-быстрому на сиденье — и плевать на все ваши половые и возрастные вторичные признаки! Все довольны! Как бы свободные люди, мол, в абсолютно свободной стране!

— Кот, и ты тоже не уступал место?

— Когда ездил в гортранспорте — уступал. Бегал по вагону, искал, кому бы свое местечко ловчее уступить. Старушке предложу — грех простится, молодке — на вечер подкадриться можно. А на меня смотрели как на сумасшедшего — я от обиды с этим завязал, с тех пор езжу только на такси! Когда не возят в автозаке...

— А в тюремной машине не уступают место? — иронически спросила Лора.

— Подруга, о чем ты говоришь! В зэковозе место уступишь — вечером под нарами спать будешь. В зоне, как нынче на воле, закон один — сильный и есть правый... Ну что, собралась, идем?

— Идем... Выходим как обычно?

— Любимая, мы, как британцы, не меняем привычек, — заверил я Лору. — Ты спускаешься, отлавливаешь машину, объезжаешь квартал, а на той стороне я выскакиваю из мусоросборника и птицей влетаю в салон! Поверь мне — вся английская аристократия только так и выезжает в свет. «Роллс-ройс» — к мусорнику, и в Тауэр!

Лора бросила последний взгляд в зеркало, повернулась ко мне и тихо сказала:

— Хочется немного счастья... Не можешь устроить?

— Имеешь! — восторженно заорал я и показал рукой куда-то наверх, на потолок, ну, предполагается, мол, на небеса. — Я уже там обо всем договорился... Лора, мы ведь кузнецы своего счастья! Как в песне — куем мы счастия ключи...

— Нет, Кот, — покачала головой Лора. — Удачливые хитрецы придумали эту фенечку для невезучих дураков...

— А на самом деле? — заинтересовался я.

— Счастливость — это талант, он от рождения. Как ум, красота, смелость... Или имеешь, или нет. У кого он есть, придумали для серых нескладех миф — как они, мол, свое счастье трудно ковали, потно кузнечили, в слезах ваяли. На кой оно нужно, такое вымученное, выплаканное блаженство?

Я бросил свою пижонскую куртку на пол, уселся плотно на стул, терпеливо спросил:

— А твое счастье — это что?

— Котяра, бессмысленно говорить об этом. Для тебя это смешно...

— Давай посмеемся вместе! Итак...

— Наверное, это у меня оттого, что жить страшно. Я и не знаю, как мне это рассказать... По ночам мне часто мнится — не то сон, не то мечта... Или забытая сказка... Лес, зима, дорожка санная среди огромных деревьев, серпик серебряный луны, кругом — снега, снега, никого вокруг, сумерки сиренево-сизые, дом бревенчатый, из окошка — желтый свет, тихо-тихо...

Лора села напротив меня на низкую табуреточку, взяла с подзеркальника пачку сигарет, закурила. Я внимательно

270

слушал. Лора говорила медленно, будто пересказывала только ей видимую картинку:

— Пахнет стужей, хвоей, лошадиным потом, кожей. В доме тепло, поленья красные в печи. Я вынимаю из загнетка высоченный горячий хлеб, а ты сидишь за дощатым столом, карабин свой ненаглядный чистишь и что-то весело рассказываешь мне — клыкастый кабан валяется у дверей...

Я во все глаза смотрел на Лору, открыв от удивления рот. Потом испуганно спросил:

— И пятеро ребят — мал-мала меньше — играют на полу с собакой?

— Да, — спокойно и просто кивнула Лора. — Или семеро — сколько успеем...

Мы помолчали несколько мгновений, после чего я осторожно, пытаясь говорить помягче, сказал:

— Лора, подруга дорогая, ты отдаешь себе отчет, что эта буколическая идиллия — бред? Что в этой лесной сказке хорошо провести уик-энд с шашлыками? Что от этого счастья через неделю с волками дуэтом запоешь?

Лора вздохнула:

— Я ведь сказала, Кот, что тебе это и слушать будет смешно...

— Так это не только мне — кого хошь рассмешит. Ты про кого-нибудь слышала, чтобы так жили?

— Я видела. Моя подруга с мужем купила дом в Брянской области, в брошенной опустевшей деревне. Я была у нее...

— И что? Что ты там увидела, кроме идиотизма сельской жизни?

— Кот, не говори так! Я видела двух счастливых людей... Во всяком случае — спокойных! Ты этого просто не понимаешь, не видишь, не слышишь, — снисходительно-ласково объяснила Лора.

— А что тут видеть? Что тут надо понимать? — начал я сердиться.

— Кот, нет одинакового счастья для всех, — задумчиво сказала Лора. — Но есть волшебный ключ судьбы — свободная воля. Этим золотым ключиком ты отпираешь дверь в свое будущее...

— В брошенном доме? В пустующей деревне? — с досадой переспросил я.

— Не знаю, Костя, — беспомощно развела руками Лора. — Но за все последние годы я впервые увидела спокойных и свободных людей. Я никому никогда не завидую, а тут вдруг поняла, что вся наша жизнь — тусклая нелепая чепуха. Покорное озлобленное рабство или крысиные гонки со стрельбой...

— Пой, ласточка, пой... Пой, не умолкай, — усмехнулся я.

Лора подошла ко мне и обняла.

— Я уж было привыкла к мысли, что ты исчез навсегда... А тут ты вернулся, и сердце соскочило с хода...

— Почему?

— Потому что у нас с тобой нет впереди ничего. Я не знаю, что произойдет, когда я выйду на лестницу. Страшно... Боюсь — открою глаза, а тебя больше нет... Совсем...

— Лора, родная, подумай — а твоим деревенским не страшно? У них что — охранная грамота в этом заповеднике для нежити?

— Не знаю, Кот, не знаю я — наверное, им тоже тяжело и бывает страшно. Но их жизнь — не идиотизм, а избранничество...

— Ну что ты молотишь, подруга! Послушай себя! «Избранничество»! В чем? В каторжной крестьянской работе? В одиночестве на пустой одичавшей земле? В первобытной жизни? — Я говорил нехорошо, зло, с досадой.

— Я не хочу спорить с тобой, Кот, я согласна жить так, как тебе нравится, — вздохнула Лора. — Мои друзья действительно живут как первобытные люди — вокруг нет наркоты, пейджеров, киллеров, олигархов и воров-министров, всего этого противного безобразия... Поэтому их избранничество в том, что они одни переживут этот песий век.

Я закрыл в ужасе ладонями лицо:

— Полный улет! Девушка блажит по-черному...

АЛЕКСАНДР СЕРЕБРОВСКИЙ:

СОРЕВНОВАНИЕ

Боги — суетны, хвастливы и лживы. Легкомысленны, злопамятны и мстительны. И сила их — не по разуму.

Я не почитал богов, я не уважал их, я был преклонен перед ними потому, что боялся их.

Я стоял перед их пиршественным столом в рваном рубище и с веревкой на шее и ждал их милосердия. А веревочное ярмо становилось все холоднее и тяжелее, оно превращалось в золото.

Из всех подданных мне людей и народов стояли за моей спиной, чуть в отдалении, лишь мои любимые псы и тихо поскуливали от страха и сострадания.

А Дионис с Аполлоном веселились, пили, жрали — Пан неутомимо подавал им яства и амфоры с вином, и лакали его боги, как звери, и чем больше пили, тем их враки становились неудержимее, а споры непримиримее.

Я бессильно и обреченно стоял около их празднества, а Пан играл им на свирели, а боги ликовали в гордыне и доказывали друг другу — кто более любим Зевсом, кто умнее, кто красивее, чьи подвиги важнее, кто больше трахнул баб, чьи чудеса удивительнее, чей фаллос сильнее, кто может больше выпить и кто прозревает будущее дальше.

Солнце поднималось выше, становилось жарче, и под его лучами затвердевал холст моего рубища, он мерцал и золотился, давил на усталые плечи, он медленно накалялся, и я понял, что сгорю в нем, как в печи.

Не могли договориться братья-боги. Пока Аполлон не сказал Дионису:

— Моя игра на кифаре завораживает мир. А ты, Дионис, лишен нашим великим отцом таланта создавать чарующие звуки. Ты можешь только плясать и горланить. А мне нет равных в волшебстве музыки...

Только на миг нахмурился Дионис, но тут же воспрянул, захохотал, захлопал в ладоши:

— Бедный брат мой, Апа, дорогой! О чем ты говоришь? Не божеское это дело — бренчать на струнах! Вон мой слуга

273

Пан — он волнует глупые людские души своей свирелью. И нравятся его хиты людишкам больше, чем твои шлягеры, любезный брат мой Апа! Ты — наш божественный предводитель муз, наш прекрасный Мусагет!

Поднял бровь Аполлон грозно, горделиво, сказал с презрением:

— Ты, мой божественный брат Дионис, или глух, или слеп. Не увидишь ты в подлунном мире людской души, которой бы понравилось пиликанье твоего раба Пана больше, чем моя величавая музыка сфер...

— А мы сейчас проверим, — хохотал-веселился Дионис и сделал мне знак рукой: — Подойди ближе, Мидас...

С трудом переставляя ноги, чувствуя, как огнем течет и плавится на мне золотое рубище, сделал я шаг вперед.

— Ты удивительный везун, Мидас. Ты избранник богов, — сказал Дионис, пронзительно, со значением глядя мне в глаза. — Среди людей ты — царь, пред нами — прах. И тебе доверено сегодня судить богов. Не вздумай лукавить, будь искренен, ибо человек не может обмануть богов...

И еле заметно подмигнул мне.

— Чья музыка тебе более по душе — великие звуки брата моего Аполлона или сладкое медоточие раба моего Пана? Говори!..

Пан за спиной богов махал руками, делал мне какие-то знаки. Но я уже ничего не понимал. Я знал лишь, что судьба моя в руках развеселого лживого Диониса.

Я пал на колени и усохшим, пропадающим голосом сказал:

— Велик... прекрасен... Аполлон, но песни Пана — это музыка моей души...

От хохота Дионис повалился на землю, он катался по траве и, захлебываясь смехом, кричал:

— Апа, брат мой!.. Я же говорил тебе! А ты не верил!.. Пан, бери колесницу... гони за нимфами!

Аполлон, не обращая на него внимания, подошел ко мне и вперился в меня своим огненным взором. Мне казалось, что его пурпурно-алый хитон дымится от гнева. И я понял, что пришел мне конец, ибо смертному невыносимо увидеть гнев бога.

Аполлон сдавленно-тихо, грозно сказал:

— Я поверю, что ты, ничтожный, не лукавил! — Он возложил руки на мою пылающую от зноя и ужаса голову, и я почувствовал, что он крепко ухватил меня за уши. — Не вина, а беда твоя, что ты плохо слышишь. Для моей великой музыки уши твои слишком малы...

И он поднял меня за уши в воздух. Боже мой, Аполлон великий, помилуй, прекрати мое страдание, останови мне дыхание — пусть кончится эта мука! Страшно завыли мои псы, они прыгали, хрипло лаяли и кричали от моей ужасной боли.

Слезы и кровь текли по моему лицу, изо рта ударила горькая пена. И сквозь собственный звериный рев я слышал, как ломаются хрящи и лопается моя кожа, как он рвет и тянет мои уши, они уже давно должны были оторваться — а не рвались и вытягивались все длиннее.

Кончились силы, меня вырвало, и моча побежала по мне горячими струйками.

Аполлон зловеще-спокойно говорил:

— Ты мечтал не о прекрасном, а хотел богатства. Ты не грезил красотой для сердца, а искал золота для брюха. Живи теперь с ослиными ушами — пусть все видят, что и цари глупы и алчны...

Собрал я уходящие силы и крикнул или, может быть, прошептал — прямо в его прекрасное холодное лицо, искривленное гримасой злобы и презрения:

— Ты ничего не доказал... Ты, бог, просто сильнее...

И тогда он плюнул мне в лицо и бросил меня с отвращением на землю.

А потом я вновь открыл глаза, выглядывая из померкнувшего черного мира, где я пробыл неведомо долго, и увидел склонившееся ко мне доброе пучеглазое губастое лицо Пана.

— Пан, я не люблю богов... Я их ненавижу, — прошептал я.

Он погладил меня по лицу своей огромной мягкой прохладной ладонью:

— Мидас, богам не нужна любовь людей. Им нужен страх человеческий... Это надежнее любви...

И тихонько подвывали, плакали рядом мои псы.

КОТ БОЙКО:

ВЫХОД В СВЕТ

Лора в такси объехала квартал, машина завернула за угол, вкатила во двор, и когда она притормозила на минуту у последнего подъезда, из помойника, как английский принц Чарлз, быстрой легкой походкой вымахнул я, отворил заднюю дверь и плюхнулся на сиденье рядом со своей принцессой, слава Богу, пока живой.

Машина, маневрируя между длинными корпусами, выехала на улицу Огурцова и остановилась перед перекрестком, пропуская тяжелый самосвал.

Я думаю, что именно в этот момент нас засек стоящий на углу наблюдатель-«бетимпексовец». Мне кажется, я даже видел его — какой-то сизый хмырь сделал почти непроизвольный рывок вслед нашей уезжающей машине, махнул рукой и выхватил из кармана мобильный телефон.

Когда мы уже подъезжали к Охотному ряду, такси остановилось на красный свет перед перекрестком, и я протянул водителю деньги:

— Слушай, брат, довезешь молодую леди до Белорусского. — Я быстро поцеловал в щеку Лору. — Как договаривались — через два часа... По-моему, тебе надо увольняться с работы. Или хотя бы возьми отпуск... А я пока буду думать про дом в лесу...

Лора недоверчиво усмехнулась:

— Как всегда — выдумки и мифы?

— Вот те истинный крест! В непроходимом густом лесу. Можно сказать, в тайге. В Испании...

На светофоре зажегся зеленый свет, я взялся за ручку двери, а таксист встревоженно заорал:

— Але, але, на перекрестке нельзя! Сейчас на том углу...

Машина уже ехала, когда я открыл дверь и на ходу мягко выскочил на асфальт, перепрыгнул через барьерчик тротуарного ограждения, еще два прыжка — и я нырнул в жерло подземного пешеходного перехода. Внизу он разветвляется на добрый десяток маршрутов. Такси, подгоняемое сзади напором мощного потока машин, унеслось на Тверскую, в сторону «Известий».

Даже если я не ошибся и они меня пасут — пусть теперь поищут. Для сыскных я сейчас исчез бесследно: вычислить или проследить, из какого выхода я появлюсь на поверхности, невозможно.

АЛЕКСАНДР СЕРЕБРОВСКИЙ:

БОЛЬШАЯ ОХОТА ЗА ГОЛОВАМИ

В столовой за моим кабинетом я заканчивал ленч, официант уже подал мне чашку кофе. Стоявший у стола помощник Кузнецов перепроверил на всякий случай:

— Вы поедете провожать Людмилу Андреевну и Ваню?

— Нет. Нет необходимости... А главное — я думаю, что Ванька этого не хочет. Ему надоело жить под моим зонтом, — сказал я и, видимо, киксанул голосом, Кузнецов заметил слабину.

— Александр Игнатьич, не берите в голову — у него сейчас возраст такой! Мне мой идиотик сказал, что лучше бы я стал рок-музыкантом...

Я устало засмеялся:

— А что? Неплохая мысль! Представляешь, Паша, ты — не замученный мной и громадными делами чиновник, а весь отвязный и томный, в макияже и женском платье, поешь по телевизору вместе с Борисом Моисеевым... Наверное, и Ванька бы мной гордился, если бы я играл центром в «Спартаке». — Я взглянул на свой хронометр и попросил помощника: — Включи звук.

Кузнецов нажал кнопку на пульте, и диктор на экране телевизора бодрым голосом сообщил населению о текущих неприятностях:

— ...длящееся третий день быстрое падение цен на Московском фондовом рынке не является симптомом общей тяжелой болезни всей кредитно-финансовой системы, считают российские и зарубежные эксперты. По их мнению, золотовалютные резервы Центробанка позволят в ближайшие два-три дня стабилизировать обстановку на рынке ценных бумаг. Массированные интервенции на рынок не дадут...

— Интервенции! — усмехнулся я. — Тоже мне, Антанта сыскалась...

Кузнецов убрал звук, осторожно спросил:

— Когда вы встречаетесь с вице-премьером? С космическим проектом?

— Завтра. Сегодня — рано, послезавтра будет поздно. На верблюда надо влезать, пока он лежит...

— Все бумаги готовы.

— Хорошо, — кивнул я. — Значит, сегодня Ванька улетает в Швейцарию...

Я отпил остывший кофе из чашки, задумчиво постучал пальцами по столу. Кузнецов удивленно посмотрел на меня — он знает, как я не люблю переговаривать говоренное.

— Да, они вылетают вашим бортом, «стотридцатьчетверка», в восемнадцать тридцать. В Цюрихе их будет встречать Калошин, он и доставит на место. Два человека постоянного сопровождения...

— Присядь, Паша, посоветоваться надо, — остановил я Кузнецова и показал ему место за столом. — У меня проблема. Нет времени дожидаться, пока Ванька вырастет и поймет все про меня, про рокеров и футболистов, про то, что купить команду «Спартак» — игра азартнее и круче, чем гонять мяч... Я хочу уплотнить время...

— Слушаю.

— Ты знаешь, кто такие «хед-хантеры»?

— Охотники за головами? — перевел и удивился Кузнецов. — Полицейские? Киллеры?

— За головами! Но не за скальпами, а за мозгами, — рассмеялся я. — Это редкая, очень ценная, высокооплачиваемая работа. Хед-хантер ищет гениев... У нас таких специалистов нет, потому что в России во все времена пропадало столько талантов, что гений всегда стоил дешевле грязи... Гения не то что продать, его за бесплатно некому было впарить. Вот и хед-хантеров у нас не возникло — убыточный бизнес... Ты понимаешь, к чему я клоню?..

— Вы хотите создать благотворительный институт «Мозг-инвест»? — осторожно спросил Кузнецов шефа.

— Ни за что! Я ненавижу благотворительность — самую лживую популистскую форму саморекламы!

— Коммерческий фонд?

— Я хочу, чтобы ты стал первым настоящим хед-ханте-ром в России. Когда-нибудь эта неблагодарная и беспамятная страна поклонится нам в ножки за это... Ты должен отыскать и собрать все яркое, талантливое, самобытное, что есть на нашей земле.

— Думаю, еще не все разбежались по миру.

— Слава Богу! Не алмазы, не алюминий, не нефть — никто не перехватит! Нет интереса! И на наше счастье, быстровспухший русский капитал живет пока одной заповедью: если ты такой умный, то почему бедный? Им еще не приходит в голову, что самая бесценная энергия в мире — невоплощенная идея гения. И ты должен собрать мне этих никому неведомых нищих мудрецов.

— Уточните параметры задачи.

— Только общие контуры, детали ты проработаешь и срочно подготовишь доклад. Объект поиска — молодые люди от двенадцати до тридцати лет. Пространство — Россия, все новые самодельные республики и Восточная Европа. Сфера интересов — прикладные науки, передовые технологии, нетрадиционные технические проблемы, менеджмент. Реальный мир, который кормит человечество...

— Какие вы намерены мобилизовать средства?

— Бюджет — без нашего обычного воровства, но вполне свободный, без нищеты и крохоборства. И главное — юридическая база! Их мозги должны принадлежать нам...

— Как вы это себе представляете?

— Договора должны быть составлены так, чтобы мы всегда оставались их хозяевами или партнерами. Семь из десяти наших выкормышей принесут убытки, на двух — останемся в нулях. Один реализованный гений даст миллиард. Если эта затея выгорит, через двадцать лет наши сыновья не будут горевать, что мы с тобой не стали футболистами или плясунами...

— Кто-нибудь знает об этом плане? — спросил Кузнецов.

— Ты. И я. Больше никому и знать ничего не надо. Пока, во всяком случае. Кроме экспертов и специалистов, которые тебе понадобятся. И тем информацию сплавляй не полностью, а только в той части, что их касается.

— Я найду надежных людей, — пообещал Кузнецов.

— Постарайся, — попросил я. — Обеспечь, пожалуйста, полную конфиденциальность. После того как я утвержу твои предложения, я открою на проект отдельное финансирование, из сторонних источников. Это миллионы, очень много миллионов. Всеми деньгами распоряжаешься единолично, отчитываешься только передо мной.

Кузнецов смотрел на меня с грустью:

— Спасибо, Александр Игнатьич... За доверие...

— А чего такой скучный?

— Нет, все нормально, — тяжело вздохнул Кузнецов. Отвернувшись, спросил: — Вы меня вывели из своего круга?

Я отодвинул от себя пустую чашку, она резко противно звякнула — Кузнецов вздрогнул.

— Паша, я не двигаюсь по кругу... А тебе даю возможность выйти на новый виток расширяющейся спирали.

СЕРГЕЙ ОРДЫНЦЕВ:

ДЕД И ВНУК ОДНОВРЕМЕННО

Господи, как мне не хотелось его спрашивать об этом! И все-таки, заканчивая разговор, уже встав, я еще мгновение колебался, но потом задал вопрос:

— Ты мне ничего не хочешь сказать о дискете?

Серебровский поднял на меня детски незамутненный взор:

— Ты о чем?

— О дискете, которую передал Кот...

— А! — будто бы припомнил Сашка. — Чепуха! Нормальный шантаж...

Я хмыкнул:

— Ну да, я и сам догадался, что это не любовная записка! Чем же тебя шантажирует Кот?

Хитрый Пес махнул рукой:

— Долгая, мутная история... Дела давно минувших дней...

— Правильно я понимаю, что тебе эта информация безразлична? — спокойно осведомился я. — Иначе говоря, с этими делами у тебя все в порядке?

Серебровский откинулся на кресле, долго смотрел на меня в упор.

— Видишь ли, Серега, мы живем в такие времена, когда никакие дела не могут быть в полном порядке. Я своим всегда повторяю: если тебе кажется, что все в порядке, — значит, ты плохо информирован...

— А о каком непорядке сигналит Кот?

— Он стращает меня привидениями из нашего прошлого.

— Наверное, есть чем попугать, — заметил я.

Серебровский вскочил с кресла, ударил кулаком по столу, яростно закричал:

— Не будь дураком и не строй из себя целку! Ты понимаешь, что миллиардный бизнес не возникает из воздушных поцелуев? В нищей разгромленной стране, где нет власти, нет закона, нет совести и нет хлеба!..

Я снова уселся в кресло и невозмутимо заметил:

— В таких случаях Уинстон Черчилль говорил: аргументы слабы, надо повысить голос...

Серебровский мгновение страшно смотрел на меня, потом внезапно успокоился, рассмеялся:

— Что с тобой, диким, разговаривать, все равно не поймешь! Я хочу, чтобы ты знал... Когда-то я ошибочно думал, что самое трудное — заработать большие деньги. Оказывается, гораздо труднее все это удержать. Слишком много желающих учинить новый передел.

— Так всегда было. И всегда будет...

— Но никогда этого не происходило в такой короткий срок! Папаша президента Кеннеди баловался бутлегерством, по-нашему — спиртоносом был. Дед Джона Пирпонта Моргана был пиратом — кровожадным головорезом. Их дети и внуки стали гордостью нации. А мне приходиться быть себе и дедом и внуком одновременно!

— Кот напоминает о твоих дедовских грешках?

— Да! То, что было нормальной практикой недавно, сейчас — для моих врагов и конкурентов — манна небесная под названием компромат, — тяжело вздохнул Серебровский. — Раньше это делали все, теперь это может завалить мои планы...

— Кот грозит переслать дискету в какую-нибудь газету?

— Нет, он обещает сбросить ее через Интернет во все газеты сразу. Это будет сладкая новостишка для всех массмедиа мира, — раздумчиво говорил Сашка.

— А что он просит? Или требует?

— Ничего. Пока ничего... Он потом попросит все сразу.

— И что ты намерен делать?

— Я думаю об этом, — спокойно объяснил Сашка. — До того как он запустит этот грандиозный слив, у меня еще есть немного времени. Те дела, проекты, процессы, которые я запустил, уже существуют объективно — они вне моей воли, я теперь не могу их остановить. Поэтому я не имею права, не могу ошибиться в расчетах...

— И в этом мощном сливе всплывет снова история Поволжского кредита, — эпически заметил я.

— Не хочу говорить об этом! — резко мотнул головой Серебровский. — Это были делишки Кота... Глупые, нахальные... Собственно, на этом кончились наши отношения.

— Саша, они не кончились. Они длятся...

АЛЕКСАНДР СЕРЕБРОВСКИЙ:

СТАРЧЕСТВО

Преосвященный отец Арсентий, епископ Сибирский, пришел минута в минуту. Я встал ему навстречу, но продолжал глазами «держать» телеэкран, где на фоне хроники испуганной беготни в торговом зале фондовой биржи диктор вещал:

— ...непрерывное падение котировки российских ценных бумаг вызывает беспокойство властей, которые, безусловно, примут в ближайшее время ответные меры...

Я вывел пультом звук, гостеприимно встретил иерея на середине необъятного кабинета. Епископ протянул мне руку, повисшую на секунду в срединном пространстве: если чуть выше — я, как мирянин, почтительно принимая благословение, могу облобызать пастырскую длань, а если чуть ниже — поручкаться в коллегиально-светском рукопожатии. Ну, естественно, я предпочел сердечное крепкое рукопожатие, тепло взял преосвященного отца под локоток и повел его к креслам около горящего камина.

— Чай, кофе? Вино? Что-нибудь покрепче? — радушно предложил я гостю. — Это ведь, как говорится, и монаси приемлют...

Арсентий — красивый пятидесятилетний мужчина в легкой седине, чуть подсеребривший окладистую бороду, — смотрел на меня с интересом:

— Сейчас умные монаси приемлют то, что им врачи разрешают. Мне, если можно, чай...

Возникшей по звонку секретарше Наде я сказал:

— Чай и бисквиты. Не соединяй меня ни с кем.

— Я рад вас видеть. — Арсентий говорил значительно, неспешно. — Во-первых, у меня есть возможность лично поблагодарить за ваш исключительно щедрый дар на нужды церкви...

— Оставьте, святой отец, — махнул я рукой. — Нормальный долг христианина... Коли есть возможность... Да и тысячелетняя христианская традиция на Руси внушила идею, что постная молитва без денег до Бога не дойдет.

— Если молитва искренняя, от сердца, с верой и упованием — дойдет! — заверил пастырь.

— Как говорил святитель Тихон: «Сейте на песке, на пустой земле, на камне...»

— Мы живем в трудные времена, — вздохнул епископ. — Грех стал обыденным, как бы нормальным. Добродейство мне кажется всегда подвигом, еще одной ступенькой на лестнице к небесам... Кстати, мне сказал ваш помощник господин Кузнецов, что вы изменили ваше первоначальное пожелание финансировать ремонт и восстановление кафедрального храма.

— Да, я понял, что сейчас гораздо уместнее открыть в Восточной Сибири сеть воскресных приходских школ, — твердо сообщил я. — Начнем с ремонта, восстановления и созидания храмов в душах людских. Я намерен, естественно, под вашим руководством, устраивать еженедельный праздник для детей и их родителей. Каждое воскресенье — маленький религиозный фестиваль: приобщение к библейским ценностям, культурные развлечения и — обязательно! — совместный с родителями обед. Простая, недорогая, вкусная трапеза в семейной и высокодуховной обстановке — всего этого они лишены дома...

Официант внес чайные приборы, разлил янтарный напиток в тончайше-прозрачные чашки, придвинул гостю бисквиты, варенье, мед, нарезанный ломтиками лимон, беззвучно удалился.

— Обратите внимание, святой отец, как бесплодно колотится наша политическая элита в поисках национальной идеи, способной объединить общество, — сказал я. — А ведь она перед глазами, она проста, как доска.

— Уточните, — попросил поп.

— Семью надо восстанавливать! Без семьи общество превращается в кочевую орду. Давайте вместе реставрировать семейные ценности. Мне для этого никаких средств не жалко...

Епископ взял в руки дымящуюся сизым парком чашку, склонив голову на плечо, взглянул на меня:

— Сумма, ассигнованная вами, безусловно, очень значительна. Особенно по нынешним несытным временам... Но! Вы не боитесь, что деньги будут проедены, а...

— Нет, не боюсь, — перебил я нетерпеливо. — Я хочу пояснить вам, святой отец, что я бизнесмен, и любой мой поступок, в том числе благодеяние, называется «проект» и заранее обсчитывается специалистами. Я не намерен просто перевести несколько десятков миллионов рублей на счет епархии и получить у вас квитанцию-индульгенцию для последующего вручения апостолу Петру.

Арсентий усмехнулся:

— А что вы намерены делать?

— Мои люди закупят по самым льготным оптовым ценам продовольствие и доставят его в регион. Они также договорились о закупке уже ненужных в армии полевых кухонь. Вы организуете монахинь, жен и дочерей местных клириков, церковный актив — они пусть и поработают по воскресеньям на кухнях в наши несытные времена. Это логично?

— Логично, — кивнул епископ.

— Мы приведем в церковь тысячи новых прихожан. Пусть там с ними поговорят ваши священники и учителя богословия. А я сумею организовать для этих школ-фестивалей ученых — специалистов по этике, эстетике, истории церковного искусства, артистов, писателей и журналистов-почвенников. Святоотеческая Русь нам этого не забудет вовек!

— Вовек — не знаю, а уж на ближайших выборах — точно не забудет! — засмеялся епископ.

— Надеюсь, — серьезно, с нажимом сказал я и повторил: — Надеюсь! Не забудет, хотя, надо признать, живем мы с вами в земле бессмысленной и беспамятной. Народец у нас, паства наша, прямо скажем, не сахар...

Епископ развел руками:

— Все народы, в общем, одинаковы. Нашему досталось уж слишком тяжело...

— Тяжелее, чем китайцам? Или неграм? — полюбопытствовал я, прихлебывая чай.

— Я не могу сравнивать меру чужих страданий, это грех. Но негров били палками по голове, китайцев по пяткам, а нас — по душе... Ни в одном народе так целеустремленно не убивали душу.

Я сочувственно покачал головой:

— Да-да, я это понимаю... Поэтому наш народ-богоносец носил Бога, носил, пока не притомился сильно. Устал, надоело, он и бросил его где стоял — посреди тысячелетней грязи и разрухи...

Епископ Арсентий тяжело вздохнул, с грустью смотрел он на меня, в чем-то я, видать, сильно не соответствовал.

— Большая смута у вас в душе, Александр Игнатьич...

Я ернически сказал:

— Это у меня оттого, что в молодости на горы лазил. Альпинисту трудно поверить, будто Голгофа выше Эвереста.

— Может быть и поэтому, — смиренно ответил епископ.

— Что поделать! Мы, насельники этой земли, юдоли скорби и печали, идем к истине Господней трудным путями, — говорил я, а он пристально всматривался в меня, словно решая, словно стараясь понять — разговариваю я всерьез или дурачу его.

— Ваши пути, Александр Игнатьич, особенно трудны, ибо вы к Богу идете не от смирения, а от звенящей гордыни человеческой. — Епископ говорил негромко, спокойно, звучала в его голосе чуть слышно снисходительность.

— К сожалению, святой отец, жизнь на земле двигается не смирением, а гордыней людской, алчущим духом, завистью, агрессивными инстинктами и жаждой накопительства, — развел я руками. — Это не я придумал, это аксиома бытия...

— В мире нет аксиом, — покачал головой епископ. — Мнимости, видимость истины, сиюминутные заблуждения. Апостол Павел сказал: желающие обогащаться впадают в искушения и погружают людей в бедствие и пагубу, ибо корень всех зол — сребролюбие, подвергающее многим скорбям и печалям...

— Одну минуту! — энергично воскликнул я. — От моего сребролюбия, подвергающего меня скорбям и печалям, сегодня кормится пищей телесной миллион Божьих душ! Царь Соломон в божественных откровениях указал: умножается имущество, умножаются и потребляющие его... Разве это не оправдание всего, что я делаю?

Епископ мягко сказал:

— Вам не нужны оправдания, вам нужен душевный покой. Вам надо договориться с собой, с миром и с Богом. И для вас это почти невозможно, ибо это не биржа и взаимозачеты не принимаются. Царь Соломон вас оправдал, но он же вам заповедал: «Кто любит серебро, тот не насытится серебром, и кто любит богатство, тому нет пользы от того»...

Я встал, подошел к рабочему столу, включил монитор, на котором непрерывно бежали курсовые индексы биржи.

— Хочу продемонстрировать вам, святой отец, что премудрый Соломон лукавил. Заповедуя нам отказ от любви к богатству, он в это время получал ежегодного дохода шестьсот шестьдесят шесть талантов золота. Эта сатанинская цифра — 666 талантов — в современных мерах веса составляет... одну минуточку... так, около 25 тонн золота.

— И что?

— А то, что в переводе на рыночный торговый эквивалент... — я быстро щелкал кнопками компьютера, — это равно 801 тысяче 282 тройским унциям. Так... мгновение... на Цюрихской золотой бирже сегодня одна тройская унция золота стоила 333 доллара 56 центов... Итак, ежегодный доход царя-бессребреника составлял скромную цифру в двести шестьдесят семь миллионов двести семьдесят пять тысяч шестьсот двадцать три доллара и девяносто два цента... Впечатляет?

Епископ пожал плечами:

— Для меня это весьма отвлеченные понятия...

— А для меня — очень конкретные! Три тысячи лет назад, во времена Соломона, доллары еще не имели хождения. Это удивительно — но факт! И все равно любые деньги за этот огромный срок подверглись тысячекратной инфляции. Таким образом, Соломон — проповедник смиренной мудрой бедности — зарабатывал в год около двухсот пятидесяти миллиардов долларов, если по современным ценовым стандартам. Это больше, чем Билл Гейтс, султан Брунея, Джордж Сорос, я и все остальные российские магнаты, вместе взятые! Почему же я должен поверить его проповеди?

— Вы, Александр Игнатьич, не обязаны верить. Вы можете поверить Соломону, ибо больше вам верить некому...

— Почему?

— Потому что легко отказаться от богатства, которого у тебя никогда не было. А вот при невероятном могуществе Соломона нужна была большая мудрость, чтобы сказать в конце жизни: как вышел человек нагим из утробы матери своей, таким и отходит, каким пришел — ничего не возьмет от труда своего, что мог бы он понесть в руке своей...

— Мне кажется, что общая ошибка состоит в том, что деньги все время противопоставляют мудрости, — сказал я задумчиво. — Деньги — это и есть аккумулированная энергия мудрости.

Епископ качал головой:

— Жаль, что вас не удовлетворил наш разговор. Вы не верите мне. Не верите людям, Священному Писанию, собственному душевному смятению...

Да, не верю. Когда-то жили на нашей земле смиренные иноки, благочестивые отшельники, святые старцы. Можно было спросить — как жить? Что истина? Что благо? В чем Бог?

Давно это было.

Некого мне спрашивать. В святых скитах, средь нетленных мощей угодников, хоронят уголовников, тамбовских бандитов.

Я сам себе старец. Мне скоро будет тридцать шесть. Зачет у меня фронтовой, день за три. Значит, больше века длится жизнь.

Епископ Арсений печально уговаривал:

— Об одном прошу вас — подумайте на досуге о словах Соломона, для вас они могут быть знамением: мудрость дает защиту, как дают защиту деньги, но мудрость лучше любых денег, ибо может спасти жизнь...

КОТ БОЙКО:

УМОПОМРАЧЕНИЕ

Международный центр астральных наук и космических знаний размещался почему-то не в Звездном городке и не на мысе Канаверал, штат Флорида, а в зажиточном, купеческого вида особнячке в Козицком переулке. Естественно, чтобы мировая закулиса не ляпнула эти бесценные знания и не присвоила корыстно себе достижения этих таинственных астроанальных наук, охранял их на входе в особнячок здоровенный свиноморд в рейнджерской амуниции.

— Вам назначено? — строго спросил он.

— А как же! Я — руководитель Академии ксенофобии и сексофилии, — скромно представился я.

— Ваши документы! — потянул ко мне толстые руки бычара.

Ага, ща-ас! Разбежался! Как говорит президент вашего центра — получишь с носу в рот.

Я показал ему на телефон и ласково попросил:

— Звони быстро в приемную и скажи, что к президенту на встречу прибыл гасконский армянин Дертаньянц. Давай шевелись — она ждет, а я опаздываю...

Мгновение он раздумывал — было видно, как шевелятся под беретом мускулы мозгов, потом он махнул рукой, труд этот явно был страшно громаден, совершенно не по плечу одному. Он позвонил и кому-то сказал:

— Тут какой-то кекс спрашивает Джину Рафаэловну. Говорит, что он армянин... — Повернулся ко мне и для надежности переспросил: — Как фамилия?

— Дертаньянц, из Гаскони.

— Дертаньянц, говорит... Не знаю, из Черножопии какой-то...

Пауза была недолгой, и судя по тому, как он энергично замахал своими толстыми лапами тупого лентяя другому охраннику, маячившему в глубине холла, распорядились наверху категорически.

— Быстро, быстро! — скомандовал он коллеге, такому же пятнисто-зеленому солдату удачи. — К президенту его!

Пока тот волок меня на второй этаж, я боялся, что он обделается от усердия. Даже странно — почему они мне так противны? Почему я испытываю к этим караульным животным такое злобное отвращение? Может быть, это волчий рефлекс на сторожевого пса? Как говорил вор Лодыга: овчарка — это вонючий мент в лохматом тулупе...

А по коридору мне навстречу семенящей иноходью мчался генерал-полковник. Ма-аленький такой, субтильный генеральчик — с херову душу полководец, с гривой развевающихся черных волос. С красными лампасами на портках, в золотых трехзвездных эполетах, под звон и дребезг каких-то самодельных медалей — Джина Бадаян, великая экстрасенска, предсказательница счастья, прорицательница побед, ясно видящая, как заработать, хиромант-хиропрактик-херотеоретик, президент всякой нежити, академик любой небывальщины, предводитель проходимцев всех стран, кумир мира идиотов, а теперь, оказывается, еще и генерал-полковник.

Бежала и плакала от радости.

— Джина, для дневного брючного костюма — перебор! Милитаристка ты моя оголтелая!.. — крикнул я, принимая ее в объятия.

Она была такая худенькая и тоненькая, что я просто поднял ее на руки, как давеча вознес меня Карабас. А она целовала меня в обе щеки, гладила по голове, как маленького, приговаривала, захлебываясь словами:

— Господи, как я рада тебя видеть!.. Проходимец мой дорогой!.. Гасконский брат мой Дертаньянц! Как ты жив?..

— Ужасно! — горько сообщил я. — Ты вон дослужилась уже до генерала, а меня разжаловали из капитана мушкетеров...

— Кто? Кто он, этот демон? — страшным голосом вопросила Джина. — Назови его, и силы нижнего черного мира поглотят...

— Э, нет, подруга! — засмеялся я и поставил ее на пол. — Тут твои номера не пролезают! Ты генерал понарошечный, а он демон настоящий...

Джина взяла меня за руку и повела к себе, сердито приговаривая:

— С чего это ты решил, что я генерал понарошечный? Самый что ни на есть всамделишный! Генерал-полковник медицинской службы...

— Не гони пену, любимая. Я понимаю — уровень безумия в стране высоковат, но не настолько же, — усомнился я.

Джина остановилась, уперла руки в боки, с вызовом спросила:

— Хочешь сказать, что я глупее или хуже тех долболомов, которым указом звезд насовали?

— Упаси Бог! Жаль, меня не спрашивают, а то бы я тебя сразу направил министром обороны! Или в МВД! Ты бы там такого шороху навела — вся страна бы зачесалась! Чеченцы завтра же самораспустились — столицу свою из Грозного переименовали бы в город Жалобный...

— То-то! — сменила гнев на милость дипломированная чародейка. — А то смотри — чакры порву! В астрал выш-вырну, к чертовой матери!

Мы посмотрели друг на друга и снова обнялись — так я рад был видеть моего умного, верного, добропамятного дружочка Джин-Джину, которого я выпустил из бутылки давным-давно.

Надо сказать, у меня вообще фантастическая способность находить и кучковаться с разного рода недостоверными людьми, проходимцами, маргиналами, мистификаторами и самозванцами. Я в них ощущаю родную душу, я опознаю их мгновенно, как Буратино признал родными кукол в театре маркиза Карабаса.

Когда-то Хитрый Пес говорил неодобрительно: «У тебя неискоренимая плебейская потребность предводительствовать стаей оборванцев и импосторов». Я не знал, что импосторы — это и есть самозванцы, и очень обижался, и отвечал ему очень находчиво и тоже по-заграничному: «А ты сам жлоб, сноб и понтовила».

Наверное, Хитрый Пес, как всегда и во всем, был прав. Так ведь и вышло, что никого, кроме этих прекрасных импосторов, у меня и не осталось.

А тогда я был в зените своих успехов и популярности — меня все любили и тютюшкали. И все-таки невезуха подкараулила — на слаломном спуске вышиб диск в позвоночнике. Вообще-то я любую боль терплю — с детства мне доходчиво объяснили, что боль — это спасительный рефлекс организма, и закрепляли во мне этот полезный рефлекс долго, основательно и разнообразно.

Но тут вопрос о моем терпении не возникал — было неясно, сколько еще эта боль согласится терпеть меня самого. От любого ничтожного движения меня пронзал — от затылка до копчика — чудовищной силы электрический удар, и я впервые по-настоящему посочувствовал нашим несчастным шпионам супругам Розенберг, сожженным на электрическом стуле в тюрьме Синг-Синг. Но они-то хоть атомную бомбу сперли, а мне за что?

Пользовала меня толпа профессоров невропатологов, хирургов, остеологов — черт их знает, кого там только не было! Шухер стоял невероятный — нависла реальная угроза потерять чемпиона страны, нашу светлую олимпийскую надежду. Меня бесперечь катали, как дерьмо на тачке, по кабинетам — на рентгены, просвечивания и осмотры, мне делали по пять уколов промедола, загнали инфекцию и вырастили флегмону в арбуз величиной — и все это вместе помогало мне, как мертвому банки. От наркотиков я был все время под балдой, но не в кайфе.

Профессора качали многомудрыми еврейскими головами, светились лысинами, как нимбами, многозначительно перешептывались, вздыхали и объявили в конце концов утешительный диагноз — операция на позвоночнике неотвратима. Надежда, что со временем смогу двигаться на костылях, не исключалась. Консилиум — одно слово! Спасибо, эскулапы дорогие, йог вашу мать!

Я уже был так измучен своим огненным позвоночным столпом, что мне было все равно: режьте, вправляйте, рвите на части — только пусть уймется в жопе это ГОЭЛРО проклятое!

Перед вечером персонал куда-то разбрелся, стало тихо, и я, лежа на брюхе, задремал. Потом услышал шорох, приоткрыл глаз и увидел около своей страшной ортопедической кровати тощую патлатую девку, которая вежливо сказала:

— Здравствуйте, Костя. Меня зовут Джина, я экстрасенс и целитель...

Моложавая ведьма с чертовой тусовки. Боясь разбудить свою звериную боль, я не шевелился и молчал, как партизан в гестапо.

— Меня привез ваш друг Сережа и попросил помочь вам...

— А где он сам? — шепнул я осторожно.

— Внизу. Время ведь — десятый час, его не пустили...

— Ага, его не пустили, а тебя, светило медицинское, пустили?

— Ну конечно, — сказала она. — Я этих теток внизу загипнотизировала...

Елки-палки, может, это у меня от боли памороки начались? Со страхом я смотрел на нее, как из засады высунув голову из-под одеяла. И сестричка палатная, зараза, провалилась куда-то! Шевельнуться не могу — эта ненормальная чего хошь теперь может вытворять со мной.

— Не бойтесь, не нервничайте, расслабьтесь, я не сделаю больно, — спокойно объясняла придурочная шабашовка. — Дотрагиваться до вас я не буду, напрасно ежитесь, я работаю бесконтактно... Сейчас вы ощутите в спине тепло от моих рук... Боль незаметно легко уйдет...

Полный сикамбриоз — я хотел заорать, позвать кого-нибудь, но было стыдно, просто закрыл глаза от страха.

Скинув с меня одеяло, она водила надо мной руками, что-то неразборчиво бормотала, тихонько сопела — по-моему, моей полоумной целительнице не мешало самой подлечить аденоиды. Потом она положила мне ладони на хребтину, еле-еле касаясь спины, — я начал авансом подвывать от ужаса предстоящей боли.

— Ой, какие же вы, мужики, нетерпеливые, — вздохнула Джина. — У вас прорыв чакры между седьмым и восьмым позвонком... Сейчас я вам помогу...

И обрушила мир.

Двумя руками уперлась в позвоночник и резким ударом, будто прыгнула на меня, вправила выскочивший диск. Костяной треск, мгновенная мгла от невероятной вопящей боли, глухота, мой животный рев и пещерный порыв — как у недобитого медведя — раздавить эту ничтожную говнизу.

По-моему, я ее уже сграбастал в охапку, но не успел придушить, поскольку она заполошно верещала:

— Погодите, погодите! Посмотрите — вы же стоите на ногах!..

Я стоял на ногах — без костылей, без помощи этих паскудных гиппократов. Она вылечила меня. Гениальная прохиндейка, недоучившаяся медсестра, чернявая тощая волшебница с чародейской силой в костлявых тоненьких ладошках.

Я точно знаю — в ней бушевало таинственное знание инобытия, взошедшее на дрожжах мелкого шарлатанства и пустякового циркового жульничества.

Конечно, мы были с ней одного поля ягодицы. Всегда я боялся кому-нибудь задолжать. Не мог же ей просто дать деньжат! Сначала хотел по-честному рассчитаться, а потом вдруг заметил, что мне очень приятно устраивать ее судьбу. И жутко интересно.

Я возил ее по всем знаменитым знакомым, с моей подачи она начала помаленьку врачевать режиссеров, писателей и генералов. Потом пошло-поехало — госбоссы и крутые деловики, моссоветовские шишки и жены цековских командиров. Был в ней азартный размах гражданки Хлестаковой и таинственный шарм бесовщины, никогда она не мельчилась, играла с апломбом — лечила или бесплатно, или за огромные деньжищи.

Тогда уже подкатила золотая пора шальных бабок — за магические пассы Джины, за душевные разговоры, за реальное или внушенное исцеление, за принадлежность к избранному кругу ее пациентов, чьи имена якобы хранились в секрете, но почему-то были известны всем, — за все за это никаких монет было не жалко! А в газетах ее разоблачали и восхищались, топтали и свидетельствовали, издевались и сообщали о чудесах — она стала наразрыв и нарасхват. Потом подлечила дочку какого-то члена Политбюро — и начала регулярно вещать по телеящику. И незаметно быстро моя крестница на этой шумной ярмарке плутов и самозванцев превратилась в культовую фигуру.

Мы жили так стремительно и полно, что как-то так странно получилось — ни разу и не нырнули мы с ней в койку. А потом она познакомила меня с Мариной — и все делишки насчет задвижки с ней сами отпали.

Но из всех моих знакомых баб только Джина Бадалян приехала ко мне в лагерь, в Пермскую исправительно-трудовую колонию №11. Заблатовала все начальство, всем дала в лапу, всем пасть хмельным медом смазала, привезла полный джип продуктов для нашей братвы, огляделась и сквозь слезы бодро сказала:

— Ништяк, гасконский братец Дертаньянц! По-вашему, по-мушкетерскому — алагер кум алагер, а по-нашему — в лагерях как в лагерях...

— Думаешь? — не поверил я.

— Знаю. Как поет Левка Лещенко, «не надо печалиться, вся жизнь впереди...».

А может, мне, дураку, надо было жениться на ней?

Наверное, нет. Я ведь уже встретил Марину. Самое большое и острое счастье в жизни. И потерял ее...

...А на двери ее кабинета была привинчена сияющая бронзовая доска — «PRESIDENT GEENA BADALYAN».

— Слушай, президент, сними срочно мемориальную доску! — попросил я сердечно.

— Это еще зачем?

— Русских посетителей твоей международной шарашки пугаешь до смерти — они ведь это безобразие читают или как «геенна», или как «гиена». Нехорошо! Ты, можно сказать, светило наше национальное, а прозываешься как-то враждебно-оскорбительно. Как говорят нынешние придурки, весь имидж себе описаешь...

— Ништяк! — отмахнулась Джина, усаживая меня в громадное покойное кресло. — Мой имидж не описаешь — я кутюрье и совладелица великой фирмы «Новые платья короля». Ты заметил, кстати, что чаще всех говорят — «дураков нет!» — самые безмозглые дураки?

— Ну да, они это заявляют, когда у них умники денег просят, — усомнился я. — Я вообще считаю, что в нашем мире сейчас не дефицит ума, а острая нехватка счастья.

— Как проявляется? — деловито спросила Джина, и по ее наморщившемуся лбу я увидел, что она уже прикидывает, как коммерчески сбагрить клиентуре «левые» запасы дефицитного счастья.

— Понимаешь, не вижу я вокруг себя ни одного понастоящему счастливого человека, — сообщил я меланхолически. — Как встречу, так сразу же собезьянничаю — отращу себе золотые рожки, стану веселым беззаботным козликом на изумрудной лужайке жизни...

— Посовестись, Кот противный! — возмутилась Джина. — Ты ведь прирожденный везун! Пожизненный счастливчик! Мистер Фарт! Господин Удача!

— Не преувеличивай! — скромно потупил я ясные очи. — Многовато накладок в последнее время у твоего везучего счастливого удачника-фартовика... Чего-то я маленько по жизни не подтверждаюсь.

Джина подошла ко мне вплотную, вперилась в меня своим огневым обжигающим взглядом:

— Правду скажешь?

— Клянусь! — поднял я руку, как на присяге. — Клянусь говорить неправду, одну неправду и только неправду!

— Все равно говори — ты кому-нибудь завидуешь?

— Завидую? — удивился и озаботился я. — Не знаю... Наверное, понемногу завидую. Хитрому Псу — на широкие бабки, Сереге — на ясность жизни, тебе — на тусовку... Не знаю больше, не могу припомнить... А, вот вспомнил — боксеру Майку Тайсону, у этого кретина девятнадцать гоночных машин!

Джина почти беззвучно, шелестяще засмеялась:

— Ты и сам не понимаешь, какое это счастье — никому не завидовать! То, о чем ты тут блекотал, — не зависть...

— А что же это? Светлое умиление?

— Котяра, я ведь с людьми работаю... Такого наслушалась, такого нагляделась! Зависть не бывает на деньги, или на баб, или на карьеру. Зависть — это готовность поменяться судьбой, страстное желание махнуться своей личностью, способность отдать свое прошлое за чужое будущее. Вот это — настоящая зависть. Ты готов на такой чейндж?

— Ну-ну-ну! — замахал я руками. — Сглазишь еще, чертова колдунья! А так — какой ни есть говенненький, а все-таки я свой!

Она тихо засмеялась, а я подозрительно спросил:

— А ты-то сама кому-нибудь завидуешь?

И она твердо и быстро ответила:

— Да. Я мечтала поменяться судьбой!

— Это с кем же ты поменялась бы будущим? — спросил я ошарашенно.

— Мне будущего мало. Я бы хотела и прошлым... С подругой моей Мариной...

— Во даешь! — растерянно пробормотал я. — Надоело быть простой колдуньей-мещанкой, хочешь стать столбовой дворянкой? Мадам Губернатор?

— Плевала я на его губернаторство! Захочу — завтра меня в Госдуму депутатом выдвинут. Не в этом счастье...

— А в чём? — тупо допытывался я.

Джина помолчала, будто раздумывала — говорить со мной, остолопом, или плюнуть на меня, как на губернаторство. Вздохнула и засмеялась:

— Мне Маринка рассказывала, что, когда вы спутались, ты устроил ей ванну из шампанского. Правда? Или наврала для красного словца?

— Правда, — признался я. — Было дело. Подумаешь, тоже мне чудо! Тридцать пять ящиков по двенадцать бутылок. Без отстоя пены — полное булькающее корыто...

Господи, как это давно было!

...Джина позвонила мне и попросила встретиться на бегу, на минуточку — хотела отдать мне долг, на машину деньги занимала. Я ей «забил стрелку» у Юрия Долгорукого, мы в «Арагви» с Серегой и Хитрым Псом гулянку запланировали. А она прикатила с Мариной и сказала весело:

— Знакомься! Она тебе должна понравиться — такая же шиза... Жили у бабуси два безумных гуся... Представляешь, эта больная летает на дельтаплане! Можешь это вообразить?

— Могу, — сказал я, потеряв дыхание.

Она и должна была прилететь ко мне на дельтаплане — не на пердячем «Жигуле», не в троллейбусе и не на грохочущем самолете. На дельтаплане! Спустилась с небес — не лилейный нежный ангел, конечно, нет, а вся загорело-хрустящая, как вафельная трубочка с кремом, смеющаяся своими удивительными разноцветными глазами, горячая — у нее нормальная температура была градусов сорок, от ее кожи шел живой теплый ток, и тысяча яростных пульсов бились в ней одновременно, и я умирал от непереносимого желания прямо здесь же на улице войти в нее, раствориться, исчезнуть в ней — в ее вожделенной Марианской впадине, в этой марракотовой бездне наслаждения.

Она разомкнула меня, и взяла в свои нежные сильные руки мое сердце, и поцеловала его, запечатав мою любовь. И моя неугомонная алчная душа полетела к небесам легко и плавно, как воздушный шарик, и я знал, что это навсегда, потому что теперь я обручен с ней на муку и счастье до последнего вздоха.

Это же надо — на дельтаплане, долбанный по голове! Жарким летним днем. В сумасшедшем слепом городе. На улице Горького. Спустилась с небес.

Сладкое умопомрачение, волшебное сновидение — вроде бы наяву. Остановилось надо мной солнцем. Ничего не видел, не слышал, не помню. Не знаю, куда подевалась Джина, что происходило, что мы говорили друг другу. А может, и ничего не говорили — не надо это нам было!

Помню только, как мы зашли в цветочный магазин и я, купец Иголкин, купил все имевшиеся у них розы. 121 штуку — букетик удался! Мы стояли около конного памятника со своим пылающим снопом в оба наших обхвата, и Марина раздавала идущим мимо бабам розы — целовала бутон и протягивала прохожим, а они испуганно шарахались, боясь подлянки или скверного понта, а мы хохотали и бросали цветы вслед отказавшимся. Последний цветок Марина оставила себе и сказала — вот этот будет мой, мне больше не надо...

А потом мы пошли в ресторан, где уже широко кутили мои замечательные дружки с какими-то девками, и я любил их и горевал, что все счастье обвалилось только мне, что я один сорвал сказочный джек-пот, мне было совестно перед ними, как будто я замухлевал на карточной сдаче судьбы, и за это я готов был отдать им все на свете.

Кроме Марины.

И мы жутко пили, орали, танцевали брейк-данс под «Тбилиссо», с кем-то там дрались, и я знаю точно, что если правда, будто бы утопающий в последний миг видит всю свою прошедшую жизнь, то вся моя судьба вместится в одно воспоминание об этом самом прекрасном вечере в грузинском ресторане, провонявшем шашлыками и прокисшим вином...

На лице Джины была грусть и легкое разочарование — может быть, ей было бы приятнее, если бы я сказал, что Марина наврала про ванну шампанского? Но Марина никогда не врала, мне кажется, ей было лень утруждать себя враньем.

— Джина, добрая волшебница, разве это так важно? То шампанское давно утекло в канализационный сток...

Джина покачала головой:

— Никуда оно не утекло... Это шампанское до сих пор шумит в твоей голове. — Вздохнула и с усилием сказала: — Не повезло мне в жизни с хорошими мужиками...

Я обнял ее и осторожно поцеловал, а она отпихнула меня.

— Хочешь, погадаю? Судьбу твою посмотрим, тайны угадаем...

— А чего там смотреть? Ты же сама знаешь, что я везун и счастливчик, — засмеялся я. — Все будет хорошо! А вообще в жизни есть только одна настоящая тайна...

— А именно?

— Мы, по счастью, не знаем нашего часа...

— Эту тайну знают самоубийцы, — сказала она серьезно.

— За эту разгаданную тайну они платят жизнью.

— Они не за тайну платят, Кот. Они платят за то, что их Бог разлюбил. Это единственная реальная плата за умершую любовь...

Я смотрел на нее во все глаза, пытаясь сообразить, что она имеет в виду. Не повеситься же она мне предлагает!

— Ты чего хотел от меня? — спросила Джина.

— Устрой мне встречу с Мариной. Здесь, у тебя, потихому. Я бы не просил, но у меня нет выхода — меня Сашка очень плотно обложил...

СЕРГЕЙ ОРДЫНЦЕВ:

И.О. ПРАВИТЕЛЕЙ

Вице-премьер правительства Российской Федерации Антон Дмитриевич Завалишин поразил мое воображение.

— ...А почт скоро не будет в мире вообще — прощайте, бронзовые горны Турн и Таксис, — говорил он Серебровскому, покачивая печально маленькой лысой головой с аккуратной бахромой серых волос вокруг плеши.

Честно сказать, мне показалось недостоверным, что российский министр помнит элегантную эмблему старейшей в мире почтовой службы — скрещенные трубы королевских посыльных. Но Антон Дмитриевич знал не только это, он знал много чего и хотел этим знанием поделиться с заглянувшим на минутку магнатом с проектом на 9 миллиардов долларов.

— В новый век войдут лишь телефон, радио и компьютер, — рассуждал он неспешно, и от авторской гордости за эти пошлые банальности его ровная лысина бликовала розовым отсветом. — Владимир Одоевский писал Пушкину: «Письма в будущем сменятся электрическими разговорами». Это ведь надо — электрическими разговорами!

На Хитрого Пса было боязно смотреть. Он медленно перекатывал желваки на скулах, покусывая нижнюю губу, и, поправляя мизинцем дужку золотых очков, глядел на вице-премьера, как солдат на вошь.

Корректно-невозмутимый компьютерщик Петр Петрович и я, вообще непонятно зачем сидящий здесь, создавали за спиной Серебровского драматический фон — безмолвный и многозначительный, как греческий хор. Может быть, мы изображали народ, за блага и интересы которого бился Хитрый Пес с гидрой правительственной бюрократии?

Встреча не задалась с самого начала. Когда мы подошли к дверям приемной вице-премьера, Сашка остановился посреди громадного коридора, посмотрел на свой золотой котел «Картье» и сказал:

— Подождем... Осталось еще полторы минуты. — Перехватил мой недоуменный взгляд и, усмехаясь, пояснил: — Я не могу приходить раньше времени... И тем паче — толкаться в прихожей, дожидаясь приема.

— И в миллиардных делах счет тоже идет на секунды? — спросил я.

Сашка снисходительно похлопал меня по плечу:

— Не думай о секундах свысока, как пел нам незабвенный геноссе Штирлиц. У нас — Византия. Цель — ничто, ритуал — все. Ситуация просчитывается не в лозунгах, а в деталях. В секундах, гримасах, в мелких буковках после текста...

Петр Петрович тоже обнажил из-под обшлага свой «Картье» — они были похожи на командиров, сверяющих время атаки, и ровно в одиннадцать он распахнул перед Серебровским дверь в приемную.

Мы вошли в этот вокзальный эллинг под звон часов-башни красного дерева в углу, поздоровались — Серебровский ограничился сухим кивком и направился в кабинет Завалишина.

И тут секретарша сделала спурт, который бы и нашему Коту Бойко сделал честь в его олимпийские времена. Рывком она выскочила из-за своего стола, резкая пробежка, и, как панфиловец, преградила нам своим тщедушным неаппетитным телом вход в святилище.

— Александр Игнатьевич, прошу прощения, одну минуточку надо подождать. — На ее лице была не пудра, а сахарин. — Антон Дмитриевич сейчас заканчивает важный разговор по «кремлевке»...

Серебровский зло усмехнулся, поправил на переносице дужку, повернулся к ней спиной и сказал мне, не понижая голоса:

— Оцени, Серега! Сейчас важные разговоры по «кремлевке» ведут только министры и блатные паханы. А всерьез люди разговаривают по спутниковым закрытым мобильникам...

Секретарша трусливо улыбалась, но стояла в дверях насмерть, и улыбка ее была как гримаса боли.

— Александр Игнатьевич, он вас ждет, уже спрашивал о вас, сей момент он закончит...

Не обращая на нее внимания, Сашка зловеще изрек:

— Плохой знак! Мне кажется, он нас не уважает...

Я тихо сказал:

— Сань, не заводись. Бог весть — может, и впрямь ему сверху звонят...

Хитрый Пес по-волчьи, углом рта усмехнулся:

— Сверху, говоришь? Вице-премьеру? Откуда? От Господа Бога? От президента? Так ему не до Завалишина, сейчас на Боре шапка горит. Запомни, Серега, — у чиновника, как у павловской собачки, выделяется слюна только перед кормежкой.

Распахнулась дверь, чуть не зашибив секретаршу, и с порога призывно замахал лапками нарядный человечек:

— Александр Игнатьич, простите великодушно, замотали меня... Добро пожаловать! Ждем-с, ждем-с...

— Это мы вас ждем-с, Антон Дмитриевич, — ласково, ледяным голосом ответил Сашка и, не дожидаясь приглашения, прошел к длинному столу для совещаний и твердо уселся. — Итак...

— Что предпочитают гости — чай, кофе, коньяк? — суетил хозяин.

— Гости предпочитают серьезный деловой разговор, — за всех нас расписался Сашка. — Послезавтра заседание правительства, надо утрясти и согласовать все неясные вопросы.

Антон Дмитриевич уселся напротив, озабоченно наклонил набок свою круглую лысую голову в опушке седых волос, похожую на мохнатое яичко, и сказал удрученно:

— Возникли проблемы, Александр Игнатьич. Вопрос о договоре с «Макрокомп глобал» из повестки дня правительства пока исключен.

— Так... — сказал Серебровский голосом, не предвещавшим ничего хорошего. И повторил: — Так... Объясните, пожалуйста...

— Вы финансист, Александр Игнатьевич, и не хуже меня понимаете, что сейчас творится на денежном рынке, — запыхтел Завалишин. — Центральный банк не может гарантировать стабильность валютного коридора...

— Я не прошу у правительства денег, — перебил Сашка. — Мне нужны для Билла Хейнса государственные гарантии о переводе военной техники в коммерческое использование...

— Да-да, я понимаю! Но в Администрации Президента сильно озабочены, — совсем разволновался вице-премьер. — Я бы сказал, некоторое обоснованное беспокойство...

— Стоп, стоп! Вот с этого места — медленно, внятно, желательно по слогам, — остановил его Серебровский. — Чем, интересно знать, обеспокоена высшая власть державы?

— Александр Игнатьевич, мы же не дети! Ежу понятно, что в случае успеха проекта вы разрушите так надежно работавшую долгие годы конструкцию стабильности, которую любят называть системой сдержек и противовесов! В ваших руках могут оказаться все масс-медиа этой страны!

— Чем еще обеспокоены радетели отечества? Тем, что я хочу избавить страну от непосильных обязательств и включить ее в мировое информационное пространство?

— Не в этом дело, Александр Игнатьич! Ваш проект — замечательный. Но разве камень преткновения в Администрации? У нас у всех связаны руки Думой! Ведь чтобы разоружить тысячу баллистических ракет, надо провести голосование за ОСВ-2! А депутаты на это никогда не пойдут. Из патриотических побуждений...

— Но неделю назад вы были уверены, что мы получим постановление правительства и найдем рычаги давления на Думу! — вколачивал, как гвозди, фразы Серебровский.

— Неделю назад еще не надвигался финансовый кризис! — задергался Завалишин. — Правительство твердо стояло на ногах, а не балансировало над пропастью.

— А вы собирались с этими гнилыми бумажками ГКО баловаться до конца жизни? — ядовито осведомился Сашка. — Эта гнойная пирамида была обречена с самого начала!

— Неужели вы думаете, Александр Игнатьевич, что мы тут не понимаем пороки внутренних заимствований? — вздымился вице-премьер. — Но нет выхода — налоги не собирают, производство нерентабельно, почти все убыточно...

Сашка откинулся на стуле, положил ногу на ногу, посмотрел на него в упор:

— Это вы правы — все невыгодно. Меня удивляет, откуда берут средства печатать деньги — по идее, все они должны быть разворованы по дороге на Монетный двор...

— Н-датес, проблема эта у нас существует, — государственно-озабоченно вздохнул Завалишин, поправляя золотистый двухсотдолларовый галстук «Ив Сен-Лоран». — Что касается компьютерно-космического проекта, думаю, надо решать его по частям, а не весь сразу.

— Поясните мысль? — строго спросил Сашка.

Лысина Завалишина стала накаляться красным светом — он вдохновлялся на глазах:

— Проект ведь действительно космический — в прямом и переносном смысле! Он должен ввести Россию в новую

303

коммуникационную эру! И правительство настроено весьма позитивно. Но вы, Александр Игнатьич, должны считаться с реальными трудностями сегодня! Нужно немного повременить в части юридического оформления — необходимо провести через Думу закон ОСВ-2, уточнить статус государственного участия. Я не сомневаюсь — проект обязательно будет реализован...

— Вы полагаете, что Билл Хейнс и я вложим девять миллиардов долларов в затею, гарантированную патриотизмом наших депутатов и доброй волей правительства? — с интересом спросил Серебровский.

— Александр Игнатьич, голубчик, но ведь ни вы, ни хозяин «Макрокомпа» не должны сразу же инвестировать такую огромную сумму! — нашелся Завалишин. — Пока будут решаться процедурные вопросы, у вас возникнет тьма подготовительных работ.

— Интересно знать — кто гарантирует мне надежность инвестиций на предварительные работы? Вы представляете, сколько это стоит?

— Если хотите, я могу сегодня же дать вам и Хейнсу письмо с заверениями о заинтересованности российского правительства в осуществлении проекта.

— Ну что же, — вздохнул Сашка. — Как говорят симпатичные начитанные испанцы Ортега и Гассет — лучше синица в руке, чем утка под кроватью...

— Испанцы знают, что говорят. — Завалишин весело засмеялся — он знал Хитрого Пса хуже, чем я, и ошибочно решил, что самая неприятная часть разговора позади, дело сделано, в смысле — разрушено.

Я смотрел на Сашку и по его лицу читал ясно, что Завалишин ему дело не сломает.

А тот плел какую-то гуманитарную чепуху о значимости проекта для страны, о неостановимости прогресса, о почтовых трубачах Турн и Таксис и переписке Одоевского с Пушкиным.

Сашка встал, протянул вице-премьеру руку для прощания и грустно сказал:

— Рейган ошибался, Россия — не империя зла. Россия — страна бесконечной печали...

Не понимая, куда он клонит, Завалишин осторожно переспросил:

— Да-а?

— Ни один из сталинских министров никогда не слышал электрических разговоров и понятия не имел об Одоевском... — И, не давая Завалишину возникнуть, упер в его тщедушную грудь указательный палец: — Сегодня же переговорите с премьером Кириенко. Мне надо с ним встретиться незамедлительно. Договоритесь об этом. Пожалуйста...

Серебровский проследовал через приемную, ни на кого не глядя, не отвечая на приветствия толпящихся просителей, ни с кем не прощаясь. Петр Петрович распахнул дверь в коридор шириной со Старый Арбат, и Хитрый Пес вышел, сопровождаемый нами, двумя бессмысленными статистами, театральными куклами, которым он даже ниточки поленился привязать, ибо знал только один жанр представления — театр одного актера.

И плюнул на алую ковровую дорожку.

— Профессор метафизики Хосе Ортега-и-Гассет, если бы не помер давным-давно, сказал бы сейчас: «Градоначальник города Глупова Топтыгин, собственно, не то чтобы был зол, а просто так — скотина», — сообщил нам Сашка.

Петр Петрович спросил:

— Александр Игнатьич, он что — струсил? Или денег хочет?

Сашка передернул плечами:

— Наверное, и то и другое. Но дело не в нем. Завалишин просто изрядный прохвост и заурядный дурак. И ввязался в игру не по его умишку. И не по его силенкам...

— То есть? — не понял Петр Петрович.

— Мои коллеги-конкуренты очнулись и через него решили развести меня пожиже... Для начала они попросили Завалишина застопорить пока проект, а потом уже, оглядясь, обдумав и благословясь, учинить раздел этого пирога. Сейчас существуют проверенные механизмы — экспертизы, конкурсы, тендеры и прочая тряхомудь, наводящие тень на плетень...

— А что будешь делать? — Я обозначил свое присутствие.

Хитрый Пес смотрел на меня, но не слышал — думал о чем-то своем, наверное, быстро считал варианты, прикидывал, искал, я думаю, системный подход.

— Что ты сказал? — переспросил он, когда мы подошли к лифтам.

— Ничего не сказал. Спросил — что делать будешь?

Сашка помолчал, скорее всего мерил дистанцию безопасности, свой единственный нерушимый принцип — не доверять никому, а потом засмеялся:

— Для начала — выгоню Завалишина из правительства. Засиделся! Как вы, менты, говорите — сросся со средой.

Я промолчал, а Петр Петрович эпически заметил:

— Они, как сюда попадают, будто с ума сходят. Ребенку ясно — министров назначают и снимают. А магнаты пришли навсегда...

Я с интересом оглянулся на него — Петр Петрович не угождал Сашке, не говорил приятности, не льстил. Он действительно так думал.

— Ну, ты чего насупился? — толкнул меня Сашка. — Завалишин не понравился?

Телебенькнул звонок приехавшего лифта, вспыхнули сигнальные лампы, с рокотом покатились створки в стороны.

Я пропустил Серебровского в кабину и смирно сказал:

— Нет, не понравился. Я думаю, он похож на Фатеева.

— На кого? — удивился Сашка.

— На вице-премьера Фатеева. Помнишь? Ты через него вышиб Поволжский кредит...

АЛЕКСАНДР СЕРЕБРОВСКИЙ:

ГЛУБОКОМЫСЛИЕ НА МОКРОМ МЕСТЕ

Как только машины рванули от Белого дома, оглушительно громыхнул громовой раскат, сиреневый сполох молнии располосовал черное небо и ливень рухнул стеной.

— На Баррикадную, — скомандовал в рацию начальник охраны Миша, повернулся к нам и пояснил: — Надеюсь объехать туннели, там сейчас весь транспорт станет...

— Валяй!

Но мы опоздали. Около зоопарка мы вмазались в глухую пробку — маленький пятачок уже намертво забили потоки автомобилей, стекающие сюда, как в воронку, с Пресни, Грузинов и площади Восстания. И назад уже хода не было — подперли в четыре ряда, во всю ширину дороги. И на встречной полосе — под завязку.

Охранник Миша, судорожно шарящий по волнам милицейской радиостанции, оторвался на миг и со злорадной улыбкой доложил:

— Гаишники визжат от ужаса — у Самотеки затерли в пробке кортеж Кириенко. Премьер на совещание опоздал...

— Все, суши весла. Будем ждать... Соедини меня с Палеем.

Миша быстро набрал цифры и протянул мне телефончик.

— Палей слушает... — буркнуло в трубке быстро, озабоченно.

— Привет, Вениамин Яковлевич. Доложи обстановочку...

— Биржа падает катастрофически... «Бетимпекс» прекратил платежи...

— Вот это хорошо! Первая добрая весть за день!

— Мне тут сказали, что через час Центральный банк ставки вздернет на дыбы.

— Ладно, как с эвакуацией «воздуха»?

— Трансферы завершены, акцепты с первого рубежа получены...

— Ага, отлично! Начинайте гнать их по цепочке дальше...

Вода ровно, гулко шумела по крыше автомобиля, за стеклом — серая безвидная мгла.

— Люди, к счастью, совсем не понимают друг друга, — неожиданно сказал Серега Ордынцев.

— О чем ты? — удивился я.

— Ты Завалишина грубо унизил. Объяснил, что только сталинские хамы были настоящими министрами. А он и не заметил...

— Или заметил, не влияет, — сказал я. — В глубине-то души Завалишин понимает, что со всей своей ничтожной трепотней — не чета он тем зубрам...

Серега потер запотевшее изнутри стекло, спросил:

— А ты уверен, что советские министры лучше нынешних?

Я засмеялся:

— Замечательный вопрос! Это все равно, как если бы я спросил тебя: кто лучше — бандит, крутой медвежатник или отмороженный сявка-форточник? Это не относится к категории «лучше-хуже». Это системная проблема эффективности.

— Поэтому ты и решил податься во власть, — иронически заметил Верный Конь.

— Отчасти, — спокойно подтвердил я. — Я хочу внести в наш безумный эксперимент тему здравого смысла. Во всяком случае, как я это понимаю на сегодняшний день...

— А как ты это понимаешь на сегодняшний день? — подчеркнуто смирно поинтересовался Ордынцев.

Хорошо, я скажу ему. При всей возникшей в нем заостренности — нормальной реакции друга, перешедшего на положение служащего, он мне ничем не опасен. Он мне нужен и полезен, о чем и сам не догадывается. А кроме того, я его, наверное, люблю — как часть моей жизни, тот прекрасный период простовато-доброжелательных взаимоотношений с миром. И вообще не понимаю — как он может быть хорошим полицейским? Хотя с Фатеевым он сообразил. Молодец. Надо только правильно сориентировать его, чуть-чуть довернуть на курсе.

— Так что со здравым смыслом? — напомнил Серега.

— Здравым смыслом? Шевелится он во мне, гад, скребется, шепчет на ухо: «Саня, не спи — замерзнешь. Страна беременна сталинским режимом! Давай-давай! Срочно нужен акушер, повивальный дедка!»

— Не понял! — вскинулся Серега. — Так ты что, собираешься спасать демократию в стране? Или установить тоталитаризм в одном отдельно взятом крае Сибири?

Я взглянул в непроницаемое мокрое месиво за окном: кажется, дождь припустил еще сильнее. Фары встречных автомобилей дымились в водяной сетке оранжевыми шарами.

— Ну что ж, друг Серега, сидеть нам с тобой в этой дождевой автопрорве долго, развлечений и дел не предвидится. Давай устроим политзанятие, семинар-скучище об устройстве жизни человеческой. Ты заметил, кстати, что людям кажутся всего скучнее вопросы, от которых напрямую зависит их жизнь?

— Я тоже предпочитаю про баб и безобразия, — улыбнулся Ордынцев.

— Тогда воспользуемся этим транспортным безобразием, порожденным безобразием стихии и народным безобразием под названием «российская демократия»...

— А чего ты так демократию не любишь? — перебил меня Серега.

Вода текла по улице густой мутной речкой и вместе с мусором — бумажками, пластмассовыми стаканчиками, щепками и тряпками — несла первые клочья осени, тьму желтых, бурых, жухлых листьев. Вот и еще одно лето пробежало. Сколько их осталось?

Смешной человек Серега — «почему ты не любишь демократию?» Это как расспрашивать Ломоносова — вы почему, Михаил Васильевич, великий наш русско-народный всезнатец, не любите вещество горения «флогистон»?

Да потому что нет никакого «флогистона»! В природе не существует!

— Серега, демократия в России — вещь противоестественная и нелепая, как шпоры на валенках, — заверил я его совершенно серьезно. — Демократия! Тоталитаризм! Чепуха, мусорная болтовня! В мире нет нигде, слава Богу, демократии. Когда-то, в сумеречно далекие родоплеменные времена она ублюдочно тлела — дикари общим рассуждением решали, как им надо жить. Но однажды возник вождь и дал армейскую команду — делай, как я! И с тех пор демократия стала чисто духовной идеей, вроде религиозной конфессии. Иудеи, христиане, мусульмане и истинно верующие демократы. Хочешь приобщиться — это как в церковь сходить, всегда пожалуйста, можешь помолиться, бабки пожертвовать, а вот с Богом поручкаться, за бороду подержать — это хрен в сумку! Только на небесах, в следующей жизни...

— Ага, уловил, — кивнул Ордынцев. — Выходит, между Москвой, Пхеньяном и Вашингтоном особой разницы не просматривается?

— Ого-го-го! Разница огромная — в бабках! В механизме управления экономикой, который и есть техника управления людьми. Тем самым демосом, который якобы и осуществляет свою кратию. В Пхеньяне техника простая, как дубина, — военно-пыточная система, послушание абсолютное, но денег нет совсем. И скоро это, конечно, упадет. А Америка, которую долгие века строили купцы, менялы и ремесленники, простоит подольше.

— Лет сто?.. — мрачно предположил Серега.

— Ну, в следующем веке сто лет ни одна демократия не простоит. Слишком дорогие декорации в этой постановке. Но в Штатах это будет стоять, пока не источится, не соржавеет, не сломается их замечательный денежный механизм.

По тротуару бежал мальчишка. Мокрый насквозь, совершенно счастливый, махал руками — он плыл в дожде. Я тоже так бегал — говорили, что если бегать под дождем босиком, то быстро вырастешь. А я очень хотел вырасти, я был маленький.

Неужели остался?

— Баксы — штука действительно обаятельная, — согласился Серега. — И что, они и поддерживают американские народные права и свободы?

— Они ничего не поддерживают, — покачал я головой. — Они и есть американская демократия. Посмотри, что на баксе нарисовано...

Серега засмеялся:

— Джордж Вашингтон в седых кудряшках. Как моя бабушка Серафима в завивке. Смотрит на нас подозрительно, курс доллара в Москве проверяет.

— Вот это точно! Но символ свой они на спинку купюры, на грин бэк, залепили — недреманное масонское око! Никогда не смеживается, не спит — надзирает, чтобы средний американец был таким же покорным и послушным, как северный кореец. Не битьем и голодом управляет это грозное око американцами, а собственным домиком, джипом и завалом жратвы.

— И вольнолюбивый американский народ ни фига не решает? — усмехнулся Серега, задумчиво глядя на залитую дождем улицу.

— Народ, к счастью, нигде ничего не решает. Ни американский, ни российский, ни корейский. И не спрашивают его нигде и никто, и спрашивать-то не о чем — не понимает наш прекрасный демос ни хрена. Чтобы демос не стал охлосом, по-нашему — охламонами, решает за него власть. Везде, всегда, все! В нормальной стране обыватель боится банковского инспектора больше, чем полицейского.

— Веселую ты изобразил картинку. Тупая власть насилия или изощренное владычество денег? — раздумчиво сказал Ордынцев и спросил: — Как я понимаю, ты надумал нас всех, как гирьки на весах, передвинуть от Пхеньяна к Вашингтону? Или наоборот?

— Я вообще хотел бы сменить вектор движения. Жить в Пхеньяне страшно, а в Вашингтоне невозможно. Да и неохота! Если бы поставить Россию на рельсы — в мире лучше страны бы не сыскалось...

— На рельсы — куда? Куда мы, счастливые чебурашки, поедем в этом голубом вагоне?

— В просвещенный абсолютаризм. В экономическое самодержавие...

Верный Конь оборотился ко мне, посмотрел как на буйно помешанного.

— Не боись, Серега, я в своем уме, — успокоил я. — Я знаю, что говорю. И оперирую не лживой митинговой демагогией о народном счастье, а единственно достоверным знанием — пониманием природы денег. Они, как люди, творят жизнь, рождаются, растут, плодятся...

— А случается, умирают?

— Нет, Сережа, деньги не умирают. Они бессмертны. В земле они называются «сокровище», в моих руках — рабочий капитал, в твоих — зарплата. Но эти сгустки энергии не исчезают — страховая фирма «Ломоносов-Лавуазье» не допускает: где-то что-то убавилось, значит, кому-то прибавилось, просто они переходят в другое состояние...

Верный Конь покачал недоверчиво головой:

— Сделай милость, просвети. Я ведь сейчас работаю в стране бывшего просвещенного абсолютизма. Вернусь из Лиона сюда, а тут уже — будущий просвещенный абсолютаризм. В чем разница? Что, как говорится, носить будут?

— Язык за зубами. Сейчас многим болтовня успешно заменяет работу. Стало выгодно быть разговорчивым бездельником, якобы защищая и представляя интересы народа. Вот этого — не надо! Я и сам народ не обижу! Все наши великие демократические завоевания — запретить и позабыть! Наш народ у Мишки Горбачева просил не свободы, а колбасы, а он, дурень, не понял и дал ему гласность. А я дам людям свободу работать до упора и жрать колбасу от пуза. Но политических игрищ — никаких! Все, наигрались! Законы — понятные, строгие, справедливые. Армию бюрократов сокращу в сто раз. За взятки — расстрел. Дармоедов — в зону. Блатным — пулю...

— Слушай, Хитрый Пес, не пугай так сразу! А кто же это будет тебе так абсолютарно просвещать народ?

— Военные коменданты. И полиция, не берущая взяток.

— Но вы же меня убедили, что здесь таких нет! — воскликнул Серега.

— Есть. Есть, поверь мне. Не стоит село без праведника, а держава без людей, которые живут по понятиям. Не блатным, а Божеским...

— Что, попов попросишь подсобить?

— Нет, я попрошу тебя. Ты мне их всех сыщешь и такую полицию создашь. Я хочу, чтобы следующим министром внутренних дел России был ты...

Не шутил я с ним. И не обманывал. Ну, может быть, не все сказал. Так это ему и не надо.

Господи, как я устал от огромного количества ведомых мне тайн! Серега и не представляет даже, как старят человека тайны. Вся его жизнь, вся его работа предполагают конфиденциальность, закрытость, секретность. Но это бессмыслица, ибо имеет задачу сделать скрытое явным, это не таинство созревания зерна в земле, а закрытая напряженность нарыва. И от этого их молчаливость никогда не становится тайной, а всегда остается пустяковым служебным секретом. Любая бумага со строжайшим грифом — «совершенно секретно!» — гроша не стоит, потому что настоящие тайны не доверяют бумаге.

Настоящим тайнам отпущен срок жизни их хранителя, и они должны умирать вместе с ним. Человек, переживший тайну, смешон и беззащитен.

Кот Бойко думает, что владеет моими тайнами. Серега надеется разгадать то, что знает Кот. Эх, мальчики вы мои дорогие...

Тайну знает Вениамин Яковлевич Палей. Мы здесь — в августовском ливне, в автомобильной пробке у ворот зоопарка — рассуждаем о демократии. А Палей перекачивает деньги. Огромные деньжищи! Несчетные миллионы. Кровь, душу, плоть завтрашней власти. Будущее легионов людей.

Вот это тайна. И тебе, Серега, такие тайны еще не по плечу. Или не по душе? Какая разница...

СЕРГЕЙ ОРДЫНЦЕВ:

ДЕТСКИЙ «МЕРСЕДЕС»

Лена Остроумова, мой личный секретарь, сделала пометку в блокноте и с лучезарной улыбкой сообщила:

— Рабочая программа на сегодня исчерпана, осталось только позвонить жене...

— Не понял? — Я посмотрел на нее озабоченно.

— Вы здесь, дорогой Сергей Петрович, болтаетесь больше недели. Пора звякнуть, узнать, все ли у них благополучно, не надо ли чем помочь. Сыну Василию скоро идти во второй класс лионского лицея имени Мольера. Надо озаботиться, все ли куплено парню для учебы, не надо ли что-то подослать из Москвы...

— Зачем? — спросил я, покручивая на руке свой шестипульный браслетик.

— Проявить сердечное участие, набрать в семье очки, укрепить расшатанный командировками брак.

Занятно, что я никогда и ничего ей не говорил о Ваське. Смотри, как у них все плотно схвачено. Она ведь не проболталась, она это говорит специально, она наводит меня на какую-то мыслишку, на что-то очевидное, чего я не замечаю.

— Я спрашиваю — тебе зачем это нужно?

— Странный вопрос! — Лена вздернула тонкие бровки. Круглая веселая мордочка, круглые плошки-глазки, круглая пимпочка вздернутого носика, короткая стрижка на небольшой породистой головушке. Веселая девчушка-старшеклассница. Жуть какая-то!

Лена повернула ключ в замке, подошла ко мне и крепко, долго поцеловала.

— Не боишься, что нас здесь застукают? — спросил я.

Она покачала отрицательно головой и быстрыми своими, ловкими пальцами стала расстегивать на мне рубашку.

— Только один человек может здесь выразить тебе неудовольствие — Александр Игнатьевич Серебровский, — со смешком молвила моя всезнающая старшеклассница. — Но он к тебе, мой медово-сахарный, не пойдет, а вызовет к себе.

— Ну, слава Богу, тогда заблудим на службе по-черному, — вздохнул я.

Она оторвалась от меня и спросила с живым интересом:

— Слушай, скромник мой дорогой, а в твоей заграничной ментуре, в Интерполе, я имею в виду, сотрудники так не балуются?

Я представил себе, как я запираюсь в своем кабинете на Шарль де Голль, 200, с секретаршей нашего управления — костистой белобрысой кобылой Морин Ван де Грааф, и она шепчет мне страстно сиплым басом: «О-о, майн цукер-хениг

314

кнаббе», — и меня охватил такой страх, что желание сексовать пропало начисто.

— Сотрудничка моя дорогая, — сказал я Лене со смехом, — в Интерполе, чтобы попасть с этажа на этаж, из отдела в отдел, нужен специальный электронный пропуск. А во всех кабинетах двери в коридор всегда распахнуты настежь.

— Понятно, — кивнула Лена. — Для пущей открытости. Мы открыты для стука?

— Примерно так... А ты почему про Ваську моего заговорила?

— Я хочу, чтобы у тебя было все хорошо. — Она смотрела на меня в упор смеющимися круглыми глазами. — И вообще, я люблю детей.

— А чего своих не заведешь?

— Ты что, мой возлюбленный руководитель? Я сама еще дитя, нежный ребенок, нераспустившийся цветок! Лет этак через восемь — десять все организуется, можно будет заняться прямым воспроизводством...

Она взяла меня обеими руками за уши, притянула к себе, стала быстро целовать в глаза, лоб, губы, жалюще-остросладко целовала и смеялась.

— Чего сейчас развеселилась? — спросил я. — Скажи правду, мой нераспустившийся распущенный цветок.

— Мы — я и наш босс Александр Игнатьич — любим детей сильной платонической любовью. Он не только своего Ваньку любит, он и чужих деток обожает...

— Да-а? — протянул я неуверенно. — Свежо предание!

Лена села передо мной на стол, обхватила меня своими длинными сильными ногами, подтянула вплотную.

— Несколько лет назад охранник-дурак упустил со сворки Мракобеса, хозяйского питбуля. Ты это чудовище видел, представляешь. Ну, естественно, добрый песик в кровь искусал соседского мальчишку. Мальчонка-то пустяковый, а папаня его — некстати первый замминистра финансов. Объеденного кабыздохом парня забрали в больницу, и запахло грандиозным скандалом...

— Не поверю, что Хитрый Пес не мог откупиться.

— Серенький мой властитель, любимый командир! Конечно, деньги решают все, но есть ситуации, отягощенные эмоциональными глупостями — родительский испуг, материнский гнев, общая ненависть к собакам-людоедам. Как говорит Серебровский, разрушительное действие внесистемного фактора. Надо было сделать так, чтобы допрежь скандала в газетах и заявления в прокуратуру потерпевшие сами оказались довольны укусами...

— Для этого надо было, чтобы вся министерско-финансовая семья оказалась мазохистами, — заметил я.

Лена восхищенно покачала головой:

— Твой друг Хитрый Пес потому магнат, что знает о таких возможностях денег, про которые мы и не догадываемся...

— Обложил ребенка компрессами из тысячерублевок? — предположил я.

— Нет. Спросил — сколько лет пацану? Одиннадцать? Отлично! Позвонил нашему представителю в Нью-Йорк и велел незамедлительно купить детский «мерседес».

— Это еще что такое? — удивился я и почувствовал стыд — прожил столько лет на Западе и не видел детского «мерседеса».

— В Нью-Йорке самый лучший в мире магазин игрушек — «ФАО-Шварц». Там продается «мерседес» — настоящая двухместная «шестисотка», только маленькая, метра полтора длиной. С двигателем, огнями, все на коже — как полагается, но только для детей. Хороших, качественных детей, которые знают, где и у кого надо было родиться. Потому что стоит этот игрушечный автомобильчик девять тысяч восемьсот долларов...

— Ну-ну, и что? — Я почувствовал себя увлеченным старой сплетней.

— В тот же день наш человек в Нью-Йорке снял с витрины «мерс» и вечерним рейсом увез в Москву. А поутру в палату к сшитому и склеенному мальцу вкатили это авточудо, и, как ты догадываешься, после этого ребенка можно было выволочь из машины только с помощью того же Мракобеса.

— Любопытная история... Может быть, это миф?

— Наверное, миф, — легко согласилась Лена. — Правда, я сама на этом «мерсе» прокатилась. Полный прикол!

— А ты как в этот детский «мерс» попала?

— А его привез в больницу мой папаша. Так уж получилось, что он хорошо знаком с Серебровским и покусанным замминистра...

Мы молчали, глядя друг на друга. Мне показалось, что я начал улавливать код, тайный подтекст ее разговоров со мной.

Лена простодушно сказала:

— Я думаю, что тебе было приятно убедиться в чадолюбии твоего друга. Отец покусанного мальчика потом понял, что за суховатой внешностью олигарха Серебровского скрывается нежная, чувствительная душа. Они даже подружились впоследствии.

— Что-то в этом роде я и предполагал. Как фамилия этого папы, кстати говоря?

— Фатеев...

Она ласкала меня пронзительно, нежно. И властно. А я вел себя как сексуальный инвалид, как эротический лишенец. Я хотел с ней разговаривать.

— Спасибо, что ты рассказала мне...

— О чем ты? — оторвалась она на миг.

— О восхитительной любви Серебровского к детям покусанных министров.

— Не стоит благодарности. Добродетели босса очевидны...

— Тебе наш босс нравится, — утвердительно спросил я.

— Нет, — отрезала она, пытаясь выволочь меня из русла интриг в сладкое лоно удовольствий.

Но мы — международные менты-мазохисты — так легко гадость на радость не меняем.

— Почему? Почему может не нравиться Хитрый Пес? Некрасивый?

— Перестань говорить глупости. Богатые некрасивыми не бывают. Серебровский — очень крутой мэн.

— И что?

Она, видимо, махнула на меня рукой — от эмоционального паралитика кайф не словишь. Закурила сигарету и сказала мне душевно:

— В отличие от тебя, мой ненаглядный начальник, наш шеф Александр Игнатьич — настоящий босс. Как вы называете в Интерполе главных мафиозных донов?

— Capo di tutti capos. Босс всех боссов...

— Вот он и есть Босс Боссович, потому что владеет замечательным секретом расчетов с миром. Все платят за него.

— Нежный мой цветок, несведущее дитя, обращаю твое внимание, что это он нам всем платит, — ради справедливости вступился я за друга.

Она смотрела на меня с еле заметной насмешкой в круглых васильково-синих, бездонно-прозрачных глазах.

— Сердечный ты мой простофилюшка! Все фокусы в цирке очень просты, но исполнить их может только мастер. Секрет Хитрого Пса примитивен, но умеет это делать только он один.

— Поделись секретом, девушка-невинность, нетронутый эдельвейс, если знаешь. Может, мы и для себя сообразим что-то про этот трюк?

Лена положила мне руки на плечи и неожиданно просто сказала:

— Сережа, это не трюк. Это характер, это свойство гениального бизнесмена. Он платит смехотворно дешево за все, что покупает. И берет неимоверно дорого за все, что продает. Хитрый Пес предлагает людям деньги, а взамен берет у них талант, дружбу, верность, счастье, будущее — он приобретает человеческие судьбы. В руках у Серебровского контрольный пакет акций незримой компании «Наш мир завтра»...

Растерянно покачал я головой:

— И тебе не нравится такой крутой мэн?

— Не-а! — беззаботно рассмеялась Лена. — Мы с ним райские птички из одного змеиного инкубатора. Только я пока птенчик в золотом пушке, а он громадный матерый лысый гриф. Нет, не нравится. Мне нравишься ты...

— Ага, это понятно! Как говорится, мечтаю верить...

— Ты, дурачок, этого не понимаешь. Ты как черный хлеб, как печеная картошка в золе. Мне нравится перебрасывать тебя с ладони на ладонь.

— По нашим временам — диета сомнительная...

— Не боись! Как затоскуем, я с презентаций в сумке икры с лососиной утащу. Кстати, я давно хотела тебя спросить...

— Спроси! Смогу — отвечу...

— В какой самой страшной криминальной истории ты участвовал? Какое убийство, ну, допустим, чья смерть произвела на тебя самое большое впечатление? — Ее глаза горели азартным любопытством.

— Смерть Вольфганга Брикса, — не задумываясь, ответил я сразу. — Его останки обнаружили через пять лет после смерти.

— Расскажи, расскажи! — задергала меня Лена. — Быстрее рассказывай...

— Каждый год мы проходим обязательную трехнедельную стажировку в одной из национальных полиций мира. В прошлом году я отбабахал ее в Германии, в Гамбурге. В полицию обратились из местного банка — они, мол, не могут связаться со своим клиентом Вольфгангом Бриксом, на счету у которого кончились деньги. А все коммунальные и регулярные платежи осуществлялись автоматически с этого счета. Как, значит, им быть?

— Ну-ну, дальше? — Лена дергалась в нетерпеливом ожидании криминального ужастика.

— Выехали к нему домой, позвонили в дверь — никто не открывает. А в квартире слышны звуки — кто-то ходит, разговаривает, через замочную скважину видны отблески света.

— Взломали?

— Еще как! Чистенькая двухкомнатная квартирка, в углу на рождественской елке мерцают разноцветные лампочки. Включен телевизор — какое-то ток-шоу передают. А в инвалидном колесном кресле перед телевизором — скелет в лохмотьях. На коленях открытый журнал — программа передач на 5 декабря девяносто второго года. Пять лет назад...

— Полный отпад! — восхитилась Лена. — Сказочный рекламный ролик о елочных гирляндах и телевизорах «Сони»! Хороший слоган: «Живи с нами — после жизни»...

— «Филипс». У него был не «Сони», а «Филипс»... Пять лет покойника развлекал «Филипс».

— А сколько ему годков натикало? Ну, этому самому немцу?

— Бриксу было сорок три. Многоквартирный огромный дом, громадный город, миллион людей вокруг... Могила неизвестного человека...

— Жуть какая-то! — передернула плечами Лена. — Гиньель! Вампука!

Потом обняла меня за шею, тихо прошептала на ухо:

— Эту веселенькую историю ты не рассказывай Хитрому Псу никогда...

КОТ БОЙКО:

ВОЗНЕСЕНИЕ

— Не бздюмо, Кот! — Карабас положил тяжеленную лапу на мое плечо. — Мои ребята были ночью на крыше, проверяли — блок выдержит.

— А я и так знаю — ничего со мной не станется, — засмеялся я. — Я ведь везунчик, ведущий счастливец эпохи.

— Я верю, — кивнул Карабас. — Будь ты лошадь, я бы за тебя на бегах вмазывал!

— На ипподроме не пробовал, а в крысиных гонках я рекордсмен. Не имею равных, — заверил я Карабаса. — Мне тут одна колдунья недавно нагадала...

— Что пообещала? — деловито осведомился Карабас.

— Умру, говорит, в конце следующего века от тяжелой раны при самоубийстве. Пригрозила, что с бабами возникнут проблемы...

— Ладно, подождем, — пообещал Карабас.

Я уселся в маленькую люльку-беседку, трос от которой уходил поднебесно высоко и через блок на крон-балке билл-борда «Сони» спускался обратно — на буксирную лебедку рыже-ржавого «ровера».

— Давай рабочий струмент, — скомандовал я Карабасу, и он поставил мне на колени ведро, в котором лежал разобранный карабин, а сверху натыканы какие-то щетки, совки и прочая декоративная дребедень.

Карабас наклонился ко мне:

— Ты его решил мочить наглухо?

— Как Бог даст! — усмехнулся я. — А что?

— У него бронированный «мерс», из этой пукалки ты его не достанешь.

— Не учи ученого...

— Зря смеешься! С ним не пошутишь, его, как медведя-подранка, отпускать нельзя.

— Ага! Только я его снимать буду не как медведя, а как соболя — прямо в глаз, чтобы шкурку не портить...

— Шутишь все, юморист хренов! Не так надо было! — досадливо махнул рукой Карабас.

— А как надо было, Киллер Террористович? — поинтересовался я.

— Из гранатомета! Или тяжелого подствольника, — серьезно сказал Карабас.

— Порядок, — успокоил я его. — Если не попаду ему в глаз, вечером доставай «стингер».

— Ну да! Коли до вечера мы еще будем живы...

— Будем, Карабас! Куда мы денемся! Давай поехали...

Карабас махнул рукой парню за рулем, мотор «ровера» загудел гуще, ниже, металлически чавкнула лебедка, дернулась люлька, и я поплыл вверх.

Когда я вознесся выше Карабаса, он, задрав голову, сказал негромко:

— Ни пуха...

— К черту, к черту, к черту!

А он перекрестил меня.

Лебедка плавно и ровно тащила меня наверх, я поднимался на крышу, минуя бдительных вахтеров в подъезде, случайных памятливых жильцов на лестнице и в лифте, пудовые замки на чердачных дверях и люках на кровлю. Геометрическое счастье самого короткого пути — прямиком между двумя точками.

На нижней точке пыхтел движком маленький «ровер», карабасовские бойцы в желтых жилетах и пластмассовых касках, опершись о краденые штакеты с табличками «Мосэнерго», которыми они огородили тротуар, опасливо глазели на мое вознесение. Карабас, как и поклялся мне, уселся в машину. Он ведь в отличие от своих неузнаваемо одинаковых ребят в касках запомнится наверняка очень многим прохожим, которых уже сегодня будут опрашивать РУОП, МУР и служба безопасности Серебровского.

А на верхней точке ветерок напрягал биллборд, пузырил парус японской каравеллы «Сони», бегущей по электронным волнам в какой-то другой, более красочный мир. Куда красочней! Ярче и красочней, чем у нас, мира не бывает. Только загробный.

Трос, на котором раскачивалась полегоньку моя люлька, соединял два придуманных фальшивых мира — ненастоящие мосэнерговцы в чужих, ворованных касках и ярко-красочный, загробно-виртуальный, ссаный, сонный «Сонин» мир.

А я, как водолаз, с унылого плоского дна дворового колодца всплывал на верхотуру, где надо мной, как наблюдательно заметил классик, струя была светлей лазури и, естественно, луч солнца золотой, пока я, мудило мятежное, искал на свою голову бурю. Бессмысленно предполагал, будто в буре есть покой! А на хрена мне покой? Хорошо придумали коммуняки: «Мир — народам! Покой — покойникам!»

Попутно я заглядывал во все окна, мимо которых проплывал на пути к бурному покою на крыше. Как космонавт, пролетающий над континентами, я посылал местным обитателям привет и пожелания мира их пятикомнатным хижинам.

Все, слава Богу, вернулось на круги свои — после революции самые дорогие квартиры в Москве были превращены в коммуналки и заселены нищими пролетариями. Теперь за каких-то пару лет шустрые риэлтеры расселили из коммуналок хозяев страны и продали дом за астрономические бабки наемникам капитала.

На втором этаже молодой жирноватый буржуй завтракал. Скорее всего ел ананасы и рябчиков жрал. Абсолютно было непохоже, что он верит полоумному поэту революции, будто день его последний приходит, буржуя. А зря! По-моему, социалистические революции неизбежны в нашем отечестве, как осенняя грязь и зимняя холодрыга.

Буржуи лето красное пропели, оглянуться не успели, как опять им ссут в глаза, едритская сила!

На третьем этаже мучили мальчика, мытарили ребенка по-черному. На черном рояле учили музыке. Дрочил, бедняга, гаммы. На бледной мордочке написано страдание. Не понимает, дурачок, что выполняет миссию. Он — новая генерация, культурный помет дикого российского капитализма.

А на четвертом этаже стояла перед окном голая девка. Со сна — пухломорденькая, мопсовидная, с острыми козьими сиськами и поджарым животом, под которым черный треугольник, как пиратский парусок, понес меня на волне вспыхнувшего желания. Она лениво и сладко потягивалась, а у меня ведро с карабином зашевелилось на коленях.

Забыв на миг, почему я здесь оказался, я снял каску и чинно поклонился. Девка вгляделась удивленно и засмеялась, сучка. Ах, как было бы хорошо спрыгнуть к ней на подоконник, как сизарь-голубь, поцокать клювом в стекло!

А трос волок меня выше, выше, еще выше, уже кронбалка над головой, я махнул рукой вниз — майна!

Люлька замерла, я ухватился за блок, для верности качнулся сильнее и соскочил на крышу.

Поднялся на кровлю лифтовой шахты, из ведра достал части карабина, быстро собрал, проверил, тщательно привинтил оптический прицел и взглянул через калиброванный окуляр на подъезд холдинга «РОСС и Я».

Сновали люди, бежали машины, суетила жизнь. Как всегда.

Все.

Я залег.

Локти — в бетон.

Приклад упер в плечо.

Закрыл на мгновение глаза.

Мир вокруг медленно меркнул.

Я выводил его реостатом — я погружался в себя.

Приглохли все звуки, беспамятство объяло полностью.

Я навсегда забыл голую девку с мопсовидной рожицей, дребезжащего гаммы пацана, дожирающего свой богатый завтрак буржуя, моих помощников из «Мосэнерго», Карабаса в кабине «ровера», скрестившего на счастье пальцы, исчезла Лора, я больше не любил Марину, ушла ненависть к Хитрому Псу.

Меня здесь не было.

Была только самая короткая линия между двумя точками — смертоносная гипотенуза между устьем карабина и железными воротами «РОСС и Я».

Я исчез — мой дух вселился в каленый синеватый ствол, в тяжелый усиленный патрон, я жил за частоколом ризок в оптическом прицеле, соединенных тонким крестиком цели.

Тогда я беззвучно позвал Цакуга-дзена.

И старый самурайский демон ответил мне сразу:

— Я с тобой. Ты готов?

— Готов... — не размыкая губ, крикнул я.

— Соедини свою душу с пулей...

— Моя душа в ее свинцовом сердце...

— Пусть она плавит свинец твоей яростью, болью и унижением...

— Моя боль ужасна...

— Пусть твое сердце будет холодно, как вечный лед... Не дыши, тебе это сейчас не нужно. Ты живешь силой и страстью мести...

— Цакуга-дзен, великий дух, у меня всего три секунды... Одна из них — на полет пули...

— Не думай об этом. Цакуга-дзен жив тысячу лет, а свершает лишь в короткие мгновения... Мне нужен миг, чтобы соединить воина, стрелу и Цель... Я слышу, как бьется твое сердце... Останови его...

— Цакуга-дзен, мне горько. Мы были как братья...

— Месть крепче братства, слаще любви, дольше памяти. Только смерть сильнее мести. Но Цакуга должен знать, что Цель достойна мстителя.

— Я стреляю в свою прожитую жизнь...

— Тогда открой глаза! Цель близка...

Кортеж, перемигиваясь синими фонарями на крышах, подъезжал к воротам. Наружная охрана разгоняла пешеходов на тротуаре, головной джип на миг задержался перед расходящимися створками ворот. Эскортируемый «мерседес», бликуя на солнце фиолетовыми блиндированными стеклами, сбавил скорость и стал доворачивать к въездному шлюзу.

В крестике прицела бешено крутился черный толстый бублик переднего колеса, я видел, как оно смещается по оси, и Цакуга-дзен, самурайский дух мести, немо прошептал:

— Дай душе волю...

Одна секунда.

Указательный палец, бескостный, мягко упругий, не мой — в нем был дух Цакуга-дзена, плавно нажал крючок.

И толчка выстрела не ощутил.

Еще секунда.

Моя душа — раскаленный кусок свинца — летела над городом, над этим паскудным миром, над моей испакощенной жизнью.

И вдохновенное окаянство ушло из меня.

Прощай, Цакуга-дзен...

СЕРГЕЙ ОРДЫНЦЕВ:

ПОКУШЕНИЕ

Перед поворотом с дороги — на въездной шлюз внутреннего двора — гибкая сцепка эскорта растянулась, водитель нашего «мерседеса» отпустил головной «джип» немного вперед.

Охранник Миша сказал в рацию:

325

— Эскорт на точке!.. Наружным постам обеспечить коридор... Ворота открыть!

Водитель еще сбросил скорость и стал входить в поворот. Я почему-то взглянул на спидометр — уж больно споро он поворачивал. Оранжевая стрелка уперлась в цифру 40.

— Через полтора часа пресс-конференция в Союзе журналистов, — сказал Серебровский. — Поедешь со мной...

И тут я услышал шлепок. Даже не услышал — почувствовал!

Чпо-о-у-к!

И в тот же миг «мерседес» упал на обод переднего колеса, как конь на колено, — пуля, прошив жирную толстую резину баллона, распустила его в клочья.

Бешеный рывок в сторону, утробный грохот удара днища о бордюр тротуара.

Доли секунд. Но каждая неподвижна, как замерший навсегда стоп-кадр.

Остекленевший взгляд Серебровского.

Прокушенная до крови губа водителя.

Помертвевшее до синевы лицо охранника Миши.

Кроша бетон, в снопе искр от трущего с визгом камень металла — как болид, машина вывалилась с дороги на пешеходную часть.

Водитель, судорожно раскручивающий баранку направо, порскнувшие в разные стороны прохожие.

Пронзительный скрип автоматических тормозов, клинящих остальные колеса, жаркое шипение стирающейся до корда резины — нас несло по асфальту, как громадные бронированные сани.

Тошнотная волна ужаса залила меня — я почему-то ждал, что сейчас грохнет взрыв.

А водитель уже крутил рулевое колесо в другую сторону. «Мерседес» ерзнул и, наклонившись на левый борт, с грохотом и звоном врубился в тумбу фонарного столба.

Оглушительный шлепок и пронзительное шипение вспухших взрывом воздушных мешков безопасности.

Тишина.

А может быть, мы оглохли от удара. Или испуга. Меня бросило на пол между сиденьями. Серебровский с каменным, ничего не выражающим лицом, с закрытыми глазами сидел в углу кабины, судорожно сжимая привязной ремень.

Миша хрипло крикнул из-под воздушной подушки:

— Шеф, вы в порядке?!

Сашка медленно разлепил пересохшие губы:

— С вами, Миша, я как за каменной стеной... Великой, китайской, мать вашу етти!..

Я дернул ручку двери, но Миша уже ожил, задвигался, заорал:

— Из машины не выходить!.. — И завопил в рацию: — Тревога один! Нападение! Прикройте лимузин...

Конвой и сам уже включился. Передний джип стал быстро сдавать назад и закрыл разбитый автомобиль справа, а концевой «форд-экспедишен» влетел на тротуар слева и загородил его со стороны проезжей части. Из машин высыпали ребята с короткими автоматами «узи», окружили «мерседес», ошарашенно оглядываясь по сторонам.

Телохранитель Миша выпрыгнул наружу, что-то кричал своей силовой обслуге, потом растворил заднюю дверь в «мерсе» так, что получился проход в джип шириной в один шажок. Миша встал на подножку джипа и наклонился над лимузином — он перекрывал своей спиной, как крышей, этот шаговый переход из машины в машину. Вот что такое настоящий самопожертвенный героизм! Мише-телохранителю не повезло — он поздно родился, во время войны вполне мог стать Александром Матросовым.

Я сказал Хитрому Псу:

— Иди! Никто в нас больше стрелять не будет...

А Сашка уже нашел и нацепил снова свое потерянное на один миг лицо. Поправил очки на переносице, усмехнулся:

— И зачем только я вожу тебя с собой, как талисман? — и полез в джип.

А я вдруг понял, что он не шутит. До этого момента я никак не мог сообразить, какого черта он таскает меня повсюду с собой. Оказывается, все удивительно просто — Хитрый Пес твердо рассчитал, что Коту в моем присутствии убить его гораздо труднее. А убивать меня за компанию с

Сашкой не станет ни за что. Господи, какие естественные объяснения существуют для такой сложной материи, как дружеская ностальгия, сентиментальная память о прекрасном общем прошлом!

Ну что же, хорошо! Я согласен. Ведь в моем присутствии вам и Кота будет убить не так-то просто.

Я сказал охраннику:

— Миша, слезай оттуда. Не смеши народ! Дай пройти...

Миша, еще тяжелее дыша, озабоченно ответил:

— Хорошо, что он с одного выстрела промахнулся. Но ведь...

Я отодвинул его и сказал Сашке:

— Он не промахнулся. Ты это понимаешь? Он стрелял в колесо!

— Я на это надеюсь, — хмыкнул Сашка. — Что хотел сказать, на что намекал?

— Он предупреждал. Это печать на дискету... Кот знает, что ты ее боишься.

— Ага, — кивнул Хитрый Пес. — Возможно.

Потом повернулся к Мише:

— Быстро втащите «мерседес» во двор. Журналюгам — информации никакой. Если что-то просочится в газеты, отвечать, что случайно лопнула шина. Доложи Сафонову, и к вечеру дайте результаты.

— Слушаюсь, Александр Игнатьич, — сказал Миша. — Вы пресс-конференцию перенесете?

— Ни в коем случае! Через сорок минут выезжаем.

АЛЕКСАНДР СЕРЕБРОВСКИЙ:

БОЛЬШИЕ ИГРЫ

— Катастрофа! Я всерьез опасаюсь, Александр Игнатьич, что ситуация на рынке становится неуправляемой, — таращя от возбуждения наливные глаза, говорил Палей. — По-моему, биржу, как перегретый реактор, несет вразнос...

— Ничего страшного, — ровно сказал я. — Нам к Чернобылям не привыкать.

Я не хотел, чтобы от волнения его быстрые шарящие зыркала выскочили из черепа и шлепнулись на мой стол парой черных скользких головастиков. Он был мне неприятен.

И сам я был себе противен — уходя, рассасываясь помаленьку, пережитый животный ужас выпадал во мне ядовитым шлаком злобы и презрения ко всему этому недостоверному марионеточному миру.

Молодец, Кот! Сволочь! Он смог наконец напугать понастоящему. Не тревогой, не боязливым опасением, не тоскливым ощущением подступающей беды, а реальным грохотом наезжающей смерти.

Как безвольно, как неподконтрольно и бессильно волокло по асфальту нашу здоровенную бронированную колымагу! Вот тебе и безопасность! Вот тебе и весь хрен до копейки!

А если бы в движении на прямой? В разгоне? С ветерком — за сотню?

Был бы нам полный шандец.

— Я боюсь, что финансовая катастрофа может привести к государственному банкротству, — блекотал перепуганный Палей. — Это международный дефолт. А для нас в этом случае — крах!..

— Не бойтесь, дефолта не будет. Я договорился...

— С кем? — вперился в меня Палей.

— С апостолом Петром. Он там, наверху, выполняет те же функции, что и вы у нас в фирме. Уже спущено указание в Международный валютный фонд и в Мировой банк.

— У вас есть силы шутить сейчас? — спросил с тяжелым вздохом Палей. — Я понимаю, вы игрок атакующий, рисковый. И заработали мы за эти дни фантастически. Но положение очень тяжелое, нам эти успехи могут выйти боком...

Я смотрел на него с заинтересованным отвращением. Всетаки старость — жуткая вещь! Мозги высыхают, медленно, подслеповато думают, а мгновенные подсознательные реакции глохнут. Хваленая мудрая осторожность опыта — просто трусливая неуверенность поглупевшего человека. Мозговая близорукость.

Кажется, мой мудрый друг Вениамин Яковлевич, у которого я столькому научился когда-то, на сегодня все свои ресурсы исчерпал. Прискорбно.

— Успокойтесь, Вениамин Яковлевич. Сегодня выступит по телевизору президент и заверит мир, что все в порядке. Как говорится, холера протекает нормально. Это даст нам на несколько дней передышку...

— И все? На несколько дней? — в ужасе переспросил Палей.

— Достаточно. И оставьте, пожалуйста, глобальные проблемы мне. Сообщите лучше, что с «Вест-Дойче банк»...

— Я говорил с утра с Кирхгофом и Фогелем. Они подтвердили переводы на антильские и ирландские оффшоры. Они прекрасные партнеры! Самые профессиональные, каких мне довелось встречать.

— Замечательно! — Я вылез из-за стола, подошел к Палею и сказал ему негромко и внятно: — Выведите от немцев все наши авуары, обнулите счета — до мелочи. Наши взаимоотношения с ними закончены. Навсегда...

Видимо, Палей тоже испугался забрызгать своими глазами мой костюм и полированный стол — закрыл очи, смежил веки от страха, судорожно вздохнул несколько раз и убедительно молвил:

— Как?! Как?!

Я вернулся на свое место и эпически сообщил ему:

— В детстве на этот вопрос мы отвечали — сядь да покак! Как-как! Обычно! Произведите рутинные транзакции и очистите наши счета в «Вест-Дойче банк». На их испуганные и возмущенные крики объясняйте про сложность финансовой обстановки в стране. Попытки связаться со мной пресеките на корню. Меня для них нет никогда...

— Но!.. Но!.. — стал возникать Палей, и мне пришлось его остановить:

— Замолчите! И делайте, что я сказал! Я не могу тратить время и объяснять вам тонкости предстоящих событий. Только помните — вы играете в домино, а я в шахматы...

— Хорошо, я все сделаю, — сказал Палей, и глаза его погасли, перестали быстро и жадно шарить, и что-то в нем неуловимо сломалось.

— И последний на сегодня вопрос... — Я протянул ему белую картонку, маленькую, в четвертушку листа. — Здесь список из девяти фамилий. Вы их всех знаете.

Палей посмотрел на картонку и как-то отчужденно, будто декламировал про себя, сказал:

— Министры... Лидеры партий...

— Да, это хорошие люди, они делали нам много доброго. И, даст Бог, еще сделают. Значит, вы их обзвоните по закрытой линии и от моего имени попросите забрать вклады из нашего банка. Незамедлительно. Через день-другой может быть постановление об остановке платежей... Вы поняли меня, Вениамин Яковлевич?

— Да, понял, — кивнул он устало.

— Приступайте. Список верните мне к вечеру. Естественно, я вас даже не предупреждаю — никому его не показывать, копий ни в коем случае не делать. Ясно?

— Ясно, — еще раз тяжело вздохнул Палей и спросил: — Будет ли с моей стороны лояльно — снять мои деньги со счетов?

— Снимите. Но сделайте это как-нибудь по-тихому, не надо сеять панику. У нас тут не «Титаник».

— Ну да, — усмехнулся Палей, — у нас крейсер «Варяг»!

— Не говорите мне об этом геройском утопленнике. Если на то пошло, у нас крейсер «Аврора»... За сто лет один хороший холостой залп — и ты в легенде. Так победим!

— Вашими устами — Богу в уши...

— Не проблема. Билл Хейнс уже тянет туда линию. Идите. И позовите ко мне Окунева.

— Он ждет в приемной.

И пока я доставал из сейфа дискету Кота, в кабинет, струясь и извиваясь, как морской змей, хромая и переваливаясь с боку на бок, втек Илья Оконефэфэ.

Конечно, безусловно и неоспоримо — это один из самых ценных моих кадров. Я гордился им всегда, как селекционер-полевод снопом кустистой пшеницы. Как тренер гордится выращенным чемпионом. Как наша Родина хвасталась балетом и спутником.

Это я его нашел. Собственно, не то чтобы он валялся где-то на помойке, в забросе и безвестности, — нет, конечно! О нем знали многие, но только я сумел его таланты правильно приспособить.

Когда-то давно колченогий мальчик-гений-урод Илюша Окунев вместе с родителями отбыл в эмиграцию на свою историческую родину. Но по пути его папаня сбился немного с дороги, что-то там перепутал в маршрутах, и они оказались не в пустынных отрогах Иудейских гор, а на довольно многолюдных равнинах южного Бруклина, именуемого в просторечии Брайтон-Бич.

В том кошмарном Крыжополе, где они жили до эмиграции, папа Окунев занимал ответственную должность заведующего мастерской по ремонту обуви. Поэтому он был спокоен за будущее их семьи — скоро мальчик подрастет, они вдвоем сядут в палаточку на углу Кони-Айленд авеню и будут на ходу подметки рвать и прибивать. Бизнес, конечно, не миллионный, а все равно на мацу со шпиком хватит.

Но Илюша не оправдал радужных надежд родителя. Он даже не доучился в школе. Там ведь для американских детей — здоровенных веселых ленивых придурков — двенадцатилетняя программа обучения. Наверное, чтобы не сильно напрягали мозги, не вредили самочувствию и не мешали развитию священного американского «прайвеси».

В девятом классе, непонятно каким образом, Илюша пришел в выпускной класс и написал со всеми вместе итоговую экзаменационную работу. Сто шестьдесят вопросов с оценкой по десятибалльной системе каждый.

Работу и Илюшу показывали по телевизору. По зачетным коэффициентам он получил 1600 очков. Из 1600 возможных. Такого никогда не было. Мол, это возможно только теоретически, а практически — еще никто не пробовал.

Илюшу мгновенно пригласили в Гарвардский университет. Папа Окунев мгновенно послал их подальше. Папа, нормальный местечковый поц, был человек ответственный вообще, а за судьбу сына в особенности, — он не мог легкомысленно променять гарантированный бизнес холодного сапожника на углу Кони-Айленда, прямо напротив «Даймбанка», на довольно неопределенное и сомнительное будущее гарвардского ученого.

Илюша в этих разборках не участвовал. Примостив удобнее больную ногу, он думал. О цифрах и уравнениях второго порядка.

Доброхоты-знакомые совестили отца и объясняли, что обучение в Гарварде, куда Илюшу пригласили забесплатно, обходится нормальным родителям в сто двадцать тысяч долларов. Папаня усмехался, гордый своей вековой местечковой мудростью:

— Кто их видел, эти тысячи? Пусть они мне дадут хотя бы половину сюда, на кешеню! — и хлопал себя по обвислым карманам на тощих ляжках.

Потом Илюша сел на метро и поехал в Манхэттен, а вечером позвонил отцу по телефону и сказал, что остается жить в кампусе Купер-Юнион, в котором он завтра начинает учиться.

Отец запузырился, заорал, забился, а Илюша кротко сказал:

— Они мне дали деньги. Как ты просил. Но в рассрочку...

Купер-Юнион — единственный университет в Америке, где студентам платят стипендию. И весьма большую. Но берут в этот университет лишь молодых людей с очевидными приметами гениев.

Через пару лет студент Илюша опубликовал в журнале «Мани лайн» работу, которая потом во всем мире стала известна как «Общая теория развития денежных рынков в странах третьего мира».

Он пользовался авторитетом как теоретик и консультант. Зарабатывал неплохие деньжата. Я один знал, как превратить его скучные теории об узких финансовых рынках в увлекательную волшебную практику. Я дал ему зарплату в миллион долларов и толстый акционерный пакет.

И американец mister Ilya Okooneff вернулся в родные российские палестины за недополученной отцом контрибуцией.

Посмотрев его паспорт, Сафонов удивленно сказал:

333

— И что у нас будет делать этот Оконефэфэ?

У нас Оконефэфэ реализовал с блеском мою вечную идею о самом выгодном бизнесе в мире — торговле деньгами. Ибо не существует на рынке более желанного, ликвидного и прибыльного товара.

Оконефэфэ манипулировал деньгами. Как алхимик он выпаривал водянистые тугрики, возгонял тощие форинты, сплавлял донги с юанями, разогревал вялые злоты и растирал динары. Из индийских долгов Оконефэфэ замазывал наши дыры рупиями, впаривая их за бирманские кьяты, вексельные пакеты афгани менял на реалы, левы на драхмы, финские марки на израильские шекели. Азиатское мыло на латинское шило!

Он гнал по длинной цепи эти мусорные деньжата, вытравляя на каждом этапе шлак и лигатуру, превращая их постепенно в настоящие деньги, пока в самом конце не начинало сверкать золото. Россыпи, копи царя Соломона Давыдыча!

Оконефэфэ знал всемирный лабиринт денег, как старый экскурсовод любимую экспозицию. Настоящий, вдохновенный художник, творец и понима́тель денег...

И сейчас он мне был нужен, как никогда.

Я уселся в кресло напротив него и спросил душевно:

— Скажи мне, хитроумный друг мой Оконефэфэ, что надо сделать, чтобы у тебя были большие деньги?

Он пожал плечами:

— Считается, что для этого нужны какие-то особые личностные свойства...

— А ты так не думаешь?

— Я думаю, что нужно не наличие, а скорее отсутствие определенных свойств.

— Например?

— Ну, например, важно отсутствие сентиментальности. Ностальгичности. Влюбчивости. Лишних, тормозящих реакции знаний. Эмоциональная туповатость должна быть — в форме отсутствия сомнений. Нет места жалости. Естественно, недопустимы расхожие представления о совести. Вообще должен вам заметить, босс, что все десять заповедей сильно отвлекают от работы...

Я засмеялся:

— Хорошенькую ты картину нарисовал!

— А вы с этим не согласны? — серьезно поинтересовался Илья.

— Да как тебе сказать? Это тот случай, когда соглашаться стыдно, а спорить — глупо. Но я тебе сообщу самое главное условие, о котором ты забыл. Чтобы были большие деньги, их надо вдумчиво, умело и надежно сохранить. Чтобы в надлежащее время приумножить. Вот этим ты и займешься сейчас...

— Готов! — собрался Оконефэфэ.

— В связи с ситуацией, которую ты наблюдаешь теперь ежедневно, я своевременно выгнал очень значительные суммы на систему дальних счетов. Схему их распределения и количество получишь у Палея. Прояви себя во всем блеске, пожалуйста, крутани их так, чтобы нигде никогда никаких ниточек, следов паутинных не осталось! Пусть отлежатся немного, я надеюсь через год их ввести сюда, как штурмовую армию...

— Будет сделано, чиф-коммендер! — шутовски отдал честь Илья. — Размещу надежно и выгодно. У меня валяется в Италии один очень респектабельный, но нищий инвестиционный фонд. В Люксембурге парочка... Пускай они поработают за мелкую денежку.

— Короче, подготовь мне справку. Я посмотрю — и в бой! Твоя доля в этом пакете — полтора процента. По завершении, естественно...

— О, спасибо большое, босс! Срок?

— Ну, не знаю, думаю, недели две у тебя есть, может быть, три. Сейчас здесь будет жарко, не до нас, — сказал я и достал из стола дискету Кота. — А вот второй вопрос — срочный...

Я прошелся по кабинету, раздумывая о том, сколько можно сдать Илье информации.

— Меня пробуют шантажировать. — Я помахал перед его лицом дискетой. — Здесь есть все — правда, домыслы, вымыслы, помыслы. Бытовая грязь и возвышенная гадость.

Шантажист грозится скинуть информацию в Интернет. Соображения есть?

— Можно взглянуть? — протянул руку Илья.

— Нет нужды. — Я убрал дискету. — Не загружай чепухой свою мудрую голову. Как думаешь, я могу разыскать терминал, с которого она сошла?

— Можете. Наверное. Но это чудовищный объем работы. И очень долго. С непредсказуемым результатом...

— Я тоже так думаю. Поэтому мы не будем его искать. Мы уничтожим ценность информации, — сказал я твердо. Я долго, мучительно думал об этой проклятой дискете и теперь принял решение окончательно.

— Уточните, босс, — вежливо попросил Оконефэфэ.

— Если на слабый, разъеденный инфляцией денежный рынок выбросить десятикратное количество фальшивых денег, что произойдет?

— Валюта рухнет окончательно, — уверенно сказал Илья.

— Вот именно! Сегодня же создашь группу. Возьми компьютерщиков у Петра Петровича, а сыскарей и аналитиков у Сафонова. Подкрепись парой-тройкой разнузданных журналюг, которым надо будет хорошо заплатить, но играть с ними втемную... Пусть верят, что все по-настоящему, почестному.

— Пока что я и сам играю втемную, — заметил Илья.

— Ну-ну, не прибедняйся, прозорливец, ты уже уцепил. Формулирую задачу: ты готовишь дюжину материалов размером в 10—15 страниц каждый. Это должны быть увлекательнейшие истории о коррупции в верхних эшелонах власти, о разбое и беспределе олигархов, о продажности ментов и прокуроров, о лихоимстве мэров и губернаторов. Истории должны быть основаны на правде, правдоподобных слухах, недостоверных сплетнях, заведомой лжи, и чем она чудовищней, тем лучше. Названия зарубежных банков, номера счетов от фонаря и копии денежных проводок откудато с Луны, фотографии их кредит-кард, загородных домов и драгоценностей...

— Кто герои историй — по персоналиям? — перебил Илья.

— Только всенародно известные лица. Олигархи, нынешний и прошлый премьеры, их заместители, министры кабинета, тузы Администрации Президента и Патриархия. И обязательно, просто непременно, что-нибудь крутое про Чубайса! Действующие в связи с ними — всякого рода полууголовная и совсем блатная публика... Все понял?

— Понял, — немного очумело кивнул Илья. — И что со всеми этими детективными ужасами надо делать?

— Ждать. Может быть, они нам и не понадобятся. Но если мы не уймем шантажиста и он сбросит свою дискету в Интернет, ты начнешь с часовым интервалом сплавлять в сеть твои кошмарные байки. В течение дня мир получит чертову дюжину историй, с которыми он не разберется до конца следующего века. В этой лавине компроматов ни один человек не поймет, кто кому доводится Николаем: Серебровский — Березовскому? Или Ходорковский — Гусинскому? Или Потанин — Быкову, а Быков — Лебедю. Задача ясна? Вопросы есть?

— Задача ясна, вопросов нет. Есть по этому случаю уместное воспоминание...

— Давай, у тебя еще пять минут...

— Уложусь быстрее. Как вы знаете, я жил раньше в городе Бельцы, который вы почему-то высокомерно называете Крыжополем. Конечно, это не Париж и не Лос-Анджелес. Даже не Рио-де-Жанейро. Маленький, плевый городишко. Однажды он был потрясен душераздирающей историей. Продавщица райпо Лида бросила своего жениха Лерика Шимко и вышла замуж за участкового Сукирко. Надо сказать, что Лерик был завидный и очень зажиточный жених, потому что работал шофером ассенизационной цистерны, а в городе без канализации это очень почетная и выгодная должность. Но любовь к красавцу менту оказалась сильнее низких интересов к водителю говновоза, и свадьба очень шумно загуляла в Лидкином доме на Заречье. В разгар веселья туда подъехал Лерик на своей вонючей цистерне, очень печальный и очень пьяный. Как принц Гамлет, обозрел чужое счастье, забросил в открытое окно спускной шланг и затопил ликующую общественность города Бельцы жидким говном под самую крышу.

— Ну и что ты хочешь сказать?

— Я хотел узнать, когда подавать цистерну к окошку Интернета...

КОТ БОЙКО:

ПОГОНЯ

Короче! Слушай только себя, козел! Поговори с душой своей — что подскажет, то и делай! Забудь про остальные разговоры, советы, подсказки, просьбы и опасения! Как предчувствуешь — так и поступай!

Уговорил меня Карабас ехать на метро. Затеряешься, мол, в толпе, как капля в дожде. Не хотел я, а дал уговорить. Поехал на лучшем в мире метрополитене, ядри его в туннель!

Это я-то — тот самый легендарный ученик, которого наш директор Мрак Темнотеич хотел вышибить за то, что я со своих фарцовых заработков ездил в школу на такси!

Видимо, столько сил с утра ушло на выстрел, что упала сопротивляемость души. Согласился, поехал! И почти час мечусь, как крыса в западне, пытаясь сбросить с хвоста двух «бетимпексовцев». Может быть, вообще-то говоря, их здесь больше, но этих я срисовал точно. Эти двое вместе с покойным охранником Валерой, царство ему небесное, везли меня в «Интерконтиненталь» на встречу с приснопамятным другом Николаем Иванычем — или черт его знает там как!

Как они на меня вышли, как перехватили меня — понятия не имею. Во всяком случае, когда я перепроверился на станции «Комсомольская», они уже вели меня. И наверное, вызвали подкрепление. Вдвоем, на людях, в толчее метро они не наберутся нахальства задерживать меня. Но эта льгота у меня очень недолгая — подмога вполне может подоспеть в милицейской форме, и они у всех на глазах начнут крутить пантомиму под названием «захват геройскими ментами вооруженного преступника».

338

Я методично прочесывал все доступные мне переходы и пересадки в надежде оторваться где-нибудь от них, но они перли за мной неутомимо, как приклеенные.

Хорошо, я их запомнил. Один, постарше, в черно-сизой куртке с оттопыренными карманами, был настоящий красавец из учебника патологии. Готов примазать, его когда из маманьки вынимали — щипцы на башку накладывали, тащили его в этот славный мир с большим усилием и усердием. У него были вдавленные виски, будто ямы в черепе позади глаз, и на дне этих пугающих углублений под серой нездоровой кожей что-то шевелилось и пульсировало. Может быть, мозг? Или гной?

Нет, он мне был как-то несимпатичен.

А второй был боец хоть куда — здоровенный костистый парень, похожий на мускулистый скелет.

Они шли за мной, практически не скрываясь, подстраховывая друг друга, время от времени долдоня что-то по мобильным телефончикам.

Вот влип, ешь твою налево! Как говорил дантист Изя Кацап, это — не люди, это — свора гоночных псов.

На станции «Курская» я стащил с себя парик и бросил в урну. Какой тут, в задницу, парик! Йог твою мать! От кого теперь в нем скрываться? Игра пошла серьезная, тут, понимаешь, не комедия с переодеваниями!

На переходе с радиальной на кольцевую, стоя на эскалаторе, величественно плывущем в преисподнюю, я решил прорываться на волю. Здесь, в подземелье, мне ловить нечего. Здесь ловить меня будут. Рано или поздно они меня тут уконтрапупят, а выволочь меня на улицу, до машины — дело рутинной техники.

И в этот момент увидел поднимающегося на встречной ленте эскалатора своего замечательного другана Николая Иваныча. Выходит, я их все-таки недооценивал. Какая же у них должна быть система связи и наведения!

Николай Иваныч был еще далеко, глубоко внизу, он поднимался, как гроб в крематории, поехавший почему-то назад, наверх. Он уже увидел меня, или ему передали по радиотелефону следующие за мной гоночные псы. Широко разводил руками, как для братского объятия, и показывал жестами — подожди меня внизу, там тебя встретят.

Думать больше не осталось времени. Вообще, похоже, не твое это дело — глубоко, раздумчиво мыслить, не твое это поле. Положись на дремлющие инстинкты, прислушайся к душе, не мучай, не томи ее! Если она просит или велит что-нибудь срочно — уступи ей, как женщине, сделай, что говорит! Обоим будет лучше!

А велела она мне в этот момент сделать то, что моя гоночная свора повторить не сможет.

Я прыгнул.

Сгруппировался и взлетел — вверх-вперед-влево. Легко коснулся — для опоры — рукой за ореховую полированную разделительную панель между встречными лентами эскалатора и приземлился на ступенчатой полосе, которая ползла вверх.

Пассажиры, стоявшие ниже меня на лестнице-чудеснице, железно отсекали от меня Николая Иваныча — он не мог стрелять в меня сквозь толпу.

А мои шустрые преследователи, краснорожие индейцы-следопыты Гнойный Мозг и Мускулистый Скелет, плавно едущие вниз, вдруг из глубокого арьергарда оказались прямо перед направленным на них пистолетом ПМ.

— Ложитесь, суки! Сейчас череп пробью! Ложись! — орал я. — Пушки вниз кидайте!

Нет, бойцы они были неважные. Жидкие оказались на расправу. А может быть, живо помнили, как в «Интерконтиненталь» привезли они нас с Валерой вдвоем, а из гостиницы вывозили своего гончего сыскного коллегу в мешке.

Они не легли, а сели на эскалатор. И пистолеты бросили, которые катились вниз по ступенькам с каким-то каменным стуком. Ну ладно.

А я припустил по лестнице, которая как-никак везла вверх. Хороший был спурт. Давние мои гонители из сборной, точнее сказать — выгонители, сейчас бы душой порадовались за те результаты, которые я показал на дистанции.

И народ, слава Богу, у нас хороший. Сознательный. Все понимает. Никто не бросился меня ловить, перехватывать.

Смотрели с интересом, но, встречаясь со мной глазами, сразу стыдливо отворачивались, будто боялись запомнить мою личность. Потом еще в свидетели затаскают!

Выскочил я на площадь и сразу повернул направо — мимо линейного отделения милиции, мимо касс, мимо депутатского зала — там с первой платформы есть открытый проход на пути.

Я понимал, что у меня всего несколько секунд форы — они сейчас подтянут все резервы. На меня хватит, мало не покажется. Спрыгнул с перрона, перебежал через рельсы, нырнул под платформу, успел проскочить перед длинным пассажирским составом. На третьем пути пассажиры заныривали в зеленое чрево электрички. Хорошо бы знать, куда эта колесная колбаса направляется. Но нет времени выяснять маршрут, расписание, тарифы. Едем к свободе, к счастью, к жизни! Беспечные ездоки — из ниоткуда в никуда.

Влетел в тамбур, тяжело отдуваясь и утирая с морды пот рукавом. По вокзальной трансляции сообщили: «Электропоезд Серпухов — Москва — Голицыно отправляется через минуту с третьего пути. Остановки — Каланчевская, Белорусский вокзал, Беговая...»

Я выглянул из растворенных дверей и увидел, что по перрону бегут, заглядывая в окна поезда, Гнойный Мозг и Скелет. Не знаю, кто-то из их шайки видел, как я нырнул в вагон, или у них достаточно людей, чтобы проверить все отходящие электрички.

У меня нет выхода — надо оставаться в вагоне. Здесь, на вокзале, их слишком много.

Я снова осторожно высунул голову наружу, и в этот момент пневматические двери угрожающе зашипели. Примерно за три вагона до моего укрытия настойчивые мои попутчики силой удержали сходящиеся створки дверей и впрыгнули в тамбур.

Вот, Господи, великая сила всепобеждающего учения Павлова! Чему только не научишь сыскное животное за сытную кушеньку!

Поезд заскакал, затопотал по стрелкам, среди фиолетовых огней и зеленых светофоров, пробежал над Земляным

Валом, перед Разгуляем. Через три—пять минут гоночные псы прочешут поезд и доберутся до меня. Я не готов устраивать кровавое побоище в центре города.

Я переходил из вагона в вагон, приближаясь к голове состава. Поезд шел по эстакаде, под нами промелькнул троллейбусный парк, справа — пригородные кассы Казанского вокзала. До Комсомольской площади оставалось сто метров.

Я постучал рукоятью пистолета в дверь машиниста и крикнул:

— Отпирай, милиция!

Распахнулась дверь. Удивленные глаза за круглыми стеклами очков, встопорщенные усы.

— Какого хрена?..

— Открой входные двери!

— Не положено!

— Открой дверь наружу, козел старый! Не возникай! Делай, что говорят!..

Видок у меня, наверное, был такой, что машинист не стал спорить. Нажал какой-то рычаг, со свистом зашипели, расходясь, железные створки.

— Тормози!..

Я оглянулся и увидел, что в другом конце вагона появились мои друзья.

Встал в открытых дверях, ветер гладил воспаленную хряшку, поезд медленно двигался по насыпи-мосту над проездом с Каланчевки, от гостиницы «Ленинградской» к площади трех вокзалов.

Здесь, внизу, перед мостом на дороге — светофор. Метрах в пятнадцати от насыпи. Они не успеют разогнаться. Но мне нужен грузовик, мне нужно прыгнуть в кузов.

Мать-судьба! Хозяйка-удача! Везуха моя лихая! Вывезите! Помогите! Дайте стремный шанс!

Моргнул красным оком светофор, погас на миг, вспыхнул зеленый. Вот она, моя фартовая сдача — задрипанная «Газель» с грязными тюками в деревянной коробке кузова.

Оттолкнулся — слетел на насыпь, еще толчок, миг пролета. Невесомость. Лети, как кот — на четыре точки. Бряк!

Ткнулся мордой во что-то вонючее и расслабленно-осво-божденно заплакал. Уехал.

Лежал среди мусорных мешков на дне кузова, дышал обессиленно, и страх, напряжение, усталость выходили из меня судорожными рывками, как рвота.

Заднее окошко кабины было завалено каким-то барахлом, шофер меня не видел. И не слышал — у него на всю катушку работало радио, хиты крутило. На езде музыка сливалась с уличным шумом в ритмичный дребезг. А на светофорах «Газель» тормозила, и я слышал через раскрытые окна — «слушай наше радио, остальное — видимость...».

Грузовичок волок меня вместе со своим помоечным грузом куда-то далеко, неведомо куда. Может быть, на свалку? А, какая разница... Путешествовать надо, не зная цели. Цель, как и все остальное, — видимость.

Мы, три великих путешественника — Колумб, Магеллан и я, Кот Бойко, — стремились к громадной цели. Колумб искал Индию, нашел Америку, попал в тюрьму и умер в нищете. Магеллан описал кольцо вокруг шарика, все упирался-доказывал, какое множество стран и народов населяют наш зеленый колобок. Пока его на полпути не сожрали дикари. А я направился на Острова Сокровищ и совершил великое открытие.

Я узнал, что на Земле живут всего два народа. И поселились они в двух странах. Народы зовутся просто — богатые и бедные. А все эти разговоры про американцев, негров, русских, китайцев, песни про национальные особенности и кошмарные басни про менталитет — сплошная видимость!

Богатые — невероятно интересная, но малопонятная раса, и все люди этого народа очень похожи друг на друга, независимо от цвета кожи, возраста и вероисповедования. И живут они в очень небольшой, но при этом всемирной стране — очень приятной, удобной, невероятно красивой, с замечательным климатом. И вся она похожа на шикарный отель «Шератон»-Рай.

А бедные — многочисленный, доступный, очень понятный, но никому не интересный народ. А друг другу — в особенности. Чем там интересоваться? Обитают они неопрятно, плохо, наспех — будто торопятся быстрее дожить свой срок в своей огромной и убогой стране под названием Бедность. Именуются насельники этой земли бедняками, или беднягами. Иногда — бедолагами. А самые бедовые мечтают прорваться, эмигрировать в страну Богатства и получить национальность «богач», а если совсем повезет — «богатей».

Обычно их убивают при незаконном пересечении границы. Потому что законно перебраться из Бедности в Богатство невозможно. И пошлину на границе взимают неслабую — тебя самого. Положи, мол, душу на таможенный стол — и давай пробуй!

Одна участь у нас, великих путешественников-первооткрывателей. Эти суки, мои сограждане, уже посадили меня в тюрьму, как Колумба. Теперь хотят убить, как Магеллана.

Лом вам в горло, дорогие господа и товарищи! Чтоб голова от удовольствия не качалась. Не дамся!

Приподнял голову осторожно над краем борта — ехали по Садовой, справа мелькали корпуса Института скорой помощи имени доктора Склифосовского. Ну, сюда-то я всегда успею.

У Колхозной наша «Газель» застряла в плотной пробке, и я слушал радио из кабины водителя:

— ...Кандидат в губернаторы Восточно-Сибирского края Александр Серебровский, один из самых могущественных российских финансистов, устроил сегодня большую пресс-конференцию в Доме журналистов...

Видимо, включили нам зеленый свет — затарахтела пердячим треском наша славная антилопа, загазовала изо всех сил наша «Газель», завоняла остро газолином, помчалась вместе со всем грохочущим и воющим железным стадом вниз по Садовой, к Самотеке. И не услышал я, что поведал городу и миру не подстреленный мной кандидат в губернаторы.

И в этот момент во внутреннем застегнутом кармане куртки резко, пронзительно зазвенело. Раз, другой. Испуганно стал хлопать себя по груди, пока не вспомнил — это же мой мобильный телефончик. И номер знает только один человек.

Суетливо раздергивал молнию на кармане, трясущимися руками доставал трубку, чуть в суете не нажал кнопку отбоя.

— Але! Слушаю! Слушаю!

— Ты чего кричишь, Дертаньянц? Это я, Джина...

— Здравия желаю, товарищ генерал!

— Вольно. Чего ты какой-то встрепанный, а? Или мне показалось?..

— Показалось, подруга! Наоборот, я весь из себя спокойный, лениво-раздумчивый. Лежу, как князь Болконский на Бородинском поле, глазею в небо. Думаю думу свою...

— Болконский лежал на поле Аустерлица, — показала свою образованность Джина. — А чего это там грохочет так на поле?

— Мысли. Знаешь, я когда думаю — это страшная сила!

— Вот мужик-урод! — печально восхитилась Джина, помолчала и сказала: — Я договорилась с ней... Завтра, у меня, в два...

— Спасибо, подруга. Слушай, ты не знаешь — гиена может загрызть газель?

— Что? — удивилась моя ясновидящая.

— Нет-нет! Это я так, от пустомельства. Так сказать — мысли вслух...

— Дурак ты, Кот, и мысли у тебя дурацкие, — с досадой сказала Джина и дала отбой.

А грузовичок остановился на светофоре, и ко мне благовестом пришел снова радиоголос Хитрого Пса:

— ...От бедности и общей неустроенности возникла в обществе тенденция демонизации денег. Наверное, это неправильно... Альберт Эйнштейн, знавший относительность всего в этом мире, говорил, что деньги, конечно, зло, но только благодаря этому злу человечество может избавиться от голода, болезней и невежества...

Э, друг мой Саня, кандидат демонологических наук, если ты будешь говорить народу эти культурные глупости, хрен тебя выберут в губернаторы.

СЕРГЕЙ ОРДЫНЦЕВ:

ДЕНЬ ВЕЛИКОЙ ОКТЯБРЬСКОЙ ПЛАЩЕ-ВИЗАЦИИ

— Господин Серебровский, вы не боитесь, что в результате всех этих реформ Россия превратится в банановую республику? — спросила корреспондентка «Ъ», прилизанная девочка-отличница в таких же очешках, как и у Хитрого Пса.

Сашка снисходительно-добро улыбнулся:

— Вот уж это нам точно не грозит! Моя забота — чтоб не превратилась Россия в брюквенное царство с народной кухней из лебеды и березовой каши...

Журналисты захохотали, восприняли ответ как прямой наезд. Сашка вообще вел себя очень свободно, говорил легко, много шутил. А журналисты его явно не любили. Но он им все равно нравился. В его поведении был дорогой шик большого стиля.

— Как вы относитесь к коммунистам?

— Лояльно, — пожал плечами Серебровский. — Их только нельзя до власти допускать...

— А как вы совмещаете лояльное отношение к коммунистам с тем, что они пишут о вас в своей печати? — напирал корреспондент «Комсомольца».

Хитрый Пес сделал удивленное лицо, словно впервые слышал:

— А что они пишут?

— Что вы, выполняя заказ ЦРУ, хотите продать «Макрокомпу» оборонный щит державы и сделать Россию беззащитной перед мировым капиталом...

— Ага, понятно! — кивнул Сашка. — Я иногда даже сочувствую коммунистам. Ну представьте себе, каково приходится крупной политической партии, у которой в идеологическом арсенале есть одна-единственная идея — давайте вернемся во времена Ленина—Сталина!

— У этой партии треть всего электората страны! — крикнул кто-то с места.

— Это нормально. В обществе и должна быть треть людей, которым нечего ловить в будущем. Они этого не знают, не понимают, но нутром ощущают — у них нет достойного места в следующем веке, веке информации. А информация — это богатство, это энергия знания, это свобода. Богатым, свободным и умным людям, сами понимаете, не нужны коммунисты с их разбойно-побирушечьими идеями «отнять-поделить».

— В каком сейчас состоянии ваш совместный проект с Биллом Хейнсом?..

...Когда-то, это было ужасно давно, ровно одну треть моей жизни назад, Хитрый Пес втолковывал нам с Котом то же самое на празднике Великой Октябрьской Плащевизации меня. В тот осенний дождливый день Кот выполнил давнее обещание и достал мне импортный, кажется, английский плащ «Лондон фог». Это была плащаница почище Туринской — стального цвета реглан с двойной грубой строчкой швов, нагрудными клапанами, погонами, молниями, заклепками, накладными карманами и с подстежкой!

Господи, тот, кто не видел шерстяную подстежку моего нового плаща, тот не ведает художественного совершенства! Дизайнер сорвал с неба радугу и распустил ее на клетки и полосы моей мягонькой ворсистой подстежки — длинного, по поясницу, жилета, который прикреплялся к плащу гибкой, мягко рокочущей молнией с иностранной надписью «Zipper».

Одно слово — «Лондон фог»! У меня этот лондонский туман от счастья в глазах стоял. Ну и, конечно, от выпитого.

Счастливое событие мы начали обмывать дома у Хитрого Пса. От гордости я сидел, не снимая плаща, как околоточный на Пасху. Вообще было понятно, что остаток жизни я теперь прочно связал с этой дорогой и невероятно красивой одежкой.

Кот хвастал, что плащ удалось вырвать буквально из зубов академика Аганбегяна.

— Не ври, Кот, — меланхолично заметил Хитрый Пес. — Мой директор Аганбегян раз в пять толще Сереги, ему этот плащ ни к чему...

— Не преувеличивай! — засмеялся Кот и разлил по рюмкам остатки из четвёртой бутылки водки. — А вот за водкой сейчас надо будет ехать...

— Не надо пока, — твёрдо сказал Сашка. — Не считая пролитых капель, мы приняли звериное число — по 666 граммов на рыло. Знак и доза Сатаны. Это — миг истины, момент откровений. Если вы ещё что-нибудь цепляете, я скажу вам сейчас очень важные вещи...

Мы смотрели на него с подозрением, потому что говорил он, как всегда, своим недостоверным зыбким тоном, и, несмотря на сильную подпитость, мы опасались какого-то подвоха.

Но Сашка пафосно-трезво сказал:

— СССР по обыкновению опаздывает. Мы все задержались со вступлением в информационный век. Век компьютеров...

Мы с Котом удивлённо переглянулись, не в силах связать грандиозный — в общечеловеческом масштабе — факт покупки мне плаща и неуловимо подступающий к нам из какого-то неведомого далека век компьютеров, этих забавных электронных машинок не очень понятного нам назначения.

— У кого информация — у того власть, богатство и свобода, — сказал Сашка.

— Ты что, Хитрый Пёс, чокнулся? — спросил Кот. — Время к вечеру наклонилось, водка на излёте, а ты какую-то хренотень несёшь... Сейчас у нас одна информационная проблема — где среди этой долбаной трезвости водяру сыщем?

— Угомонись, придурок, — ласково сказал Сашка. — Я знаю, как мы все станем миллионерами...

— При мне ты до таких чертиков ещё не напивался, — сказал я сочувственно и одёрнул полы плаща, чтобы при сидении не мялись.

— Послушайте меня, убогие, — попросил Серебровский. — Постарайтесь понять, что я вам объясняю. Вот ты, Кот, в числах третьего порядка не силён, но это должен знать — сколько стоит на рынке доллар?

— Четыре рябчика, — мгновенно отрапортовал Кот и оживился: — Наконец-то! Займемся фарцовкой по-настоящему?

Не обращая на него внимания, Хитрый Пес говорил, объяснял и втолковывал, и сейчас-то я понимаю, что не нуждался он ни в нашем одобрении, ни в нашем понимании, ни в поддержке. Он тогда уже все знал, и ему просто было не с кем, кроме нас, поделиться великим финансовым открытием. Да и говорить, кроме нас, никому об этом не следовало.

— Официальная цена за доллар — шестьдесят две копейки, — многозначительно сообщил нам общеизвестное Сашка. — На черном рынке — четыре рубля. И та и другая цены абсолютно произвольные, волевые, они не соотносятся ни с каким товарным паритетом...

— А сколько же стоит, по-твоему, доллар? — на всякий случай поинтересовался Кот.

— Тринадцать и тридцать шесть сотых копейки! — На лице Хитрого Пса был восторг.

— Эврика! — заорал Кот. — Осталось найти дурака, кто нам их сдаст по этой научной цене, и мы — в порядке!

— Я нашел, — скромно потупился Сашка. — Государство.

Я печально вздохнул:

— Саня, я всегда знал, что у тебя будет горе от ума...

— Послушайте, кретины! Я ввел в компьютер две тысячи наименований товаров, услуг, зарплат и вывел общий ценовой коэффициент по сравнению с тем же списком в Штатах. Получилось 13,36 копейки за 1 доллар.

— Изумительно! Почему же они такие сытые, а мы такие голодные? — спросил с живым интересом Кот. — Почему все грезят о таких, оказывается, дешевых зелененьких бумажках?

— Идиот! Доллар — это деньга! Он и в Штатах, и у нас, и в Африке — деньга! А рубль — не деньга! Это расчетный купон, за который можно приобрести товары и услуги только в СССР! Государство, приобретая у своих граждан единственный наш товар — рабочую силу, сознательно наполняет рубль необходимой покупательной способностью! Чтобы мы могли купить дерьмовые харчи, дрянную водку и нищенские тряпки! — Хитрый Пес презрительно ткнул рукой в мой невыразимо прекрасный плащ. — И все это с одной целью — завтра все должны выйти на свое рабочее место и вкалывать по-черному! Мы должны нырнуть в просвет между реальной ценой доллара и расчетным купоном — рублем!

— Насчет некоторых тряпок я бы выражался поосторожнее, — заметил я угрожающе.

— А я бы и дрянной водки сейчас выпил, — мечтательно сказал Кот.

— Эх, вы-и, — с горестным подвывом, как горьковский дед Каширин, сказал Сашка. — Я этим недочеловекам про финансовую революцию объясняю, а они...

И махнул устало рукой.

Кот, физически не выносивший, когда Сашка чем-то всерьез огорчался, собрался с силами и участливо спросил:

— Саня, ну а к нам-то какое это имеет отношение?

— Самое прямое! — завопил Хитрый Пес. — Нужно где-то выбить краткосрочный кредит на 5 миллионов рублей...

— Ско-о-о-лько? — поразился Кот и присвистнул. — Будь у меня пять миллионов рябчиков, мне бы и доллары, эта копеечная дешевка, не нужны были... По твоим расчетам это на тридцать пять американских «лимонов» тянет! Куда мне столько!

— Кот, не выеживайся, — сказал строго Сашка, и от его тона мы маленько протрезвели. — Я дело говорю. Монополия внешней торговли сломана. Вчера было рано, завтра будет поздно. Мы должны это сделать! Сегодня, немедленно, сейчас! Здесь! Поверьте мне на слово, ребята, я открыл бездонное Эльдорадо!

— Ну хорошо, допустим, — задумчиво-недоверчиво сказал Кот. — Добудем кредит — и что делать?

— Я найду пути — через Люду, через ее комсомольские связи мы почти законно разменяем кредит на миллион баксов с большим лишком. Ты летишь в Гонконг, Сингапур,

Сеул и покупаешь тысячу компьютеров «желтой» сборки. Они стоят около 1200 долларов каждый.

— И что будет?

— К твоему приезду я их все продам на бумаге. Люда через своих комсомольцев поможет! В госучреждения, крупные предприятия, кооператорам — сейчас в стране полно бумажных денег, их хоть жопой ешь, а компьютеров нет, и стоят они от шестидесяти до ста тысяч рублей. Завтра их понадобится здесь тьма...

— А что потом? — спросил я многозначительно-осторожно, как всякий самый задумчивый мудак в компании.

— Ты, Серега, вообще в делах ничего не петришь — и сиди, помалкивай в тряпочку! — отшил меня Сашка и добавил снисходительно: — Мы тебя не за деловитость ценим.

— Потом мы передадим компьютеры заказчикам... — медленно, с пробуксовкой стал включаться Кот. — И получим...

— Ребята, мы получим несметное состояние! — приплясывая от возбуждения, сообщил Хитрый Пес. — После возврата кредита, процентов, выплаты взяток, перевозок, потерь на обратном трансфере из рублей в доллары, поскольку дешевые доллары пока предпочтительнее дорогих рублей, короче, после всего нам останется около восьми миллионов долларов...

Сашка, как вдохновенный танцор, исполнивший наконец свою партию лебединой песни, замолчал обессиленно. Кот задумчиво мурлыкал, но он все-таки больше думал в этот момент о выпивке и бабах, поэтому остался впоследствии на вторых ролях.

А я?

Я не мог думать о дурацких бреднях Хитрого Пса про какие-то мифические миллионы — даю честное слово, я до этого никогда живого доллара в руках на держал.

Я думал о том, что мир спасет красота в виде моего нового, нечеловечески шикарного плаща, я так хотел поделиться с людьми зрелищем этого прекрасного лондонского «фога», я так хотел, чтобы мои земляки все видели, как может быть прекрасен спасенный моим плащом мир, что в конце концов сам предложил Коту:

— А не пора ли нам в люди, Кот? Надо идти к ним, высекать из них, как из камня, водку. Покажем им всем кузькину мать в виде моего плаща...

Сашка остался убирать стол и готовить закуску для продолжения праздника Плащевизации. Мы с Котом отправились по каким-то магазинным подсобкам — в стране лютовала горбачевская борьба с пьянством, потом оказались почему-то в ресторане Дома литераторов, потом у каких-то знакомых, потом у незнакомых, и я всех их спасал, демонстрируя красоту своего плаща, а некоторым, наиболее симпатичным, даже давал померить.

Мы плавно проходили три стадии опьянения, о которых нас предупреждали еще в школе — стеклянный, оловянный, деревянный.

Домой попал под утро, полуживой. Крался по коридору, как диверсант, конечно, что-то с грохотом опрокинул, и мама, выглянув на шум, сказала восхищенно-весело:

— Ой, сынок, какая на тебе красивая жилетка!

Плащ где-то потерялся по дороге. На празднованиях, посвященных ему.

Осталась от него на память невыразимой красоты подстежка благородных цветов радуги, сорванной с неба пьяным художником.

Пролетел я. Вышло так, что променял я компьютерные миллионы на свитку, да и ее черт в преисподнюю унес.

Смешно сказать — Серебровский таки провернул при помощи Кота операцию с компьютерами, миллионы стали реальностью, и Хитрый Пес заложил начало своей сегодняшней империи. После компьютеризации началась вауче-ризация, потом приватизация и окончательная долларизация всей страны.

А я по-прежнему жалел о потерянном плаще неземной красоты больше, чем о том, что меня не взяли в компаньоны неслыханного бизнеса.

Наверное, я бы и сам не пошел в бизнес. Как правильно заметил однажды великий пролетарский письменник —

рожденный ползать летать не может. Летать мог только крылатый конь Пегас. Но он был не верный, а капризный, своенравный и злопамятный.

Хитрый Пес сказал очень давно, что ценит меня не за деловитость. Надо бы при случае спросить — а за что?

А он скорее всего ответит мне так же, как сказал минуту назад какому-то шустрому мальчонке-журналисту:

— Все, что выгодно мне, — выгодно России! Это и есть мое мироощущение — здесь, сегодня, сейчас...

КОТ БОЙКО:

МОЯ ЛЮБОВЬ

— Не стой в дверях, как рассыльный, — засмеялась Марина. — Иди сюда...

И покатились, серебряно зажурчали шарики у нее под языком.

— Точите нож, мочите солью кнут, — предложил я осипшим голосом.

— Ну нет! — покачала Марина головой. — Как ты говорил раньше — давай я тебя покиссаю... Не чужие все-таки...

Не обняла, не прижалась, почти ко мне не притронулась — потянулась на цыпочках и чмокнула в щеку.

По-товарищески, по-братски. Без всякой туманящей голову страсти, мешающей жить, никому не нужной чувственности, так сказать, без неуместной между чужими сексуальности.

Эх, Марина, просил ведь тебя — не оглядывайся на горящий Содом! Мой сладостный соляной столп.

Держал ее осторожно за плечи, смотрел в это лицо — мое проклятие, мое благословение, чертову усмешку, ангельский приветик, удивительный лик богородицы, вышедшей на панель. Волшебная навесная печать-кустодия на свернувшемся свитке с прописью моей судьбы.

Женьшеньщина моя.

Столько мечтал сказать, а увидел и спросил глупость:

— Как живешь?

— Фантастика! Картинки с выставки! — прищурилась Марина. — Слышал, наверное, в губернаторши я нынче подалась!

— А если моего друга в губернаторы не возьмут?

— Типун тебе на язык! Тогда мне конец — Сашка от досады в президенты прорвется. А у царицы морской, сам знаешь, как сказочка закончилась...

— А чем плохо? — спросил я серьезно. — Сидишь ты, старуха, у разбитого корыта, а тут и я иду с большой рыбалки, старик победитель, с главным призом — аккуратно вырезанной дыркой от бублика...

— Я-то все время думала, что Сашка и есть ведущий наш старик рыбак, — усмехнулась Марина.

— Нет, Марина, Сашка не рыбак. Он у нас золотая рыбка...

— Ага, интере-е-сно, — протянула Марина. — Итак, я у разбитого корыта, ты с дыркой от бублика. Как говорит мой умный муж, надежный инвестмент в будущее! Что происходит?

— Начинаем сказку сначала...

Марина долго смотрела мне в глаза, потом обняла меня, прижала мою голову к груди, быстро, волнуясь, чуть картаво сказала:

— Кот дорогой, ты ничего не понял! Мерзкая старуха и золотая рыбка — это один и тот же персонаж! Старуха всю жизнь обманывала его... Рыбка уплыла, когда старик устал мечтать...

— Марина, я никогда не устану мечтать о тебе, — сказал я шепотом, и острая нежная сила вздымала и раскачивала меня, и я летел без памяти и направления, как воздушный змей. — Без тебя жизнь не пляшет... Для меня ничего не изменилось... С первого дня...

Она оттолкнула меня.

— Перестань, Кот! Все ушло! Жизнь изменилась! Мне ни с кем не было так хорошо! Поздно начинать сначала! Никогда не взойдет солнце с запада...

— И не надо! Давай остановим его в зените, — предложил я.

А она медленно, грустно покачала головой:

— Ничего у нас с тобой не получится, Кот. Мы оба живем на одолженное время.

— Что ты говоришь, любимая? Ты раньше никого и никогда не боялась...

— А я и сейчас никого не боюсь. Когда я была маленькая и мне снилось что-то страшное, я во сне расправляла руки и улетала от своего страха, как птица...

— Ты перестала летать?

— Мне кажется, я больше не опускаюсь на землю. Приснился волк и съел мой сон.

— Может быть, это прекрасно?

— Нет. Это не свободный полет, это призрачная легкость сомнамбулы. Ты ведь сам всегда говорил: жизнь — это не то, что с нами происходит, а как мы к этому относимся.

— Тебе нравится твоя жизнь? — спросил я серьезно.

— Она мне безразлична, — пожала Марина плечами. — Жить стало неинтересно до рвоты... Я знаю, что до самой смерти со мной не произойдет ничего интересного.

— Давай, любимая, побежим к горизонту, — сказал я неуверенно. — Там, впереди, за этой воображаемой линией может оказаться тьма интересного...

Марина засмеялась:

— Кот, а почему горизонт всегда впереди? Почему горизонта не бывает позади? Мы ведь можем бежать с тобой лишь назад. У нас с тобой было такое прекрасное вчера, что наше завтра может быть только хуже...

— Не преувеличивай! Между вчера и завтра живет пустяк по имени «сегодня». Давай жить сегодня, здесь, сейчас!

Марина погладила меня холодными ладонями по лицу, с улыбкой сказала:

— Как вы похоже говорите! Какие вы одинаковые — и ты, и Хитрый Пес, и Серега!

— Мы — одинаковые? — удивился я. — По-моему, мы все очень разные!

— Нет, Кот, вы не разные. Я вас всех очень давно знаю. Мне кажется иногда, что Господь стал лепить из праха замечательного человека, увлекся, а потом сам увидел — переборщил! Многовато для одного получилось, разорвал он свою животворную глину на три куска и вышвырнул вас в мир. Каждому разное досталось, а основа у вас одна и та же. Вы не пахари, вы — захватчики...

— Ну да, это точно! Особенно хищный захватчик Серега, Верный Конь, — заметил я.

— И Серега! — кивнула Марина. — Я видела его. Я думаю, что Сашка от своей обычной самонадеянности ошибочку делает...

— В чем?

— Он уверен, что круто впряг Верного Коня в свои оглобли. А у Сереги, кажется, своя игра.

— Какая у него сейчас может быть игра?

— Не знаю. Он ищет тебя.

— Я в курсе.

— Ты не доверяешь ему? — испугалась Марина.

— Доверяю. Но я не хочу подставлять его, он не умеет врать. Отдай ему это. — Я протянул ей свой сотовый телефончик. — Позвоню ему, если вода под горлышко подступит...

— Хорошо. — Она положила трубку в сумку, щелкнула замком. — Уезжай, Кот, ничего хорошего из всей этой свалки не выйдет...

— Готов! Прямо сейчас. С тобой. — И попытался снова обнять ее, а Марина отвела мягко мои руки.

— Я не могу, Кот...

— Ты боишься потерять богатство и свое положение?

— Не говори, Кот, глупости — это тебе не идет. Я боюсь потерять себя. Совсем... Пойми, я ведь не переходящий кубок...

СЕРГЕЙ ОРДЫНЦЕВ:

ОПАВШЕЕ ПЛАМЯ

Перед вечером я зашел в службу безопасности и забрал компьютерный робот-портрет женщины, которая вместе с Котом приходила в агентство к Люде Серебровской. Сафонов еще третьего дня обещал мне прислать его — как только эксперты закончат работу. Но, видимо, забыл.

А может, не забыл — Кузьмич мало походит на рассеянного с улицы Бассейной. Почему-то не захотел. Вам виднее, господин генерал. Вообще у болвана в польском преферансе жалобная и постыдная роль только до того момента, пока он не понял отведенную ему позицию. После этого он может отчасти вмешаться в игру.

Вернулся к себе в кабинет, прочитал депеши Флэнагана в моем электронном почтовом ящике. Конечно, сафоновские умельцы, наверное, уже давно раскрэкали мой секретный код-пароль, и Кузьмич одновременно со мной читает сыщицкие изыски моего дружка — но, кажется, это все уже не имеет значения.

В выпуске новостей по телевизору говорили о нарастающем финансовом кризисе, об угрозе биржевого обвала или системного экономического краха.

Потом ведущая Светлана Сорокина в передаче «Герой дня» задушевно спрашивала Хитрого Пса:

— Ну, я это все понимаю, Александр Игнатьич... А вот вам лично зачем этот космический проект?

А Сашка так же задушевно-просто отвечал, раздумчиво, очень искренне, от всего сердца — как у нас водится:

— Потому что я хочу Россию через силу, пусть за уши, но втащить в следующее тысячелетие. Это не окно в Европу, а широко распахнутая дверь в мир...

В кабинет вошла Лена, с интересом посмотрела на экран, одобрительно поцокала языком:

— Ай да Серебровский! Ай да молодец! Настоящий герой дня...

— Бери выше! Я думаю, Сашка тянет на героя нашего века.

— Не бери в голову! Завтра, может, кто-то еще героистей и вековечней объявится. Какие планы?

— Должен сходить к боссу доложиться.

— Подожду? — спросила Лена легко, без нажима и принуждения — мол, все свободны, никто никому не должен. Можем провести вечерок вместе, а можем разбежаться.

— Если можешь, подожди, — хотел сказать небрежно, а получилось как просьба. — Может, напьемся сегодня?

— А то! — восхитилась Лена. — С особой жестокостью и цинизмом!

Потом обняла меня и спросила тихонько:

— Ты чего такой расстроенный?

— Нет, ничего... Нормальная комедия масок. Как настоящий актер, вживаюсь в роль. Осваиваю образ болвана в польском преферансе...

Лена засмеялась:

— Ну-ну-ну! Ты просто не привык к новым правилам игры. У бедных вообще снижен порог обидчивости. Давай, давай, иди к боссу. Раньше сядешь — раньше выйдешь...

Я поцеловал ее и стал собирать со стола бумажки. А Светлана Сорокина все пытала — ручки подставляла Серебровскому:

— ...Как вы относитесь к утверждениям, что банкиры разграбили страну и вызвали обнищание народа?

Я задержался — действительно, Александр Игнатьич, что вы думаете по этому поводу? Мне тоже интересно ваше мнение по поводу отдельных клеветнических утверждений.

Хитрый Пес усмехнулся, поправил мизинцем дужку очков и проникновенно сообщил:

— Нормальная пропаганда — ее накачивают радикалы, жизнь которых немыслима без образа врага. А ведь если вдуматься, банкирство — самая старая профессия на земле. Когда-то праведный Ной превратил свой ковчег в генетический банк. И спас для нас всех жизнь на планете. Это самая успешная банковская операция в истории человечества...

Лена помахала мне рукой:

— Вот так-то! Иди, помогай спасать жизнь на Земле.

В приемной было пустовато. Секретарь Надя говорила по телефону:

— Да, зарезервируйте рейс Париж — Нью-Йорк — Париж. Да, сверхзвуковым «конкордом»... На следующей неделе... Нет, босс полетит один... Сколько мы должны перевести?.. Хорошо, восемь тысяч пятьсот шестьдесят шесть долларов. Это первый класс?.. Угу, понятно... Спасибо...

Она положила трубку и сказала мне удивленно:

— На «конкорде» нет первого класса. Весь рейс, говорят, классом «люкс»... Интересно, что же они там дают за такие деньжищи?

— Ложку черной икры, бокал шампанского и скорость, — поделился я своими огромными знаниями о шикарной жизни. — Три с половиной часа — и ты за океаном. Чуть дольше, чем до Сочей...

— Чудеса! — восхитилась Надя. — Вообще-то я за такие деньги лучше бы себе дом в Вырице купила. А вы, Сергей Петрович?

— Надя, мне проще, — засмеялся я. — Передо мной не стоит такой ужасный выбор. Я не летаю на «конкорде» и не знаю, где находится Вырица.

Серебровский, глубоко завалившись в кресло и положив ноги на стол, устало разговаривал по телефону:

— Спекуляции? Ну и что? Во всем мире так называется рутинная работа на бирже! Только в русском языке оно носит оскорбительно-унизительный смысл. А по-английски значит «размышление», «рассмотрение», «умозрение»! Так и объясняй всем! А не поймут — пошли подальше...

Я уселся в кресло напротив, на стол положил папку с бумагами. И вдруг поймал себя на том, что сильно волнуюсь. Стыдно сказать — я был внутренне напряжен, колотилось сердце, а в горле застревало дыхание, хотелось прокашляться, как перед докладом большим начальникам. Может быть, я уже тоже сошел с ума? И воспринимаю эту понарошечную пьесу, этот странный бал ряженых и самозванцев как настоящую жизнь?

А может, и не сошел с ума — другой ведь житухи нигде вокруг не просматривается. Вот эта самая, ненормальная, и стала настоящей.

— Ты забыл им еще напомнить, что по-английски «спекулейтор» значит «мыслитель», — заметил я эпически.

— Бесполезно! — усмехнулся Сашка. — Не поймут. Или не запомнят...

— Почему? Придут в музей, а там под роденовским «Мыслителем» табличка — «Спекулянт». По-моему, очень современно будет звучать...

— Хорошая мысль, — кивнул Сашка. — Ты это к чему?

— А я как сороконожка — задумался, с какой ноги ходить, и сразу сбился с хода.

Сашка пристально взглянул на меня и миролюбиво, мягко посоветовал:

— Тебе просто надо выбрать направление. Определить вектор движения. И ноги — как в сапогах-скороходах — сами понесут...

Я подвинул по столу к нему папку и сказал:

— Понимаешь, нормальный полицейский всегда был игроком в борьбе добра со злом. А сейчас идет бой зла с нечистью. Непонятно, к кому прибиться...

Хитрый Пес засмеялся и, не притрагиваясь к моим бумажкам, спросил:

— Что это?

— Это обзорная справка по делу о расхищении Поволжского кредита...

Сашка тяжело вздохнул и покачал головой:

— Серега, я устал от своих тайн, мне чужие не нужны...

— Саня, это не чужие тайны. Это ваши маленькие дружеские секреты с Котом. То, что он прислал тебе на дискете. А ты мне не захотел ее показывать. Ты ведь меня ценишь не за деловитость...

— Да, Серега, я тебя очень ценю. Но не за деловитость. И слава Богу! Деловитых окрест хватает. С избытком!

— А расскажи, сделай милость, за что ты меня ценишь? — серьезно спросил я.

А Сашка серьезно ответил:

— Не знаю. Наверное, это и есть братская любовь — когда ценишь человека просто так, за его присутствие, за его существование в твоей жизни. За то, что он часть тебя, может быть, лучшая часть... — Он протянул ко мне растопыренную ладонь: — У меня пальцев на руке больше, чем людей на свете, которых я люблю.

— Тогда загни лишние пальцы в счет любви к России. И еще один разогни — любовь к Коту можно считать аннулированной. Контракт истек...

Сашка смотрел сквозь меня, напрострел, думал о чем-то своем — не услышал меня. Или обижаться не стал. Но одно я усек железно — он больше не боялся дискеты Кота. Не знаю почему, но он не боялся, он как-то нейтрализовал довольно грозную ситуацию.

Потом он вынырнул из омута своих размышлений и спросил:

— Что-нибудь для меня интересное в твоей справке есть?

— Не знаю, — пожал я плечами. — Мне ведь неизвестно, что ты сам знаешь, а чего нет. Например, зачем убили веселого жулика Васю Смаглия...

— Действительно, интересно. И зачем?

— Я думаю, его расстреляли твои бывшие компаньоны из «Бетимпекса», для того чтобы в МВД и прокуратуре из него не вытрясли «пассворды» — секретные коды счетов...

Сашка криво ухмыльнулся:

— Ну уж — компаньоны! Много чести! Так, временные контрагенты...

— Нет, Саня, временными контрагентами ты их потом сделал, перед тем как их кинуть окончательно, — остановил я его. — А начинали вы как вполне равноправные партнеры!

— Оч интересно, оч! — покачал Хитрый Пес головой. — Тогда расскажи, может, ты лучше знаешь...

— Не лучше. Но кое-что знаю, предполагаю, догадался. Весть об огромном кредите, который выколачивает для Поволжского региона холдинг «Бетимпекс», тебе принес Кот. Он дружил со Смаглием, шестеркой у хозяина «Бетимпекса» Гвоздева... Припоминаешь?

— Очень возможно... Я такие второстепенные детали стараюсь не запоминать.

— Ага! Как мне сказал Хабусо, начальник полиции в Токио: «У меня самурайская память — я не запоминаю лиц кредиторов и неудачников». Но это не второстепенная, а очень важная деталь.

— Почему? Почему это важно? — искренне удивился Серебровский.

— Потому что Гвоздев создал всю базу этого проекта — технико-экономическое обоснование, социально-политический прогноз, договорился с областными губернаторами, получил их ходатайства в правительство и финансовые гарантии. У всех уже слюни текли от запаха этого жирного тельца... Одна малость мешала...

— Расскажи про малость, — попросил Сашка.

— Вице-премьер правительства Фатеев показал им непристойный жест полового содержания — протянул правую ручку вперед, а левой постучал на сгибе: «Вот вам, живоглоты, а не 350 миллиардов! Христос велел делиться...»

— А чего они не делились?

— Так они мечтали об этом, а найти человека подходящего, вхожего к Фатееву казачка, не удавалось. Разговор нешуточный; человек должен быть серьезный, сомнений у Фатеева не вызывающий. Вот тут и вышел на поле забивающий форвард Серебровский, лучший бомбардир сезона, игрок национальной сборной.

— Кот бы тебе сейчас сказал — не преувеличивай! Тогда я еще в сборную олигархов не входил, — засмеялся Сашка.

— Сыграл и вошел! Ты дал заверения Фатееву, что все будет о'кей! И неожиданно для Гвоздева взял всю игру на себя... Фатееву с тобой играть было надежнее и спокойнее, чем с тем отморозком.

— Почему ты думаешь, что я вел эту игру? — спросил Сашка, поглядывая на меня иронически поверх стекол своих разночински-золотых очков.

— Потому что ты — гроссмейстер такого рода комбинаций. Как только Фатеев провел постановление правительства, отец Лены Остроумовой, который был тогда замминистра финансов, дал указание спустить кредит в Индустриально-аграрный универсальный банк — «Индаграунбанк». А там первым вице-президентом сидела твоя бывшая любимая девушка Алябьева, очень хорошенький «бальзачок» в стадии прокисания...

— Нехорошо, Серега, так говорить о коллегах, — неодобрительно заметил Сашка.

— Да, Санек, я знаю, что ты не забыл ее подвигов и держишь здесь эту вполне бессмысленную тетю членом правления. А тогда она все сделала перший сорт, хай-класс: выдала вексель «Индаграунбанка» на 350 миллиардов рублей руководителям Поволжского региона. С маленьким, но обязательным условием — вексель должен быть всенепременно перестрахован в фирме «Омниа-Пакс». Ты это помнишь, Саня?

— Да, что-то такое припоминаю, — улыбнулся снисходительно Серебровский, нажал на кнопку и сказал в переговорник: — Надюша, распорядись нам кофе с коньячком...

А мне сказал:

— Слушаю тебя с наслаждением! Как старый конь в стойле прислушивается к забытым командам с плаца...

— Ну да! Это точно! Как старый конь, что с каждым годом глубже пашет! Итак, «Индаграун» вы впоследствии разорили, фирма «Омния» с уставным капиталом в 500 долларов стала перестраховщиком кредита на 90 миллионов, поручив для надежности оперировать этой незначительной суммой кредитно-инвестиционной компании «Интеркоммодитис». Это одна из твоих бесчисленных лавочек, где ситуацию контролировал Кот. Вот тут и прошел ваш жизнераздел... Здесь сломалась ваша дружба...

— Почему ты так решил? Почему именно здесь? — строго спросил Сашка.

— Хорошо, я объясню сейчас — как я понимаю. Но я хочу, чтобы ты мне сказал, что случилось у тебя с Гвоздевым, когда кредит сел на счета «Интеркоммодитис»?

— Началась война, — пожал плечами Сашка. — Гвоздев понял, что «Бетимпекс» вывели из игры, и попер, как бык. Поскольку он дурак и позиционных ходов не разумеет, я понял, что будет не просто кровопролитие, но и со страшной вонью на всю страну. И велел Коту играть по правилам...

— Что значит «по правилам»?

— Сбросить кредит в регион, войдя в какую-то разумную долю на местах в губерниях. Это были не слишком большие заработки, но мне очень нужно было упрессовать «Бетимпекс» и отогнать Гвоздева от кормушки.

— А Кот не послушался?

— Нет, не послушался, — вздохнул Серебровский. — Ему не деньги были важны, ему надоело быть вторым номером. Он хотел мне доказать, что соображает не хуже меня. И он послал меня далеко-далеко...

— И что сделал?

— Бумагу надо было превратить в реальные деньги — «Интеркоммодитис» разменял кредит на 20 векселей по 17,5 миллиарда рублей и передал их Второму ваучерно-инвестиционному фонду за 88 процентов. Современные алхимики свершили чудо конвертации — стопка бумаги превратилась в груды золота...

Я раскрыл свою папку.

— Ты, может быть, и сам знаешь, но это список латвийских и литовских банков, через которые перебросили оставшиеся семьдесят семь миллионов долларов в «Дрезднер коммерц банк». Оттуда — в Штаты, в «Ферст нэйшэнэл бэнк оф Нью-Джерси». А потом уже скинули на 12 счетов в оффшоре. Тут эти номера...

Сашка не дотронулся до бумаг.

— Серега, зачем мне эти счета?

Вошла Надя, расставила чашки, налила в пузатые рюмки коньяк, неслышно удалилась.

Сашка пригубил, задумчиво сказал:

— Гвоздев всегда был суетливым дураком. Этот злобно-требовательный кретин никогда не оставлял пространства для маневра. Ему страшно понравилась идея сделать дуплет — убить меня руками Кота и вынуть из него секретные коды счетов. Поскольку Кот уже был у них в руках, они решили избавиться от Смаглия. С точки зрения криминальной технологии, это не очень сложно. И не очень дорого. Решено — сделано! А теперь выходит, Кот забил «рыбу». Пат! Ни у кого нет хода, у всех нет игры...

— Саня, мне вся эта грязь и кровь надоела. Пора завязывать...

Сашка встал, обошел стол, подсел ко мне на ручку кресла, душевно сказал:

— Тогда, друг, дела твои плохи. Ничего другого в мире нет. Наша жизнь растет из грязи, орошенной кровью. Поэтому плюнь. А твои страшные бумаги — штука смертоносная, но неопасная. Как отсыревшие патроны...

Он взял папочку, медленно прошел по кабинету и, не открывая, бросил ее в горящий камин. Полыхнуло, ярко взметнулось и опало белое бумажное пламя. Сашка вернулся ко мне, чокнулся с моей рюмкой и невыразительно сказал:

— На этих счетах давно ничего нет...

Я долго смотрел на него, безуспешно пытаясь проникнуть за непроницаемый фасад иронично-спокойного, равнодушно-снисходительного лица. Что там, внутри, за этой чисто вымытой бетонной стеной в золотых очках? Неужели у него в душе такой сгусток темноты, непроглядно черного мрака?

— Ты знал пассворды?

Хитрый Пес допил коньяк, глотнул кофе, сказал своим недостоверным тоном:

— Черт его знает, не помню уже! И не будь ты таким пафосным радетелем за чистоту нашего юного капитализма! Ты не радуешься жизни из-за того, что не видишь исторической перспективы.

— Вижу, Саня. С ужасом. Наши дети будут стыдиться нас...

— Ошибаешься, Серега! Они будут гордиться нами. На что хочешь заложусь с тобой!..

Загудел зуммер переговорника. Сашка подошел к столу, нажал кнопку, и в кабинет вплыл хрипловатый, с одышкой бас Сафонова:

— Александр Игнатьич, хотел зайти, доложиться о работе по утреннему нападению... Мы тут кое-чего...

— Нет, нет, нет! Кузьмич, сегодня я разговорами сыт по горло, еду отдыхать... И суета ваша, и все ваши соображения меня не интересуют — мне результаты нужны! Ладно, завтра поговорим...

Отключил генерала, как крошку со стола сбросил. Прикрыл глаза, как задремал, и негромко сказал:

— Одна из главных иллюзий бедных людей, будто деньги дают свободу...

— А на самом деле? — спросил я.

— Не дают! Деньги дают власть, и она предоставляет сладостное право распоряжаться чужой свободой. Но за это власть берет в залог твою волю...

Резко встал, подошел ко мне, уткнув мне в грудь палец, яростно сказал:

— Пройдут годы, пыль забвения покроет благородной патиной непривлекательные подробности нашей жизни. Лихие писаки и бойкие киношники сложат про наши пакости героические саги и возвышенные легенды — и к потомкам мы придем не как разбойные лихоимцы. А как античные герои. Просто нужно потерпеть, подождать, дожить...

АЛЕКСАНДР СЕРЕБРОВСКИЙ:
РОЖДЕНИЕ

Я очень устал. Не сон, не явь. Тусклое полузабытье. Только боль соединяла меня с миром.

Мы двигались, как надлежит шествовать царской процессии. Узкую тропу впереди топтал на своем осле Пан, усевшись, как обычно, задом наперед. За ним, с мукой передвигая опухшие разбитые ноги, брел я. И мне казалось, что путь в ночной тьме освещают нам мои размозженные, растерзанные уши. А чуть поодаль — мои верные псы. Они боялись и от тоски тихо выли, но не разбегались, не бросали меня.

Не было за мной подданного мне народа. Мои люди были немы, глухи и слепы. И сердца их бесчувственны. Они все были где-то далеко, по другую сторону моей муки.

Только псы — нюхом? быстрым собачьим умом? невесомой звериной душой? — опознавали в униженном и разрушенном рабе, скованном страшной золотой колодкой, своего царя.

Они помнили меня.

Они верили мне.

Они любили меня?

А Пан, попивая из меха красное парфянское вино, утешал меня:

— Не кляни жизнь, Мидас! Она прекрасна и в страдании. К сожалению, она очень коротка...

Его осел поднял дугой хвост и вывалил на кремнистую тропу дымящиеся комья навоза. У меня не было сил обходить их, и я ступал босыми израненными ногами в горячее зловонное месиво, и не успевал снова шагнуть, как навоз твердел, застывал, круглился в тяжелые золотые яблоки.

— А если жизнь невыносима, Пан? — спросил я из последних сил.

— Не говори так, Мидас! И у царей жизнь бывает горька, но только горьким лекарством исцеляют тяжелую хворь...

Оглушительно громыхнул гром, и ночное небо разъяла пополам длинная серебристо-синяя молния. Пан опасливо взглянул наверх, вздохнул:

— Я надеюсь, что мой властитель Дионис и божественный брат его Аполлон утомились долгим и ярким празднеством. Я верю — они сладко и беспечно отдыхают. Когда они узнают о моем самовольстве...

Он не закончил фразу, крякнул и покрутил досадливо головой.

— Чего тебе тревожиться, Пан? Ты же бессмертен...

Пан гулко захохотал — сотрясался его толстый лохматый живот, перекатывались под лоснящейся кожей мощные мышцы.

— Бессмертны только боги! Нам в утешение они дали бесценный дар — короткий людской век. Ослепительно быстрый миг между сумерками рождения и тьмой смерти. Звенящая радостью радуга — мостик из теплой мглы материнской утробы в холодную черноту могилы. Поверь мне, Мидас, в мире, кроме этого, ничего нет...

Когда мы дошли до берега Пактола, священной реки, к воде обещанного мне Паном спасения, высокие звезды в небе прозвонили Час Тавроса.

— Миг мрака, Пан, пик ночи наступил, — сказал я.

— За этим пределом кончается власть темноты, — сказал Пан.

— Роковой страшный час — сейчас умирают старики и больные, — вздохнул я.

— Но в сладкой судороге наслаждения сейчас зачинают детей — гениев и героев, — усмехнулся Пан.

— К спящим приходят самые тяжелые кошмары...

— А к музыкантам и поэтам являются и ласкают их музы...

— Пан, в этот час я велел поднимать на казнь осужденных...

— Зато искателей и путников поднимает в этот час надежда, — качал громадной кудряво-патлатой головой Пан.

Выцветала густая синева ночи, невнятно лепетал на берегу тростник, с шелестом и мокрым шорохом мчалась вода по камням, где-то близко закричала птица.

Пан положил мне теплую руку на плечо:

— Плыви...

— Я утону в своем золотом рубище. Оно непосильно мне...

— Доверься, Мидас, я не обману тебя... Плыви... — И легонько толкнул меня в спину.

Пустота падения. И удара о воду я не ощутил, и холода не почувствовал, и страх исчез — я долго опускался сквозь густую и теплую воду, плавно, легко, и движения мои были свободны, как во сне.

И это было чудо — я видел сон во сне.

А пришедшие после долгой мучительной неволи легкость, гибкость, свобода были так прекрасны, что я решил остаться здесь навсегда. Но когда уперся ногами в мягкое песчаное дно, где-то высоко вверху воду прорезал косой острый луч солнца, и мир вокруг вспыхнул буйством невиданной красоты, я увидел обещанную Паном радугу между рождением и смертью, оттолкнулся от тверди и быстро поплыл к свету.

Вынырнул, тряхнул головой, не ощутил саднящей, острой, мозжащей боли в ушах и увидел рассвет, и мокрый мягкий хитон холодил мне плечи, и услышал счастливый заливистый лай скачущих по берегу моих псов, а медленно удаляющийся вверх по тропе Пан кричал мне, что свобода — это и есть жизнь, но я быстро плыл по течению и звал его в слезах:

— Пан, не покидай меня! Ты спас меня! Останься...

А он, задержавшись перед скалой на повороте, крикнул:

— Мидас, я нарушил волю богов! Ты-то эту компанию знаешь! И гнев их будет ужасен... Больше, дружище, мы не увидимся никогда...

И ветер трепал и таскал, как тряпку, его крик — никогда... никогда... никогда!..

— Подожди, Пан! Подожди еще миг!.. Я должен...

Быстрый поток уносил меня, и откуда-то издалека, уже не видел я Пана, а все еще слышал его голос, измятый эхом:

— Отныне Пактол будет золотой рекой... Золотой рекой... Отдай ее людям... Людям...

Я выбрался на берег, добрел до большой старой оливы и, падая, раскинул руки и обхватил землю, как возлюбленную. Мои собаки, верные мои псы, не боялись меня, они лизали мне лицо и радостно рычали. Приподнял голову и увидел, что дно реки стало сливочно-желтым. С ветки упала крупная оливка. Я слышал, как с шорохом растет трава. И тихо позванивают на дне Пактола золотые песчинки.

Я, наверное, задремал, потому что увидел, как по косогору медленно идет ко мне, опираясь на резной посох, мой отец, совсем старый, мудрый и тихий царь Гордий, и он ласково говорит, утешает и обещает:

— Спи, сынок... Доброму человеку, уснувшему под оливой, приснится сказочный вещий сон. Он узнает секрет моего магического Узла... А кому ведом секрет Гордиева узла, тот владеет миром. Он знает секрет бессмертия...

Я хотел сказать ему, что мой опыт дольше, больше и горше. Я хотел рассказать Гордию, что добрый человек не

может владеть миром, ибо в том, кто владеет миром, умира-
ет доброта. Но не мог пошевелить губами.

Я очень хотел заснуть. И не мог — я ведь хотел снова
увидеть сон внутри своего сна. И, минуя сон-тайну, я проснулся совсем, вылетев из волшебного небытия, как из реки...

Я взял со столика очки — на электронных часах мягким
зеленым светом пульсировали цифры.

16.08.1998 г.

4.37.

Ага, поздравляю вас, Александр Игнатич! Сегодня ваш
день рождения.

Тридцать шесть.

СЕРГЕЙ ОРДЫНЦЕВ:

ПОДАРОК

— Если по справедливости, мне должны были бы платить зарплату водителя, от которого ты отказался, — сказала Лена, выворачивая наш джип на Садовую.

— Могу переговорить с руководством, — предложил я.

— Ладно уж, — смилостивилась Лена. — Доберу с тебя
натурой...

Мы, конечно, заспались немного, потому что вчера от-
тянулись по полной программе. Мне же велел Хитрый Пес
радоваться жизни, а я человек дисциплинированный, ослу-
шаться начальство не могу. А если принять во внимание,
что лучшего партнера по радованию жизни, чем моя странная подружка — лживая, заботливая, коварная и нежная, —
жизнь придумать не сумела, то я поручение босса выполнил замечательно. С другими поручениями не справился, а
вот с этим — превосходно.

Наверное, потому, что он сам организовал мне эту радость и эту жизнь.

Ночью я пытался расспросить Лену, а она смеялась, ласкала меня и шептала:

— Поверь мне, есть ситуации, состояния и отношения,
в которых не надо ковыряться, не надо их трогать руками и

задавать вопросы. В них надо жить, дышать, чувствовать... От первого вопроса — «зачем?», «почему?» — они рассыпаются.

Живу, дышу, чувствую. Как просят в рекламе — чувствую разницу.

Мы ползли через мучительный утренний трафик, Лена краем уха слушала радио, постукивала в такт музыке пальчиками по рулю.

Повернулась ко мне с мягким напоминанием:

— Надеюсь, босс, вы не забыли, что сегодня у главного босса день рождения?

— Не забыл, спасибо. — Положил ей руку на плечо и начал совершенно серьезно: — Слушай, юный нераспустившийся цветок, ты ведь все про тусовню знаешь...

— Ну, не все, конечно, — скромно потупилась Лена, чиркнула зажигалкой, выпустила струйку дыма. — Так, кое-чего слышала, видела...

— А что можно подарить на день рождения миллиардеру?

Лена заливисто, с чувством расхохоталась:

— Вон что тебя мучит! Так это не проблема...

— А что?

— Ну, подари ему, например, нефтяную вышку! Или ма-а-ленький такой, портативный телеканал. Он любит русскую живопись — можешь отдать одного из своих Венециановых. Это подарок недорогой, но со вкусом!

— Ужасно остроумно! Смотри на дорогу, сейчас вбахаемся в «Жигуля»!..

— Не вбахаемся! И что ты у меня такой трусишка! В ум не возьму, как ты там со своей шпаной уголовной раньше управлялся...

— Не знаю. Наверное, они, как и ты, входили в мое положение, сочувствовали...

— Я тебе не сочувствую, я тобой восхищаюсь, — снова заулыбалась Лена. — Как говорят сейчас — я тащусь от тебя...

— Ага! Вот это точно! Так что с подарком? Какие-нибудь более прикладные идеи имеются?

— Сережа, это действительно просто! Для начала — твой подарок не должен иметь никакой материальной ценности.

Все, что ты можешь купить, для Серебровского выглядит смешно. Он нас самих давным-давно купил с потрохами...

Мне это было невыносимо слышать. Наверное, со стороны это так и выглядит. Но он меня не купил. И не купит. Никогда. Умру раньше.

Я вдруг ощутил глупое, страстное, мальчишеское желание объяснить этой нахальной бойкой девчонке, что я не продажно-покупной товар. Я задыхался от стыда, досады и злости.

И все-таки сумел одолеть себя — ничего не сказал. Я ей не верил. Пусть все пока будет по-прежнему, пусть и дальше думает, что мы все — крысята одного помета.

А Лена увлеклась моим воспитанием.

Воспитание чувств.

Воспитание памяти.

— ...Вспомни, что вы дарили друг другу, когда были молодые? Когда вы еще дружили все вместе? Чем можно было обрадовать в детстве? Или в юности? Приятные пустяки...

Я не помню, что мы дарили в детстве. А в юности мы ничего друг другу не дарили, мы собирали все деньги — сколько у кого было, — накупали выпивки и учиняли огромный шумный гулянс с плясками до упаду. Наверное, мы себя дарили друг другу — без остатка.

Нет, я помню, как Кот подарил Сашке приятный пустяк. Хитрому Псу исполнилось семнадцать лет, и он был девственник, и от стыда врал нам, что это его совершенно не интересует, что эти животные утехи волнуют только ничтожных некультурных недоумков. Сашка был маленький, тщедушный, головастый очкарик — он боялся девок, он не верил, что они не оттолкнут со смехом, что они дадут, что все получится, что он попадет, влезет ей между ног туда, куда надо, что... что... что...

Тьма страхов обуяла его, и он старательно выказывал нам с Котом свое презрение за низменность наших интересов. А если честно признаться, у нас тогда никаких более важных интересов, чем факание, и не существовало — мы, как тот солдат из анекдота, думали об ей всегда. Я еще только-только начал кое-как обустраивать свою неуверенную сексуальную жизнь с одноклассницами и девульками с танцев, а Кот уже бушевал по-настоящему.

К Сашке на день рождения он пришел с Эльзой Мальцевой — микрорайонной секс-бомбой. С нашей точки зрения, девушка была уже сильно немолода — годиков ей тогда натикало никак не меньше двадцати двух, а может, и двадцати четырех. Но хороша телка была невыносимо — рослая, сливочно-белая, мягко-упругая. А цыцуганы под кофточкой — будто гантели в лифчик запихала. Нас, молокососов, она шугала прочь как брехливых псов. Ребята злобно-завистливо говорили, что она дает, но только за деньги.

Наверное, врали. С Котом-то она хороводилась безо всяких денег.

Короче, в тот душный августовский вечер в тесной квартирке Серебровских кипел большой разгул. Кот взял Эльзу за руку и, сопровождаемый нашими завистливыми взглядами, повел в спальню. Известно зачем! Проходя мимо меня, наклонился, быстро горячо шепнул:

— Доставь Пса...

Во мне есть единственный талант — аккуратно-вдумчивой исполнительности. Я и реализовал его, втащив через пять минут упирающегося Сашку в спальню. Закрыл дверь, и мы оба чуток обомлели.

В комнате остро, волнующе, прекрасно пахло женщиной. Эльза, здоровенная, белоснежная, совершенно голая, лежала на родительской двуспальной кровати, и поперек ее живота и богатых чресел вилась голубая лента из подарочного магазина с надписью: «С днем рожденья, Хитрый Пес! You are welcome!»

А она, гадюка, хохотала и приветливо махала белой рукой.

Я почувствовал, что сейчас металлическая молния на моих джинсах проплавится и разлетится в прах мелкими бронзовыми брызгами.

Сашка, забыв, что должен сейчас возмущаться и презирать нас, стоял в сладком оцепенении, завороженно глядя на огромную белую лебедь, спустившуюся с небес его юношеских мечтаний на деревянную румынскую кровать, и жадно, судорожно вздыхал, будто в городе вслед за сахаром и водкой кончился воздух.

Кот, стоя в изголовье, наклонил набок голову, сложив под подбородком ладони, сказал голосом протестантского проповедника:

— Благослóвляю вас, дети мои... Возлюбите друг друга и станьте единой плотью...

Сашка хотел что-то заявить, наверняка очень умное, но из него вырвалось только сдавленное кудахтанье. Кот рявкнул:

— Разговорчики в строю! Серега, ложи его сюда... Ремень, дурак, расстегни... Ну, ботинки-то сними, козе-е-е-л! Эльза, не сглазь новобранца! Любимая, подмахни с душой!..

Мы с Котом выскочили за дверь и с восторгом слушали их нежное сопение, медовое рычание, счастливые стоны и крики. Хохотали, обнимались, пили за успешное окончание, мы были как сумасшедшие. Потому что уже тогда предчувствовали, что такие подарки потянут подороже, чем нефтяная вышка или глиноземный завод.

И Эльза, прекрасная, обильная, щедрая, как земля, сказала потом:

— А мелкий-то ваш! Такой боец, оказывается! — и нежно поцеловала Саньку в затылок...

Удивительные прихоти, чудные выкрутасы памяти! Я забыл, я плохо помню своих женщин, а Эльзу, с которой никогда не спал, не дотронулся до нее, двух слов не сказал, я запомнил навсегда. Для кого-то она, возможно, недорогая молодая шлюха, разнузданная развеселая потаскуха. Для меня она память о самой прекрасной женщине, какую я видел, о счастье, весело подаренном ею, напоминание о том, что женщина — это как небо, как море, как благодать. Для всех.

Лихая, беспутная волшебница, она вершила таинство вхождения в удивительный мир, о котором мы в молодости думали всегда, неотступно, темно и сладко, как верующие о загробной жизни.

You are welcome. Добро пожаловать...

— По-моему, ты уже и без меня придумал подарок боссу, — легонько потолкала меня в плечо Лена.

— Нет, не придумал, — вынырнул я из воспоминаний. — Я вспоминал о подарках нашей молодости. Думал о женской красоте...

— Ну ты даешь! — восхитилась Лена. — О женской красоте — применительно к дню рождения босса? Или безотносительно?

— Относительно! Как всякий стареющий козел, я стал подолгу рассматривать баб...

— Это хорошо! — одобрила Лена. — Повышает гормональный тонус... К чему рассказываешь?

— Хочу спросить. У меня такое впечатление, что с улиц Москвы исчезли красивые девки. Это факт? Или это старческая мизантропия?

— Это факт, — пожала плечами Лена. — Нормально...

— Куда делись?

— Ну, одна, например, сидит рядом с тобой, — усмехнулась подруга. — Другие — в попутных и встречных машинах, отечественных и иномарках, в такси и персоналках.

— А чего это они все вдруг так автомобилизировались? — искренне заинтересовался я.

— С того, что в этой стране теперь рынок. Не социализм, при котором все одно — уродка иль красотка, была бы только патриотка! Сейчас красота наконец и у нас стала товаром. И естественно, имеет цену...

— А какова цена-то?

Лена раздавила в пепельнице окурок, медленно, улыбаясь — не то всерьез, не то шутя, — сказала:

— На рынке, Сережа, не бывает фиксированных цен. За сколько продашь! Поэтому они не шастают по тротуарам с авоськами в руках, а сидят в дорогих офисах серьезных контор, снимаются в рекламе, топ-моделят, рвутся на телевидение, а некоторые — пока я тут шоферю у тебя — нежатся на пляже в Ницце. Усек?

— Усек...

Не знаю, может быть, она права. Вообще это похоже на правду. Красота — это дар, физиологический талант. Талант ученого, или торговца, или скрипача имеет цену. А почему красота — самый редкий и самый востребованный в мире товар — не должна иметь цену?

У нас, слава Богу, она не имела цены. Может быть, потому, что, как говорит Хитрый Пес, тогда не было реальных денег. А может, потому, что не было ничего дороже — прицепить не к чему было.

Пустое. Я многого не цепляю, у меня странное чувство, будто я лечу по касательной к этой жизни. Не сопрягаюсь.

Положил Лене руку на колено:

— Назови цену.

Она легко, прикосновением погладила мою ладонь, со смешком сказала:

— Тебе — бесплатно. Фирма угощает...

АЛЕКСАНДР СЕРЕБРОВСКИЙ:

РАЗДАЧА СЛОНОВ

Человек — животное ритуальное. Неохота думать о том, что каждое пробуждение — это и есть твой новый день рождения. Неохота и некогда. День рождения отмечается как сложный ритуал.

Приятно раз в году, потратившись чуток на угощения, собрать близких людей. Близкие — это орда халявщиков, прохиндеев-стололазов, надоевшие сотрудники, друзья детства, с которыми ты познакомился, когда они узнали, что ты далеко уплыл в восьмизначные цифры, и, конечно, надежные компаньоны и партнеры, мечтающие повидать тебя на следующих праздниках — в гробу, на поминках.

С утра до обеда они будут идти через мой кабинет — сегодня это дозволено — и непрерывно врать, кривляться, лебезить и притворяться. Вечером — шикарный прием в загородном доме в Барвихе. Как сейчас говорят — большая парти.

А я улыбаюсь поощрительно, сегодня я добр и доступен. Правила ритуальной игры. Надя и Кузнецов в приемной следят за жестким расписанием движения поздравителей — всем назначен точный срок, минута в минуту, всем определено количество времени для выражения теплых чувств и зачтения поздравительного адреса.

Стол для совещаний уставлен сегодня рядами фужеров с шампанским и наполеонками с коньяком. Подносы тарталеток, канапэ и маленьких пирожных, вазы с фруктами и бездна цветов. В углу горой свалены пакеты и свертки с подарками.

Кто-то из обслуги, от большого ума, догадался пустить через спикеры негромкую классическую музыку. Вот кретины! Нечто похожее я видел только на прощании с отравленным банкиром Кивелиди.

Я выслушивал очередного визитера из близких, говорившего обо мне так сладко, что на губах выступал сахариновый налет, принимал адрес, благодарил сердечно, и если это был дальний-близкий, то мило и душевно ручкался, а если заявлялся близкий-близкий, то мы и лобызались троекратно.

Я думаю, что эта наша неискоренимая традиция — обниматься и целоваться с противными мужиками — восходит к душевной необходимости плотнее ощупать собеседника и убедиться, что он не прячет за спиной нож. А камень — за пазухой.

После этого возвращался к своему столу и смотрел на терминал финансовых индексов — биржа катилась вниз неостановимо. Сегодня она может рухнуть. Это, конечно, плохо. Очень плохо. Но я ничего не могу сделать...

А посетители все шли. Они любили меня. Они искренне надеялись притулиться к моим деньгам.

Владимир Вольфович, похохатывая, хлопал меня по плечу:

— Нет, Александр, ты неправильно себя ведешь! Однозначно! Ты же форменный нормальный гений! Держись ближе к нам — все будет у тебя нормально!..

Мясищев, грубый человек, хозяин агропромышленного банка, обнимал меня, досадливо крякал:

— Трудный денек сегодня, Сашок! Вкладчики бегут, паникуют, тащат понемногу... Знаешь, курочка по зернышку клюет, а весь двор в говне...

Президент «СБС» Смоленский веселился, подначивал, до печенок достать старался:

— Ну, тезка, поздравляю! Еще годешник отмотал! Ты — орел! Одно мне только скажи — зачем ты попер в губернаторы? Нужно это тебе? Будут шутить — у олигарха положение хуже губернаторского!

Стая кинорежиссеров — все невероятно революционные художники, верящие в торжество прекрасного:

— ...и ваши несомненные будущие успехи, Александр Игнатьич, мы считаем залогом бессмертия, непобедимости нашего многострадального кинематографа...

Сенька Агафонов, глава «Росалюминия», низкий завистник, долго рассматривал картины, потом сочувствующе вздохнул:

— Цены на русскую школу в Европе катятся вниз, как сегодняшняя биржа...

— Не тревожься, Семен! После того как повисят на моих стенах, эти полотна свою цену удвоят...

А министр экономики Хейфец сказал по-простому, по-мужицкому, по-нашему:

— Ну что же, господин Серебровский, я очень доволен, что премьер поручил мне вас поздравить и сказать вам, что вы лишний раз доказали, как может быстрых разумом Билл-Гейтсов российская земля рождать. Вы по праву являетесь лидером нашего поколения Интер-Некст!

И довольный сложной шуткой — домашней заготовкой — с чувством засмеялся, вперед меня...

Шли, шли, шли.

Потом появился взволнованный Палей. Тревога, тайный испуг явственно проступали сквозь восторженно-поздравительное выражение лица, как на плохо загрунтованном холсте.

— Дорогой Александр Игнатьич! С восхищением, с гордостью...

— Притормозите, Вениамин Яковлевич, — остановил я его. — Спасибо за поздравление, но мы с вами финансисты и оба знаем, что лесть — просто эффективное коммерческое действо. Набираешь моральный капитал, не вкладывая ни копейки из основных средств. Давайте лучше поговорим по делу.

Палей тяжело вздохнул:

— Вести неутешительные, рынок не сегодня-завтра может рухнуть. Это приведет к международному дефолту... Государственное банкротство...

— Бог милостив, а западные кредиторы не зарежут курицу с золотыми яйцами, огромными, как у быка. Что еще?

— «Московский комсомолец» напирает на нас. Фамилий никаких не называют, но грубо намекают, что хорошо бы разобраться — кто инициировал кризис и кому он может быть выгоден...

— Ну, это они, молодые, ретивые, торопятся. Поперед батьки в финансовое пекло лезут, — усмехнулся я. — Рановато разбираться пока. А что с немцами? С банкирами?

— Возмущены и огорчены, — покачал удрученно головой Палей. — Говорят, что впервые сталкиваются с таким несправедливым и нелояльным поведением партнера. Они потрясены...

Палей просто цитировал их. Я спросил — он ответил. Но он им сочувствовал. Он со мной был не согласен. Он думал по-другому. Он считал, что мы с немцами братья навек. Он считал, что нам еще многому можно будет научиться у них.

В Писании сказано: «Мои пути — не ваши пути».

— Вениамин Яковлевич, пошлите им для успокоения вагон валиума. Кстати, нам надо решить один вопрос. Присядьте, пожалуйста...

Усадил его в кресло, обслужил, как хороший официант, — подал бокал шампанского, на тарелочку покидал закусь.

— Нам предстоят тяжелые времена, большая война. Статейка в «МК» — просто первая ласточка...

— Что вы имеете в виду? — встревоженно спросил Палей.

— По моим прикидкам уже на следующей неделе начнутся поиски концевого, стрелочника, виноватого. Наши позиции неуязвимы, но в азарте свершения справедливости, в разгуле гражданского гнева надо быть подальше от места праведного побоища...

— Я не понял, уточните... — попросил побледневший Палей.

— Я говорю о вечной проблеме нашего правосудия — ужасного выбора между произволом и самосудом, — спокойно пояснил я. — Чтобы выстоять в предстоящей кошмарной разборке, нужны огромные деньги, гигантские связи и стальные нервы.

— По-моему, у нас все это в наличии, — дрожащими губами вымолвил Палей.

— У меня — да. А у вас — плохие нервы, вам просто не по силам битва с этими разбойниками — газетчиками, прокурорами, кредиторами и прочими стервоядными! Мы должны сделать правильный ход...

Палей резко встал, шампанское плеснуло на его серый пиджак, растеклось на лацкане неопрятной черной кляксой.

— Вы хотите избавиться от меня?

— Ну, ну, ну! Вениамин Яковлевич, опомнитесь! — Я положил ему руку на плечо, силой усадил обратно в кресло. — Когда-то мне Гарри Каспаров сказал замечательную вещь: не сделанный вовремя нужный ход сразу ухудшает твою позицию. Ему-то просто — Каспаров играет в обычные шахматы с жесткими правилами. А я шпиляю в стоклеточные шахматы, где все фигуры ходят как могут...

— И что вы предлагаете? — Его быстрый глаз померк, и в голосе задребезжало старческое бессилие.

— Я прошу вас отдохнуть, — как можно мягче сказал я. — Вам сейчас нужен хороший отпуск — подольше и подальше. Где-нибудь на Багамах. Или на Кайманах... Естественно, отпуск оплаченный...

Палей мелко, суетливо вздыхал, будто дышал жабрами. Он хотел что-то сказать, может быть, крикнуть или броситься на меня. Но не было воли. Потом собрался с силами и спросил сдавленно:

— Это приказ?

— Это моя просьба, Вениамин Яковлевич. Подождите, мы еще с вами побушуем! А пока положимся на вековую народную мудрость — на нет и суда нет! Билет на Барселону у вас на завтра, на восемь вечера... У Наденьки...

— Подождите! Подождите! — вскрикнул Палей, будто я уезжал от него на трамвае. — Какая Барселона? А жена? А дочка?

— О чем вы говорите, Вениамин Яковлевич! Я о них позабочусь здесь, как о самых близких людях! А пока вам лучше полететь одному. Не надо давать пищу клеветникам с их рассказами о бегущих с «Титаника» крысах. Погодя немного, когда здесь пыль уляжется, бой утихнет, крики смолкнут, я пришлю к вам семью. Не тревожьтесь и не сомневайтесь.

Палей разрушенно помолчал, потом вздохнул-всхлипнул:

— Боюсь, у меня нет выбора...

— Да бросьте вы, не драматизируйте! Просто приятное путешествие богатого, хорошо потрудившегося джентльмена. Кстати, у вас ведь с иностранными языками не густо? Вас в Барселоне в аэропорту встретит девушка, она возьмет на себя все дальнейшие хлопоты.

— Какая девушка? О чем вы говорите? — спросил Палей с таким испугом, будто я пообещал кастрировать его.

— Очень хорошенькая девушка. Она из службы Сафонова. Катя. Обеспечит вам везде полную безопасность, — заверил я.

— Катя... Безопасность... — как во сне повторил Палей. — Почему?

— Потому что она капитан ФСБ. В общем, не берите все это в голову — отдыхайте и набирайтесь сил! А сегодня вечером жду на празднестве...

Палей тяжело поднялся, он сразу резко постарел, осыпался. Раздумчиво сказал:

— Вы мне всегда были интересны как человеческий тип... Я никак не мог решить для себя — хороший вы человек или плохой...

Я не дал договорить ему, обнял и повел к дверям.

— Вениамин Яковлевич, в вашем возрасте и с вашим опытом необходимо точно знать: нет людей просто хороших или просто плохих. Есть люди, которые к нам хорошо относятся, и есть люди, которые к нам плохи. Я к вам отношусь очень хорошо, и поэтому мы оба — очень хорошие люди. До встречи на большой парти в Барвихе!

Он взялся за ручку, но обернулся и сказал:

— Я уверен, что ваша праздничная парти будет обильной, долгой и доброй... Как коммунистическая парти...

СЕРГЕЙ ОРДЫНЦЕВ:

БОЛЬШАЯ ПАРТИ

Лена просунула голову в кабинет и, заговорщически подмигивая, быстро сказала:

— Иди быстрее! Я с Надькой договорилась — она тебя без очереди пропустит...

— Спасибо, Лена! Спасибо тебе! Добытчица, заступница моя, просительница за меня — нескладня недотёпистого! Мне бы еще денек простоять да ночь продержаться, а там ты меня пристроишь в жизни...

— А то? Конечно, пристрою! Если слушаться будешь!

— Не буду, — обнадежил я подругу и отложил в сторону портрет-фоторобот.

Пристально, долго я рассматривал его, будто медитировал, я вживлял его в себя, я закрывал глаза и накладывал портрет на смутное размытое воспоминание в надежде, что между ними проскочит искра догадки — волшебный прыжок сознания. Я поднимал свою тяжелую, лениво огрызающуюся память, как зимнего медведя из берлоги. Видел, видел, я наверняка ее видел с Котом! Но где, когда, при каких обстоятельствах, где ее сейчас искать — сообразить не могу.

Как ее зовут — не помню точно, это и вспоминать бесполезно. А фамилия у нее какая-то яблочная... Антоновка, семеренка, владимирка... Тьфу! Владимирка — это вишня! Нет, не вспомню. Привязаться не к чему, нет ассоциативного повода...

— Ну, ты идешь? — заторопила Лена. — Ты придумал душевный подарок?

— Придумал.

— Говори! Говори! Что подаришь?

— Для мил дружка выйму сережку из ушка. Из твоего ушка...

— Ну да, разбежался! Мне, молодой нежной девушке, будущей невесте, эти брюлики самой нужнее. Ну скажи серьезно!

— Серьезно? Сниму последнюю рубаху. Знаешь, есть такой народный обычай — отдал другу последнюю рубаху и идешь в нудисты.

...согласилась Лена, подталкивая меня в сторону... рассуждай и резонерствуй. А то станешь занудистом. Занудой мужского пола. Ты думай об этом...

— Буду. До конца рабочего дня...

— А потом?

— Потом мы напьемся на большой парти. Твое указание исполним явочным порядком.

Она незаметно ущипнула меня за бок:

— Жалко...

— Чего тебе жалко?

— Нельзя здесь, прямо в коридоре, тебя поцеловать, занудист...

— И мне жалко. Кот раньше говорил девушкам: «Дай я тебя покиссаю...» А мне было смешно.

— А мне не смешно! Мне нравится! Слушай, офицер! А может, плюнем? Угости девушку одним серьезным киссом! Слабо?

Охранник на лестничной площадке немного скукожился лицом, когда я обнял Лену. Длинная, с меня ростом, гибкая, она смотрела в упор своими круглыми нахальными очами разнуздавшейся куклы-неваляшки, ноздри коротко-го вздернутого носа трепетали, и она смеялась.

— Дай я тебя покиссаю, мой маленький босс, — шепнула она.

Стоя в людном коридоре, я прижимал ее к себе каждой складочкой, каждым изгибом. В ушах стоял пенный гулкий шум, все плыло и кружилось, меня раскачивало, как на палубе, а за спиной раздавались смешки и удивленные возгласы, но мне было на все и на всех наплевать — только бы не выпустить из рук эту наглую веселую врушку, которая с самого начала обманывала меня: она знала, что никакой я ей не босс, не начальник, не руководитель. Такая была игра.

Она глубоко вздохнула, будто проснулась, очень медленно, мягко отодвинула меня:

— Иди! — Подтолкнула и засмеялась. — И помни — во дни сомнений, в минуты тягостных раздумий...

— О чем?

— Как одна такая, угловатая, застенчивая и вся целомудренная... Растоптала из-за тебя на производстве свою девичью репутацию...

Сашка сидел за компьютером, и на лице его было выражение спокойной деловитой ненависти к этому миру. Увидел меня, махнул рукой и пошел мне навстречу. Я захватил со стола бокальчики с коньяком, а Сашка сказал:

— Мне сегодня Вондрачек, чешский посол, сообщил прекрасную шутку — лучший в мире тост-здравица у моравских шахтеров, известных грубиянов. Чокаются с силой стаканами и грозно выкрикивают: «Ну!..»

— Ну! — сказал я.

— Ну, Серега! — чокнулся со мной Сашка.

— Ну, смотри, Хитрый Пес!

— А что делать, Верный Конь... — и крепко обнял меня.

Я выпил коньяк, расстегнул на руке свой браслет-амулет — шесть пулек на кованой золотой цепи, — протянул Сашке.

— Никогда не снимай его. Мне он всегда приносил удачу. Дай Бог тебе...

— Ты что, Серега, спятил? — заорал Сашка. — «Шесть пуль, как в Сараево»! Никогда в жизни не возьму...

— Возьмешь, — сказал я уверенно и крепко ухватил его за руку. — Пока сюда добежит охранник Миша со своей хивой, ты полностью беззащитен...

Он пытался выдернуть руку, но я не отпускал его, пока не защелкнул замочек на тонком Сашкином запястье.

— Не возьму! — бушевал Хитрый Пес.

— Саня, это не подарок, — протянул я ему еще бокал. — Я передал тебе обет...

— Чему? О чем? — сердито спросил Сашка.

— Когда тебе позвонили и сказали, что я убит, ты всю ночь орал и плакал... Мне потом Люда рассказывала...

— Ну и что?

— Я думаю, ты плакал тогда последний раз в жизни... Ты теперь другой... Но на этом браслете — твои слезы, моя кровь. И любовь, которую вложил в нас Кот...

— Серега, это не разговор взрослых людей. Это — сентиментальное шаманство, слезливое волхование!..

— Может быть! Наверное! Люди моей профессии суеверны, мы верим в приметы, в знаки, в амулеты. Не снимай его никогда. Давай выпьем! — Я поднял свой бокал.

Сашка помолчал, потом резко махнул рукой — глухо стукнулись пульки на браслете.

— Давай, Серега, выпьем... За нас! — Он провел ладонью по лицу, будто умывался или стряхивал наваждение. — И за Кота! Он, дурак, думает, что я его боюсь и ненавижу...

— А на самом деле? — живо заинтересовался я.

— На самом деле? Наверное, жалею... Он соскочил с катушек окончательно...

— Это не страшно! — бодро заверил я. — Как говорил наш незабвенный вождь Михаил Сергеевич — процесс пошел! Если ты его не боишься и не ненавидишь — можно решить все по-хорошему...

Сашка покачал головой:

— Ничего нельзя решить... Серега, ты не понимаешь — все зашло слишком далеко. Американцы всегда говорят: «Nothing personal — only business»...

— Ничего личного — только дело, — повторил я за ним, и хотел спросить: — А Марина знает...

— Оставь! — перебил меня резко Сашка. — У нас с Мариной общее чувство огромной любви к ней. Не в ней проблема. Я не дам Коту сломать дело своей жизни. И если он появится в округе со своей дурацкой аркебузой, я велю изрешетить его в клочья... Я больше ему не партнер в этой сумасшедшей игре...

Я встал, грустно сказал:

— Сань, к сожалению, нет во мне твоей бандитской финансовой гениальности. И нет, к сожалению, великого таланта обаяния Кота...

— Почему — к сожалению? — удивился Сашка. — К счастью! Если бы все люди были похожи на нас с Котом, жизнь на земле давно бы прекратилась — все перебили друг друга начисто! Мир плохо приспособлен к парным играм...

— Хорошо, — кивнул я. — Будем эту жизнь донашивать, какая есть...

— Все, все, все! Собирайся, поедем вместе — гости званы на шесть.

— Мне надо заскочить переодеться.

— Не надо! В твоей гостевой комнате тебя ждет мистер смокинг, месье пластрон, мисс бабочка и лаковые туфли сорок третьего размера, — невозмутимо сообщил Сашка. — Подтяжки я для тебя выбрал алые — как лампасы, ты же у нас без пяти минут генерал...

Я засмеялся:

— Разница между нами в том, что ты все помнишь, а я забыл...

— Что ты забыл?

— Я забыл тебе сказать, что я раздумал становиться генералом.

— И правильно! — щелкнул от удовольствия пальцами Сашка. — Как тот грузин из анекдота — дэлом займись! Все, поехали...

Прошлой ночью я мало спал — по указанию Хитрого Пса радовался жизни. С Леной. С утра нервничал. Огорчался. Выпил несколько рюмок коньяка. Релакснулся. Плюнул на все. В мягком полумраке лимузина удобно умостился и заснул. Сладко продрых весь перегон до Барвихи и проснулся у ворот резиденции оттого, что Сашка громко смеялся, разговаривая с кем-то по телефону:

— Аля, я люблю тебя как бабу, как друга и единственного министра-женщину. Но твои подопечные уроды хвастаются своей бедностью, как талантом... Ага, ага, я понимаю... Но штука в том, что я вообще не люблю бедных... Глупые бедные не заслуживают разговора, просто гумус. А умные бедные — злые завиды и ненавистники. За что их любить?.. Ладно-ладно, что-нибудь придумаем... Сегодня я добрый... Хорошо, до вечера...

Вот так, Серега, ты, наверное, просто гумус. Земля. Прах.

Машины затормозили. Толчея на подъезде. Рычащий и скачущий от счастья Мракобес с красно-налитыми глазами. Охранники с неподвижными лицами, делающие вид, что не замечают кровожадного кабыздоха и не боятся его.

Хитрый Пес гладит его по холке, дает указания:

— Заприте собаку в моей спальне, чтобы она не устроила себе праздничный ужин из гостей...

Генерал Сафонов говорит начальнику охраны Мише:

— Приглашения проверять у внешних ворот. Ни одного, кто называются «этот со мной»! Охрану гостей не впускать ни под каким видом — пусть провожают хозяев до вахты и там же встречает, безопасность на территории мы гарантируем. Гостей пропускать через лучевой контроль — ни одного постороннего с оружием в резиденции! Сегодня режим безопасности — «тревога!».

На английском газоне было расставлено множество столов, которые украшала стая официантов под предводительством сомелье Вонга.

Электрики под приглядом охраны проверяли мигающие и переливающиеся разноцветными огнями гирлянды маленьких лампочек на деревьях и беседках.

Из глубины сада доносились звуки легкого джаза, смягченное ностальгией ретро — «Because of you...» Интересно взглянуть, кто надзирает за ними? Кто проверяет безопасность и чистоту исполнения? Или только футляры от инструментов? Неужто гений этих лабухов совместен со злодейством?

Э, пустое! Остановись! Глубокая раздумчивость без юмора — верный путь к величавой торжественности идиота.

Пошел к себе в гостевую спальню и на прикроватной вешалке-подставке узрел нечеловеческой элегантности смокинг — он дымно светился шелковыми лацканами, как рояль-миньон. На кровати аккуратно положена тончайшая белая рубаха с накрахмаленной грудью-пластроном, с жемчужными пуговками и запонками.

Н-да-тес, скромное обаяние буржуазии. Эта жизнь так удобна, привлекательна, мила — может, мне кого-нибудь по блату протырить на нее? А самому свалить к едренефене?

Ладно! Если поживем, то увидим. В душе долго плескался под острыми, колющими струйками, уменьшая постепенно горячую воду, пока не стало нестерпимо холодно. И трезво.

Вылез, натянул толстый махровый халат с шитой золотом монограммой «АС», посидел в кресле, чтобы не тревожить на кровати, не стеснять покой моей барской рубахи с крахмально-кружевным пластроном. За окном в саду раздавались возбужденные голоса, смех, крики, гавкал Мракобес, с шипением, в брызгах искр пролетела петарда. Праздник назревал как нарыв.

Оделся, нацепил бабочку, причесался. Туфли — тонкие и мягкие, как хороший презерватив. Положил свою «беретту» в задний карман брюк. Посмотрел на себя в зеркало. Как странно выглядит человек в смокинге!

Слушай, але, ты чего тараканишь? Не знаю. Мне грустно. Плохой признак. Современный человек должен испытывать или злобу, или кайф. Все остальное — игра навылет.

Спустился в холл и в дверях встретил Марину с бокалом шампанского в руках.

— Серега! Тебя мне и недоставало!..

— Как только — так сразу...

— Не говори ты эти всеобщие пошлости! — сморщила свой короткий хорошенький нос Марина. — Когда-то ты меня удивил — мент читал на память Георгия Иванова...

— «Поговори со мной о пустяках, о вечности поговори со мною...» — усмехнулся я. — Знаешь, это очень мешает в работе и в быту, в боевой и политической подготовке...

— Плюнь ты на всю эту чепуху, — предложила Марина. — Не к чему больше готовиться. Все экзамены давно сданы. Нас оставили на второй год. Давай выпьем!

— Отчего бы нам не выпить? — Я взял с подноса бокал, а ей протянул закусить маленькое миндальное пирожное.

Она отвела мою руку с гримасой отвращения:

— Терпеть не могу миндальные пирожные. От них несет цианистым калием...

У нее глаз был под влажным напряжением слезы, готовой пролиться при любом неосторожном слове. Но я ее знал давно — никогда Марина не плакала, а только еле слышно потрескивали сухие молнии неразразившейся грозы.

Мы чокнулись, пригубили, и она сказала негромко:

— Я виделась с Котом...

Я допил свой бокал, пожал плечами:

— Ну, вообще-то ты меня не удивила. Он ведь вернулся сюда за мечтой... Он хочет, наверное, своего журавля с неба?

— Серега, беда в том, что Коту не нужен журавль в небе, — серьезно, спокойно, трезво сказала Марина. — Он по ошибке гонится за мной, будто за волшебной небывалой птицей, золотисто-розовой, как фламинго. А я уже никогда не взлечу в это заоблачное голубое поднебесье...

Вспыхнула огромная хрустальная люстра, заметалась быстрее обслуга, Марина вынула из сумки и протянула мне маленький телефон, сказав:

— Он тебе позвонит. Он знает, что твой телефон прослушивают. Позвонит по своему, если станет совсем невмоготу. — Подумала и неуверенно добавила: — А может, и я позвоню, если выхода не будет... Я номер помню...

Я спрятал телефон и пошел к парадному входу.

Теплая латунная желтизна неба — солнце только ушло за кроны деревьев. Пахло сеном и подступающей осенью. Хорошо было бы завалиться в смокинге на траву, слушать, как стрекочут кузнечики, смотреть в меркнущее небо, по которому гнался мой безумный друг за Мариной, которая не хотела, не могла, разучилась летать, пить коньяк и медленно, как в ночь, погружаться в сон.

Нельзя. Гость пошел от ворот табуном. На ступеньках их встречал Сашка, торжественно ручкались, обнимались, говорили, смеялись, похлопывали по спинам и шустро устремлялись к пиршественным столам.

Я уселся сбоку на балюстраде и с огромным интересом смотрел на неиссякающий поток гостей. Их лица мне были очень знакомы, я их всех где-то когда-то видел! И вдруг вспомнил старый рассказ Брэдбери «Вельд» — из глубины телевизора вышли в жизнь, материализовались львы-людоеды. И сожрали зрителей.

Ну, эти-то были, конечно, не львы. Не хочется говорить — кто именно! Бездна, толпа, орава людей, которые с утра до ночи полощут нам, несчастному безмозглому гумусу, наши несильные мозги, — министры, депутаты, банкиры, миллионеры, обозреватели, телеведущие и еле ведомые генералы и академики. Эстрадная попса — вся! Тьма баб, сверкающих брюликами, как догорающий бенгальский огонь. И отдельно гуляла какая-то неведомая мне молодая поросль этой прекрасной жизни — шальные девочки полусвета и томные мальчики полутьмы.

Все пили, шутили, говорили одновременно, обнимались, хохотали, толкались — они общались. Наверное, им было хорошо здесь — на свободе, а не в тусклой пыльной мгле телевизионного ящика.

Кто-то мягко положил мне руку на плечо. Я обернулся — Лена!

— Ну что? Не нравится? — спросила она со смешком.

— Как такое может не нравиться? — возмутился я. — Просто, моя нежная Кисса, я чужой на этом празднике жизни...

— Не привык пока... Это называется парти, большая тусовка. А теперь возьми-ка себя в руки!

— А что такое? — озаботился я.

— Следи за своим лицом — у тебя такое выражение, будто ты хочешь у них у всех проверить документы...

— Может, не помешало бы?

— Это не твоя забота сейчас! И поверь мне на слово — у них документы лучше, чем у тебя.

— Наверное, — сразу согласился я. — И скорее всего их больше...

— А вон идет мой драгоценный папаша! — воскликнула Лена. — Хочешь, познакомлю?

— Лучше в следующий раз, как-нибудь при случае... — зажевал я резину.

— Как хочешь, — легко согласилась Лена. — Я тебе хотела сказать, что в смокинге ты — полный отпад! Не жалко даже девичьей чести...

Она ласково провела ладонью по моей руке, задержалась на запястье и вдруг резко спросила:

— А где твой браслет?

— Хитрому Псу подарил...

— Амулет? Подарил свой амулет? — потрясенно смотрела она на меня.

И тут я испугался, потому что из ее круглых распутных веселых глазищ брызнули слезы — прозрачные блестящие горошинки, кипящий град.

— Господи! Ну как же можно быть таким раздолбаем! Это же не безделушка! Сережа, это ведь твой оберег, твое заклятие, щит небесный! Зачем он Серебровскому — он сам кого хошь убьет! Сережа, как можно быть таким дураком! Ты ведь больше не мальчик! Вы не ремарковские товарищи, вы не индейцы во дворе! Страшная жизнь вокруг идет...

Я обнял ее, прижал к себе, и она, всхлипывая, шептала:

— Обвей меня на руку, опояши, как поясом, положи щитом на сердце...

Мы стояли, обнявшись, посреди этой бушующей, хохочущей, гудящей толпы, я видел, как люди с удивлением смотрят на нас — они нам завидовали, играла громко музыка, полыхали огни в сгустившейся синьке вечера, хлопали пробки шампанского. Где-то за домом кричали: «Мракобес! Мракобес!»

Лена тряхнула головой.

— Извини, глупо получилось! И не знала про себя вовсе, что я, оказывается, такое нежное животное...

— Не уезжай без меня, — попросил я.

— Идет... Я тебя найду к концу гулянки.

Я слонялся между столов, и даже выпить не хотелось — уже перегорел. Кричала, шутила и смеялась публика, и хотя между нами не было стекла телеэкрана, все равно они обитали отдельно от меня, они, разбившись на группы, жили там, в зазеркалье.

Серебровский говорил тост в микрофон, и толпа сразу затихла, нишкнула.

— За Россию! Выпьем за нашу родину! И за «РОСС и Я» — наш большой дом! Сейчас наша страна тяжело больна. Так болеет могучий богатырь, которому нерадивые врачи по ошибке перелили кровь другой группы. От нас зависит превозмочь эту хворь! Мы должны явить миру нашу державу снова в ее обычном блеске и мощи! За Россию!..

Заорали все «ура!», загомонили, затопали, в ладоши захлопали, гости дружно сделали патриотический бульк.

А кто-то в саду кричал: «Мракобес! Мракобес!» Какого черта, его же заперли в Сашкиной спальне?

Я сидел в беседке и от скуки жевал дыню, когда вошел, качнувшись на пороге, Палей.

— Добрый вечер, Сережа, — сказал он, и его голос странно, тягуче плыл, будто на сломанном магнитофоне.

— Здравствуйте, Вениамин Яковлевич, присаживайтесь, — вежливо предложил я и только тут разглядел, что он давно и тягостно пьян.

— Я хочу с вами попрощаться, Сережа. Я завтра отбываю...

Кто-то близко крикнул: «Мракобес!»

— Надолго? — равнодушно поинтересовался я. Вообще-то пожилому благообразному еврею, наверное, не след так сильно напиваться.

— Навсегда, — сказал Палей, облизнув губы. — Думаю, навсегда...

— В каком смысле?

— Меня уволили. Я еду в бессрочный отпуск... Далеко... За горизонт.

Рядом с беседкой, за кустами крикнули:

— Мракобес там!.. Мракобес...

Я хотел встать, посмотреть, что учинила эта противная собака, но Палей схватил меня за руку, жарко, быстро, пьяно заговорил:

— Вы мне кажетесь честным, искренним, человеком... Я хочу сказать вам, чтобы вы знали... мне больше некому сказать... Если вы вскоре услышите, что я умер от инфаркта... или утонул, купаясь в океане... Знайте, меня убили...

Тяжело протопали шаги по ступеням, в беседку заглянул Сафонов, обвел нас тяжелым взором, скомандовал:

— Сережа, быстро со мной! Мракобеса убили...

За сетчатой оградой теннисного корта, в густом сумраке старых деревьев, на сосне висел питбуль. Я и представить не мог, что он такой длинный, — тихонько покачиваясь на ремне, пес был похож на матерого хряка, которых на бойне вывешивают перед разделкой.

Сафонов крикнул охране:

— Никого сюда не пускать...

Пугающе торчали огромные клыки, на морде засохла черная сукровица. Эта пешеходная акула и сейчас выглядела страшно. Кто-то осветил землю под собакой — рядом с дорожкой валялся здоровенный деревянный дрын, не то городошная бита, не то валек, обломок весла.

Генерал сказал зловеще тихо:

— Это твой дружок учинил...

— Вы, Алексей Кузьмич, кого имеете в виду? Серебровского? — переспросил я деликатно, напомнив, кто тут заказывает музыку.

— Нет, Сергей, я имею в виду Кота Бойко. Только этот бандит может руками убить такого пса-яйцедера...

Сзади раздался шепоток, шевеление, охрана расступилась — в освещенный круг, как на цирковую арену, вышел Серебровский. Он смотрел молча, неотрывно на повешенного пса, покусывал губы. Поправил мизинцем дужку очков, задавленным от злобы голосом спросил:

— Как это могло произойти?

Сафонов, покашливая в кулак, показал в сторону высоченного забора:

— Внешняя охрана у забора, внутри периметра территории, нашла фибергласовый шест для прыжков в высоту... Им пользовался Кот Бойко, я уверен, что это был он, это его работа! Скотина этакая!..

— Ну-ка без эмоций! — оборвал Сашка. — По делу!

— За забором пустующая дача убитого банкира Кантора. Бойко пришел оттуда...

— Как он проник на территорию? Через трехметровый забор с электронной сигнализацией? — Сашка говорил с подвизгом, не скрывая раздражения.

— Я же говорю — он перепрыгнул с шестом, не дотрагиваясь до забора! Приборы ничего не зарегистрировали! А тут его встретил Мракобес...

— Прекрасно! — сказал, задыхаясь от ярости, Сашка. — Значит, из всей этой армии оказался на посту только пес. Кстати, почему он был не в доме?

— Мракобес выбил стекло и выскочил на двор. Может, он услышал что или почувствовал, кто же это узнает теперь! — по-бабьи вздохнул Кузьмич. — Тут он его и удушил...

— Итак! Кот явился сюда, чтобы — с риском быть застреленным — казнить пса? Так, по-вашему, выходит? Вы в своем уме?

— Можно мне сказать слово? — вмешался я. — Кот не собирался убивать пса, он и не думал о нем! Он вообще не собирался никого убивать!

— А что он собирался сделать? — сипя, спросил Сашка. — Поздравить меня? Явить себя почтенной публике?

— Да, хотел явить себя. Он хотел показать себя Марине у тебя на дне рождения.

— Так, очень интересно...

— Саня, я уверен — у него вообще никакого оружия не было. На счастье, вот эта дубина здесь валялась...

— И что? Палкой убил Мракобеса? Медалиста-питбуля? Серега, ты что, пьяный?

— Нет, не пьяный. Кот убил его палкой, — сказал я упрямо. — Это ты не сможешь, и я не сумею... А Кот знает, что резкий, очень сильный удар в кончик носа убивает самого мощного пса. В Сибири и в Канаде охотники так волков бьют.

Я показал на охранников:

— Никто из них не попадет палкой в нос прыгнувшему питбулю. И у меня от страха кишка до земли провиснет. Но Кот — другой...

— Что ты несешь, Серега? — взъярился окончательно Сашка. — Собака повешена, ты не видишь — она висит на дереве!..

— Вижу. Я осмотрел ее — на ней нет колющих, режущих или огнестрельных ранений. Давайте спустим ее, на что хочешь спорю — у нее разбита вся носяра! А подвесил он ее уже потом — из хулиганского куража! От злости, что пес сорвал его аттракцион! Перепрыгнул с шестом обратно на двор к покойному Кантору — ему на эти три метра подпрыгнуть, как мне два пальца обоссать, и ушел спокойно...

На мгновение повисла злая, растерянная тишина, а потом Серебровский заорал.

— Все, все!.. Все вон отсюда! К черту! — вопил Сашка. — Безголовое бычье тупое!.. Идиоты! Животные! Какого пса погубили!..

Фейерверк в густой ночной синеве трещал, шипел, раскручивался в огненные спирали, вспухал золотистыми шарами, он жил над нами своей короткой яркопламенной жизнью.

Лена дожидалась меня у входа в дом с огромным букетом в руках.

— Это тебе! — протянула мне охапку лилий-стрелиций.

— От тебя?

— Ага! Как же! От меня ты можешь получать цветы только в рабочее время, — засмеялась Лена. — Это от хозяйки заведения Марины Сергеевны, почтенной госпожи Серебровской...

— Чего это вдруг? — Цветы еще были мокрые.

— Не знаю, вам виднее, офицер. Она уже совсем бусая, пьяная-складная. Достала букет из вазы и велела почему-то передать тебе. Сказала, что во всей этой ораве с песьими мордами у тебя одного человеческое лицо.

— Спасибо за высокую оценку этого незамысловатого сооружения!

— Это не мне! Спасибо ей скажи. Только, умоляю, завтра! Сейчас хорошо бы податься в коечку. А-а? Солдатик? Бери цветы, иди домой...

Я обнял ее за плечи, повел к вахте:

— Поехали с орехами... Нам бы теперь только машину сообразить какую-нибудь! Наша в офисе осталась...

Она остановилась, достала из сумки ключи с брелоком.

— А что это? Хороша бы я была, личный секретарь, не подумавши, как пьяного босса домой на себе тащить...

Она защелкнула сумочку, но я успел рассмотреть в раскрытом кожаном зеве никелированный ствол небольшого пистолета.

— Слушай, я думал, что ты мне наврала ради красного словца.

— Это когда было, ненаглядный мой с человеческим лицом?

— При нашем знакомстве. Когда сказала, что носишь дамский браунинг...

— Смотри, запомнил! — усмехнулась Лена. — Тогда запомни еще — я тебе никогда ничего не вру. Есть множество вещей, которые я не хочу и не скажу тебе. Никогда! Но это совсем другая песня...

...Когда мы с Леной уже подошли к воротам, нам попался на пути Палей, мучительно пьяный, выключенный из реальности.

Он держал меня за руки, он прорывался ко мне через роскошный букет стрелиций и, дыша перекисшей выпивкой, сбивчиво и страстно говорил:

— И уйдя из земли своей... иудеи унесли священный Ковчег, в котором хранили орудия мудрости — тесло и гранило...

Гром небесный! В башке полыхнуло наконец мучившее меня так долго воспоминание — тесло, тесло, тесло!

Тесло!

Фамилия, похожая на сорт яблок!

Давно. Давно... Три года? Четыре?

Пьяный веселый Кот за рулем обнимает женщину с портрета-фоторобота.

Мы, умирая от усталости, посреди ночи едем в гости. Или из гостей?

В Теплый Стан.

— Становище для утепления отморозков! — кричит Кот и ласково трясет ее. — Яблочко мое, Теслимовка, не спи, не спи, замерзнешь в сугробе.

Теслимовка!

АЛЕКСАНДР СЕРЕБРОВСКИЙ:

БЕЗДНА

Ночная тьма, окутывая землю, снимает с глаз завесу света. И предстает пред нами звездный небосвод.

Бархатно-черный с серебряной искрой колпак укрывает мир, пока я бегу по разноцветным досочкам волшебного моста-радуги, подаренного мне давным-давно Паном. Из света в тьму.

...Я, царь Фригии Мидас Великолепный, вернулся к своему народу. И дал людям достаток, смысл в их трудах, надежду в буднях, веселье в праздники.

Я выполнил наказ Пана. Золото Пактола принесло им знание, ощущение силы, уважение к себе.

Но сердце мое отворотилось от народа моего. Я не верил им и не любил их, бросивших меня на расправу богам.

А они боялись меня. Ибо знали — себе не прощаю и их не пощажу. Они помнят — не пожалел я самых любимых.

Сгинул Пан, покинул меня мой мудрый и добрый друг. Кто-то видел его далеко отсюда, в долинах Анатолии, но ко мне он больше не приходит никогда.

Не с кем слова сказать, не с кем поделиться заботами, не с кем учинить пир души и утишить скорбь сердца. Одни лишь псы мои верные сидят вокруг меня, грустно смотрят умными глазами, понимают, сочувствуют, молчат.

Над царями — только боги.

Под царями — бездна.

Дака, любимая моя, предала.

Пан, мой друг, ославил на весь мир. Может быть, он этого не хотел.

...Нежная и прекрасная Дака — единственное утешение мое, хранительница моей постыдной тайны, одна на всей земле допущенная — вершила церемонию царского туалета. Быстрыми, ловкими руками она снимала необычный для царской головы убор — связанный из каппадокийской шерсти длинный белоснежный колпак, оставлявший открытым только лицо.

Из-под волос безобразными кожаными рогами торчали мои уши — страшные, мускулистые, в белых рубцах и буграх хрящей, длиной в локоть, как у пожилого мула.

Царь с ослиными ушами.

Царь Мидас, вид которого вызывает сначала испуг, а потом смех. Злорадный смех — утешение для завистливых и ничтожных людей.

А Дака мыла мне голову розовой водой, расчесывала драгоценным гребнем волосы, умащивала ласково мои жуткие уши мазями и благовониями, щебетала весело и звонко:

— Государь, ты поведал мне, что миром управляют три чувства — стыд, страх и зависть. Мудрость твоя безмерна, но бездумная щедрость женского сердца больше твоего знания. Я верю, что любовь сильнее зависти. Победи своим разумом стыд! И тогда мы вместе сокрушим страх. А тот, кто преодолел страх, смеется над завистниками и познает счастье любви...

Мое сердце было отдано ей, больше я никого в жизни не любил. Но женщины — странные существа, ненадежные и непонятные.

Дака томилась своей огромной тайной, своей допущенностью в мир моих страстей и страданий, в мое холодное, высокое одиночество. Может быть, ей хотелось похвастаться? Или рассказать, что цари — не боги, что цари — люди и могут испытывать стыд, страх и боль? Она ведь любила меня, она клялась, что мы состаримся вместе и тайна умрет раньше нас.

Она побежала ночью на берег Пактола, выкопала в песке ямку, посеяла зерно и рассказала ему все обо мне — о мечтах и муках, о возмездии богов, о моем стыде и страхе. Через две луны выросла высокая гибкая тростинка, полная звука — немой, мычащей, шелестящей песни о чужих страстях.

Пан проезжал мимо на своем осле, как всегда пьяный, как обычно чуткий. Остановился, срезал тростник и сделал свирель. Подул своими толстенными губами в тонкую дудочку — разлетелась по миру весть, полная внятной муки. Люди услышали, они пересказывали с азартом и судачили с удовольствием про мою мечту и мое горе, они ничего не захотели понять, они хохотали и показывали у меня за спиной ослиные уши. Они радовались и смеялись над царским горем, которое приключилось из-за того, что я хотел дать им всем благо.

Я казнил Даку.

Ее удушили ременной петлей.

Еще теплую нежную плоть ее бросили на расклев кровоядным птицам, на разжев бродячему зверью.

Я проклял Пана.

Сердце мое окаменело.

И я никогда не снимаю на людях свой колпак.

А далеко за морем богатые и ученые люди стали носить такой колпак и называют его теперь фригийским. Это стало модой, и поговаривают, что она продержится века. Фригийский колпачок скрывает ослиные уши, лысины, уродливые шишки и черные мысли.

Когда мне совсем нехорошо, я закрываю глаза и бегу по мостику-радуге, подаренному мне когда-то Паном. Из яви в спасительный сон.

КОТ БОЙКО:

ОСТОРОЖНО, ДВЕРИ ЗАКРЫВАЮТСЯ

Пронырнув из камеры мусоросборника в лифт крайнего подъезда, я поехал наверх, на чердак, к чертям на кулички, злобно раздумывая о том, что мы как-то слишком буквально разыграли с Хитрым Псом старый анекдот — он везде, а я нигде.

Вообще жизнь городского партизана меня маленько утомила. Борьба с Сашкиной охраной и гоночными псами «Бетимпекса», этими ледащими наемниками капитала, загнала меня на чердаки и в подвалы, на крыши и заборы, превратив мой вызов в трудовые будни техника-смотрителя ЖЭКа. Страшная участь, позорная карьера — из блатного Смотрящего территории стать загнанным пыльным Смотрителем!

Плюс сегодняшний ужасный прокол с этим омерзительным псом. Я даже испугаться не успел, когда услышал ватный топот и хриплый рык этой милой собачки. Извините великодушно, сэр Александр Баскервиль, не корысти ради, а одного лишь спасения для — пришлось отвалдохать вашего людоеда по всем правилам! Чтобы впредь гаду этакому неповадно было бросаться на скромных неформальных гостей, заглянувших вечерком на огонек в ваше фамильное семейно-родовое гнездо.

Он же ведь, сучара гнусный, бросился на меня, как дикий зверь — с клыками наголо, будто взбесившийся мамонт!

Дурак-пес, весь праздник испортил — себе, мне, Марине. Геройски глупо погиб, спасая репутацию и жизнь хозяина. В натуре — глупо. Вся эта служебно-караульная фауна — псы, охранники, телохранители — совершенно не готова к отпору, они давно не знают равного ручного боя или свалки «кость в кость». Они развращены запуганной покорностью своих беззащитных жертв. Молодец, гребущий овец, а против бойца — сам козел вонючий. Такие в лагере от параши не отходили.

Да черт с ними! Чего мне о них печалиться! Надо придумать, что Лоре сказать. А что я могу сказать? Вот жуть — врать не хочу, а правды не скажу. Зачем ей эта правда? Ну, нарежу ей эту правду-матку, как мясник говядину. Нужна ей эта правда! Не откровение, не утешение, не надежда — так, кровяная колбаса! Хорошо бы спросить ее — может, возьмет меня братом? Или другом?

Я ведь не могу сказать ей главного — я все равно на ней не женюсь. Не могу, не имею права. Пока есть Марина. Не знаю, не понимаю, что сказать Лоре.

Спускался к себе на этаж пешком, бормоча под нос:

> Жил на свете Буридан,
> У него осел был Жан.
> Между двух охапок сена
> Он от голода страдал...

Приник к двери, прислушался. В квартире было привычно тихо. Отпер замок, шагнул в прихожую. И холодная сталь пистолетного ствола тычком уткнулась мне в шею.

— Прежде чем дергаться, шустряк, подумай о подружке, — сказал тихо кто-то за спиной.

Через распахнутую дверь в комнату я увидел Лору, сидевшую в кресле. А за креслом, приставив ей пистолет к затылку, стоял здоровенный худой парень, который во время беготни в метро показался мне похожим на мускулистый скелет.

Нашли все-таки, суки рваные! Надыбали, паскуды!

Голос за спиной предупредил:

— Одно резкое движение, и девочке сделаем лишнюю дырку в рыжей голове... Цепляешь?

— Уцепил! — дисциплинированно ответил я и попросил: — Але, ствол отодвинь чуток — я щекотки боюсь...

— Ишь, какой ты нежный, оказывается... Ручки-то подними! Вот так, за голову, — засмеялся шелестяще и ударил изо всех сил в почку.

Уф, ой-ей-ей! Е-к-л-м-н! Фу-фу-фу! Дурак ты, едритская сила! Меня болью не нагнешь. Я мог бы их на выставке показывать, свои боли, у меня их коллекция. Пока чувствуешь боль — все в порядке, все поправимо. Нормальная реакция живого организма.

Скелет сказал — надо мной — своему партнеру, пока тот сноровисто обшаривал меня:

— Проверь у него нож за шиворотом. Пощекоти между ног...

Обыскивал профессионально — одной рукой, ствол по-прежнему жестко уперт в шею. Щелкнул на запястьях наручниками, добыл у меня из-за пояса пистолет, резким тычком в спину толкнул в комнату.

Я покосился через плечо — ну конечно, старый мой знакомец с вдавленными висками, несчастный младенец, изуродованный родовыми щипцами, пульсирующий мой преследователь — Гнойный Мозг.

— Не оборачиваться! — сдавленно, негромко крикнул он и снова врезал мне по почке.

Это хорошо! Не то, конечно, что он врубил мне по урологии, а то, что орать воздерживается. Опасается, значит, лишнего шума. Учтем на будущее.

Лора, бедная моя подружечка, синюшно-бледная, рот заклеен лейкопластырем, без очков щурится, слезы катятся из глаз, а на лице не испуг, а страдание. Руки связаны ремешком, тонкий халатик накинут на голяка. Они явились, когда она уже спала.

— Не волнуйся, родная, — сказал я ей. — Я знаю, что ты не могла крикнуть — предупредить. Все будет в порядке, не тревожься...

Гнойный Мозг снова ударил меня — пистолетом по загривку, ухнуло тяжело, ломко в голове.

— Не разговаривать!..

Я прикрыл на миг глаза, в темноте и тишине ждал, пока рассосется, отступит боль. Потом мирно, вежливо сказал:

— Слушай, ты, скотоложец! Еще раз поднимешь руку — умрешь. Не веришь — спроси у своего покойного друга Валерки. Он меня уже сторожил...

— Ты и за Валеру еще ответишь, падлюка! — взвизгнул Скелет.

— Кому отвечу? Тебе, что ли? — спросил я и уселся на стул посреди комнаты. Надо протянуть время, нужно сориентироваться, понять — вызвали они подмогу или повезут к себе в их вонючие застенки? Где их замечательный командир Николай Иваныч?

Комната расшарена, распотрошена обыском. Они что-то искали. Долго. Они здесь давно. А Николая Иваныча нет! Они не торопятся с победным рапортом. А может, они, помимо сдельно-премиальной оплаты, поддерживают себя частным мародерством? Они краем уха слышали, что меня ищут из-за денег. Они ищут здесь деньги! Вот идиоты!

От дикости этой догадки я засмеялся. Они еще не дошли до антресолей, где лежит под барахлом мой чемодан. Эх, мне бы сейчас карабин...

Своим смехом я обидел Скелета. Он подпрыгнул и ударил меня ногой в грудь. Тяжело вломил, но плохо. Раз не вырубил, значит, плохо. На пол я рухнул, вздохнул, душевно сказал:

— Не каратист ты, а говно. Нормальная срань...

Он ударил меня ногой в живот.

— Говорю же тебе — дерьмо ты, кал, экскремент поносный!

Опять врубил он мне.

— Как есть — навоз, фекалий...

Скелет долбанул меня кулаком в темя — до темени в глазах.

— Конечно, ты — какашка, мекоиний...

Скелет хотел ударить ногой слева, но я откатился немного, не удар получил, а толчок.

— Жалкое ты испражнение дристучее!

Тут он меня все-таки достал, а я, задыхаясь, намекнул:

— В натуре — жопный плевок, дрэк ты текучий...

Гнойный Мозг остановил спарринг-партнера:

— Погоди! Собери все дискеты компьютерные в сумку...

Я лежал на паркете и успокаивал Лору:

— Яблочко мое дорогое, не грусти... Все будет хорошо! Ничего они мне не сделают. Я такой ловкий — толкачом в ступе не отловишь... Ты только не бойся этих козлов...

Чем позже они найдут чемодан на антресолях — тем лучше. Там лежат деньжата какие-то и документы. Для этих подзаборных мародеров — огромные деньжищи! Они могут из-за них нас убить — деньги украдут, а начальству доложат, что во время захвата пришлось нас укокошить.

Упираясь мордой в теплые буковые клепки паркета, я начал группироваться.

Ах, если бы я сейчас был здесь с ними один! Но при первом моем рывке они застрелят Лору.

Господи Боже, как легко и сладко было всю жизнь одиноко волчарить!

Я ждал.

Тихо лежал.

Не мог он забыть обо мне.

Не мог не услышать мой крик о помощи.

Цакуга-дзен, мой боевой дух, неужели ты покинул меня?

И еле слышно шелохнулся шелест-шепот:

— Я здесь...

— Цакуга, учитель и друг мой, я унижен своим бессилием.

— Мы не ведаем, когда слабость становится силой, а унижение возвышает...

— Цакуга, я не боюсь смерти.

— Я знаю... Воин переступает страх, как путник порог перед долгой дорогой.

— Цакуга, я боюсь за девочку...

— Не думай о ней сейчас... Страх за нее гнет к земле твою силу. Победи сам — спасешь ее...

— Цакуга-дзен, я безоружен, а руки мои в металле...

Тихо-тихо засмеялся старый самурайский дух.

— Есть узы крепче металла.

А из коридора раздался счастливый крик Скелета:

— Гля, чего я тут наверху нашел!

Ну да, нашел-таки, зараза. Мой заветный чемоданчик, мой бывший меч-кладенец, мой боевой клад.

СЕРГЕЙ ОРДЫНЦЕВ:

БУКЕТ СТРЕЛИЦИЙ

Я по-честному предложил:

— Давай завезу тебя домой, а потом подамся в Теплый Стан...

— Ага, как же! — возмутилась Лена, влезая за руль. — И это называется мужчина с человеческим лицом! Как служебная рутина или житейская бытовуха — тут мы не разлей вода! Скрещенье рук, скрещенье ног и прочее там скрещенье! А как большое приключение, ночной полет, звон риска — так все себе! Нехорошо, дяденька...

Рванула с места так, что гравий из-под колес градом ударил в забор, по широкой плавной дуге вылетела на шоссе и погнала в сером сумраке истекающей ночи.

— Что ты несешь, шоферюга несчастная? Какой риск? Какое приключение? — неохотно, вяло отговаривал я Лену. Я ведь хотел, чтобы она ехала со мной, я хотел, чтобы мы вместе разыскали Кота, я хотел, чтобы она была рядом.

— Не замай! — толкнула меня локтем Лена. — Ну подумай сам, какой прикол! Кота сейчас в Москве не ищет только тот, кто сам в розыске. А мы с тобой его находим! Полный отпад!..

На Кольцевой повернули направо, покатили на запад. За спиной небосвод натекал серым перламутром, над горизонтом пузырились парусники облаков. Скоро рассветет.

— Брось на заднее сиденье эти чудовищные цветы и дозванивайся своим дежурным ментам... — распорядилась Лена. — В районе Теплого Стана вряд ли живет толпа Теслимовок.

— Наверное, — согласился я и на всякий случай поинтересовался: — Чем это цветы чудовищные?

— Не видишь? — удивилась Лена. — Жуть! Посмотри — уже не флора, еще не фауна! Как страшные черно-красные птицы... Раскрытые жадные клювы... Фу!

— Не выдумывай! Нормальный строгий элегантный цветок...

— Ага! Не вздумай только приносить их на мою жилплощадь! Мы с тобой уснем, доверчивые и беззащитные, как в детсаду на тихом часе, а они...

— Что они? Что ты мелешь?

— Допревратятся! Совсем станут хищными птицами и расклюют нас. Без смеха — боюсь их...

— С психиатром не советовалась?

— Советовалась. Хороший врач. Предложил переспать с ним.

— А ты? — живо заинтересовался я.

— Пообещала найти себе другое снотворное, не такое тошнотное... Угостите сигаретой, офицер! В сумке лежат...

405

Я бросил цветы на заднее сиденье, расстегнул замок сумки и снова наткнулся на холодный никелированный ствол. Достал из пачки сигарету, прикурил, осторожно вложил ей в губы сочащийся синим дымом бумажный цилиндрик.

— Спасибо, дорогой друг, — сказала Лена и начала корчиться от смеха.

— Так, нормально! Плавно переходим в следующую стадию безумия, — заметил я. — Что теперь?

— Мы с тобой сейчас как в «Санта-Барбаре»! Мечта провинциалов! Шикарный джентльмен изящным движением вкладывает в рот сигарету невероятно прекрасной красотке! Посмотри на нас! Ты в смокинге похож на загулявшего пингвина! Ой, умру!

Махнул на нее рукой, достал телефончик, который передал мне Кот, и начал дозваниваться в адресную справочную МВД — у меня были кодовые пароли.

Лена, казалось бы, внимательно смотревшая перед собой на дорогу, сказала буднично:

— Что-то я у тебя этот аппаратик не видела...

— Да-а? — неопределенно-вопросительно протянул я.

— Да! У тебя телефон «Эрикссон», — напомнила Лена. — А этот «Нокия»...

Вот шпионская морда! С ней не задремлешь, не соскучишься. Как она зорко сечет все вокруг себя! Вряд ли ее будущему мужу удастся безнаказанно сходить налево. А может быть, с такой бабой и не захочется? Дома страстей хватит...

— Это телефон Кота, — сказал я. — Мне его Марина передала...

— Ока-а-зывается! — подняла брови Лена. — Это называется «близкие контакты третьей степени»... А почему ты ему не позвонишь?

— Куда звонить-то? У меня нет его номера! Только он мне может звонить. По моему телефону звонить нельзя — он наверняка прослушивается.

— Волшебная земля Паранойя, — покачала головой Лена.

Мы гнали по пустынной дороге, я переругивался и перешучивался по телефону с ребятами в дежурной части министерства, разыскал там старого дружбана Аникеева, мы с ним поболтали о делах-делишках, пока его коллеги проверяли по своим учетам Теслимовку, и ночь незаметно дотлела в серый предутренний пепел.

На траверсе Внуковского шоссе я знал, что Теслимовка Лариса Алексеевна, 1973 года рождения, русская, образование незаконченное высшее, незамужняя, проживает на улице Огурцова, дом 16, корпус 2, квартира 79.

— Или проживала до последнего времени, — сказал Аникеев. — Сейчас миграция — страшное дело! Текут люди, как песок... Ну ладно, Ордынцев, бывай! Если что — звони...

Смутно припомнил теперь, что Кот называл ее Лара. Или Лора.

Нет, не должна была песчаной струйкой утечь отсюда Теслимовка. Недаром столько времени пасутся около ее дома патрули «Бетимпекса». Не понимаю почему, но они упорно ищут Кота здесь. Они ничего не знают про Лору-Лару, иначе бы установили ее адрес так же просто, как и я. Но они знают, что у Кота здесь где-то поблизости лежка. Поэтому не уходят. Они и сейчас, кстати, могут там топтаться.

Я прикрывал ненадолго глаза, и тогда начинало казаться, что Лена разгоняет машину до визга, что движение наше непрерывно и жутко ускоряется, зашкаливает спидометр, колеса отрываются и летят над дорогой — неизвестно куда.

Открывал в испуге глаза — Лена вела машину уверенно и ровно, она ехала точно.

Это не она разгоняла автомобиль, это скорость жизни нарастала. Как на кольцевых гонках — ужасающая скорость в бетонной монотонности, где реальностью движения является только ежесекундный смертельный риск...

Лена закурила новую сигарету и сообщила:

— У китайцев есть высокое понятие — культура молчаливой тишины. По-моему, мы с тобой подняли уровень этой культуры до неприличия. Поговори со мной, мой маленький босс! А то засну...

— Не спи, мое яблочко, — сказал я, как когда-то Кот повторял Теслимовке. — Не спи, а то в сугробе замерзнем. Мне почему-то очень тревожно... Ленушка, гони быстрее.

Было уже совсем светло, когда мы вкатили на улицу Огурцова. Светло и пусто, только далеко за перекрестком гулял одинокий бессонный болт с лохматой собакой.

— Вон табличка — корпус 2, — показала мне Лена на угол дома.

И тут я увидел Кота.

Из подъезда вышел здоровенный костистый мужик и вывел Кота. Они не шли вместе, а он его вывел — руки Кота были заведены за спину, не то связаны, не то замкнуты наручниками. Задержались на миг, и из дверей выпихнули молодую женщину, в которой я не сразу признал Теслимовку — ее конвоировал еще один урод с небольшим чемоданчиком в руке.

И время расслоилось.

Когда-то знающий все Хитрый Пес рассказывал нам, что в проливе Босфор два течения — быстрое верхнее бежит из Черного моря в Мраморное, а медленное донное втекает обратно. В половине пятого утра 17 августа 1998 года на улице Огурцова в Теплом Стане время расслоилось, как вода в Босфоре. Я плыл в бешеном потоке секунд вперед, а эти псы, как в рапиде, очень плавно текли навстречу.

До них было метров двадцать, они явно собирались пройти несколько шагов по тротуару, обходя припаркованную «Волгу», сойти на мостовую, пересечь дорогу и усесться в кофейного цвета «пятерку», за рулем которой сидел еще один обормот. Они вели Кота и Теслимовку вполне безмятежно — они были хозяевами пустой улицы, здесь не могло быть опасности, здесь никто не может помешать или оказать сопротивление. Гуляющий рассветный собаковод за перекрестком — не в счет. Они наверняка набиты пушками, как бронепоезд.

Спасибо тебе, моя гнусная профессия ловца людей, охотника за головами! Ты меня многому научила.

Я умею расслаивать время — я умею считать варианты в секунды. Этому нельзя было не научиться, потому что в таком «блице» у проигравшего падает не флажок, а башка.

— Вон они! — сказал я Лене быстро и спокойно. — Жди в машине. Мотор не выключай!

Схватил с заднего сиденья охапку цветов, всунул меж длинных стеблей «беретту» и вывалился на тротуар.

Я шел им навстречу — загулявший пингвин в смокинге, с огромным букетом лилий, похожих на хищных остроклювых птиц с алыми гребешками, и счастливо орал: «Ой, мама, шика дам я...»

На миг мелькнула мысль — кто они? «Бетимпексовцы»? Или наши — сафоновцы? Да ладно! Какая разница! Это с ножа кормленные парни. Кто бы они ни были — оттуда, куда они вознамерились везти Кота, живым он не выйдет. А из яблочка его, Теслимовки, сделают компот.

Они остановились, напряглись, внимательно всматриваясь в меня, и я увидел или услышал — на всю пустынную улицу — их вздох облегчения. Нормальный, празднично-пьяный мудак, скорее всего со свадьбы! Я был в смокинге — как жених! Как официант! Как дирижер!

Конвой обогнул «Волгу», ступил с тротуара на мостовую, а я шел посреди дороги и вопил, как обоссаный: «Ой, мама, шика дам я!»

Кот! Котяра! Ты слышишь меня? Включайся, секунды бегут! Они у нас считанные, как друзья на белом свете!

Услышал!

Посмотрел, засмеялся, гад. И я на расстоянии почувствовал, как звенящей упругой силой налился он.

— Ребята! — орал я. — Вы местные? Где здесь этот долбаный восемнадцатый дом? Выручайте, земляки!..

— Пошел вон отсюда, — незло и не очень громко сказал костистый, шагавший перед Котом.

Десять метров до них.

— Ну, в натуре! Цветы я должен отдать?

— Ты че, в отделении доспать хочешь? — спросил костистый. Они рядились под ментов!

Пять метров.

— Бля буду! Не найду, мне же домой не войти!..

Три метра.

— Эй, кореша, что вы как неродные...

Метр. Я протянул к костистому букет, нафаршированный пистолетом.

И тут Кот прыгнул. Никогда нигде никому — Ирине Родниной или Оксане Баюл, Гриценко или Пахомовой — не снился такой «двойной тулуп»! Без поддержки! С наручниками за спиной! Фантастической разножкой он с лета, как косой, срубил конвойного перед собой на асфальт и, не переводя дыхания, в плавном приземлении вломил ему коленом по яйцам.

Во времени, расслоенном, как босфорская вода, секунды этих падл текли очень плавно, зримо, рельефно, а мои неслись, как велосипедные спицы на солнце.

Бандаморда, ведущий Теслимовку, стал рапидно вытягивать правую руку из кармана, а чемодан — сука! — все равно не выпускал. Дурак, надо было держаться не за ручку чемодана, а за рукоятку пушки. Твой флажок на часах упал, как мои замечательные цветы-птицы опали на тротуар, обнажив «беретту», упертую ему в пузо.

— Стреляю, сука! — сказал я убедительно. — Не шевели рукой в кармане, потом дырки не заштопаешь...

И чтоб не искушать этого урода, неожиданно ударил лбом в лицо — хруст хрящей и его короткий вопль еще не стихли, а я уже вынимал из кармана его «макарова».

— Сережа! Сзади!.. — полоснул улицу пронзительный Ленкин визг.

Я рухнул с подкатом и переворотом наземь и увидел, как от кофейного «Жигуля» бежит ко мне третий боец с пистолетом, вдруг харкнувшим коротким дымком. Взвизгнула рядом пуля, но еще не смолк гулкий тяжелый шлепок выстрела из «ТТ», как короткой злой серией татакнула очередь из автоматического браунинга, и бегущий подпрыгнул, споткнулся и стал медленно проседать, заваливаясь вперед, пока не врубился в мостовую. Я оглянулся — Лена стояла у капота нашего джипа, и в руках у нее плясал никелированный пистолет.

Значит, так, давайте договоримся: «лежачих не бьют» — это придумали лежачие, которые собрались убивать стоячих. Бьют и лежачих! Особенно если не хочешь прикончить, а собираешься всерьез отключить.

Вырубил я их. Переднему, которого так четко приземлил Кот, не повезло особенно — он поднял голову, высунул ее наружу из-под навалившегося Кота. Спросите любого футболиста — идеальная позиция для штрафного удара с навесом на ворота. Лаковые туфли хуже бутсов, но все-таки...

Бедная Теслимовка была в обморочном состоянии. Лена волокла ее за руки в джип, она упиралась.

Кот орал мне:

— Ключи у них отбери! Там от браслетов... Чемодан, чемодан возьми!

Отобрал. И пистолеты. Подошел к стрелявшему в меня водиле, которого подсняла Лена. Вокруг бедра натекала бурая лужа, венозная. Поднял валяющийся «ТТ», и он тонким, дребезжащим голосом сказал:

— Не стреляй, брат...

— Нужен ты мне, говнюк!

Ухватил коричневый чемоданчик и потащил Кота к машине:

— Шевелись, шевелись... Милицию ждешь?

— Не жду, Серега. Закон — на злых собак не зови волков...

— Лена, за руль! — скомандовал я. — Все, поехали...

Не знаю, как там получилось по быстрому времени, струей мчащемуся поверх Босфора, а по обычному, московскому летнему времени — думаю, секунд в пятнадцать уложились. Может, в двадцать...

КОТ БОЙКО:

ДРУГОЙ УМ

Лора немного успокоилась, ее перестал бить колотун. Тесно прижавшись, она тихо сидела рядом со мной, будто дремала.

А Серегина подруга — девка-молоток, крутит баранку, негромко напевает модный хит «Белив», покуривает сигарету, хоть бы хны!

— Сережа, ко мне надо ехать, — сказала она, как только мы с визгом дернули с Куликова поля нашего, с Ледового побоища на Бородине. — Надежнее всего. Там искать будут в последнюю очередь...

— Поехали, — согласился Серега. — Езжай не быстро, не нарушай.

Она вздохнула, на миг обернулась ко мне:

— И это говорит мне полицейский якобы с человеческим лицом! — И тихо, ликующе засмеялась: — Который втравил меня в страшные уголовные события! Невинная чистая девушка попала в бойню, как кур в ощип...

— Невинная чистая девушка, не говорите этого никогда при болгарах! — драматически воскликнул я — не мог удержаться, не поделиться с таким боевым товарищем из сокровищницы жизненных наблюдений.

— Почему? — удивилась она.

— У меня был дружок, Любомир Танев, чемпион Болгарии. У нас на соревнованиях услышал про этого самого кура и пришел в ужас от такой садистской жестокости. На их южнославянской фене кур обозначает мужской член, и Любо никак не усекал, зачем его совать в щи, в любимый всенародно, можно сказать, кипящий кислый суп из капусты...

Серега положил ей руку на колено:

— Так, Лена, все в порядке. Жить будет — шок прошел, Кот вернулся в свой репертуар... По-моему, я рановато расстегнул на нем наручники. Его надо, как Пугачева, возить по Москве в клетке.

— А ты молчи! — строго окоротил я его. — Вы, Лена, не верьте первому впечатлению, оно обманчиво. Смотришь на Серегу — такой, кажется, солидный господин, на службу по утрам в смокинге чапает, а на самом деле он паренек незамысловатый.

— Обидеть художника может каждый, — заступилась за него Лена.

412

— Клянусь, правду говорю! — сказал я и поклялся нашей старой дворовой клятвой: — В рот меня тя-ля-па-тя жареными пончиками!

И Серега вспомнил, засмеялся — лет двадцать пять назад мы присягали на правду этой чепухой. Я хотел его вывести из стресса, немного разрядить, развеселить — ему сейчас наверняка очень тяжело. Он ведь там, на мостовой в Теплом Стане, шагнув с тротуара, сделал очень трудный, жизнераздельный шаг. Про него, ненормального, наверняка в служебных аттестациях кадровики пишут — «лично честен»...

— Так вот, сообщаю вам, Лена, что учеником в средней школе этот красавец был вполне убогим. И помогал ему наш общий друг, наоборот, очень талантливый, тогда он был гордостью школы и звали его Хитрый Пес. Сейчас он выбился в большие люди, заведует огромным зверинцем... При правильном вашем поведении я вас с ним познакомлю как-нибудь.

— Спасибо большое! — радостно согласилась Лена. — Мечтаю заглянуть в зверинец...

— Ну, однажды бьется Хитрый Пес с бедным Серегой час, другой, растолковывает какое-то уравнение или теорему, а может быть, закон природы... Мне это, честно говоря, все едино — бим-бом, не упомню сейчас...

— Я догадываюсь, — поддакнула Лена.

— Не берет Серега объяснение в ум, не врубается, о постороннем мечтает, и наконец завизжал от отчаяния Хитрый Пес: «Как же можно быть таким тупым кретином! Как это можно не понимать?» А Серега ему мягко так, спокойно, ласково говорит: «Не злись, Саня! Я не кретин, честное слово! Просто у меня совсем другой ум»...

— Изумительно! — захохотала Лена. — Я то же самое говорю! Но один вопрос покоя не дает — что во время этих занятий делал Кот Бойко?

— Я? Как что? Лежал на тахте и смотрел иллюстрации в «Гинекологии» Штеккеля...

По плечам, по затылку Сереги я видел, что он уже отошел немного, расслабился. Мы, наверное, проехали километра два, от Востряковского кладбища до Минского мотеля, когда он обернулся и спросил:

— Ты к чему эту историю вспомнил?

— Ни к чему! Просто так! К слову пришлось! — заверил я, а потом все-таки сказал: — Спасибо великому духу Цакуге-дзену за то, что у тебя, Серега, другой ум...

— Уймитесь, мужики! — вмешалась Лена. — А то я от умиления зарыдаю, слезы застят мне глаза, и я совершу наезд...

Молодец, кремневая девка! Как говорят лошадники — напор класс бьет! Генерация Некст!

— Да мы уж спозаранку на «Бетимпекс» наехали, — заметил я.

На подъезде к Ленинградскому шоссе Серега сказал Лене:

— Здесь не съезжай, до следующего поворота гони. На Левобережную...

— Зачем? Здесь же быстрее?

— Делай, что я тебе говорю! — коротко и хлестко сказал Серега. — Минуешь Ленинградку, сразу перестраивайся в правый ряд.

Чего-то он там хитрое, непонятное кумекал своим другим умом. Из бортового кармана на двери достал трофейные пистолеты и черный пластиковый мешок, свалил в него громыхнувшие пушки. Взял сумку Лены, вытащил из нее никелированный браунинг-автомат — дорогую вещичку, и тоже бросил в мешок.

— Сережа, ты что? — ахнула Лена.

Я своего другана знаю лучше — помалкивал. Слава Богу, ему не пришло в голову открыть мой чемодан.

Машина въехала на широкий многополосный мост через Москву-реку. Виды отсюда — волшебные. Яхты плавают. Песок на пляжах призывает. Красота!

— Притормози, пожалуйста, на середине, — попросил Серега.

Лена оглянулась, за нами было пусто, в соседних рядах — ближе к осевой — телепалось несколько попутных машин. Джип остановился, Серега выскочил на бордюр,

на ходу завязывая горловину мешка, нагнулся через балюстраду и кинул в водяную бездну роскошный арсенал, тысяч на пять хорошего товара в пучину булькнуло. Осмотрелся на мосту, прыжком вернулся на сиденье, хлопнул дверцей:

— Теперь помчались... Съедешь на Левобережную, через Химки-Ховрино выскочишь на Водный стадион...

— Хорошо, — сказала Лена, но голосок ее, тон не предвещали ничего хорошего. И не утерпела, добавила: — Хорошо было бы тебя вслед за мешком скинуть...

— Послушай меня, — предложил ей Сергей, и это была не любовная просьба, а жесткий приказ. — Запомни, как Бог свят — кто бы и когда бы тебя ни спросил, что ты делала сегодня ночью, отвечать будешь одно: около полуночи, точнее не помнишь, ты вместе со своим отцом покинула празднество у Серебровского и ночевала под родительским кровом. Поговори с отцом и втолкуй ему это твердо. Никогда и ни с кем ни в какой Теплый Стан не ездила и не знаешь, где он находится. На любой вопрос, который тебе не понравится или покажется затруднительным, отвечай — не помню! Не помню, не видела, не знаю... Поняла?

— Не помню! Не помню, не видела, не знаю! — бойко отрапортовала барышня.

Серега покачал головой:

— Не остроумничай, остроумица моя, девица Остроумова...

Потом мы приехали к ней домой, Лена упорхнула в душ, Серега отправился на кухню варить кофе, а Лора наконец оттаяла совсем и несокрушимо мягко сообщила мне:

— Кот, любимый, я уезжаю.

— Куда? — не смог я подключиться. — Когда?

— Сегодня. Я тебе говорила... ты, наверное, не помнишь... у меня друзья живут в деревне...

— В глуши, в Саратове?.. — задохнулся я.

— Под Брянском. Я бывала у них...

— Лора, там же необитаемая жизнь! Ты уверена, что из нас выйдут Робинзоны Крузы? Томом Крузом я еще могу

попробовать! А Робинзоном — ну ни за что! Ну просто никогда!

— Кот, ты не понял меня... Я одна поеду.

— Яблочко мое, ты боишься?

— Нет, Кот, уже не боюсь... Но сейчас я тебе не помощник, не подруга. Гиря на ногах, камень на шее... Я не хочу, чтобы ты вспоминал меня с досадой. Я хочу, чтобы ты вспоминал обо мне с радостью...

Вошел Серега с кофейником, и я сразу запросил его:

— Слушай, командир, Лора хочет свалить в деревню... Это же дичь!..

— Где деревня? Далеко? — деловито осведомился Серега, разливая по чашкам кофе.

— В Брянской области, недалеко от Жиздры, — сказала Лора. — Там у меня друзья фермерствуют в выморочной деревне...

Не очень долго раздумывал мой друган, поведал с солдатской искренностью:

— Лора, вам, пока суд да дело, все равно возвращаться домой нельзя. Лена соберет для вас необходимые на первое время вещички. Сегодня же надо ехать! — отрубил Серега, как судебный исполнитель.

Я еще только возбух, чтобы сказать пару ласковых, а Серега развернулся на каблуках и уперся в меня свирепо:

— Лучше помолчи! Лора дело говорит. Мы не контролируем ситуацию, мы бежим и прячемся. И не выеживайся! Попробуй понять, что Серебровский — это не наш бывший дружок Хитрый Пес. Это совсем другой, неизвестный нам человек... — Он постоял, подумал, будто вспоминал что-то, а потом медленно проговорил: — И, если хочешь, можешь меня не уважать... Но я часто, со стыдом и болью, ловлю себя на том, что боюсь его...

Я подошел, обнял его за плечи, спросил растерянно:

— Верный Конь, он что, сломал тебя?

А Серега покачал головой:

— Дело не во мне. Он и такие, как он, сломали мир...

АЛЕКСАНДР СЕРЕБРОВСКИЙ:

УТРЕННИЙ СОН

Утром, совсем рано, еще не рассвело по-настоящему, ко мне пришла Марина. Нырнула под простыню, обняла меня, прижалась, и тягота моя, страдание и боль мгновенно утонули, растворились в половодье острого счастливого наслаждения.

Я слышал ее тихо рокочущий голос, смотрел на эти приоткрытые от поцелуя губы с чувственно-нежным разрезом, прикрытые сумраком ресниц глаза — и, обезумея, я не воспринимал смысл ее слов, я был с ней, в ней, и мне было все безразлично, и со всем я был заранее согласен. Жаркий, бредовый, сладкий лепет, адреналин, бормочущий в крови, как весенний ручей...

— Санечка, давай плюнем на все. Бросим, забудем... Сделаем другую жизнь...

— Да...

— В богатстве нет ни смысла, ни кайфа. Есть только азарт движения наверх.

— Да...

— Ты все уже сделал... Ты все всем везде доказал... Дальше — пустота, дальше — больше горестей и потерь.

— Да...

— Ты и так почти один... Вчерашняя толпа — не родня, не друзья, это противные статисты, исходящий реквизит. Еще не поздно вернуться в люди...

— Да...

— Ты — умный, талантливый, сильный... Ты можешь все. Стряхни наваждение.

— Да...

— Вокруг — огромный, сказочный мир. Давай обойдем его... Давай подружимся с людьми, которые не зависят от твоей власти и денег... Ты еще не изведал счастья бескорыстной раздачи добра.

— Да...

— И губернатором тебе не надо быть — ты больше любого губернатора. Поверь мне, у нас губернатором человека можно называть только в насмешку. Бетховен, узнав о коронации Наполеона, в ужасе закричал: «Боже, какое снижение вкуса!»

— Да, моя любимая...

— Вся твоя жизнь и так сплошное Ватерлоо, и это звучит не ода «К радости», а Реквием... Остановись, Саша...

— Да...

— Ты сделал свое имя нарицательным, и обо̲........ оно — деньги!.. Ты стал первосвяще....... м дьявольской религии, где в....у заменяет жадный азарт. Это дорога в ад.

— Да. А что такое ад?

— Это твоя жизнь, помноженная на бесконечность...

— Да, наверное...

Господи, как невыносимо остро я любил ее в этот момент!..

Какое волнующее недостоверное блаженство!

Короткое счастье, как вздох, — она ведь мне врет. Не знаю, в чем ложь — в чувствах, мыслях, обстоятельствах, планах, намерениях, мотивах.

Но она меня сейчас обманывает. Пытается обмануть. Хотя меня обмануть нельзя, потому что я, пролетая сквозь детали, как безмозглый детектор лжи, как электронный полиграф, все равно сразу фиксирую недостоверность поступающей информации. В системе — сбой! Правильный ответ невозможен...

Не знаю почему, не понимаю зачем, но она хочет обмануть меня. Может быть, уводит за собой, стаскивает со следа? Не знаю.

Но я ее люблю и счастлив прикосновением к ней. Все разумею, все понимаю, а сделать ничего не могу. Да и понимать-то нечего, потому что разум и любовь — непересекающиеся поля, сходящиеся параллели, эмоциональная геометрия Лобачевского.

А иначе как объяснить, что Пушкин, умнейший в русской истории человек, любил беспамятно пустую хорошень-

секрет которого сообщил ему орел — вестник богов. Ни одному из смертных не удалось развязать этот узел — в нем тайна бессмертия. Гордий умер, не стал развязывать узел смерти, который открыл бы ему вечность. Но он не мог не сказать этого секрета тебе, своему сыну. Спаси меня, Мидас! Я не хочу умирать, я молод, я нужен миру, я его воля и ум! Я сила мира! Только я могу спасти мир от подступающей тьмы дикости!

— Великий господин, вели слугам поднять тебя! Я хочу показать тебе магический узел, чтобы ты поверил в искренность моих слов.

Я сопроводил его под священный шатер, где на беломраморных плитах стояла рассохшаяся, источенная древоедами, почерневшая от старости повозка. А псы мои расселись у входа в шатер, смотрели, слушали.

Круглый коричневый узел с человеческую голову размером, связанный из старого коричневого вервия, истончившегося, сбившегося в кудели, со множеством торчащих по сторонам концов, узелков и завязок.

— Мой отец Гордий умер, когда я был младенцем. Он не мог объяснить мне секрет бессмертия. А никому, кроме меня, он не захотел доверить тайны, ибо владеющий этим секретом становится сильнее меня — ребенка-царя...

— Почему же он сам не воспользовался великим тайным знанием? — хмуро спросил Александр.

— Он любил меня больше своей жизни и хотел дать этот небывалый дар мне. Я думаю, он надеялся, что я сделаю больше его. Время принадлежит позжеродившимся...

— Но он и тебе не передал этот дар! — с досадой крикнул царь.

— Гордий надеялся, что я сам догадаюсь и открою для себя тайну бессмертия. В молодости я пытался это сделать...

— А потом?

— А потом я понял, что мне оно не нужно. Я не хочу жить вечно. Я уже стар, и я бы со счастьем отдал для твоего исцеления эту тайну. Но я не знаю ее — моя мудрость и богатство бессильны...

Александр долго, пристально смотрел на магический Гордиев узел, потом спросил меня:

— Знаешь, брат мой, что лучше богатства и мудрости?

И, не дожидаясь ответа — он им не интересовался, он ему был не нужен, — выхватил из ножен короткий бронзовый меч, мерцающий искрами от острой наточенности, надсадно крикнул:

— Сила!..

Он рубанул старый веревочный узел наискосок, поперек изношенных связочек, и толстый коричневый шар распался на куски, а из сердцевины полетели пыль, прах, моль, слепые бабочки.

Александр покачнулся, силы покинули его, я подставил плечо, он тяжело навалился на меня, сбивчиво, с всхлипом сказал:

— Мидас, боги посмеялись надо мной! Сначала они мне дали все, о чем я просил их в молитвах и мечтах... А теперь я понял, что беспокоил их глупостями...

Он закашлялся, из горла его черной струей хлынула кровь.

— Мне страшно, Мидас, — прошептал, захлебываясь, неустрашимый Александр. — Я отхожу... Или это мир погибает?

— Александр Игнатьич!.. Александр Игнатьич! — заполошно кричала Надя. — Сафонов звонит — у вас перекрыта линия. «Бетимпексовцы» обстреляли машину, в которой ехала Марина Сергеевна... Она ранена...

СЕРГЕЙ ОРДЫНЦЕВ:

СДЕЛКА

Марина была убита сразу, одной пулей. Я это понял, пока бежал к ним. Она лежала поперек дороги, и в ее позе была стылая неподвижность, окончательная.

Марина — мертвая?! Навсегда? Какой-то жуткий навязчивый сон. Долгий тошнотворный кошмар. Мы же с тобой,

Марина, говорили полчаса назад по телефону! Господи, я же просил тебя...

Кот стоял перед ней на коленях, гладил по волосам, он тихонько неразборчиво разговаривал с ней.

Огромный бородатый мужик с пушистой косой валялся в луже крови рядом с разбитым «ровером», в который уткнулся расстрелянный корейский джип «КИА». Через распахнутую дверь джипа были видны тела людей, оттуда доносились затихающие стоны.

Много каких-то машин, милицейские автомобили, несколько испуганных редких ротозеев — еще не успели набежать толпы зевак.

И над всем этим упористо возвышался, как межевой камень, Алексей Кузьмич Сафонов, окруженный мелколесьем своих холуев из службы безопасности и малых милицейских начальников. Они явно ждали, пока Кузьмич молвит свое слово, указующее и направляющее.

В конце переулка заорала с судорожным подвизгом, заполошила синими огнями «скорая помощь».

Я подошел к огромному мужику, опиравшемуся головой на скат искореженного «ровера», — когда-то я видел его с Котом.

Он был еще жив, но черно-багровые дыры на груди и животе уже слились в сипящее кровавое месиво. В руке он сжимал разбитое пенсне.

— Ты Ордынцев? — спросил еле слышно, и в дырках на груди булькнули розовые пузыри. — Нас здесь ждали. Это была засада... Предупреди Кота — всех перебитых я возьму на себя... Если выживу... А нет — тем паче... Валите все на жмурика...

— Разрешите! Дайте пройти! — оттолкнул меня врач со «скорой».

Я повернулся — Сафонов по-прежнему немо и неподвижно следил за моими маневрами. Он не хотел до разговора со мной обозначать свою позицию. Да и суетиться было ни к чему — за спиной Кота уже стояли его ребята, этакие бронеподростки со свинцовыми кулаками.

Я подошел, и Кузьмич горько сказал:

— Видишь, Сережа, какая беда пришла! Говорил я, добром не кончится, отследит их «Бетимпекс»...

— «Бетимпекс»? — переспросил я без выражения.

— А кто же еще? — рассердился Сафонов. — Вот их черный джип, это из их охранного агентства «Конус». Да и парни, которых Кот в машине положил, это «конусовцы»... А второй джип ушел все-таки!

— Ага, понял, понял... — медленно произнес я и предположил: — Думаю, недалеко он уйдет!..

— Что ты хочешь сказать? — спросил Кузьмич.

— А ваши ребята за ними вплотную едут, — ответил я. — До вечера ни одного из них не останется.

Сафонов смотрел на меня, откинув назад брыластую голову, и всем своим озабоченно-осанистым видом демонстрировал: «Что-то я не пойму, о чем ты тут толкуешь?»

— Не хотите поговорить со мной, Алексей Кузьмич?

— Хочу! — сразу согласился он, взял меня под руку и вывел из круга почтительно внимавшей обслуги.

— Помните, мы с вами в кафе на площади пиво пили, о жизни толковали? — напомнил я.

— Помню.

— Я еще спросил вас — приняли вы предложенный вам миллион или нет?

— Ну помню, помню!

— А вы мне не ответили тогда...

— Ну и что?

— Так вот, теперь я знаю — вы его взяли...

— Хм, воображение у тебя, Серега, хорошее и смелости не занимать, коли ты набираешься духу говорить мне такое, — огорченно помотал тяжелой башкой Кузьмич. — Ладно, пускай это на твоей совести остается, если ты в такой момент мне — за все мое, за доброе — так ответил. Зачем это тебе?

— Затем, что я хочу забрать Кота и уйти отсюда. Поэтому мы и должны прямо сейчас договориться.

434

Кузьмич упер руки в бока, быком попер на меня:

— Ты меня шантажировать собрался? Щенок! Чем ты меня пугануть можешь?

— Дискетой! Дискетой, которую Кот передал боссу и которая вам покоя не давала! — пошел я в атаку и вдохновенно наврал: — Я-то дискету читал и с вашими подвигами знаком...

Кузьмич растерялся, неуверенно-зло сказал:

— Ты совсем оборзел! Что ты молотишь?

— Это вы навели сюда охранников из «Конуса»! Позвонили их шефу Павлюченко и вызвали на точку. Сказали им, что Кот выйдет отсюда со своей бабой и можно бить на поражение! Пусть они Кота убирают!..

— Сережа, окстись! Как ты мне такое говорить можешь? — Сафонов выставил вперед руку, будто защищался от меня.

— Могу, могу, Алексей Кузьмич! Я правду говорю — они ведь, козлы, и понятия не имели, что это жена Серебровского. К ночи вы их всех положите — некому и рта открыть будет. Одним звонком вы и решили все проблемы сразу... Только вышло все по-другому!.. Понятно я говорю?

Сафонов горько-грустно вздохнул:

— Понятней не бывает! Эх, дурачок, зачем ты в это полез? Головы не сносишь...

— Не ваша печаль! Решайтесь быстрее, у вас нет выхода! Сейчас наедет пресса, примчится босс, у меня руки развязаны! А молчать я не стану. Серебровский вас всех в прах превратит! И запомните — меня вы просто так не пришьете, я вам не беглый зек Кот Бойко!

— Пуленепробиваемый, что ли? — усмехнулся Кузьмич.

— Очень даже пробиваемый! Поэтому я подстраховал себя, чтобы у вас и соблазна не возникало...

— В «Богстрахе» полис купил?

— Почти! — подтвердил я. — Справку с описанием всех этих дел я забросил в свой служебный компьютер в Интерполе. На русском языке. Пока все нормально, никто мою тарабарщину на кириллице и смотреть не станет. А не приведи Господь, случится что-нибудь со мной, там переводчики найдутся! И уверяю вас — вот тогда генеральный секретарь сэр Раймонд Кендалл сюда сам пожалует. Так что давайте разойдемся без матерщины и мордобоя...

— Н-да, хорошо ты используешь свой служебный пост, — вздохнул Кузьмич и добавил: — На который я тебя, на свою голову, направил...

— Спасибо, я это помню. Что вы решили?

— А чего мне решать? Ты молодец — хорошим сыскарем стал. Но самый лучший сыщик — это живой сыщик. Значит, шустрый, вумный и везучий. — Кузьмич думал мгновение, потом добро, по-стариковски заперхал: — Да ладно, что ты, Сергей, возбух, как геморрой! Если ты дашь мне слово, что этот бандюга здесь больше не появится, — забирай его...

Вздохнул, печально помолчал и грустно сообщил:

— Все, Сережа, все затопил ледяной плывун безверия, половодье общего обмана...

Он протянул мне руку, я взял его мясистую пухлую ладонь, наклонился и плюнул ему в пригоршню. Сжал с силой его пальцы и тихо сказал:

— Будьте вы все прокляты, христопродавцы...

Подошел к Марине, глядящей широко открытыми глазами в выцветшее августовское небо. Разноцветные радужки стали в смерти одинаковыми — почти черными. Она улыбалась! Честное слово, она улыбалась!

Прости нас, дорогая девочка, ничего не изменить — разорвалась серебряная цепочка. Наверное, это ты нас с Котом спасла на рассвете своим букетом ненормальных цветов, лилий-стрелиций, похожих на птиц.

Поцеловал ее в теплый еще лоб и сказал Коту:

— Пошли.

Он смотрел на меня в упор, не понимая, что я ему говорю.

— Пошли, Кот!

— Куда? — спросил он. — Зачем?

— Не знаю. Может быть, ты захочешь рассчитаться за нее.

— Захочу, — кивнул он механически.

— Пошли, Кот! Здесь больше нельзя... Пошли, друг...

Кот взял в руки ее лицо, и голова Марины послушно повернулась к нему — она улыбалась ему ободряюще и утешающе. У меня сердце зашлось.

Он поцеловал ее в эти всегда приоткрытые для поцелуя и смеха чувственно-нежные губы, прикрыл ей ладонью глаза, и лицо ее сразу стало строгим и успокоенным.

— Пошли, Кот...

Он встал, раскачиваясь как пьяный, подошел к затихшему бородачу, опустился на колени, положил ему руку на лоб, тихо сказал:

— Прощай, Карабас... Прости, дружище...

АЛЕКСАНДР СЕРЕБРОВСКИЙ:

ДО СВИДАНИЯ

Ну что же, Марьяша, жизнь моя прошедшая, горькая моя любовь неутоленная, острое мое, щемящее счастье, — давай попрощаемся.

Последний раз мы с тобой наедине.

Больше нам уже не быть вдвоем — с утра повалит толпа злорадных соболезнователей, лицемерных утешителей, а потом будут официальные государственные похороны — все то и все те, кого ты остро ненавидела. Кортеж длиной в пол-Москвы, море цветов, реки венков. А пожалеет тебя, может быть, только прислуга в доме — они тебя любили, по темноте своей считали простой русской душой, забубенной пьющей бабой.

Ты переиграла меня, обманула, ушла непобежденной. Простое, нелепое объяснение — да не любила ты меня!

А я тебя любил больше жизни.

Я не вру тебе — нельзя хвастаться слабостями, а это моя слабость.

Как наркотик.

Давным-давно ведь знал — нам лучше расстаться, эмоциональная абстиненция всегда была сильнее, не мог я вырвать тебя из себя.

Любил больше жизни, готов был всегда умереть с тобой в один день.

Но ты мне не верила. И правильно делала.

Потому что умереть я был готов, а поменять свое дело, мое жизненное призвание на жизнь с тобой — ни за что!

И сейчас, когда ты перешагнула порог всех тайн, я признаюсь тебе — лучше пусть будет так, чем если бы ты ушла с Котом.

Прости меня, но никто из нас не волен изменить себя. И подчинить судьбу.

По законам античности Герой бессилен перед Роком.

Секретарша Надя пожалела, она хотела «подготовить» меня к страшной вести — сказала, что ты ранена. Но я сразу знал, что тебя больше нет.

Потому что вместе с тобой умерли остатки моей души. Острая боль, похожая на инфаркт.

Какое-то время я буду болеть, как чахоточник, отхаркивать омертвелые куски души, потом сердечное кровотечение утихнет, на том месте, где была душа, возникнет твердый рубец, похожий на пяточную мозоль.

Тогда я вернусь к своей работе. Я буду дальше держать на плечах свод мира.

Это не я выбрал себе такое странное занятие. Меня сюда поставила судьба. И я буду стоять, дожидаясь, пока подрастет сын Иван Александрович Серебровский, чтобы ему — единственному любимому на земле человечку — переложить на плечи этот невыносимый груз, это проклятие, всегдашнюю боль и грех, эту великую миссию. Избранничество.

За что?

Зачем?

И согласится ли он взять ее?

Не знаю.

Но я буду стоять. На том месте, где ты оставила меня, мой срезанный цветок, мое улетевшее облачко, моя умершая душа, моя ушедшая весна...

Оттуда, куда ты ушла, взглядом, свободным от пристрастий, зла и суеты, посмотри на меня. Ты увидишь, что я не злодей. Хирург ножом и болью несет исцеление. Уляжется пыль и летящие обломки смутного времени, и люди узнают, и ты увидишь, как много важного, нужного, тягостного и доброго сделал я. И там, в новом воплощении, ты дашь мне то, что я так и не смог получить здесь, — твою любовь.

Это и будет Рай. Я заслужил его своим адом здесь. Ибо сказано навек: вершителям Добра будет Добро, и ни пыль, ни бесславие не покроет их лиц, и будут они жители Рая, в котором пребудут вечно...

До свидания, моя любовь.

До свидания в Раю...

КОТ БОЙКО:

РЫВОК

Заходящее солнце раскалило Серегино лицо до индейской красноты. Строго, не отрываясь, смотрел он перед собой на дорогу, шевелил беззвучно сухими губами — с собой разговаривал.

— Марина знала бездну стихов, — почему-то вспомнил он. — Часто со смехом повторяла Белого: «Жизнь, говорил он, стоя средь зеленеющих могилок, — метафизическая связь трансцендентальных предпосылок»...

— А я все хотел тебя спросить или в словаре посмотреть — что это значит? Но так и не удосужился. И сейчас не знаю, что это за метафизика...

— Плюнь, забудь! — посоветовал Серега. — Не нужно это тебе...

— Наверное... Страшное дело — у людей самые разные таланты, а у меня один — здоровье! На кой он мне? Надоело мне все, Серега!

— Пройдет, — пообещал он твердо.

— Знаешь, я последний раз по найму работал лет двенадцать назад. И так я надоел своими фокусами руководству, что когда подал заявление об уходе по собственному желанию, мой начальник Фима Головчинер наложил резолюцию: «С наслаждением!»

— Ты это к чему?

— Не знаю... Иногда мне кажется, что это Фортуна расписалась на моем заявлении...

Серега недовольно покачал головой:

— Не разговор! Сейчас тебе надо собраться... Как никогда!

— Зачем, Серега?

— Пока Сафонов не опомнился. Он сам напуган, поэтому дал слабину и выпустил нас. Это ненадолго... Сегодня-завтра тебя начнет искать вся милиция...

— Для чего?

— Тебя загребут — поводов достаточно — и придушат в камере. Вопрос будет решен радикально, — серьезно сказал Серега.

— И что мне делать? Собравшись, как ты говоришь...

— Сваливать! Осталась узенькая щель — в нее надо проскользнуть. Если удастся...

— Каким образом?

— Мы сейчас приедем в аэропорт, купим билет на первый зарубежный рейс, и ты улетишь по моим документам. С удостоверением Интерпола тебя не станут особенно проверять. Пройдешь...

Серега говорил это обыденно, спокойно-деловитым тоном, как о вещи, хорошо, основательно продуманной. И не допускающей обсуждения.

— Спасибо, Верный Конь! — положил я ему руку на плечо. — Не буду я это делать. Тебя сотрут в прах...

— Бог не выдаст, свинья не съест — не сотрут, зубы изломают!

— Серега, ты отдаешь себе отчет, что будет, когда выяснится — по твоим документам убежал разыскиваемый уголовник?

— Ничего не выяснится. Во-первых, тебя сейчас еще не ищут. Надеюсь! А во-вторых, я завтра официально заявлю, что все мои документы украли. Конечно, не поверят и вышибут из конторы. Так я и сам решил уходить! Резолюция «С наслаждением!» мне гарантирована...

Серега свернул с Ленинградки на указатель «Аэропорт Шереметьево-2». Громадный биллборд обещал, что все наши проблемы решит корейская компания «Санье». Может быть. Кто их знает. Во всяком случае, ясно, что в моей жизни теперь все ссанье, кроме говна. Эта банда смотрит на меня, как на падаль.

Нет, ребята, не могу я вам этого позволить! Рано! Я не падаль! И пришибить меня при задержании или придушить в камере я вам не дам!

Серега разорвал аккредитив своей жизни и отдал мне контрольный купон. Он мне дает дополнительный тайм, утешительный заезд. Такой долг нельзя выплатить. И нельзя отказаться от ссуды на жизнь.

Ладно, пока мы живы. Счеты не закончены. Рассчитаемся судьбой...

Сидя в кафе на втором этаже аэропорта в мучительно-неподвижном ожидании, пока Серега где-то сновал в кассах, я пил с отвращением пиво, бесплодно, тупо думал о своей жизни, о Марине — и не ощущал боли, как под наркозом, как после контузии. А может, я еще не мог представить, понять, почувствовать, что больше ее нет со мной.

Мне мешала думать о Марине, о Сереге, Хитром Псе компания за соседним столиком. Толстого среднеазиата с депутатским значком провожала куда-то свора холуев, и они громко шутили, тоненько смеялись, заискивали перед ним, говорили за него тосты и лезли из кожи вон, чтобы он, не дай Бог, не подумал, что им не нравится быть его холуями. А он был добр, снисходительно разрешал.

Появился Серега, протянул мне небольшую дорожную сумку.

— Это я внизу купил. Напихал туда газет, журналов...

— Зачем? — не понял я.

— Никто, даже офицеры Интерпола, не летает за границу с пустыми руками.

Он достал из кармана, положил на столик портмоне:

441

— Возьми... Здесь билет на транзитный рейс Токио — Москва — Франкфурт. Мой международный паспорт, служебное удостоверение... И там еще осталось триста шестьдесят долларов.

— Серега, забери деньги... Мне надо долететь... У меня есть. Я богатый...

Серега долго, печально смотрел на меня, потом осторожно сказал:

— Кот, мне надо предупредить тебя... У тебя нет денег. На твоих счетах пусто, ветер гуляет.

Занятно. Ну, проказница Судьба, что еще придумала интересного? И смех, и плач — как дребезги души.

— А! Плевать! Бог дал, черт взял!.. Я все равно богатый. Не пропадем...

Перед таможенным досмотром обнялись. Серега сказал:

— Фото в паспорте будут смотреть один раз — погранцы на пасконтроле... Ненавязчиво покажи мою ксиву. И постарайся чем-нибудь отвлечь внимание. Не переиграй смотри...

Потом я снова обнял его, судорожно, крепко сжал:

— Серега, братан... Чего говорить тебе? Найду тебя... Скоро...

Прошел таможню, зарегистрировал билет и встал в очередь к стеклянному пеналу пограничного контроля. Двигались медленно. Я оглянулся — Серега стоял далеко, за двумя кордонами, закусив губы, ждал моего рывка. Рядом с ним горестно махали пухлыми лапами давешние холуи из-за соседнего столика. Их любимый сатрап стоял позади меня, человека через три.

Наконец освободился проход перед кабиной пограничника. И я услышал внутри себя замолкший было звон напряжения, злой азарт соревнования, адреналиновый визг в крови.

За стеклом сидела конопатая девка в зеленой форме прапорщицы. На Лору чем-то похожа. Засунул в стеклянную амбразуру паспорт и коричневые корочки с металлической бляхой Интерпола.

— Здравствуйте, товарищ Зеленый Фуражкин, — сказал я вахтенной и внятно шепнул: — Удостоверение посмотрите и сразу верните...

Она непонимающе смотрела на меня.

— Вас хорошо видно из очереди на контроль, поэтому делайте вид, что тщательно изучаете мои документы, — дал я ей указание и пояснил: — Через три человека стоит толстый басмач с золотыми зубами. Посмотри, сестренка, внимательно его бумаги и запиши все установочные данные, они нам понадобятся...

И громко попрощался:

— Спасибо! До свидания! Счастливо оставаться...

Конопатая зеленая девица послушно шлепнула в Серегин паспорт красный штемпель:

— Счастливого пути...

Перед магазином «дьюти-фри» был воздвигнут огромный транспарант с видами Москвы — «This is another World!».

Нет, это не другой мир. Или все-таки?

Купил бутылку бурбона «Джек Дэниэлс». Вот и нашел себе попутчика, компаньона, собеседника до самого Франкфурта. Потолкуем мы с тобой всерьез, дорогой Джек, достопочтенный мистер Дениэлс. Объяснишь мне по пути, кентуккский полковник, как дальше жить.

И помянем с тобой всех, кого я здесь любил. И потерял...

СЕРГЕЙ ОРДЫНЦЕВ:

ИНОЙ МИР

Прошел! О чем-то он говорил с пограничником. Или с пограничницей — отсюда не видать. Улыбался. И прошел.

А я долго стоял и тупо рассматривал рекламу магазина беспошлинной торговли — «This is another World!».

Пора идти. Куда? Наверное, в наш, в иной мир. Другого у меня нет.

Раздался телефонный звонок. Нажал кнопочку и услышал голос Лены:

— Босс! Вы намерены ужинать?

Я молчал и слушал ее дыхание.

— Алло! Алло! Ты куда там пропал? — забеспокоилась Лена.

— Я здесь, слушаю тебя...

— Это я тебя слушаю, мой маленький босс. Жду, так сказать, руководящих указаний.

— Я тебе больше не босс. Ни маленький, ни большой... Никакой... Твоя миссия закончена...

Она помолчала, будто перепроверяла мои слова, на зубок пробовала, потом грозно спросила:

— Это что же такое деется? Девушку нежную, можно сказать, вполне невинную, поматросил и бросил? А в парторганизацию не хочешь? Сейчас отца попрошу позвонить лично товарищу Зюганову! Они тебе такую персоналочку-аморалочку организуют! Из партии выключат! В жизни больше за границу не выпустят!..

— Я, по-моему, с этим справился самостоятельно...

Она разочарованно вздохнула и предложила:

— Тогда иди домой. Быстрее... Я тебя очень жду!

МИДАС

Ах, какой это был прекрасный, высокий и печальный пир! Крез, лидийский царь, сказал мне с гордостью:

— Мидас, а все равно я был богаче тебя...

— Наверное, — согласился я.

Сиво-седой, просто зеленый от старости Мафусаил предостерег меня:

— Мой век, Мидас, был громаден. Но и он истек. Не гордись...

— Я насыщен годами...

А мудрейший царь иудеев Соломон утешил меня:

— Пустое! Никто не ведает меры страдания, цены богатства и силы любви. Не радуйся без предела и не отчаивайся вовек! Уповай...

Отошли они все.

Открыл я глаза и увидел, что никого нет. Догорает огонек в очаге. И силы мои иссякают.

А псы мои сидели рядом, смотрели на меня с печалью, и слезы катились по их лохматым мордам.

— Не грустите! — попросил я их. — Сильнее любви, богатства и власти — время. Праздник жизни прекрасен. Но наступает час, и с самой лучшей компанией приходится расставаться...

Москва — Лион — Нью-Йорк,
октябрь 1999 г.

К печати готовится новый захватывающий роман Георгия Вайнера «Райский сад дьявола»

РАЙСКИЙ САД ДЬЯВОЛА

(отрывок из романа)

США, НЬЮ-ЙОРК.
АЭРОПОРТ ДЖОНА Ф. КЕННЕДИ.
16 СЕНТЯБРЯ 1999 г.

Дремота Лекаря была зыбкой, прозрачной, будто одурь от первого косяка, от сладкой утренней затяжки анашой. Мир плавно раскачивался вокруг и невнятно-ватно гудело в ушах — ...ва-ава-ва-ава. Как в бане.

Но закрашенную стеклянную дверь из таможни в зал ожидания Лекарь ни на секунду не выпускал из прицела полусмеженных век. Сейчас пассажиры московского рейса со своими жуткими баулами закупорят выход. Лекарь подумал, что огромный багаж — верная примета нищеты, богатые двигаются по миру налегке.

Было душно, кондиционер задыхался — не мог разогнать спертый пар, потный жар возбужденных встречающих. Господи, как они противно галдели! Лекарь испытывал к ним ненависть, тягостную и неукротимую, как подступающая рвота. Совки проклятые! Были, есть и пребудут вонючими совками!

Распахнулась дверь, оттуда вынырнула женщина, увешанная сумками, и тотчас над ухом Лекаря пронзительно заголосили:

— О-о, Маня! Смотрите, это же Маня!..

Ага, пошел «аэрофлотовский» рейс. Лекарь встал, подтянул ногой из-за кресла кейс и подался ближе к стеклянным дверям. Оттуда появились несколько накрахмаленных выутюженных мужичков без возраста с неразличимыми лицами швейцаров — первый класс. Новые советские буржуа шли уверенно, брезгливо разгребая толпу, они всем своим видом демонстрировали, что они здесь не впервой, что они разъездные, что они не чета этой вопящей суетливой эмигрантской и «пылесосно-гостевой» шантрапе, что это их встречают шофера лимузинов в форменных мундирах и фуражках с галуном. «Мы, командиры молодого российского бизнеса — вам не компания», — было написано на их серых ряшках, слегка отекших с недосыпа и многочасового пьянства на самолетную дармовщину.

«Врете вы все, — злобно, обиженно подумал Лекарь. — Здесь врете и там, у себя, врете, никакие вы не капиталисты, торговцы паром. Ваши дела тут — проверить на счетах деньжата, из отчизны сплавленные, неделю покайфовать в «Шератоне» и пошарить в дорогих магазинах на Манхэттене, воришки долбаные».

Лекарь стоял, опершись спиной о стойку сервис-бюро, и внимательно следил за входными дверями, откуда должен был вынырнуть курьер. Конечно, здесь таможня смешная — не наша тюремная «шмональня». Но все-таки. Ничего-ничего, все будет в порядке. Если на той стороне они так ловко проходят досмотр, Бог даст, и здесь ничего не случится.

И все равно нервничал. Там, на другом берегу, в Москве, что-то не получилось, не сложилось. Сегодня должен был прилететь Кот Бойко — его Лекарь знал, уважал, побаивался. И верил ему.

Но вчера Бастанян все изменил. Позвонил и сказал, что Кот не приедет. Полетит другой...

— Простите, сэр! Вы здесь мешаете людям... отодвиньтесь немного...

Лекарь обернулся — диспетчер сервис-бюро, красивая длинная негритянка, небрежно помахивала своей розовой обезьяньей ладошкой — мол, отвали в сторонку, не маячь здесь, не заслоняй видимость.

«Грязная черная сука, — сердечно вздохнув, подумал Лекарь. — Хорошо бы вас всех, подлюг, переселить в Руанду, или в Эфиопию, или в Сомали. Отсюда — вон, во всяком случае».

Негров Лекарь не любил — ленивые животные. Ему и латиносы не сильно нравились — придурки этакие. Противнее их были только чисто-белые исконные американцы, гадины корыстно-высокомерные.

«А кого ты вообще любишь? — закричала вчера, забилась в истерике Эмма. — У тебя вместо сердца — гнойный нарыв!..»

— Витечка, Витечка! Привет, дорогой!

Через круговерть встречающих, носильщиков с тачками, пассажиров, водителей лимузинов, величественных, как адмиралы, чемоданов, картонок, коробок, собачонок и багажных тележек, через все это плотное месиво распаренных возбужденных людей к нему проталкивался Сенька Лахман, аферист, кусошник, врун и прихлебатель по прозвищу Дрист.

— Хай, Витечка! — Лахман уже лез к нему с объятиями. Принесла его, халявщика, нечистая сила!

Дрист был одет фасонисто — в грязную, некогда белую бейсбольную шапку с надписью «Кено», разорванную под мышкой гавайскую рубаху и запальные джинсы с отвисшей мотней.

— Стой спокойно, — охладил восторг встречи Лекарь и отпихнул его взглядом, как встречным ударом в печень.

Иждивенца хамством не остановишь, у него профессия такая, оскорбления терпеть обязан.

— Витечка, дай сигаретку! Будь другом!

Лекарь, стиснув зубы, протянул ему пачку «Мальборо», и Сенька Дрист профессионально ловко мгновенно выхватил из пачки две сигареты. Одну заложил за ухо, у другой оторвал фильтр, бросил на пол, чиркнул зажигалкой, жадно затянулся.

— Ой, спасибо тебе, браток! А то свои я забыл в машине...

Лекарь приподнял тяжелые веки, косо глянул на мятого, будто вынутого из мусорной корзины Сеньку:

— У нас говорили — «Забыл деньги на рояле, а рояль в форточку унесли». Врешь ты все. Нет у тебя сигарет, нет машины и имени у тебя нет...

Сенька рассмеялся неуверенным дребезжащим смешком.

— Ну что ты, Витечка, такой заведенный? Ну в самом деле... Ты припомни, как мы с тобой раньше настрадались. Три года вместе на «киче» — это же ведь не шутка. Тут-то можно расслабиться...

— Ага, я вижу, — мотнул головой Лекарь. — Ты тут, по-моему, расслабился навсегда.

А сам все время смотрел на двери из таможни. Надо побыстрее избавиться от этого идиота.

— Это я просто плохо выгляжу со вчерашней поддачи, — объяснял-тянул за почки Дрист. — Нарезались вчера в клочья... Голова трещит, будто черепные швы расходятся...

— Для тебя лучшее обезболивающее — жгут на шею, — заверил Лекарь и тихо спросил: — Ты мне все сказал?

— В каком смысле? — удивился Дрист. — Ты шутки шутишь, а у меня, ей-богу, башка раскалывается...

— Если хочешь, могу пристрелить тебя — чтобы не мучился, — предложил Лекарь, и по его тону было не понять — шутит он или говорит всерьез.

— Да ладно тебе! — махнул рукой Дрист, но на всякий случай отодвинулся подальше.

Лекарь криво усмехнулся:

— Глянь — ты уже докурил до пальцев. Сейчас ногтями будешь затягиваться... А здесь вообще курить не разрешается.

Дрист уронил окурок и неуверенно сказал:

— Я к тебе — всей душой. Думал, может, выпьем по рюмашке за встречу... О прошлом вспомянем...

— Вопросов больше нет? Тогда иди... делай ноги отсюда. У меня тут дело. Прошлое в другой раз вспомянем... Иди, иди...

Не упуская дверь из виду, Лекарь посматривал в спину удаляющемуся Сеньке Дристу, и в душе ворочалось неприятное предчувствие. Конечно, Дрист мог случайно оказаться здесь по своим хаотическим побирушеским делам. Тогда все в порядке. Поговорили душевно и разошлись. Но у Лекаря было ощущение, что Дрист, отираясь рядом, показывал его кому-то. Дело в том, что Лекарь знал почти наверняка: Дрист «стучит» в бруклинскую полицию, как говорят в американской ментовке — «поет». А те закрывают глаза на кое-какие его делишки. Сейчас Лекарю было особенно не нужно внимание — ни со стороны полиции, ни со стороны деловых дружков Дриста.

Распахнулась дверь, и в зал выкатился парень, которого сразу засек Лекарь. Он был как все они — жлоб с коротенькой стрижкой, в спортивном цветастом костюме, в баскетбольных сникерсах, с красным пластиковым чемоданом-сумкой. Вчера по телефону Бастанян, посмеиваясь, сказал: хороший, простой парень, отдохнуть едет к вам маленько, и ни шиша у него нет, кроме красной рожи...

На условленном шифре это означало красный чемодан. У некоторых вышедших пассажиров вроде были похожие, но у этого мордоворота, кроме красной рожи, в левой руке был черный кейс — точно такой же, как у Лекаря. И он сделал рывок на перехват, постучал приезжего по крутому плечу:

— Але! С приездом! Я — Витя...

Тот обернулся, мгновение всматривался, видно, припоминал описание, мазнул взглядом по чемоданчику в руке Лекаря и широко распахнул объятия:

— Витя! Друг! Сколько лет! Рад видеть в городе-герое Нью-Йорке!

От него остро наносило лошадиным потом и пивным перегаром.

— Привет, — вежливо и сухо ответил Лекарь, ловко уклоняясь от зловонных объятий и опасаясь, что Жлоб нащупает у него под мышкой кобуру. — Вот твой кейс, он не заперт, там лежат пять сотен...

Протянул руку за кейсом с бело-голубой бирочкой «Аэрофлота» и сунул ему свой. Но Жлоб завел свой кейс за спину и смеясь сказал:

— Экий ты прыткий! А где же хваленое нью-йоркское гостеприимство? Нам сейчас самое время не чемоданчиками меняться, а сесть-выпить по махонькой, одной-другой-третьей, закусить как следует, про житуху потолковать...

«Может, их с Дристом спарить?» — подумал со злобным смешком Лекарь, но случкой этих животных заниматься не стал, а сказал тихо и вежливо:

453

— Это тебя так в Москве инструктировали?

Жлоб пожал плечами:

— О чем ты говоришь? Это было давно...

— Сегодня утром, — напомнил Лекарь.

— И десять тысяч километров назад, — захохотал Жлоб.

К ним подошла аэропортовская служащая в черной форме, тощая черная женщина с собачьим оскалом, и стала гнать с прохода:

— Не мешайте пассажирам и носильщикам! Отойдите в сторону...

Действительно, чего не отойти в сторону, подумал Лекарь. Надо подумать — ситуация разворачивается как-то не так.

Вот глупость какая! Чего же ты, Кот Бойко, сам не приехал, а отрядил сюда это мурло?

Они остановились около витрины — крутящейся стеклянной стойки, на полочках которой были выставлены разнообразные букеты для встречи дорогих новоприбывших — любой за пять долларов.

— Ты чего хочешь? — спросил Лекарь.

— Внимания! — заржал Жлоб.

Лекарь смотрел на него прищурясь — подозрение перешло в уверенность, и он коротко кивнул:

— Прости, земляк, ты прав...

Вынул из кармана кучу смятых купюр, отобрал пятерку и засунул в автомат. Нажал кнопку со своим любимым числом — «21». В цветочнице-стойке что-то чикнуло внутри, щелкнуло, зашелестело, и, плавно повернувшись, она замерла, открылась стеклянная дверца, и Лекарь вынул оттуда букет роз в красивой травяной опушке.

Жлоб озадаченно следил за манипуляциями Лекаря.

— Это ты кому?

— Тебе! — твердо протянул ему Лекарь букет. — И не вздумай отказываться! Народная традиция...

Надо было занять ему руки.

— Ну дает! — заржал Жлоб. — Вы тут все шутники такие?

— Нет, только некоторые. Те, что встречают почетных гостей. Так о чем разговор?

— О чемоданчике... — Жлоб помахал кейсом. — Маленький, гаденыш, а тяжелый, все руки отмотал...

— То-то ты его из рук выпустить не хочешь, — усмехнулся Лекарь, подталкивая гостя к лифту, ведущему на крышу-автостоянку.

— Ну да, — согласился Жлоб. — Ты сам подумай — дорога долгая, скука жуткая, ну как тут вместо головоломки не открыть ваш парольный секретный замочек на кейсе...

— Я понимаю, — согласился Лекарь. — Ну, открыл ты его. И чего хочешь?

Они уже были у дверей лифта.

— Пять кусков хочу, — хохотнул коротко Жлоб. — Как вы тут говорите — пять гранов...

— Понятно! — кивнул Лекарь.

— Ну сам подумай — ведь по-честному, — дыхнул на него Жлоб жарким зловонием. — Ведь мог вообще смотаться с кейсом — ты ведь не станешь в вашу ментовку стучать на меня?

— Конечно, не стану. А так — поговорим-поторгуемся, ты скинешь, я набавлю, может, сойдемся, — быстро бормотнул Лекарь, потом спросил: — Я вижу, ты парень не промах... А не боишься назад возвращаться?..

Этот потный конь взглянул на Лекаря с сожалением:

— Наза-ад? А кто ж щас назад возвращается?

Лекарь сказал ему сердечно:

— Что же, тут ты при таких ухватках далеко пойдешь...

В стене распахнулись стальные створки лифта, и из хромированной коробки-кабины посыпалось, как горох, китайское семейство. Как только выкатился последний раскосый пупс, Лекарь легонько подтолкнул спутника внутрь, а сам, загораживая дверь, заорал по-английски подпиравшей сзади стайке пассажиров:

— Лифт сломан... Оборвался трос... Занимайте кабину напротив...

А сам быстро перебирал пальцами клавиатуру табло управления — кнопки «4 этаж», «экспресс», «дверь закрыть», «ход» — и в матовом полированном металле смыкающейся двери как в зеркале рассматривал Жлоба, по-хозяйски располагающегося в лифте со своей «красной рожей», кейсом и нелепым букетом. Почему он не бросил букет? Может быть, ему впервые в жизни подарили цветы?

Загудел лифт, кабина плавно взмыла, и Лекарь в мягком развороте через левое плечо повернулся к многоумному гостю и, уперев ему в живот ствол своего «ругера», трижды нажал курок — в печень, подвздох, в сердце.

Этот дурак умер мгновенно, так и не поняв, что с момента, когда он вскрыл кейс, ему не надлежало больше жить. Не его ума это было дело, не надо было туда лазить.

Лекарь высвободил из его руки чемоданчик, плюнул несколько раз на табло управления лифтом и протер кнопки подолом своей рубахи.

Лифт остановился. Лекарь оглянулся — гонец лежал на своем красном чемодане, на «красной роже», упершись стриженой головой в угол. А букет из правой руки не выпустил. Молодец.

Дверь распахнулась. Длинный коридор на автостоянку был на удивление пуст.

Вот тут Лекарь побежал.

ФРАНЦИЯ, ЛИОН, рю ШАРЛЬ ДЕ ГОЛЛЬ, 200, ШТАБ-КВАРТИРА ИНТЕРПОЛА. 16 СЕНТЯБРЯ 1999 г.

ИЗВЕЩЕНИЕ О РОЗЫСКЕ — «КРАСНАЯ» КАРТОЧКА.

Хенк Мейвуд Джексон, живет под другими фамилиями, гражданин США. Родился в Норс-Шор, Лонг-Айленд, штат Нью-Йорк, 1 апреля 1949 года.

Окончил колледж в Хьюстоне, военно-воздушное училище в Аннаполисе, принимал участие в военных действиях во Вьетнаме с 1972 по 1975 год. Был сбит и взят в плен в 1974 году. Бежал из плена. Был тяжело ранен, потерял левую руку. Награжден медалью Конгресса, медалью «За храбрость», двумя орденами «Пурпурное сердце».

Лишен воинского звания «майор» и уволен из армии за поведение, несовместимое с честью американского офицера.

Разыскивается за совершение ряда дерзких и опасных преступлений. Предполагается, что связан с организованной преступностью и остатками террористической группировки «Красные бригады».

РОССИЯ, МОСКВА,
МВД РФ, 16 СЕНТЯБРЯ 1999 г.

УПРАВЛЕНИЕ СОБСТВЕННОЙ БЕЗОПАСНОСТИ АППАРАТА МИНИСТЕРСТВА ВНУТРЕННИХ ДЕЛ РОССИЙСКОЙ ФЕДЕРАЦИИ

СОВЕРШЕННО СЕКРЕТНО
Доступ к делу разрешен только инспектору-куратору Управления, начальнику Управления собственной безопасности и министру внутренних дел России.

СПРАВКА ОСОБОГО УЧЕТА И ПРОВЕРКИ СЛУЖЕБНО-ДОЛЖНОСТНОГО И ЛИЧНОГО ПОВЕДЕНИЯ
на ОРДЫНЦЕВА СЕРГЕЯ ПЕТРОВИЧА.

Справка составлена по указанию
министра внутренних дел РФ.
Справка изготовлена в одном экземпляре

Ордынцев Сергей Петрович родился 12 февраля 1962 года в г. Нью-Йорке (США) во время долгосрочной загранкомандировки его родителей по линии Главного Разведывательного Управления Генерального Штаба Советской Армии. Отец Ордынцева С.П., полковник ГРУ Ордынцев П.Н., работал в Соединенных Штатах Америки в торговом представительстве СССР, а затем в составе консульской группы Постоянной миссии СССР при ООН с июня 1960 г. по март 1969 г., после чего был отозван в Москву и переведен на другую работу. В том же году брак с гр-кой Ордынцевой Н. А. он расторг и участия в воспитании сына Сергея не принимал, ограничиваясь выплатой алиментов.

С.П. Ордынцев окончил Высшую школу милиции МВД СССР в 1983 г. Последовательно занимал должности инспектора, оперуполномоченного уголовного розыска 83-го отделения милиции, зам. начальника отдела угро Фрунзенского райотдела милиции г. Москвы.

В 1988 г. С.П. Ордынцев был откомандирован для выполнения спецзадания в Узбекистан, а затем в Афганистан, по завершении которого был возвращен на должность ст. оперуполномоченного Главного управления уголовного розыска МВД СССР в 1991 г.

Принимал активное участие в операциях по перехвату больших партий наркотиков и особо ценной контрабанды из Афганистана в страны Западной Европы через территорию СССР и борьбой с коррупцией в верхних эшелонах власти в Таджикистане и «генеральской группой» в Герате (Афганистан).

В 1992—1995 годах возглавлял в составе Главного Управления по борьбе с организованной преступностью МВД России особое подразделение, именуемое «Дивизион». Функции «Дивизиона», его статус и задачи перечислены закрытым приказом министра внутренних дел России от 8 апреля 1992 г.

В 1995—1998 годах был откомандирован на работу в штаб-квартиру Международной организации криминальной полиции (Интерпол) в г. Лион, Франция. В Интерполе специализировался на борьбе с международной организованной преступностью. Владеет свободно английским, бегло говорит на французском языке. Иностранные языки усвоены в детстве во время проживания с родителями в США и закреплены, по-видимому, матерью — преподавателем английского языка.

В августе 1998 г. С.П. Ордынцев был отозван из Интерпола и выведен за штат Министерства в связи с невыясненными обстоятельствами гибели гражданки Серебровской Марины Алексеевны. По устному указанию министра внутренних дел РФ служебного расследования в отношении С.П. Ордынцева не производилось.

Подполковник С.П. Ордынцев — сильный и грамотный работник. Процент раскрываемости преступлений разрабатываемых его группой дел был стабильно высок. Ордынцев располагает плотной и эффективной сетью агентуры. Агенты работают на него под угрозой компромата, за материальное вознаграждение и на «деловых связях».

Подполковник С.П. Ордынцев имел два строгих выговора в приказах и устное предупреждение об отстранении от должности за различные нарушения, допускаемые им лично и его сотрудниками в работе.

С.П. Ордынцев разведен в январе 1999 г., имеет ребенка девяти лет, платит алименты. Бывшая жена, Разлогова Елена Константиновна, 1966 года рождения, преподавательница литературы и русского языка в 6—7 классах 610-й школы г. Москвы, проживает совместно со своей матерью Разлоговой Н.И. и сыном Ордынцева Василием. Разлогова — морально выдержана, характеризуется администрацией, соседями и агентурой положительно. К б. мужу относится резко отрицательно, называя его «людоедом» и утверждая, что он сломал ей жизнь.

Поведение Ордынцева регулярно проверялось надзорными службами Управления собственной безопасности МВД — периодическим телефонным аудиомониторингом и наружным наблюдением.

По имеющейся информации, Ордынцев в настоящее время сожительствует с гр-кой Остроумовой Еленой, 1975 г. рождения, сотрудницей аппарата холдинга «РОСС и Я». Связи С.П. Ордынцева с другими женщинами не установлены. Вне работы много употребляет алкоголя, пьянеет медленно. По сообщениям «смежных» агентов, внеслужебных связей практически не поддерживает, профессиональных разговоров вне работы не ведет никогда. Компрометирующих контактов не зафиксировано.

По донесению агента «Селиванова», хорошо играет во все виды карточных игр, но играет очень редко и всегда выигрывает — с точки зрения агента, за счет знания шулерских приемов. Достоверность донесения проверить не представилось возможным.

Имущественно-накопительских интересов не проявляет, хотя хорошо разбирается в дорогих произведениях искусства, антиквариате и монетно-ювелирном золоте.

Физически подготовлен хорошо, владеет основными системами рукопашного боя. Имеет шесть пулевых ранений. Военно-медицинской комиссией признан к прохождению службы годным.

Награжден орденами «За личное мужество» (1994 г.), «Красного Знамени» (1990 г.), «Красной Звезды» (1989 г.), многочисленными медалями и знаками отличия.

С.П. Ордынцев агрессивен, характер — замкнутый, скрытен. Лично честен, порочащих его моральных фактов не имеется. В общении с людьми груб и высокомерен, с начальством — дерзок, по отношению к подчиненным требователен до жестокости. Необходимо отметить его ненависть к служебной субординации, неумеренное самомнение, регулярно выражаемое в крайне неуважительных выражениях в адрес руководства министерства и всей страны.

РЕЗЮМЕ:

Подполковник С.П. Ордынцев является высокоэффективным оперативно-розыскным работником.

Однако он морально негибок, трудноуправляем в сложных этических обстоятельствах и для выполнения особо конфиденциальных заданий непригоден.

Инспектор-куратор УСБ МВД РФ
подполковник внутренней службы   *Г. Коренной*

ИЗДАТЕЛЬСТВО АСТ ПРЕДЛАГАЕТ

АНДРЕЙ ВОРОНИН

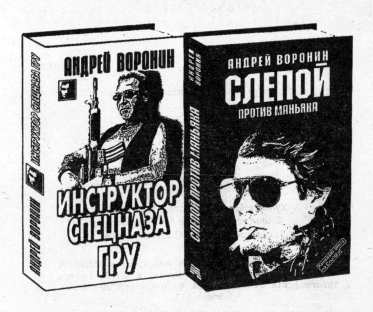

Его книгами зачитывается вся Россия. Его героями невозможно не восхищаться. Глеб Сиверов по кличке «Слепой», Борис Рублев — «Комбат», Илларион Забродов, инструктор спецназа ГРУ...

Пока идет дележ денег, мирских благ, о них не вспоминают. Но когда случается беда, от которой не откупишься, они сами приходят на помощь — ведь они из тех немногих, кто еще не забыл смысл слов «дружба», «честь», «Родина»...

Читайте новые книги в сериалах: «Слепой», «Комбат», «Атаман», «Му–Му», «Инструктор спецназа ГРУ», а также роман «Банда возвращается» — продолжение супербоевика «Наперегонки со смертью».

**Книги издательства АСТ можно заказать по адресу:
107140, Москва, а/я 140 АСТ – "Книги по почте".
Издательство высылает бесплатный каталог.**

ISBN 5-237-04798-X

Литературно-художественное издание

Вайнер Георгий

Умножающий печаль

Роман

Художественный редактор О.Н. Адаскина
Компьютерный дизайн: А.А. Кудрявцев
Технический редактор О.В. Панкрашина

Подписано в печать с готовых диапозитивов 28.03.00.
Формат 84×108^1/$_{32}$. Печать высокая с ФПФ. Бумага
типографская. Усл. печ. л. 24,36. Доп. тираж 20 000 экз.
Заказ 611.

Налоговая льгота – общероссийский классификатор продукции
ОК-00-93, том 2; 953000 – книги, брошюры

Гигиенический сертификат
№ 77.ЦС.01.952.П.01659.Т.98 от 01.09.98 г.

ООО "Фирма "Издательство АСТ"
ЛР № 066236 от 22.12.98.
366720, РФ, Республика Ингушетия,
г.Назрань, ул.Московская, 13а
Наши электронные адреса:
WWW.AST.RU
E-mail: astpub@aha.ru

При участии ООО «Харвест». Лицензия ЛВ № 32
от 27.08.97. 220013, Минск, ул. Я. Коласа, 35-305.

Ордена Трудового Красного Знамени полиграфкомбинат
ППП им. Я. Коласа. 220005, Минск, ул. Красная, 23.